都市，不轻言爱

肖午 ◎ 著

山西人民出版社

图书在版编目(CIP)数据

都市,不轻言爱/肖午著.—太原:山西人民出版社,2012.3
ISBN 978-7-203-07588-2

Ⅰ.①都… Ⅱ.①肖… Ⅲ.①言情小说–中国–当代
Ⅳ.①I247.5

中国版本图书馆 CIP 数据核字(2012)第 012146 号

都市,不轻言爱

著　　者:肖　午
责任编辑:梁晋华
出 版 者:山西出版集团·山西人民出版社
地　　址:山西省太原市建设南路 21 号
邮　　编:030012
发行营销:0351-4922220　4955996　4956039
　　　　　0351-4922127(传真)　4956038(邮购)
E-mail:　sxskcb@163.com　发行部
　　　　　sxskcb@126.com　总编室
网　　址:www.sxskcb.com
经 销 者:山西出版集团·山西人民出版社
承 印 者:三河市南阳印刷有限公司
开　　本:880mm×1230mm　　1/32
印　　张:9.5
字　　数:250 千字
版　　次:2012 年 3 月第 1 版
印　　次:2012 年 3 月第 1 次印刷
书　　号:ISBN 978-7-203-07588-2
定　　价:28.00 元

如有印装质量问题请与本社联系调换

目 录

引　子 / 1
第一章　闯深州 / 8
第二章　利益链 / 20
第三章　风流物种彭海博 / 24
第四章　捉奸 / 28
第五章　致命诱惑 / 38
第六章　我娶了村长千金 / 46
第七章　婚外女人 / 53
第八章　政协官员 / 60
第九章　我心恍惚 / 69
第十章　梦想实现 / 73
第十一章　协查房产 / 83
第十二章　深州"蚁族" / 94
第十三章　埋下祸根 / 103
第十四章　江湖险恶 / 111
第十五章　老友重逢 / 119
第十六章　金钱的魔力 / 132
第十七章　"痴情男"胡民阳 / 139
第十八章　如此下作 / 147
第十九章　温泉之夜 / 158
第二十章　造人计划 / 174

第二十一章　博文惹祸／186

第二十二章　遭遇不测／200

第二十三章　"强奸门"真相／211

第二十四章　内幕重重／221

第二十五章　岳父出事了／232

第二十六章　非正常提拔／246

第二十七章　陈艳妮之死／252

第二十八章　谁是凶手／261

第二十九章　接受审讯／270

第三十章　看守所生活／280

第三十一章　重获自由／289

第三十二章　沉重的结局／296

引 子

  2008年注定是一个特殊的年份,一个让人无法释怀的年份。
  这一年,中国发生了震惊中外的"5·12"汶川大地震,伤亡人数众多,损失惨重,全国沉浸在悲痛之中。这一年,第29届夏季奥运会在中国举行,中国体育健儿勇夺51枚金牌,全国欢欣鼓舞。
  这一年夏季的某一天,在沿海城市深州,毫无征兆地刮起了一场强台风。台风极其猛烈,大有摧枯拉朽之势,像要把深州这座年轻的城市推倒重建。
  这天夜里,我刚与老婆卓秀娴在窗外狂风暴雨的伴奏下,做了一场淋漓尽致的爱。就在我疲惫不堪而又心满意足地准备睡去时,我的手机很不合时宜地响起。我一看号码,是顶头上司彭海博打来的。
  "这死色鬼,该不会在这狂风暴雨之夜又叫我出去陪他喝酒泡妞吧?"我心里嘀咕道。为了安全起见,我忙翻下床,抱着电话跑到厕所里。接彭海博的电话必须背着我老婆,因为这厮在电话里很少说正经事,尤其是他三更半夜里打来的电话,十有八九是叫我出去陪他喝酒泡女人。
  "喂,兄弟,我刚跟老婆做过,现在很累,准备睡了。又在哪里潇洒啊?"我接通电话后,还没等彭海博出声,就先压低声音来个"郑重声明",以免他纠缠我。
  "你先别自作多情,听我说完。"彭海博忙打断我,语气不同以往地郑重,"马岗这边出事了,你赶紧过来,越快越好。"
  "什么,出事了?"根据语气判断,我知道彭海博这次不是开玩笑。

"是,那栋楼倒了。你赶紧过来,我在那里等你。"

彭海博所指的"那栋楼"正是张二江在我们管辖的马岗片区所建的违章建筑。这栋建筑问题多多,周围居民投诉不断,但都被我们"说服"了。因为张二江早把我们这些管违章建筑的人给"说服"了。

马岗是我们的工作管辖之地,是深州一个典型的"城中村",外来人口的聚居地。随着外来人口的源源不断涌入,深州所有"城中村"的房子特别好租。因此,当地村民也找到了经济增长点,不断地在有限的土地上见缝插针地抢建楼房,然后出租赚钱。"城中村"里楼与楼之间的间隔非常小,大家戏称其为"握手楼",即两楼之间的住户伸手可及对方。这样的"城中村"存在着许多安全隐患,一旦发生事故,后果将不堪设想。深州官方早就意识到了这一点,为此,市政府从城建部门抽调人员成立了"深州市违章建筑治理中心",专门整治包括"城中村"在内的所有违章建筑行为。中心分片区管理,并按片区名称成立若干个巡查小组。我、彭海博及胡民阳等三人正是负责马岗村这一片区,叫马岗巡查小组。彭海博是我们这个小组的组长,是我与胡民阳的头儿。他还是一个科级干部,官儿不算大,但权力比较大。

我挂了彭海博的电话后,就急急地开车赶往马岗村。

快接近马岗村时,不断有警车、消防车、救护车从我的车旁呼啸而过,我心头一紧,暗想:这次准是出大事了!

赶到马岗村时,我看到村口集聚了许多人,好几辆警车、消防车、救护车也停在村口,警灯闪烁,警报鸣鸣。由于"城中村"楼与楼之间的间距太小,小得连一副棺材也无法抬出来,更别说这些体积庞大的车辆了。这些车都无法接近现场,只能停在村口干着急。人们急急地往村里跑进跑出。

"情况怎样?"我见到满身湿漉漉、面如土色、惊魂未定的彭海博后急切地问。

"情况不太明朗,现场很混乱。听说里边埋着几个民工。"可能因为过度紧张,彭海博全身颤抖。

"确定是张二江的那栋吗?"我这一问其实多余,因为在马岗村,除了张二江，没有人敢在这一片区域搞违章建筑。

"别问那么多了。你马上跟胡民阳联系，你们必须马上赶回办公室准备一份关于马岗片区的违章建筑情况汇报材料。同时，你赶快补填一张关于这栋楼的处罚通知书，日期要填在一个星期前，不要让任何人知道，包括胡民阳！明白吗?!"借着闪电的余光，我看到彭海博苍白的脸像僵尸般恐怖，而且有点扭曲。

"明白。"我轻声应道，转身便走。

我是彭海博的得力"马仔"，有些事我得为他担当。我打胡民阳电话，他正在救援现场。接完我的电话，胡民阳从混乱的人群中跑了出来。见到我后，他直摇头。我明白他的意思，他一直不赞成我们毫无原则地给张二江的违章建筑开绿灯。对于张二江建构的利益集团，他一直是只妥协，不合作。而我，既妥协，又合作。实际上，我也不想这么做，但是，彭海博是我落脚深州的铺路石，他对我有恩，出于感恩，我对他总是言听计从，最终只能上了他的"贼船"。

我与胡民阳汇合后就匆匆往办公室里赶。

"现场情况怎样？"在路上，我问已经看过现场的胡民阳。

"还挺严重的，整栋楼像拔葱一样被连根拔起了，估计是地基打得太浅。唉，这样的建筑肯定会出问题的，整个工程层层转包，工程质量哪能保证？"胡民阳边说边打着寒战。他所说其实是深州违章建筑的通病，那些搞违章建筑的老板为了节约成本，根本不把工程质量当回事，每一栋违章建筑都可能是"豆腐渣工程"。这也是政府视违章建筑为洪水猛兽的主要原因之一。

回到办公室后，我忙查看有关马岗片区违章建筑方面的资料。这个"城中村"80%以上的房屋都是违章建筑。什么叫违章建筑？大家可能还搞不明白，实际我也整不明白。按照官方的说法，就是没有经过建设部门审批就动工的建筑。这有点像非婚生育的私生子，黑户口。深州成为特区后，原来的村民不再种田了，都改种楼了。种楼比种田赚钱，这谁都知道，所以，大家都在加建抢建楼房，谁还理会什么审批不审批呢？再说就是报了政府也不会批啊。所以导致深州"城中村"里，违章建筑到处可见。这给我们这些后期才成立起来的"深州市违章建筑整治中心"带来了不小难题：抓紧一点吧，影响村民的利益，村民不干；抓松一点吧，影响政府形象，政府不干。我们"违治中心"进也不易，退也不甘。这就是所谓的在夹缝中生存。所以我们平时也就是在村里转一转，看到有人在建楼就上去看有没有办理正规手续，如果没有，我们就口头要求他们停工或者给他们开一张违章建筑停工通知书。他们大都当面答应，可我们刚一转身，水泥搅拌机立即"轰隆"起来，工地依然"马照跑，舞照跳"，一派忙碌的景象。我们拿他们没办法，只好睁一只眼闭一只眼。但在我们的工作报告里，却是另外一种说辞，总是说如何如何努力地去制止了多少起违章建筑，经历了多少与违章建筑行为做的斗争等等，仿佛我们个个都是阻止违章建筑的斗士。其实这是我们糊弄领导的一种手段。

我叫胡民阳把以往给领导汇报工作的几份材料都调了出来，然后重新编写一份汇报材料。急编材料是胡民阳的专长，这个读新闻传播专业的大学生文字功底好，反应快，这是当初我们在人才市场里从众多应聘者中一眼看中他的主要原因。

趁胡民阳埋头写材料之际，我按照彭海博的指示，给那栋坍塌的违章建筑补填了一份停工通知书，把日期足足提前了一个多星期。这一切做得天衣无缝，至于神知不知、鬼觉不觉，我就无法知道了。但我相信，人在做，天在看。我所做的这一切，老天一定都看到了。

我刚做完这些，彭海博就打来电话催我："我现在就上潘主任办公室去汇报，你赶快把材料带过来。"我明显感觉到彭海博的紧张。他不可能不紧张，而且我也知道他为什么这么紧张。

彭海博说的潘主任就是我们"违治中心"的主任潘建仁。

在赶往潘主任办公室的路上，彭海博又特别提醒我："到时有人问起，你就说我们早在一周前就发过停工通知书了。张二江那边我有办法搞定，但我们一定要统一口径，并要保密！"

听了这话，我全身突然冒出了冷汗，感觉像是上了一艘贼船，而我又不得不与贼共舞！

台风像跟深州做了一场爱，而高潮过后，渐显疲态，并逐渐安静了下来。这使现场的救援工作顺利多了。早上八点多钟，所有被埋民工都被挖了出来。但是，有一个民工当场就没气了，另一个民工在送往医院过程中也闭上了眼睛，其他五个民工身上都有不同程度的伤。

两死五伤，这事故够严重了！

事故惊动了深州市委、市政府。事故发生后不久，市委书记和市长、分管城建的副市长都赶赴现场，指挥救援工作。

"我们要不惜代价、千方百计地抢救被埋人员！"市委书记在现场面对电视台的镜头，面部表情凝重。

接着，市长也掷地有声："一定要追究事故责任者，一查到底！同时，要举一反三，在全市开展在建工程安全排查工作。"

第二天上午一上班，分管城建的副市长就召开了由规划、城建、安检、水务、供电、街道办、居委会等相关部门参加的事故现场会。会上，副市长铁青着脸批评各部门在违章建筑管理、整治方面的不作为。他特别重点批评了城建局："从这次事故来看，城建部门的工作还很不到位。否则，像这样的违章建筑怎么可能存在呢？"

听着副市长的话，潘建仁的脸有点挂不住了。虽说副市长批评的是城建局，但他是市违章建筑整治中心主要负责人，全市的违章建筑治理工作由他领衔负责。现在，发生了这样的事故当然是他的责任。所以，副市长批评的话音刚落，他就接了茬："确实，我们的工作做得不好，在这里我首先做检讨。"毕竟在官场混过，潘建仁这招还比较绝，容易把被动变为主动。接着，他非常诚恳地表态："我意愿接受市政府对我个人的处理。"这话就说得非常有艺术，一方面，主动揽责往往会博得同情分，另一方面，表明他自己就是城建局的一个分子，而且是一个重要的角儿。

而坐在潘建仁旁边、一直静静地听着副市长训话的城建局局长韩军铭想不到潘建仁会抢在自己前面发言表态，尴尬之极，怒火内生。但转念一想，这毕竟不是什么好事，潘建仁他一人担责，也是替自己脱罪，就由他去吧。想到这里，韩军铭不但不责怪潘建仁，反而对他有了些许的感激。毕竟在这个时候，谁都不愿意蹚这浑水。

事故发生的第二天，许多媒体对这次事故都做了报道。因为发的是新闻通稿，报道的内容基本一致，无非是事故的基本情况如何，市领导是如何的重视这次事故的救援工作，并对事故作了重要批示等等。

报道出来的第二天，彭海博神秘兮兮地叫我打电话给张二江，说是有要紧事要与他商量。彭海博还特别叮嘱我:"这个时候千万不能用办公室里的电话,也不要用你的手机,最好找个公用电话亭。"

彭海博的过分谨慎表明,这次他与张二江的会面非同寻常。直觉告诉我,他们正在进行着一个阴谋。至于是什么阴谋,我不得而知。

我按照彭海博的吩咐买了一张公用电话卡,找了一个比较偏僻的公用电话亭拨通了张二江的手机。手机响了好久都没人接,就在我准备挂掉时,一个女人的声音"喂"了一声,我忙告诉她,我要找张二江。

"能告诉我你的名字吗?"女人谨慎地问。我便把我的名字报了过去。

经过一阵短暂的安静后,一个沉重的声音传了过来:"是冯律师吗?"我知道是张二江,他平时就这样称呼我。

"是,张总,说话方便吗?"我警惕地问他,像白色恐怖时期地下党之间的接头。

"说吧。"张二江的声音非常低沉,像从坟墓里传出。其实,有时候我就觉得他这人就是魔鬼一个,总是给人诡谲和恐怖的感觉!

"彭科晚上要见见你,地方由你定。"我也压低了声音,仿佛旁边就有人在盯梢。

"好,你叫他去余大哥那里吧。"刚一说完,他便挂了电话。

张二江所说的余大哥,就是市政协环资委主任余满良。在担任市政协环资委主任之前,余满良是城建局的局长。

我把张二江的话转告给了彭海博,他拍了拍我肩膀说:"你不要把我与张总见面的事告诉任何人。"

我点了点头,说:"不会的,你放心好了,你把我当兄弟,我怎能出卖兄弟呢?"

说完这话,我笑了,笑得有点苦涩。

我虽与彭海博称兄道弟,但仅仅限于某种利益与某种目的的联盟。出于利益目的,我与彭海博、张二江,还有后面要提及的一些人成了盟友,搭建了一条利益链。而也正是因为利益的关系,这条利益链最终会分崩离析,我们也将从盟友变成互掐的陌路人。

但无论如何,彭海博在我的人生路上是不可或缺的,至少我在深州得以立足，他功不可没。

可是，成也彭海博，败也彭海博。在深州的几年里，虽然彭海博让我有机会成为深州的一员，但也因为他，我卷进了一起刑事案件的漩涡，经历了人间的炼狱。

第一章　闯深州

2005年的夏天，我大学毕业后，决定到深州去闯一闯。

那时的深州在我心中就是一个动感十足的符号，她代表着机会、激情、财富与成功。正是出于对深州的各种想象和预期，我才把她作为职业生涯的首选之地。事实上，"闯"这个雄性十足的词用在我的身上是不准确的，因为我在深州没有像别人一样经历过太多苦痛与挣扎，根本没怎么闯，便轻而易举地攫取了一笔财富，而且这财富特别巨大。别以为我是中了"六合彩"，我没有这个狗屎运。其实我是很快地在深州找到了一种致富捷径。是何捷径？我先不说，后面自然会有交代。先说我初到深州的一些经历吧。

到了深州后，我先找一家"十元店"安顿了下来。那时的深州有许多"十元店"，这是随市场需求所生。每年都有成千上万的人从全国各地涌进深州来求职，美其名曰是南下寻梦，实质是为了过上富足生活。初来的寻梦者大都是穷光蛋，他们身上没几个钱，在住的方面就不怎么讲究，有个地方歇脚就行了。这就催生了"十元店"。所谓"十元店"，顾名思义，就是花十元钱可以住上一晚的歇脚之地。它虽然比不上宾馆、酒店、招待所舒适，但比起露宿公园、桥底、草坪来，绝对是初来深州求职者的首选。

我住的"十元店"距离深州市人才市场较近，这也是我选择这家"十元店"的原因所在。这是一家由工业厂房改造而成的"十元店"。老板娘是一个胖乎乎的女人，猛一看，有点像香港明星沈殿霞。"沈殿霞"收了我两百块钱押金后，便提着一串钥匙把我带到了三楼的一个狭小、阴暗、潮湿的房间，房间里摆着四张床，几乎是紧挨在一起。除一张床什么都没有外，其他三张都摆满了东西。

"你就睡在那里。""沈殿霞"指着空床位对我说，"那三张已有人住了，现在他们应该去人才市场找工作了。洗手间在四楼西边的拐角，是公用的。你现在就跟我去领床上用品吧。"

我随着"沈殿霞"来到一间狭小的房间里，里边凌乱不堪地摆放着床上用品。"沈殿霞"熟练地从里面抽出一张被子和一个枕头塞给了我，"呐，拿着，退房后交回总台，不能弄脏，否则，退不了押金。"

我接过被子和枕头，一股酸臭味扑鼻而来，我差点就呕吐出来。我看了看这些所谓的床上用品，上面满是斑斑点点，白色的布面也快要变成米黄色了。"还叫我不要弄脏呢，已经脏得不能再脏了。"我心里嘀咕道。

"能不能帮我换一套？这个太脏了。"我怯生生地对"沈殿霞"说。

"都一样。老板，别穷讲究了，'十元店'就这样的东西，你要好的东西就住星级酒店去。""沈殿霞"没好气地说。

没办法，我只好抱着这些"垃圾"回到房间，忍气吞声地把它们铺放在床上。真想不到，深州给我的第一份见面礼竟是这堆龌龊之物！

在"十元店"安顿下来后，我便开始了求职之旅，天天往深州市人才市场里跑。我相信每个在深州混过的人都对人才市场这个地方有着特殊的感情。这是一个让人惶惶不安，又充满憧憬的地方。这个地方，改变了不少人的命运，许多现在已经成就辉煌、牛皮哄哄的人都是从这里起步的。这里边就有企鹅老板马化腾的影子。每天到了人才市场后，我就像火车站广场里的小偷一样，在熙熙攘攘的人群中钻来挤去，寻找可以投放简历的目标。一旦发现目标，我便毫不犹豫地把廉价的简历像丢垃圾一样往招聘单位里扔，每扔一份简历，我心中就燃起一丝希望之火。

但一个多月下来，虽然我也接受过几家单位的面试，可最终都泥牛入海，杳无音讯，这让我感到很挫败。在全国就业环境日趋恶劣的情况下，要想在深州找到一份理想的工作真不容易！因为那些在其他地方找不到工作的人，或者想谋求更大发展的人都纷纷往深州来"淘金"。这让深州的人才出现了严重过剩，每一个职位都面临僧多粥少的局面。正当我心灰意冷、准备离开深州转移求职阵地的时候，一则招聘广告最终把我留了下来。这则招聘广告正是我现在的工作单位"深州市违章建筑整治中心"张贴的，招的是法律方面的人才，正是我大学所学的专业。抱着试试看的心态，我给这家单位投了一份简历。

不曾想，两天后我就接到了这家单位面试的电话通知。我按照电话里所指引的地址来到了位于深州市上步路的深州市违章建筑整治中心办公室。也就是在这里，我第一次见到了彭海博，那时的彭海博还未被分配到马岗巡查小组，还在总部负责行政工作。

"坐吧。"彭海博很热情地接待了我，并给我倒了一杯热茶。多年以后，彭海博的笑容和这杯热乎乎的茶一直留在我人生的记忆里。这毕竟是在我失意困顿的时候，在深州得到的第一份温暖。

面试进行得很顺利。主考官只有彭海博与他的一个同事，他们问的问题都很简单，有点像走过场的感觉。后来我才知道，彭海博看了我的简历后，觉得我正是他们想要的人。所以，之后的一些程序都是走过场了。我非常顺利地进入了深州市违章建筑整治中心，成了这个城建局下属单位的一个编外雇员。我终于在深州找到了落脚之地！据后来另一位面试我的同事说，彭海博在潘建仁主任的面前极力推荐了我。所以，我一直认为，如果没有彭海博，也许我早已逃离了深州，我就永远跟深州无缘，也就不可能有后来的富足生活。从这点上来说，我得感谢彭海博。

彭海波出生在潮汕地区，有着潮汕地区人的精明、豪气和仗义。他十岁时就跟着父母来深州读书、生活，属于伴着特区成长起来的一代人，也即是"特二代"。因此，他有着这代人思想开放、头脑灵活、嗅觉敏感、视野广阔的特征。

彭海博读书时并不怎么用功，成绩一直不好。他父母那时都全身心地投入在特区如火如荼的建设之中，无暇顾及孩子的教育，在学习方面，只好听之任之。高考那年，他的成绩只够大专线，就报了深州职业技术学院，学的是物业管理。

彭海博毕业后在一家物业公司干了一段时间。后来，他嫌做物业管理太累，工资又低，没经父母同意就把工作给辞了。再后来，他遇到了张二江，并在张二江的运作下进入城建局，成了城建局公务员队伍中的一员。

对于我来说，彭海博是个好老师。从他身上，我学了不少东西。当然啦，这些东西有好有坏，但都对我的人生产生了深刻的影响。简单地说，好的东西是让我懂得了人情世故，让我学会了生存之道。不好的东西并没有太具体的，但是，有一件事情让我一直耿耿于怀，那就是他把我带到了东莞，导致我把我的"第一次"丢在了一个风尘女子身上。

不怕大家笑话，在与彭海博去东莞前，我绝对还是个处男身。之前我虽有过朦胧的恋爱，但都停留在拉手和亲嘴的阶段，从未有过"实战"。不是我不行，而是不敢。我也有过好几次"破身"的机会，但最终还是理性战胜了感性，全身而退。但是再可耻再悲哀，我也不愿将保留了二十多年的处男身献给一个风尘女子。

事情是这样开始的。一天下午，快要下班的时候，彭海博走到我办公桌前敲了敲，神秘兮兮地说："有个老板想认识你，今晚要请你吃饭。"

"不会吧？这个老板是谁啊？他为什么要认识我？"我有点疑惑。虽然之前彭海博也带我参加过几个饭局，但都是别人请他，我只是作陪而已。而今天这个老板点名要请我吃饭，真有点让我受宠若惊，不知其解。

见我一脸的问号，彭海博也不作太多解释，只淡淡地说："你也别想得太多，这个老板只是想跟你交个朋友而已。人在社会上混，得多交朋友。"

我在深州的朋友不多，当时能算得上朋友的也只有彭海博一人。记得在上大学的时候，一位教经济学的教授就告诉过我们，当今的社会，关系就是生产力，所以，走上社会后，一定要多交朋友，广聚人脉。因此，我参加工作后也有多交朋友的想法。

"好吧。"怀着好奇的心情，我答应了下来。

"那等下就走,这个老板马上就到。"彭海博说。

过了一会,彭海博电话响了。接完电话后,他对我说:"走吧,这个老板已经在楼下等我们了。"说完,他拉起我便走。

一辆黑色奔驰车正停在院子里,彭海博走上去拉开副驾驶室门坐了进去,然后示意我坐在后面的座位上。

车上只有司机一人。刚一坐定,彭海博就指着司机介绍说:"这就是今晚请你吃饭的张老板,张二江。"

张老板转过身来,并伸出右手要跟我握手,我也忙伸出右手迎了上去。就在我们握手的间隙,彭海博也向张老板介绍了我:"这是我们单位新来的大律师,冯伟标。"

张老板冲我笑了笑,说:"冯律师,你好。谢谢你赏脸。"

我有点不好意思地说:"你就叫我小冯好了,叫律师多不顺口啊。"

彭海博老爱向别人介绍说我是律师,可我虽然是学法律的,但从来没有参加过司法考试,这算哪门子的律师啊?我也曾经跟彭海博说过不要向别人说我是律师,可他很正经地反驳说:"非也。你是读法律的,在我们这里做的大都是与法律有关的工作,算半个律师。重要的是,这个社会很实在,你必须有一个头衔,人家才看得起你。所以,在社交场合我这么介绍你,是让别人看得起你,反正也没人去调查你的真实身份,你就不要太谦虚了。"彭海博很好地给我上了一堂社交课,让我受益匪浅。这以后,在社交场合,我总是戴着"律师"或"科长"这些与事实严重不符的面具出场,并获得了别人的些许尊重,这大大地满足了我的虚荣心。

接着,张二江从包里掏出一张名片递给了我,"这是我的名片,以后有什么事可以直接给我打电话。"张二江煞有介事地说。

"张老板是我的好哥儿们,你有什么困难尽管找他。在深州,没有张老板办不成的事。"彭海博在一旁帮张二江做广告。他总爱夸大其词。

我接过名片一看,只见上面写着:深州市江河房地产开发建设有限公司总经理张二江,便道:"谢谢张总!"

"你也别叫我这个总那个总了,就跟彭科那样叫我二哥好了。现在深州最不值钱的就是什么总了。一个在街边擦鞋的名片上都可以印着：某某鞋业清洁集团总经理。"

听他这么一说，我与彭海博都大笑了起来。

"今晚想吃点什么？"张二江双手扶着方向盘问坐在副驾驶室的彭海博。彭海博又转过身来问我："今晚张老板主要是请你，你想吃什么就尽管说。"

这倒让我难为情起来，一方面，我刚踏入社会，很少应酬，对吃什么根本没谱。另一方面，我跟张二江初次认识，还不知道他今晚请我吃饭的真实意图，不敢自作主张。

彭海博大概看出了我的窘迫，忙替我解围："这样吧，冯律师一下子也想不出什么好地方。我看，还是去老地方吧。"

"我也是这个想法，今晚要让冯律师开开眼界。"张二江从后视镜意味深长地看了一眼我。

我心里暗想，这个"老地方"应该是彭海博与张二江常去之地。

张二江边发动汽车，边对彭海博说："赶快给你老情人打电话订个豪华包间啊。"

"好，我现在就打。"接着，彭海博拨通了一个电话："肥婆，那个总统房订出去没有？哦，那好，给我留着。我们大概半个小时后到。"

大约过了半个多小时，我们的车到达了目的地东莞。张老板开着车径直在一家酒店门口停下。这是一家装修得非常豪华、非常奢侈的酒店，名叫富乐。

下车后，一个女人屁颠屁颠地向我们走来。"亲爱的，你可来了，我想死你了。"说着，她向彭海博作了一个拥抱状。

彭海博忙躲开，说："别，别，去抱你老公吧。"说着，他指了指刚把车停好、正向我们走来的张老板。

张老板似乎也听到这个女人与彭海博的对话，他大呼小叫着："你们两人准是在说我的坏话了。"说着，他走近这个女人，狠狠地捏了一下女人的屁股，哈哈地笑道："这屁股真有肉感，怪不得我老弟那么迷恋姐呢。"

女人一下子把张二江搂了过来，嗲声嗲气地说："张老板别逗我开心了，人家才不喜欢我这个老太婆呢。"说完，她把我们带到二楼的一间豪华包间里。

"李总，今晚吃什么呢？"女人问。

正当我纳闷谁是李总之时，彭海博却答道："吃就随便点，主要是后面的节目要安排好。我这个小老弟是第一次来，要让他在东莞留下美好回忆。"彭海博指着我对女人说道。

后来我才知道，彭海博之所以被称"李总"，是他在风月场所的惯用伎俩：在风月场所，他从不跟那些"妈咪"、"小姐"说出自己的真实姓名和真实身份。他一会儿称李总，一会儿称黄总，总之，他用尽了百家姓。有一次，我疑惑地问他为什么要隐名埋姓，他告诉我："做人要学会保护自己，在风月场所千万别说自己的真实姓名，免得以后惹来麻烦，反正在这样的场合大家都不会说真话。"彭海博又教会了我一招。这招还很好使，后来，每到那些色情场所，我从不跟那些卖笑女子说真话，总是用不同姓氏、不同身份忽悠她们。

"李总，你放心，后面的节目我早就安排好了。那吃饭我就自作主张了。"女人说。

彭海博扬了扬手，说："行吧，简单点。"

这顿所谓"简单点"的饭，其实并不简单，每人一鼎红烧鱼翅、一例鲍鱼，外配几个闲菜，吃得我心潮澎湃、浮想联翩。虽然我之前没有吃过这些东西，但是，我却深知这些东西非常昂贵。想着这一餐可能要吃掉我农民爸爸养的好几头耕牛，可能要吃掉我们村里一个中等收入家庭一年的收入，甚至吃掉贫困山区的一所学校，我竟生出愧疚来。

酒足饭饱后，彭海博打电话把刚才那个女人叫了进来。接着，女人把我们带到位于酒店地下一层的桑拿中心。

我是第一次到这种地方，既好奇，又忐忑不安。

可能看出了我的局促，彭海博走过来拍拍我的肩膀说："哥们儿，放开点，这里是男人的天堂，各色美女让你挑选。"说着，他塞给我一叠人民币，"这是小姐的小费，张老板安排的。"

听他这么一说，我似乎明白了什么。虽然我之前从来没有踏入过色情场所，但也能够嗅出这里的暧昧味道，于是我紧张地对彭海博说:"我就不进去了吧。"

彭海博瞪大眼睛像看外星人般看着我:"为什么?别告诉我你还是处男吧?"

我点了点头,说:"我还是。"

"哈,不会吧?这也太稀罕了。我以为深州的处男都死光了,原来还有一个活口潜伏在我身边呢。"彭海博半信半疑地看着我,话里有揶揄的味道。

这个时候,张二江从一个房间里钻了出来,他大声说:"你们两个还在那里磨磨蹭蹭干什么?快点过来,一切已安排妥当了。三间豪华套间,每人一间,今晚大家要尽情享乐,不软不归。"

由不得我再犹豫,彭海博把我推进一个豪华房间里:"今天就算帮你开处吧。"

我心情复杂地进入了房间,心里竟莫名其妙地紧张起来。

不一会,就有一个袒胸露乳的性感女子走了进来,嗲声嗲气地说:"老板,你好!我是二十八号,来自四川,很高兴能为你服务。"

还未等我反应过来,这个女子就手脚麻利地脱掉了衣服,露出了她白嫩丰满的酮体。我以前哪里见过这场面?下身不由自主地活跃起来,这回是小脑袋指挥了大脑袋,我一下子就迷失了方向,再也忍不住内心的慌乱和悸动,一股膨胀而恣肆的滚烫热流猛然间充斥在血管里,令我神志不清甚至几欲昏厥。

见我也蠢蠢欲动,那女子一阵浪笑:"你小弟弟可真挺拔。"

经她这么一挑逗,我这个"初哥"一下子失去了控制,情不自禁地上前去把她紧紧抱住。

"急什么急?我们先去洗个澡吧。等一下还有许多服务项目要做呢。"女子轻轻地推开了我。可我此刻已完全失去了控制,不由分说地把这女人推倒在床上……

原来人世间的男女之事是无师自通的,我在慌乱之中把这个后来才知道叫"鸡"的女人压倒后,很快就找到了进攻目标。紧接着我就展开了猛烈的冲锋陷阵。不一会儿,我们便双双到达巅峰。就这样,我在一次交易中廉价地出卖了我的贞洁,把我从处男变卖成了男人,尽管付款的依然是我。后来,每当想起这些,我便懊悔不已。我怎么能轻率地把自己的"第一次"交给一位风尘女子呢？

　　后来，彭海博知道真相后，也颇为我惋惜："那个'鸡'应该给你包一个大红包才对，你人生这下可亏大了。"

　　彭海博说得不错，我人生从此出现了亏空。这天晚上后，我不但出卖了贞操，也出卖了灵魂。自此，我像彭海博一样也成了张二江这个狡猾商人的盟友，为他的违章建筑充当"保护伞"。有时，我在感激彭海博的同时，也对他充满了怨恨。是他把我带进了一个灰色的轨道，让我的人生开始暗淡。

　　不过，懊悔归懊悔，之后的好长一段时间，我竟依然毫无廉耻地跟着彭海博流连在风尘之中。自此，我沉迷在各种风月场所，周旋在各色美女当中，竟不能自拔。

　　随着与彭海博越混越熟，他有意把我培养成他手下的得力"马仔"。因此，不论是在工作上还是在生活上，他对我处处关照，使我几乎不经历什么风雨就见到了彩虹，也让我这个刚进入社会不久的"初哥"一下子就融入了都市生活，掌握了不少生存技巧，变得圆滑老练、八面玲珑，大吃四方。

　　每晚下班后，彭海博都喜欢带着我参加各式各样的应酬，吃饭、打麻将、唱K、洗桑拿、泡吧、泡妞，无外乎这些节目。当然每次都有老板跟着买单，而我们几个衙门老爷只管吃喝玩乐，不用担心物价斤两，甚是潇洒自在。那些"水鱼"老板总是屁颠屁颠地满脸赔笑伺候我们。

　　当"水鱼"次数最多的当数张二江张老板了。当然，他这"水鱼"当得甘心情愿，当得其所，因为作为回报，彭海博和我等人对于他在我们分管片区马岗的违章建筑总是睁一只眼闭一只眼。在他的糖衣炮弹轰炸下，我们这些分管违章建筑整治工作的人员自动成了"稻草人"。

　　张二江为潮州人氏，是彭海博的老乡。他们两个只要在一起总爱"叽里咕噜"地说潮州方言，这"鸟语"非常难听懂，但还算悦耳。我跟他们时间久了，也渐渐听出了个功夫茶味来，甚至能蹦出几句"家咩（吃饭）"、"家爹（喝茶）"来。张二江在深州某边防部队当过兵，据说当兵期间他还立过功。

张二江是1979年当的兵。那时他刚满十八岁。每次回忆起那段峥嵘岁月，张二江总爱粗俗而又自豪地说："那时的深州哪有现在这么繁华呀？房屋低矮，街道狭窄，市容陈旧破烂，点根烟就能从街头抽到街尾。"张二江这样描述当时的深州。

的确，那时的深州还是个渔村小镇，那时的深州人也像中国其他地区的老百姓一样穷得叮当响。要不是邓小平英明地在这里画了个圈，深州哪可能会像今天这样繁荣富强？那时的深州人看着河对岸的香港人日子过得比他们好，就非常羡慕。后来，有胆大的就偷偷游了过去，在香港那边慢慢地过上了好日子。有一段时间，深州的男男女女一伙伙地泡在鱼塘、水库苦练游泳技术。当然，他们这样做不是为了参加奥运会，而是冒着九死一生的危险希望偷渡到香港去讨生活。

所以，当时驻守深州的边防部队主要任务之一就是打击偷渡分子。张二江在这里当兵时，每天跟战友们在深州河岸线上巡逻。一次，深州刮起了台风，风大雨急，雷声滚滚，许多偷渡分子趁着雨夜蠢蠢欲动。根据队部指示，张二江与三位战友在一段河堤边打埋伏。凌晨三点钟的时候，有队人马悄悄地聚集到张二江他们的埋伏圈里，正当他们脱掉衣服准备下水时，"不许动，举起手来！"张二江他们一声大喝出现在他们面前。谁知，这些人并不买张二江他们的账，带头的一声令下，偷渡者仗着人多势众反倒把张二江他们围了起来。

"同志，我们只是过去讨生活，请你们不要为难我们。"带头的说道。

"偷渡是反革命行为，你们知道吗？"那时，张二江年轻气盛，面对那些偷渡分子，一点不怯场。

可是，这些人已铁了心要偷渡去香港了，他们哪里听得进边防战士的劝说。"给我打！"偷渡分子的头头带头向张二江他们扑了过来。

张二江临危不惧，朝天放了一枪，并大声喊道："都不许动！再动我就开枪了！"

这一招果然见效，偷渡分子们都被镇住了，他们停止了对张二江他们的攻击，但是，乘着混乱，他们中的许多人还是"噗噗"地扑进水里。

张二江再次朝天鸣枪，有几个老实的，站在那里一动不动，张二江和他的战友又扑进水里把几个笨拙的揪上了岸。经过清点，这次偷渡分子一共14人，他们抓了10人，只有4个成了漏网之鱼，可谓战绩显著。部队决定给张二江和其他三位战友各记二等功一次。借着这一战功，张二江还在部队里入了党，提了干。

凭着在部队里的优秀表现，转业后，张二江如愿被分配到了城建局，负责征地拆迁工作。

从部队转到地方后的初期，张二江还能够以一个军人的标准来严格要求自己，工作中时时处处体现军人的风范。在他带领下的征地拆迁工作小组所向披靡，征地拆迁工作异常顺利，并啃下了几块久征不下的土地，得到局领导的表扬。

谁知，这家伙有了一点成绩后就飘飘然起来，渐渐地把自己曾经的军人身份和党员身份忘得一干二净。他的私欲开始膨胀，常常接受拆迁对象的请吃及礼物。后来，他竟发展到私下与拆迁对象合谋，多报青苗，骗取赔偿款的地步。

张二江最终为他的贪欲付出了代价。不久，他便东窗事发，被检察院以贪污罪和滥用职权罪起诉，并被法院判处有期徒刑三年，缓期三年执行。

也就是说，张二江最终躲过了牢狱之灾。

张二江被判刑后，也被城建局开除出了公务员队伍。但他并没有离开城建系统这个圈子。他先是开了一家土地房产信息咨询公司，就是帮一些房地产公司疏通城建部门的关系，解决一些疑难杂症，然后从中抽取好处。听说，由于这是独门生意，张二江这家公司的生意非常火暴。这让张二江公司赚得钵满盆满，一跃成为地产界人人皆知的大鳄。

有了钱后，张二江继续扩张他的生意。他又开了一家房地产中介公司。那时候，深州的房地产中介业刚起步，中介公司还不像现在这么多，竞争也不像现在这么激烈，因此，他的生意也非常红火。他还利用做房地产中介的便利炒起楼来。据说，这时的张二江已坐拥上亿资产。按理，这个时候的张二江应该收手，或者转回正道搞房地产开发，可他却偏偏盯上了违章建筑这个灰色地带。

搞违章建筑有风险，对此，张二江是知道的。但他不怕这个风险，因为在城建系统里他人脉广。他认为，凭着这些人脉关系，他完全可以规避所有风险。这就是张二江甘心情愿做彭海博等官员们的"水鱼"的根本原因。

第二章 利益链

张二江下海后,便想方设法地讨好潘建仁,又不惜血本把彭海博安插到了潘建仁手下做事。他的最终目的就是给他的违章建筑找"保护伞"。只可惜他精心打造的利益链最终土崩瓦解,他自己也深陷囹圄,永远失去了自由。真是竹篮打水一场空!当然这是后话。

现在先来说说张二江的"傍官"之道吧。他傍的第一个官员正是潘建仁。

潘建仁是工程兵出身,早早就跟着大部队到深州来参加特区的建设,是一头不折不扣的深州"拓荒牛"。潘建仁命运的转折发生他在与深州市时任的一位副市长一段离奇的"艳遇"之后。

深州经济特区建设初期,各项工程建设争相上马,整个深州俨然一个大工地。那时,分管建设口的一位副市长也是工程兵出身,这位副市长大人平时爱到工地转一转,看一看。一次,他到某建设工地慰问建筑工人。当时潘建仁刚评上工地标兵,正戴着大红花站在人群中憨笑。不知道是那朵鲜红的大红花吸引了副市长,还是别的什么原因,那天副市长对潘建仁似乎特别感兴趣,走到他身边问了他许多问题,甚至问到了他的婚姻状况。潘建仁当时受宠若惊,非常激动地一一回答了副市长的问题。当他告诉副市长他至今未婚是单身,副市长满意地点了点头。更令人想不到的是,没过几天,这位副市长竟找来工地负责人做媒,把自己的女儿介绍给潘建仁。

这"飞来横福"使潘建仁的命运发生了翻天覆地的变化。副市长岳父先是利用权力把潘建仁从建筑公司调到他分管的城建局工作。裹挟着副市长岳父的威力,潘建仁得以进入城建局的权力中心,当上了城建局的副局长,后又被抽调到深州市违章建筑治理中心当主任,享受正局级待遇。

张二江转业到城建局工作的时候,潘建仁也刚好当上城建局副局长,他分管的正是张二江所在的处室——征地拆迁办,一个被公认为城建局里最肥的部门。这个部门为什么最肥?因为要征地就必须得补偿原地主的损失,而补多少、如何补,往往由这个部门说了算。为了多拿一点补偿款,原地主往往会私下里给这个部门的工作人员好处。而这个部门正是因此而"肥"。

张二江这人脑壳子很好使,他深知,要在政府机关里混出个人模狗样,就得有"靠山"。而几经权衡,潘建仁成了他"靠山"的首选。理由很简单,潘建仁不仅分管他所在的部门,而且潘建仁还有一个当副市长的岳父,这样的"靠山"最牢固。

对于张二江来说,要拿下潘建仁这座"靠山"并不难。潘建仁在部队里待了多年,有着军人情结,对当过兵的人特别有好感。民间流行人与人之间所谓关系的"四大铁",即"一起扛过枪,一起同过窗,一起嫖过娼,一起分过赃。"这"四大铁"排在首位的便是"一起扛过枪",也即是说一起当过兵的人的感情最真,友谊最"铁",最牢固。潘建仁与张二江都当过兵,都在部队里待过,那种军人之间的感情是别人无法体会到的。他们每次待在一起,便自然而然地谈起各自在部队里的生活,以及各自曾经的峥嵘岁月。每当此时他们都会心潮澎湃,热血沸腾。自然而然地,两人的距离也越拉越近。

潘建仁平时爱喝酒,而且酒量大得惊人,号称"三斤不倒翁",即喝三斤白酒他也不会醉。他这酒量是在部队里练出来的。他原本不会喝酒,但到了部队后,他作为兵蛋子得经常陪首长喝酒,而且在部队首长命令下还得大碗大碗地喝酒。喝着喝着就上了瘾,后来他每天不喝上半斤八两,就会不自在。

潘建仁能喝,张二江也不赖,都是当过兵、扛过枪,"酒精考验"的战士,哪有不能喝酒的道理?为此,两人常常在一起把酒言欢,越喝感情越深,成了无话不说的好哥们。

有了潘建仁这座"靠山",张二江自然官运亨通。他到征地拆迁办不久就被委以重任，当上市重点工程拆迁组的组长。官倒是不大，也就是个正科级。但他掌管的是全市重点工程的拆迁工作，责任重大。起初，他秉承军人的作风，用强硬手段啃下了几块久征不下的土地，还拆除了一栋被媒体誉为"史上最牛的钉子户"的违章建筑。张二江一时成了城建局的红人，大家认为他就是未来征地拆迁办主任的不二人选了。谁料，这家伙有了成绩后就飘飘然起来，在他负责一个市重点项目的征地拆迁过程中，他私下与被拆迁对象合谋，多报青苗，骗取补偿款。后来，他遭人举报，东窗事发，被纪检部门立案侦查。

在"双规"期间，张二江口风很严实，不管办案人员如何威逼严审，他只轻描淡写地交代自己的问题，至于别人的问题，他一点都不谈。他被"双规"后，大家都认为肯定还会有人被牵扯进去。根据以往的经验判断，城建局要么不出事，一出事便是大事，一人被抓，多人被查。这就是大家常说的"窝案"。

可是，张二江被纪检部门抓进去后，并没有引起城建系统的"地震"，直到他判了刑，也没有什么人因此而受到牵连。

张二江出来后，一直都在城建系统这个圈子里"捞世界"，靠的正是关系。但随着时间的推移，他原来的那些关系也随着城建系统的人事调整或人员退休而逐渐消退。世界上任何东西只有持续发展才有希望，人际关系也如此。所以，张二江决定在城建局里安插一个自己信得过的人，也即亲信。

正是在这样的背景下，彭海博作为张二江的一粒棋子横空出世了。

张二江是在一次潮州同乡会上与彭海博认识的。

潮州人讲老乡感情，极其团结，一人有难众人帮。有个段子讲的是，两个潮州人正在街上打架，其中强者把弱者打得鼻青脸肿。有路人见弱者受欺负便过来帮弱者打强者，可弱者并不买账，竟调转拳头打为他助拳的路人。路人不解地问弱者："我帮你，你为什么还打我？"弱者振振有词地回答道："谁叫你打我老乡？"

这段子虽然有点夸张，但潮州人的团结由此可见一斑。

在同乡会认识彭海博后，经过几次交往，张二江认为彭海博精明、能干、练达，很懂得人情世故，是个可塑之才。于是，他决定把彭海博安插到城建局工作，将来好对他的生意有帮助。不得不承认张二江是一个好"伯乐"，彭海博这匹"千里马"后来的表现并没有让张二江失望。

到城建局工作之前，彭海博正在一家物业管理公司里工作，整天伺候那些小业主，既苦又累，却吃力不讨好，最要紧的是做物业管理这一行没什么前途。所以，当彭海博听张二江说可以把他弄到城建局工作时，他简直不敢相信自己的耳朵。他知道，城建局是一个肥得漏油的好单位，许多人削尖脑壳都挤不进去。他大学毕业的时候，曾经想通过他老爸的关系进入城建局工作。无奈他老爸所托的那个关系人收了礼后却办不成事。后来，他只好屈身到了物业管理公司工作。干了一段时间后，他对这个工作早已厌烦，正准备辞职不干，现在，经张二江这么一说，他赶忙回家跟父母说了，他的父母当然不反对，并拿出一笔钱让他转交给张二江作打点关系之用。

在张二江的运作下，通过内部招考，彭海博果然如愿进入了城建局，当上了令人羡慕的公务员。由此可见，张二江确实是一个"能人"，真没有他办不成的事！

彭海博成功进入城建局后，张二江又通过关系把彭海博安排到潘建仁主管的"深州市违章建筑整治中心"工作。这样一来，张二江搞违章建筑就有恃无恐了。

在张二江的整盘棋中，彭海博这粒棋子举足轻重。

第三章　风流物种彭海博

先让大家来认识一下彭海博。

彭海博好像生来就是个风流物种，像是贾宝玉或韦小宝的转世。他身边总环绕着形形色色的美女，可谓是"众星拱月"。如果说，别人是把喝咖啡的时间用在学习上，那么，彭海博是把学习的时间用在抠女人上。

看到彭海博生命不息、做爱不止，我就半开玩笑半当真地对他说："担心肾亏啊，兄弟！"

他听了哈哈大笑，说："切！怎么可能？你没听专家说过吗？健康男性一次射精约射出五毫升左右的精液。现代医学对精液的分析发现，这几毫升的精液中，大约存活着两亿个左右的精子。生化分析的结果是，精液的百分之九十八是水分，其余约百分之二是蛋白质和核糖核酸，还有极少的微量元素，如锌。也就是说，男人在一次性生活中所丧失的东西实在是太微不足道了。打个比方说，射一次精和吐一口口水所失去的营养几乎相等。你听说过吐了一口口水会引起肾亏的吗？"

我晕，这家伙连做爱都做出学问了！

彭海博常在我们面前传播所谓的"彭氏抠女理论"：与自己喜欢的女性上床期限三个月至半年为好，时间太短尝不出女人风情万种的味儿，太长了容易产生感情和审美疲劳。他还说，与女性交往千万不能投入太多感情，做爱与恋爱是两码事，一定要分开，做爱是肉体享受，恋爱是精神享受。一个男人可以与无数个女人做爱，但恋爱的女人不能太多，太多了心里不但会累，而且烦。

理论归理论，事实上，彭海博在抠女人过程中还是惹了不少麻烦。许多女人在与他上床后都会对他产生感情，这些女人大都不肯与他分开，并要死要活。彭海博每遇到这种麻烦，总是软硬兼施，先是塞给这些女人一些钱物，谓之为青春赔偿费。如果钱物不奏效，他就会出狠手，叫道上的人对女人进行人身威胁。女人大都胆小怕事，遇到这场面一般会乖乖屈服。但彭海博也遇到过刚烈的女子。一个东北女孩把她的"第一次"给了彭海博后，缠着彭海博一定要娶她。为此，她还到我们单位里闹了好几回，还扬言要到他家里去闹。最后，彭海博使出了狠招才得以脱身。至于是什么狠招，我不得而知。后来听说这个女孩染上了毒瘾，接着被公安机关抓去强制戒毒。几年后，有人见到了这个女孩，她经常出没在深州火车站旁边，搔首弄姿，缠着过往的港客兜售肉体。

这个女孩落到如此田地，我想应该与彭海博出的"狠招"有关。

彭海博是我们朋友圈中公认的"情圣"，"抠女高手"。只要他看中的女人，无一不被他轻松拿下。而且他从认识一个女人到把她弄上床，几乎不用花多大成本和多少时间，一般一两餐饭和一两件价值在一两百元钱左右的礼物就可以把一个女人糊弄到床上。用他的话说是"不费吹箫之力"。彭海博这"抠女"能力得益于他的自身优越条件。彭海博算是个美男子，一米七八的身材，国字脸，长着浓眉大眼。除上天赐予他这些东西外，他后天的修炼也非常关键。彭海博爱好运动，足球踢得非常棒，读书的时候一直是校足球队的核心人物。听说他每次参加足球比赛，都有许多美女足球宝贝给他加油助威。直到现在，他还保持着每周踢一场足球的习惯。

彭海博曾经跟我们说过："没有好身体，怎么能抠女？"坚持运动，让他拥有一副健康、强壮、硬朗的身板子。这些对女人来说已是势不可当了，但更加吸引女人的应该是他的财富。

彭海博的父母在特区建设初期就来到了深州。早期到深州来的人，一般都能轻而易举地捞到第一桶金。彭海博父母也一样，早早就积累了不少财富，可谓家境殷实。彭海博从小在深州长大，从小学到大学都在深州读书，积累了广泛的人脉。同时，他人也非常聪明、活络，具有潮汕人经商的头脑，所以，他从中学开始就搞些小投资赚外快了。彭海博曾经跟我说起他的一次经商"威水"史。

那是1992年，他还在读初二。那一年的8月7日下午，深州市将向全社会公众发行面值5亿元的新股票，采用认购抽签表的方式认购。

消息传出，7日下午便有人开始排队，许多人倾家出动，带着小凳子、床、席子、自行车、纸箱、报纸、砖头等到街上的各银行售表点排队。不久，所有的售表点就排起了长龙。

彭海博说，当时情形让人感到相当震撼：买抽签表需要身份证，于是深州街头遍地都是打电话的人，个个都对着五湖四海拼命地喊："赶快寄身份证来！"，内地的身份证一袋一袋地往深州寄。有人见身份证有利可图，便当上了身份证"收购专业户"，到内地的一些农村里低价收来身份证，然后高价出售。据当时有关部门统计，大约有300多万张居民身份证飞到了深州。

在差不多两天两夜里，就有上百万人在各售表点排着队。

这个时候，彭海博刚好放暑假，他父母也叫他去排队，但他排了几个小时队后，就受不了了，因为队伍不断地挤来挤去，互相挤压，他吃不了这份苦便退了出来。

出来的时候刚好见到一个妇女推着自行车卖饮料，他正好口渴难耐，便买了一瓶矿泉水。谁知，这瓶矿泉水比平时高出了十多倍的价钱，平时卖八毛钱一瓶的矿泉水现在竟卖十二块钱一瓶。

"你这是抢钱啊。"彭海博不满地对卖水的妇女说。

妇女反驳道："都什么时候了，你还嫌贵，你不买就拉到，反正我不愁卖，那边还有人卖的比我还贵呢。"

妇女这番话启发了彭海博，他想："我何不也去卖水？说不定比买抽签表还能赚钱呢。"

他想到这里，忙兴奋地跑回家，把自己的"利是"钱全部取了出来。接着，他又向他父母要了一点钱，跑到学校旁边的小卖部批发了一些饮料，然后用自行车驮着往深南中路的农业银行售表点里赶。因为他从当天媒体得知，那个点聚集的人最多。

当他把自行车推到队伍旁时，引起了队伍不小的骚动，许多人排了十几个小时的队，已经口渴得难以忍受。他们都争着要向彭海博买饮料,但这些人又不能脱离队伍。为了做成生意,彭海博不顾劳累,架好自行车后抱着饮料便往队伍里送。他卖出每瓶饮料的价格是进货价的十倍左右,相比其他卖饮料者,他这个价格算比较低了。所以,不一会儿,他的饮料便被抢购一空。

  第一批货卖完后,他兴奋地往回赶,同时叫上他同样读初二的表弟来帮忙。整整两天两夜他就泡在农业银行的售表点,来回地穿行在长长的队伍中。据说,仅这两天两夜单卖饮料,他就净赚了五六万块钱。这笔钱在当时算是相当大的一个数目了,大约相当于他父母两人当时一年的总收入还多。这对于一个初中生来说,是一笔几近天文数字的财富!

  这仅是彭海博在经商的路上小试牛刀而已。上了大学后,他炒过股票,倒卖过电脑磁盘以及各种学习用品和圣诞卡、生日卡,同学们都戏称他是"学生老板"。

  虽说彭海博进入城建局成了公务员,但他依然与商场打着交道。他在张二江的指引下,利用职务之便炒起了楼,成了房地产"炒家"。他通过内部关系从开发商那里打折低价拿来房子,然后再通过张二江的中介公司炒卖出去,赚取其中的差价。这样一来,大把大把的钞票流进了彭海博的口袋里。

  有钱就有女人,这几乎是放之四海皆准的原理。许多女人就是冲着彭海博的钱而来的。而彭海博在女人的身上也舍得花钱,尤其是对他非常喜欢的女人更是不惜代价,千金散尽。

  男人赚钱是给女人花的,女人有钱花了就会开心,开心了就会对男人好,在床上就会尽力表现,这样一来,男人就可得到更加多的性福。所以,男人赚钱给女人花,归根结底就是为了得到性福。有了性福,人生就会幸福。为了人生的幸福,男人不得不拼了老命去赚钱。尤其是现代的社会,有了钱就可以跟自己喜欢的女人做爱,没了钱就只能干着急。

  可是,一个人夜路走多了,总会遇到鬼的时候。彭海博这个经常"走夜路"的人,终于遇到"鬼"了。

第四章 捉奸

彭海博见"鬼"的那天是在一个寒冬的夜里。凌晨两点多,我在睡梦中被一阵急促的电话铃声吵醒。接通电话,是彭海博的表弟黄栋梁打来的。他的这个表弟现在就在张二江公司当副总。

在电话里,黄栋梁告诉我:"我哥叫你现在马上赶到市第二人民医院。"

"发生什么事了?"我问。

黄栋梁只简单听说了声"我嫂子出事了",就匆匆挂了电话。

我得赶快去医院,现在我已经是彭海博的得力"马仔",他公事私事都喜欢找我帮着张罗。现在他老婆出事,正是最需要我的时候。所以,挂完电话后,我便急匆匆地赶往市第二人民医院。

在医院急诊室,我见到了灰头土脸的彭海博。他正低着头,抽着闷烟。见我进来,他抬头看我一下,接着又把头埋进胸口,很像一个做错事的孩子。

我轻声问彭海博:"嫂子出什么事啦?"

他只是嗫嚅了一下,然后不停地摇了摇头。

正在这时,黄栋梁从外面匆匆走了进来。我便把他拉到一边,了解事情的经过。

原来,彭海博近来总是夜不归宿,要么说是在外面有应酬,要么说是在单位里加班,搞得好像比国家领导人还忙。起初,他老婆许月仙还相信他说的这些话。但他说多了后,就引起了她的怀疑。许月仙决定要弄个水落石出,于是,在一个闺密的建议下,她花钱在华强北请了一个私家侦探帮她跟踪取证。没几天，富有职业道德和专业水准的私家侦探就发现了彭海博在外面有"小三"的隐情，并进行了隐身跟踪。

就在昨天晚上，彭海博又不回家吃饭，说是有应酬要很晚才回家。

彭海博怎么也想不到，他昨晚的一举一动都在他老婆雇请的私家侦探的监控之中。这正是，螳螂捕蝉黄雀在后。他晚上说不回家吃饭后，他老婆就马上通知私家侦探进行全程跟踪拍摄。

从私家侦探拍下来的 DV 显示：当晚，彭海博开车在某车行接上一个高挑女子后，就直接开车到了蛇口"海上世界"的邮轮上共享烛光晚餐。期间，有俄罗斯服务生推着装有蛋糕的服务小车过来，一起给高挑女子唱生日歌。彭海博不但给高挑女子捧上了一束鲜艳的玫瑰花，而且亲自给她的中指套上一枚白光闪闪的钻戒，高挑女子笑得合不拢嘴。两人还有过短暂的亲吻。整个用餐过程，两人表情轻松甜蜜，神态暧昧无比。

大约过了两个多小时，两人结束了晚餐。之后，他们手挽手地来到了"海上世界"的"女娲补天"塑像广场前，兴趣勃勃地买了几扎烟花在广场上燃放了起来。望着满天绽放的绚丽烟花，高挑女子兴奋地偎依在彭海博怀里，露出孩子般幸福的笑容。彭海博此刻像突然想到了什么，轻轻地推开了高挑女子。大约过了十多分钟，彭海博拉着高挑女子的手，离开了广场回到车里。

在车里，两个人有过短时间的激吻（此处可能因为技术原因，影像有点模糊，但彭海博的一只手在高挑女子的下身的抚摸动作依稀可见）。接着，他们开车来到滨海大道旁的"红树林"观景区。下车后，两人手挽手地走进了红树林，此处画面较为模糊，但隐约可看到两个人走到一隐蔽处便激情拥吻，并伴有儿童不宜动作。大约过了半个小时，两人又回到了车里。

此后，画面一下就切到了八卦一路。高挑女子先在路边下了车，彭海博把车开进了停车场。停好车后，彭海博接了一个电话，然后就径直来到了位于八卦一路的鹏基公寓的楼下。彭海博很熟练地按了几个密码键后，大门打开，他接着就按开电梯上了楼。

DV 图像到此为止。

私家侦探掌握到这一切后，认为这是最好的捉奸在床的机会。于是，他通知他的客户，也就是彭海博的老婆许月仙。

许月仙接到私家侦探的"警报"后，便火速赶到鹏基公寓。听到私家侦探的简单汇报后，许月仙早已气得七窍冒烟，在楼下找一根木棍直往楼里闯，声称要与这对狗男女拼了。楼下保安见这架势死活不让他们进去，说是深更半夜此楼谢绝一切来访者。

私家侦探毕竟见过大场面，这点小问题难不倒他，他当场从口袋里掏出一张百元大票塞给保安，并说："我们只是来找人的，绝不会给你添麻烦。"

保安接过这一百元钱后，要求许月仙放下木棍，然后打开铁门让许月仙与私家侦探一起进去了。

私家侦探领着许月仙就直奔九楼。原来，刚才彭海博走进鹏基公寓时，私家侦探也跟着走进去站在电梯口前。彭海博搭乘的电梯不一会就在九楼停下，私家侦探据此断定彭海博去的就是九楼，至于在九楼的哪间房，私家侦探就无法确定了。但私家侦探有着多年的从业经验，他们有的是办法。上到九楼后，私家侦探要求许月仙拨彭海博的手机，许月仙拨完号码后，从 904 号房里依稀传出了熟悉的电话铃声。

"就是在这里了！"私家侦探肯定地说。

不一会，从 904 号房又传来了一个男子"喂喂"的声音，许月仙确定是彭海博的声音。

接通电话后，许月仙先是轻声问彭海博在哪里。

彭海博支吾一番后，说是在关外的一家酒店里，并强调他已经喝醉了，回不了家，准备在酒店里住上一晚。

许月仙又问他跟谁在一起。

"就我一个人呀，怎么啦？"彭海博心虚地反问许月仙。

此刻，许月仙已无法控制自己的情绪，她大声地喊道："彭海博，你这王八蛋！我现在就在你所谓的酒店门口，赶快给我打开门。"

此刻的彭海博还以为是他老婆在讹他，便"负隅顽抗"："你胡说什么啊？你怎么知道我住在哪间酒店呀？"

"砰！砰！砰！砰！"许月仙气不打一处来，她用力地敲着"酒店"904号的房门。

这突如其来的变故把彭海博吓呆了,他怎么也想不到,老婆大人真的找上门来了。虽说彭海博是抠女高手,但面对这样的突变场面,他可是一点心理准备也没有,一时不知道如何是好。而与他在一起的高挑女子更是被吓得脸色铁青,呆若木鸡地站在房间里直打哆嗦,她哭着求彭海博别开门,彭海博压根也不想开门。于是,他们六神无主地待在房间里,如惊弓之鸟。

见里边的人不肯开门,私家侦探把许月仙叫过来低声交代几句后便离开了,因为他与许月仙的合同到此为止,他的任务算是完成了。私家侦探走时,把所拍DV的储存卡交给了许月仙。好在许月仙赶到时,急于去捉奸,还没来得及看DV的画面,否则,看了这画面后她可能连奸还来不及捉奸就当场被DV里的画面活活给气死了。

私家侦探离开后,许月仙按照私家侦探的指点,拼命地拍打904号房的房门,"嘭嘭嘭"的声音响彻整个楼道,这声音在夜深人静时显得非常刺耳。许多房客经不住这番吵闹,纷纷打开房门来指责许月仙。但许月仙已被气疯了,她对大家的指责毫不理睬,继续边拍打房门,边大喊大叫着:"彭海博,你这王八蛋和小妖精赶快给我滚出来!"

不知是谁报了警,不一会,一位警察带着几个协警在物业管理工作人员的陪同下赶到了现场。简单问了许月仙几句后,警察边敲门边表明身份。

此时,彭海博再也不敢抵赖,他无奈地打开了房门。

房门一打开,许月仙不顾警察的阻拦,直接扑向已经吓得瑟瑟发抖、低着头躲在角落里的高挑女子:"你这小妖精,你这小妖精,我打死你!我打死你!"她拼命地捶打着、叫喊着,几个协警拦都拦不住。

"姐,别打了。是我,小婧。呜呜……"高挑女子突然哭喊了起来。

不喊不要紧,这一喊倒把许月仙给吓呆了。

"是你?!小婧,我的天啊……"说着,许月仙竟昏了过去。

原来,这个叫小婧的女子不是别人,正是许月仙的表妹黄小婧!

说起这个黄小婧,叫许月仙如何不悲愤?黄小婧是许月仙舅舅黄志的女儿,比许月仙小六岁。在她刚懂事的时候,父母就离了婚,黄小婧判给了父亲黄志。

父母离婚后,黄小婧才知道她的真实身世。原来黄小婧并非黄志夫妇所生,她的生身父母是谁,直到现在还是个谜。她是黄志夫妇从福利院里领养的。

黄志夫妇结婚后一直未能生育,问题正出在黄志身上。

黄志小时候就跟着父母下放到农村里。那是一个非常贫穷、落后的村落,村里穷得连厕所都非常简陋。每家每户一般都在自家的屋子旁搭个茅草棚,然后在里边挖个坑,再在坑上架上两块木板权当厕所用了。我们平时所说的茅坑应该就是这个样子的。

一般来说,茅坑只供大人使用,小孩使用起来不但不方便,而且存在一定的危险,弄不好会掉进茅坑里。所以,农村的小孩大小便都不进茅坑,一般在屋外的任何一块空地都可以解决。

在黄志六岁那年夏天的一个下午,他蹲在自家墙角旁,边吃着烤红薯边淋漓尽致地排泄着肚子的一堆废物,谁知,村里的一群公狗母狗大狗小狗闻味而来,一下子就集聚了十几只。那年的狗跟人一样缺乏粮食,人屙出来的屎便成了狗的最佳食粮。虽然屎对于人来说是臭的、恶心的东西,但对于狗来说却是香喷喷的美味佳肴,否则,它们不会因为争一坨屎而互相撕咬得头破血流。那天下午,当黄志屙出一条条新鲜的屎后,引来了众狗争吃,但毕竟屎少狗多,一些还没吃到屎的狗心有不甘,纷纷争着往黄志的屁股里钻,这样一来,你推我攘,并互相撕咬起来。一场发生在群狗中的战争在所难免,一时场面非常混乱。黄志一下子被这场面吓呆了,他躲闪不及,冷不防他的"蛋蛋"被一只狗咬了一下。顿时,他下体鲜血直流。黄志的爸爸也就是黄小婧的爷爷听到哭声后,便跑出来看个究竟。当看到黄爸爸捂着血淋淋的下体在地上打滚时,黄爷爷明白了什么,急忙抱起黄志就往镇里的医院赶。当时镇里医院的医术水平有限,对黄志的"蛋蛋"只做了简单的包扎和打了一支破伤风针。

谁知,这一咬竟给黄志留下了严重的后遗症,几乎毁了黄志的一生。而这后遗症是黄志结婚后才发现的,之前并没有发现有什么不妥。

　　黄志和他的妻子尹琼珠都是当地一家饲料厂的职工,两人在工作接触过程中互生情愫,并确立了恋爱关系。不多久,两人在双方家长的催促下步入了婚姻殿堂。

　　新婚之夜,当两人幸福、兴奋、害羞地拥抱在一起准备大干一场时,黄志却发现他非常不争气,根本就举不起来,任由老婆尹琼珠百般诱导也无法完成这人生大事。经过好几番艰苦卓绝的努力后,两人已经大汗淋漓,筋疲力尽。最后,他们只好抱憾地草草鸣锣收兵,并决定择日再战。起初,两人都以为那天太累加上紧张才出现这样的状况。可是,他们连续试了好几天都以失败告终。他们屡试屡败,屡败屡试,一直持续了半年,黄志那列"专车"还是无法驶进尹琼珠的"隧道"。后来,他们到医院里去检查,医生告诉黄志,他睾丸发育不健全,可能因此引起阳痿。直到这时,黄志才想起六岁那年狗咬"蛋蛋"的事来,想不到这一咬,竟咬断了他的性福,也咬断了他的幸福。

　　黄志当然不肯接受这样的命运,他要与命运抗争。因此,他走上了医治"蛋蛋"的漫漫长路。他跑了不少医院,看过不少医生,吃过不少药,包括各种偏方土方秘方,但就是不见病情有所好转,他的"专车"依然只能够在老婆尹琼珠"隧道"口兜圈圈,怎么也进不了。

　　转眼就过了两年,黄志的不作为让尹琼珠苦不堪言,结婚两年仍然"金身"不破,不免生出几许悲怨来。尤其是双方父母见他们结婚两年一点动静也没有,就着急地明指暗示着要抱孙子,搞得黄志夫妇不知如何是好。

　　后来,双方父母追急了,黄志夫妇只好把实情和盘托出。双方父母知道实情后也非常难过,但既成事实,他们也不好说什么,只是建议他们继续治疗,实在没办法就想办法到福利院去领养一个小孩。这可启发了黄志夫妇。半年后,他们真的去福利院办了领养手续,把一个刚满一岁的大眼睛女孩领回了家。

　　这个大眼睛女孩便是现在的美女黄小婧。据说,当时黄小婧是被人放在一个竹篮里遗弃在汽车站的。有人发现后就打了报警电话,警察过来查看,发现了一张写着"我实在没钱养活这个孩子,希望有好心人收养"的纸条,确认这个小孩为生身父母所遗弃,于是,便把她送到了当地的福利院。

　　黄志夫妇领养黄小婧后一直视为己出,把她当成宝贝看待。黄小婧在养父养母的精心呵护下,逐渐长大成人,并且长得非常漂亮、聪明。她的到来给黄志夫妇本已变得沉闷的家庭带来了生机,双方家长及亲朋好友都接受了这个孩子,都把她视为黄志夫妇的亲生孩子。

　　可是,好景不长。不久后,黄志发现妻子尹琼珠背着自己在外面有了男人,而这个男人恰恰是黄志夫妇所在饲料厂分管销售的副厂长蔡山峰。

　　尹琼珠结婚不久后,因为平时工作表现不错被厂里提拔为销售部经理。当上了销售部经理后,尹琼珠就逐渐变得忙碌起来,不是加班就是应酬,而且三天两头要出差到外地联系业务。对于尹琼珠的工作,黄志还是非常支持的,他包揽了家里所有的家务,好让妻子安心地工作。可一次偶然的机会,黄志发现了尹琼珠的秘密。一次,尹琼珠出差回来后倒头便睡。黄志认为妻子肯定是累了,便帮着她整理行李箱里的衣物。谁知,他在尹琼珠的行李箱里发现了一盒打开过的避孕药,他一下子就傻了眼。黄志知道,他与尹琼珠之间根本就没必要用这种东西,因为他们做梦都盼着怀孕,怎么可能还会去避孕呢?

　　"这里边肯定有问题!"黄志这样想着,心中不禁升起了一团怒火。他从床上把还在睡梦中的尹琼珠揪了起来,然后把那盒避孕药往尹琼珠面前一扔,大声叱喝:"说,这究竟是怎么回事?"

　　尹琼珠看到这盒避孕药后,脸色霎时变白了,眼泪一下子哗哗地流了出来。她哭着说:"黄志,我错了,我对不起你,我们离婚吧。"

　　在黄志的逼问下,尹琼珠终于道出了事情的原委。

　　原来,因为工作上的关系,尹琼珠与分管销售的副厂长蔡山峰经常待在一起,他们一起谈工作,一起出去应酬,甚至一起到外地去出差。对于这一切,黄志是知道的,只不过,他对尹琼珠非常信任,根本没有往那方面想。何况蔡山峰是有家室的人,人也长得老实憨厚,人品又非常好,他在厂里的口碑极佳,黄志压根就想不到像他这样的人会去勾引他老婆。

　　一次,尹琼珠跟着蔡山峰到广州谈一笔大业务,他们很成功地签下了这笔业务。晚上，对方请他们吃饭。饭后，对方又请他们到了一家高档的歌舞厅里去听歌跳舞。尹琼珠是第一次到这种场所来的，心里既好奇又兴奋，本来不会喝酒的她在大家的劝说下喝了不少酒。同时，随着一曲曲优美舞曲的响起，蔡山峰簇拥着她下到舞池里跳起了华尔兹。起初，他们之间的身体还保持着一定的距离，跳了几曲后，他们的身体渐渐地越贴越近，直到尹琼珠明显感觉到蔡山峰下面的那个"硬件"顶着她的下面敏感部位。在酒精的作用下，一阵阵晕眩向尹琼珠袭来，让她迷失了方向。

散宴后，蔡山峰扶着尹琼珠回到了宾馆。

这一夜，蔡山峰并没有回到自己的房间而是直接进入了尹琼珠的房间，他们很自然就跨越了界线，尹琼珠的处女身也就是在这个时候才真正给破了。这晚让她尝到了做真正女人的滋味。这次初试云雨后，她欲罢不能，竟迷上了与蔡山峰在一起的那种感觉，这可是黄志无法给予她的。

自此后，他们经常打着工作的旗号频频约会。而黄志一直蒙在鼓里，有时他看着妻子那忙碌的身影，还非常心疼，担心她把身体搞垮了。谁知，尹琼珠竟然背着他与有妇之夫蔡山峰在外面一起快活着。

听了尹琼珠的诉说后，黄志反倒平静了下来。他知道，尹琼珠走到今天这个地步也有他的责任。由于生理上的原因，他一直不能给尹琼珠做完整女人的机会，年纪轻轻就守着活寡，这对于一个女人来说是不公平的，也是残酷的。但想到自己无端端地被戴上了一顶大"绿帽"，黄志心里很不是滋味。

经过一番的思想斗争，黄志决定与尹琼珠离婚，这对于尹琼珠是一种解脱，而对他来说，又何尝不是一种解脱呢？

最终他们非常平静地离了婚，虽然黄小婧不是他们亲生，但是，考虑到黄志不能生育，加上黄小婧对黄志感情更深些，黄志又有着抚养的愿望，法院把黄小婧判给了黄志。

离婚后，黄志也从面粉厂辞了职。他把黄小婧送到他姐姐的家里寄养后，便一个人跑到广东打工去了。

黄志的姐姐也即是许月仙的妈妈。

黄小婧到了许月仙的家里后，很快就融入了这个家庭。许月仙父母对黄小婧疼爱有加，许月仙也把她当成自己的同胞妹妹看待，处处让着她，护着她。随着年龄的增长，她们之间的感情也越来越深，成为一对无话无说、形影不离的好姐妹。

大学毕业后，许月仙在深州一家银行找到了一份稳定工作。而一年后，黄小婧也从一所中专学校毕业。在许月仙的鼓动下，黄小婧追随姐姐到了深州。

深州是一个人才济济的地方，一个中专毕业生想找到一份理想工作谈何容易。因此，许月仙建议表妹不要急着找工作，先去读一个成人大专文凭再做打算。黄小婧打小就很听这个表姐的话，许月仙这么一说，她也觉得很有道理。于是，便报读了深州大学成人教育学院的文秘大专班。黄小婧那时是没有任何收入的，她日常的所有开支都是靠许月仙资助，即使那时许月仙的工资收入并不高，但她对黄小婧有求必应，毫无怨言。甚至有时她买新衣服和新鞋子，也会捎带着给黄小婧买上一份，她的化妆品、卫生巾等女人用品都是与黄小婧共用。

对于姐姐的好，黄小婧当然是知道的。她无以为报，只能默默地帮着姐姐做家务，姐姐在工作上或感情上遇到问题，她也会帮着找原因、出点子。有时她看到姐姐伤心落泪，她也陪着落泪。黄小婧成了许月仙的知心妹妹。有一个这样的妹妹，许月仙也非常自豪，非常开心。她找男朋友都要黄小婧给她作参考，让黄小婧出主意。许月仙与彭海博拍拖后，经常带着黄小婧与彭海博一起约会，吃饭、看电影、登山、游泳，甚至外出旅游也要黄小婧跟在身边。黄小婧成了许月仙与彭海博两人拍拖的"电灯泡"。对于许月仙这个"电灯泡"妹妹，彭海博朋友经常拿他们开玩笑，说彭海博找许月仙非常划算，这可是"买一送一"啊，彭海博可赚大了。

许月仙与彭海博结婚后不久，黄小婧也拿到了大专文凭。在许月仙的提议下，彭海博利用自己的人际关系给黄小婧找到了一份薪水非常不错的汽车销售工作。

许月仙对黄小婧的好是人尽皆知的。因此，大家对于黄小婧做出这样背叛表姐的事既气愤，又非常不解。许月仙更是为此伤心欲绝，她怎么也想不到两个她最亲的人一起背叛了她。

"捉奸"的那天，许月仙气昏后，警察便拨打了"120"。"120"

赶到后,大家一起把许月仙送上了救护车。接着,警察把彭海博和黄小婧带回派出所接受调查。在派出所里,警察给两人做了简单的笔录后。因为这仅是一起感情纠纷,警察对两人进行了批评教育后,就把两人放了。

从派出所出来后,彭海博就打车直奔医院,而黄小婧不知去向。

许月仙在医院醒来后,她一直不断喃喃地哭着说:"她可是我一直信赖的妹妹呀!她怎么会做出这样的事来呢?"

唉,人心叵测啊!

第五章　致命诱惑

说起许月仙与彭海博的相识还真有点偶然。

有一次，张二江说要请深州发展银行某支行的一位行长吃饭，便把彭海博叫上作陪。宴前，张二江对彭海博作了重点交代："我有一笔贷款要这个王八蛋批，今天一定要把他喝好，喝好了，贷款就有希望，否则，就泡汤了。你酒量好，今天就替我多喝几杯。"

"没问题，凭我酒量，什么行长鸟长的都会见杯死。"彭海博配合张二江在酒桌上搞定过许多政府官员、国企老总、银行行长，他酒量日涨，信心爆棚。

这位行长那天也是有备而来的。他带来行里三位美女助阵，其中就有许月仙。

那天，他们一坐上台就开始拼酒。先是按照中国饭局规矩，一起连干三杯，接着，宾主双方互敬，然后轮到每个在局者打通关，即每人必须敬所有在席者每人一杯。最后便是小范围内相互回敬，其实就是相互斗酒。

一阵"混战"后，其他几人都陆续败下阵来，缴杯不喝了。最后仅剩下了彭海博与许月仙两个年轻人较劲，其他人均作座上观，不断地给两人喝彩助威。

那时候的彭海博正血气方刚，怎肯在一个弱女子面前服软？所以，他不断地挑起"战火"，与许月仙玩着各种各样的助酒游戏，时而猜枚，时而玩骰盅。而许月仙的酒量并不差，面对彭海博的不断挑战，她一点都不怯场，对彭海博每招必接，还频频主动出招。到了最后，彭海博终于招架不住，忙跑到洗手间吐得翻江倒海、天昏地暗。

当他歪歪斜斜地走出包房的洗手间时，许月仙忙走上前去，并把他扶到沙发里坐下，还吩咐服务员给他倒上一杯热茶。许月仙这些很自然的细微举动，竟把彭海博这个情场浪子感动得一塌糊涂。他虽阅女无数，但大都是风尘女子，都奔着他的钱财而来，无情无义。比照之下，许月仙的纯真、聪慧、细心，博得了彭海博的好感。那晚后，他对这个女子产生了异样的感觉。

那晚的酒让行长喝得特别满意，张二江的贷款也非常顺利地批了下来。

第二天酒醒后，彭海博的脑海不断浮现出昨天许月仙的一举一动，尤其是扶住他的一霎，是那么令人温暖而难忘。虽然彭海博身边不缺女人，但是，令他心动的并不多，令他萌生结婚生子念头的却几乎没有。在他看来，深州大多女人都是物质动物、拜金主义者，这些女人把钱看得比命还重。

的确，在深州，一个无房无车无存款的"三无"男人很难赢得女人的芳心。深州的一些女人拜金思想严重，她们宁愿坐在宝马车里哭，也不愿坐在自行车上笑，宁愿做剩女，也不愿裸婚。

彭海博交往过许多女人，有些女人与他做完爱后总会旁敲侧击地问他的财产。有些女人更加直接，刚穿好衣服便向他诉苦。要么是房东催房租了，要么是在老家的母亲得了宫颈癌正愁没钱医治等等。总之，几乎个个都苦大仇深、生活在水深火热之中，好像她们都身处万恶的旧社会，还未翻身做主人。但其实谁都知道，就是为了要钱。

彭海博曾经暗暗发过誓，绝不在深州女人圈里找老婆，在深州女人圈里找老婆就等于找回一个债主，有永远还不清的债。他曾经固执地认为，要找一个好老婆就得回他老家潮州。潮汕女人的贤惠、顾家是出了名的。最主要的是，那里的女人不像深州女人那样看重金钱，老公给多少就用多少，很少主动伸手向老公要钱。其实，这是女人的一种智慧，你越不主动向老公要钱，老公就越主动把钱给你。相反，你老向老公要钱，老公就会向你隐瞒财务状况，私设小金库，也就是我们常说的藏私房钱。男人一有钱就变坏，男人有了私房钱就变得更坏。

那晚自遇上许月仙后，彭海博不在深州女人圈里找老婆的想法开始动摇了。他暗暗感叹道："原来深州也有好女子！"而许月仙究竟好在哪里，其实彭海博也说不出个所以然来。他只是隐隐觉得，许月仙不同于他之前认识的那些女人。与其他女人相比，许月仙虽然谈不上漂亮，但她蕙质兰心，冰清玉洁，气质、风度俱佳。那晚，他在跟许月仙斗酒的时候，曾经借着酒劲开了一个荤玩笑，他说："我想与你深发展。"这句话便是许月仙所在深州发展银行的广告语，在此被彭海博借用，寓意深刻。许月仙听后并不生气，她不失风度与幽默地回敬了彭海博了一句："光大不行。"顺便把她们银行的竞争对手光大银行挤兑了一下。许月仙的机智、幽默、大方、得体、温柔，正是彭海博所欣赏的。他理想中的老婆是这样的：在客厅里，她是贵妇；在床上，她是荡妇；在厨房里，她是仆妇。一言以蔽之，就是：出得厅堂，下得厨房，上得床。他觉得许月仙符合这些条件。

认定目标后，彭海博便展开了猛烈的进攻，送花、发短信、请吃饭，一番穷追猛打之后，许月仙这座"城堡"最终被彭海博攻了下来。不久，他们便确立了恋爱关系。

几乎每次与彭海博约会，许月仙总爱带上表妹黄小婧陪伴。黄小婧每次见到彭海博，总是甜甜地叫他"姐夫"。"姐夫"彭海博对这个小姨子也非常有好感，他觉得她不但人长得漂亮，而且纯真、聪明、活泼。黄小婧每次与彭海博和许月仙在一起，总是像一只小鸟般叽叽喳喳，欢快无比。她的开心感染着彭海博和许月仙这对情侣，他们都非常喜欢这个小妹妹。为此，彭海博还给黄小婧起了个外号，叫"小甜筒"。

婚后，他们在南山后海湾买了一套三房两厅的商品房居住。

许月仙不放心黄小婧一个人在外面租房住，加上彭海博晚上经常有应酬，为了有个伴，她建议把表妹黄小婧接到家里来一起住。其实彭海博早就有此意。经过与黄小婧的长时间接触，他对这个小姨子有了些说不清的模糊感觉，所以当许月仙提出要把黄小婧接到家里来住时，他暗自欢喜。

就这样，黄小婧成了彭海博与许月仙这个新家庭中的一员。三人住在一起其乐融融，相安无事。

可是，问题很快就出来了。

结婚不久，许月仙便怀孕了。为了保胎，她决定休假回河南老家休养，因为在老家不但有父母的照顾，还可以吃到适合她口味的可口饭菜。

许月仙一走，家里就只剩下了彭海博与黄小婧。这在无形中给他们出轨提供了便利条件。

许月仙不在家，黄小婧就主动担负起照料彭海博起居生活的任务。本来彭海博早就对这个小姨子有着不可告人的想法，只不过碍于她是许月仙的表妹而不敢轻举妄动而已。许月仙这一走，他对黄小婧的贼心就完全被释放了出来。而黄小婧对这个姐夫也有种异样的感觉，有时看到他与表姐卿卿我我，她也会产生朦胧的想法。毕竟她刚情窦初开，正处在怀春阶段，对男女之事有所向往和渴望顺理成章。

俗话说，小姨子身体的一半是姐夫的。何况，这个小姨子就一直生活在姐夫的身边呢！经过长时间的相处，两人的关系逐渐变得暧昧起来。有时候在一起吃饭，彭海博总会给黄小婧夹夹菜、添添汤，献尽殷勤。这时黄小婧总会盯着姐夫彭海博天真地说："我以后也要找一个像姐夫一样会照顾我的男人。"有时候黄小婧穿着薄薄的睡衣在客厅晃来晃去，她胸前那高高突起的乳峰便如欢蹦乱跳的兔子，一颤一颤的，直把彭海博晃得心跳加快，全身燥热。

有一次，黄小婧刚洗完澡便坐到彭海博身边看电视。她身上散发着淡淡的沐浴液香味和女人特有的体香，撩得彭海博心猿意马，想入非非。这时电视上刚好播放着一对男女在床上的激情戏，整个客厅突然变得沉寂起来，他们都默不作声地盯着画面看。彭海博口干舌燥地盯着画面，心脏"突突"直跳，血液直往上涌。

可能已经感到姐夫的失态，黄小婧机灵地打破这尴尬局面，她问彭海博要不要喝茶，说着便站了起来，走到厨房里去煮水泡茶。这时彭海博也从短暂的胡思乱想中清醒过来，他谢过黄小婧后，便转身回到卧室休息去了。

一场一触即发的情欲风暴就此风止树静。

他们真正发生关系是在夏天的一个夜里。

那天晚上，彭海博跟一帮朋友喝酒直到深夜才回家。当他打开门时，看到黄小婧穿着薄薄的睡裙在沙发上睡着了。彭海博进来时，黄小婧正好翻了一个身，裙尾往上一卷露出了她的粉红色底裤。彭海博看着这一切，血突然往上冒，全身不自觉地哆嗦起来。借着酒劲，他壮着胆子走到黄小婧身边。停留了几秒钟后，他猛地俯身把黄小婧用力抱住，口里不停地轻呼着黄小婧的名字。

黄小婧被惊醒了："姐夫，你干什么？干什么？"黄小婧边说边猛地推开了彭海博。

但这个时候，彭海博已完全失去了理智，根本无法控制住自己的行为了。他不顾黄小婧软弱无力的反抗，把她往沙发里按，边狂吻她边脱光自己的衣服。渐渐地，黄小婧也不挣扎了，只是一个劲地说："我姐知道了怎么办？我姐知道了会打死我的。"

彭海博边喘着粗气边安慰她："宝贝，你不说你姐是不会知道的。我早就想死了，来吧，宝贝。"

随着黄小婧"啊"的一声尖叫，彭海博知道他的"伟业"终于完成了。看着沙发上鲜红的血液及"呜呜"大哭的黄小婧，他突然后怕起来。刚才的一切仿佛是一场梦，他陷入了深深的自责当中。毕竟黄小婧是许月仙的表妹啊，许月仙也是为了给自己传宗接代才离开的，而自己却利用这空当儿把她的表妹给糟蹋了，真是造孽啊！彭海博此刻慌乱无比，他无法原谅自己的所作所为，为自己的鲁莽愧疚不已。

这一夜，彭海博和黄小婧都没睡。彭海博在书房里一根接一根地猛抽烟，而黄小婧把自己关在房间里一个劲地哭。彭海博本想过去安慰一下她，但又不知道该说什么好。

起初几天，他们谁都不理谁。为了避免这样的尴尬，彭海博故意很晚才回家。他老担心黄小婧会去告发他或者向许月仙告状。可一段时间过去了，一切风平浪静，彭海博心上的石头才慢慢放了下来。其实，黄小婧断不会怪彭海博这个姐夫的，毕竟她在心底里对这个姐夫也有好感。甚至，每次她发现彭海博很晚还没回家，还会给他打电话问他在哪里，吃饭没有。这样的关心无疑给了彭海博诸多的暗示和鼓励，不久后，他便大胆地进入黄小婧的闺房，把黄小婧伺候得蚀骨销魂，飘飘欲仙。

黄小婧从起初的反抗到后来的迎合，一切都变得顺理成章。一段乱伦的畸情就这样延续着。每次与黄小婧完事后，彭海博都会叮嘱她注意保密，千万别让许月仙知道他们的事。黄小婧又不是傻瓜，她也知道与姐夫做出这样不光彩的事，对表姐的伤害是致命的，她哪里还敢让表姐知道啊！

不久，许月仙从老家回到深州待产。

许月仙回来后，彭海博和黄小婧都装作没有发生过任何事情的样子，照样与许月仙有说有笑，一切如旧。许月仙正沉浸在将为人母的幸福之中，并没有发现彭海博与黄小婧有何不妥。虽然她不一定信得过彭海博，也认为男人都有花花肠子，但是，她对表妹还是一百个放心的。她认为，黄小婧是她的表妹，平时她又对黄小婧那么好，黄小婧没有理由背着她做出什么事来。尽管当她决定回老家保胎时，她的一位闺中密友曾经善意提醒过她，叫她让表妹黄小婧暂时搬到外面住一段时间。"毕竟是孤男寡女独居一室，难保万无一失。"这位密友提醒许月仙道。可是，许月仙根本不听。在她看来，一个是自己老公，一个是自己表妹，不可能会发生什么事情的。"何况，我老公的起居生活也需要有人照顾。我表妹比较了解他的脾性，照顾起来比谁都方便。"许月仙对闺中密友说。

毕竟是家务事，外人不好管，这位密友见她这么一说，也就不好再说什么了。

而恰恰由于许月仙对两位亲人的过度信任，最终酿成了这出悲剧。

正所谓是树欲静而风不止。正当两人以为一切都已经风平浪静的时候，黄小婧却意外发现事情糟了。

黄小婧本来很准时的月事，却过了半个月还没见动静。她忙忐忑不安地跑到药店里买来早孕试纸，经过测试，真糟糕，检测区出现明显的色带，呈阳性，也就是说，黄小婧怀孕了。

这可把黄小婧吓坏了，她连忙把这一坏消息偷偷告诉了彭海博。毕竟是情场老手，彭海博听了后像什么事都没发生似的，边安慰黄小婧，边叮嘱她务必要保守秘密，并向她保证他会有办法解决好这个问题的。

一个星期后的一天，黄小婧告诉已产下一女、正休产假在家哺乳的许月仙，说要去顺德她爸爸黄志那里住一段时间。

黄志到了广东后，辗转在珠江三角洲的好几个城镇，最后在顺德市一个家具城里谋到一份业务员的差事。不久后，他便跟一个与他年龄相仿、离了婚并生有一子的本地女子结了婚。婚后，一家三口过上了其乐融融的生活。

黄小婧跟随着表姐许月仙到深州后，也曾经去过几趟顺德，探望她的养父和新晋养母。对于这次黄小婧提出去顺德养父家里小住，虽然许月仙不怎么舍得，但考虑到亲人的团聚比什么都重要，她也就没多想地答应了。

于是，黄小婧收拾好几件换洗衣服后，便与许月仙作别。

其实，黄小婧并没有去顺德，而是在彭海博的安排下住到了他专门为她租下的位于八卦一路的鹏基公寓。尔后，彭海博通过熟人让黄小婧去宝安区一家医院做了人流。为了不让许月仙产生怀疑，黄小婧每天都坚持与许月仙通一次电话。

黄小婧把这出戏演得非常逼真，堪称天衣无缝，毫无破绽。

在这期间，彭海博晚上一下班便跑到鹏基公寓里来陪黄小婧。他有时一待就是大半夜，有时干脆就在黄小婧那儿留宿，却骗许月仙说是在单位里值夜班。好几次夜里，因为家里有急事，许月仙便把电话打到单位找在"值夜班"的彭海博，可电话打通后却一直无人接听。许月仙只好转而打彭海博的手机，可手机也往往是无人接听，或者语音提示机主已关机。由此，许月仙对彭海博的"值夜班"之说产生了怀疑：既然他是在单位值班，哪有不接电话的道理？

许月仙把她的疑虑跟一位闺蜜说了。这位闺蜜向她建议道："要知道你老公有没有问题还不简单？首先，你夜里悄悄地到他单位看他办公室是否有人，如果没人，那你老公十有八九在外面有人了，究竟是什么人，找一个私人侦探跟踪一下便真相大白了。"

许月仙听了这番话后，如醍醐灌顶，觉得很有道理。于是，按照这位密友的指点，在彭海博又一次说他要值夜班的晚上，她悄悄地溜到彭海博的单位里看了个究竟。结果单位大门紧锁，并且黑灯瞎火，根本没有人在单位里。许月仙终于弄明白，一直以来彭海博所说的"值夜班"是一个大大的骗局，她气得七窍生烟，几乎崩溃。但冷静下来后，她不急着与彭海博摊牌，毕竟她还没有足够证据证明彭海博在外面有人。不在单位值班不等于就有别的女人，也可能是别的什么事儿，比喻在外面应酬喝酒，或者打麻将什么的。许月仙更多地往好的方面想，她压根不希望她的婚姻会出现危机。

但是，事实却是残酷的。当她请来的私家侦探非常尽职地把彭海博的骗局揭穿时，许月仙怎么也想不到，与自己老公搞在一起的不是别人，竟然是自己非常信任、非常宠爱的表妹黄小婧！她实在无法接受这样的事实，更加无法原谅表妹的过错。

那天被表姐捉奸在床后，黄小婧羞愧难当，巴不得化作一粒灰尘，消逝在空气里。她知道自己犯了大错，伤害了表姐，她觉得再也没脸见人。所以，当她从派出所做完笔录出来后，没有勇气再见表姐，只是给许月仙发了条短信："姐，我错了！我知道我这样做是对你莫大的伤害，我不敢奢望你的原谅。我再也没脸见到你们了。所以，我决定离开深州，离开你们。最后，让我说声对不起了！并祝你今后的生活幸福、开心！"

许月仙正在气头上，她看到黄小婧的短信后，并不给黄小婧回复，也不在意黄小婧离开深州后会去哪里。

这后来令许月仙相当自责，因为黄小婧这一走，便走上了一条吸毒、贩毒的不归路。许月仙认为，假如当时她大度一点、清醒一点、理性一点，给黄小婧回个短信，也许她就不会堕落到如此田地。

但是，生活没有假如。是的，也许我们的一个细微的决定，就可以改变一个人的一生。

第六章 我娶了村长千金

这世间，有旧人哭，就有新人笑。这下轮到我笑了。

就在彭海博婚姻出现危机的时候，我却幸福地结束了单身生活，娶了西丽村村长的千金卓秀娴小姐。

那年我刚好二十六岁。

对于深州这个大多数人都喜欢晚婚晚育的城市来说，在这个年龄结婚算是早了点。但是，我这婚不得不结。可别想歪了，我没有搞大了谁的肚子，逼着我一定要跟她结婚。我说不得不结婚是因为我遇到"意中人"了。当然，这个"意中人"，不是我们平常所说的自己所喜欢的人，而是能让我意外得到一笔财富的人。因为我娶的是富豪人家的女儿，也就是俗称的"富二代"。千万别笑我财迷心窍，说我结婚目的不纯。不瞒大家说，我之所以与她结婚，看中的正是她家里的财富。在当今这个社会里，在深州这个没钱就无法好好活下去的地方，谁愿意与钱过不去呢？不过有的人需经过艰苦拼搏才获得财富，而有的人却找到了获取财富的捷径。我与西丽村村长的千金卓秀娴小姐结婚，就是获取财富的"捷径"。

我是如何找到了这条"致富捷径"的？这其中也有缘分使然。可不是吗！彭海博安排的一次饭局，促成了我与卓秀娴这段姻缘。

所以说，我与卓秀娴的媒人正是彭海博。

一天下午下班后，彭海博要带我去赴一个饭局。

在路上，彭海博向我介绍说，今天请客的是西丽村村长卓金成。而请客的地点正是这个村长自己所开的餐厅。"这个餐厅也是违章建筑,当时我们违章建筑整治中心刚成立不久,就接到群众的投诉,说西丽村村长带头搞违章建筑,并利用违章建筑开餐厅赚钱。当时我们正想借助抓典型来铺开工作,可是,当我们的拆除队伍进入到这间餐厅准备开拆时,这个餐厅的老板气势汹汹地赶了过来。他对我们叫嚣:'谁敢拆我的餐厅,我就让他吃不了兜着走!'当时是潘建仁主任带的队,他不信这个邪,一声令下,要求立刻行动。谁知,就在这当口,潘主任的手机响了。接了电话后,潘主任一下子就没了刚才的威风。他沉着脸对大家说:'我们回去吧,今天就不拆了。'至于为什么不拆,他不作解释,我们也无法知道。后来我才了解到,给潘主任打电话的是一位某领导。不过,这家伙还算比较会做人,事后他请我们整治中心的人到他的餐厅吃了几次饭,我就是这样跟他认识的。这真是'不打不相识'啊。"

彭海博曾经告诉过我,深州是一个藏龙卧虎的地方,千万别以貌取人。一个其貌不扬的人,很可能有很大的来头。所以说,我们搞违章建筑整治,实际是欺软怕硬,只挑软柿子捏,而绝不敢碰硬。

接着,彭海博还介绍说:"别看这家餐厅很普通,但里边吃的全是野味,也就是受国家保护的野生动物,有时还可以吃上虎、熊、猴、狮之类的珍稀野生动物呢。不过,这得提前跟老板预订。"

彭海博的话让我全身起鸡皮疙瘩。早听说过广东人什么都敢吃,天上飞的,地上走的,水里游的,也即是他们通常所说的吃遍"海陆空",但未曾想,他们还敢冒着违法的危险去吃一些珍稀动物。

"这不违法吗?"我疑惑地问。

彭海博笑了笑说:"你别傻了,人家没有一定的后台背景敢开这样的餐厅吗?"

听了这话,我感叹异常,连一个村长都这么牛皮!说深州是一个藏龙卧虎的地方,真没错!

进了餐厅,传说中的卓老板早就端坐等着我们了。

这个名叫卓金成,后来成为我岳父大人的人,简直就是香港明星曾志伟和罗家英的混合体,身材像极曾志伟,又短又粗,头却是罗家英的头,几根长发有气无力地搭在光亮照人的脑壳上。

见我们进来后,卓老板忙起身相迎。彭海博把我介绍给他,还是那句话:"这是我的同事,大律师冯伟标。"

卓老板忙过来与我握手。我看到他左手中指套着一个镶着翡翠的金戒指,翡翠足有拇指头大,绿得发亮,他脖子上也挂着一串金项链,粗得可以拴狗了。典型的广东暴发户行头!

卓老板先安排我们坐到沙发上喝功夫茶。他边给我们冲茶,边指着桌上正在用煤气炉煲着的砂锅神秘地说:"这煲里的东西我已预约了好几天,今天上午才到货,正宗的越南货。"后来我才知道,卓老板所说的"越南货"是从越南偷运过来、专吃蚂蚁长大的穿山甲,属国家二级保护动物。听说这玩意具有去风湿、排毒、生精壮阳等功效,所以,许多显贵都爱吃。这应该是商家为推广生意杜撰出来的噱头。我后来吃过好几次"越南货",没发现身体有什么明显变化。

那天,吃完那煲后,卓老板建议大家打麻将。

我刚学会这玩意儿,正在瘾头上,没有推辞。彭海博平时就爱搓麻,我就是跟着他学会的。他好几次跟张二江及几个死党玩麻将,我就坐在旁边看。我这人悟性极高,看着看着竟看出门道来,一次他们三缺一就硬叫我顶上。我也早就想实践实践了,于是便硬着头皮上去摸了几圈,结果竟意外赢了好几千块钱。自此后,我对麻将产生了极高的兴趣。

麻将支起后,还是三缺一,卓老板便打电话叫来一个浓妆艳抹、风情万种、性感无比,被卓老板称为"猫咪"的女人。"猫咪"进来后,卓老板便从包里拿出一摞钱扔给她,并交代说:"陪几个领导玩玩,输赢入我数。"

"猫咪"接过钱,笑逐颜开。看来有些女人生来就是种爱钱的动物,似乎这个女人尤其是。

凭以往的经验,大凡是有老板陪打的"麻局",我与彭海博必赢无疑。这并不是说我们打麻将水平有多高,而这样的"麻局"与水平无关。因为这些有求于我们的老板跟我们打的是关系牌、业务牌,他们往往有糊不肯糊,有杠不敢杠,自摸了还要把牌扔出去,最后输了钱还得假装沮丧,摇头晃脑地感叹手气不好,命运不济。说直了,他们与我们打麻将就是为了变相贿赂我们。我不得不佩服古人的这一伟大发明，原来麻将的道儿深着呢。

麻将在轻松、友好、暧昧的气氛中进行。

那天，我的手气确实好得不行，有过连续五把自摸的好局面。对此，卓老板跟我开起了玩笑，说我肯定还是处男，只有童子手才有这么好的运气。彭海博跟着附和，说冯大律师还真是处男，你们村里有没有黄花闺女赶快给他介绍一个。我心里偷笑，自那次彭海博和张二江把我带到东莞初试云雨，我把童贞交给一个风尘女子之后，就一发不可收拾，痴迷风月，眷念红尘，薄积厚发，铁棒早已就磨成针了。

谁知，卓老板竟把彭海博这句玩笑话当真了。他问我是不是还没谈女朋友，我点了点头。我并没有撒谎，虽然我已阅女无数，但感情生活还是一片空白，算是感情上的准处男。

"那就好办啦，我家娴娴也没拍过拖呢。"卓老板要把他女儿介绍给我，看来不是玩笑。

"那什么时候让他们见见面呀？"彭海博连忙说道。

这真是皇帝不急太监急，我还没表态呢，这厮就替我做主了。说心里话，到了深州后，我就有娶一个深州本地女子做老婆的想法，原因很简单，那就是深州本地人都有楼有钱，衣食住行都无忧。对一个外来打工者来说，这些条件无疑是诱人的。今天算是天降洪福，我没有拒绝的理由。

"那明天一起喝早茶吧？"卓老板似乎急于把自己女儿推销出去。后来我才知道其原因所在，他女儿除了有钱，就什么都没有了，无身体，无相貌，无文化，基本上属于"三无人员"。

"好，就定在明天。"彭海博真比我还急，好像要相亲的是他而不是我。

于是，卓老板在没有征得他女儿意见的情况下，就自作主张地跟我们定下了喝茶的时间和地点。

"你也要来噢。"卓老板对彭海博说。

"那当然，我算是媒公嘛。"彭海博打趣道。

就这样，一段姻缘就此而定。

第二天，在华侨城的富都茶楼，我终于见了卓老板传说中的千金卓秀娴。这个"千金"长得实在太寒碜了！她像极她老爸卓老板，除了头发外，其余的布局与卓老板一模一样。真是有其父必有其女。说句心里话，这样的女人就是脱光扔在街上，也没有几个男人动邪念。怪不得卓老板那么急着把他女儿介绍给我呢。

我有点失望，娶本地女子的信心也开始动摇。原来本地女子有钱无貌！

"没看上吧？"草草喝完茶后，在返回的路上，彭海博像看破了我的心思似的问我。

"太丑了，又比我大三岁，怪不得卓老板急着把她推销出去。"我说。

彭海博忙劝我："这女孩子是丑了点，但你这是找老婆，不是找情人。老婆丑一点无所谓，这样让人放心。至于年龄嘛，我看更不是问题，你没听说过'女大三，抱金砖'吗？她何止是金砖啊，简直就是金山。你知道卓老板有多少身家吗？"彭海博伸出一个巴掌，在我面前扬了扬，"据我个人猜测，他身家不少于五个亿。"

接着，彭海博又给我算了一笔账，他说："卓老板有两个儿子，只有这么一个心肝宝贝女儿，如果你跟他女儿结了婚，至少可以分到他三分之一的财产，说什么也有一个亿吧？一个亿啊，你知道这是什么概念吗？就凭你现在的状况，奋斗一辈子还赚不到这个亿的百分之一呢。所以，你只要娶了这个村长千金，就不需多费劲便可以轻轻松松坐拥一个亿。有了这一个亿后，世间美女任由你挑，到时就怕你肾顶不住了。"说完，彭海博坏坏地朝我笑了笑。

听了彭海博的这番话，我不能不心动。我一个外来打工仔、农村娃，无权无势无人脉，也就是没有背景只有背影的那一种，除非中了"六合彩"，如果单靠个人的努力，我一辈子断不可能赚到这么多钱。现在天上掉下一块"馅饼"，我再不吃就是傻子了。想到这里，我决定牺牲色相，屈尊娶卓村长的千金卓秀娴为妻。我终于理解，为什么在深州有那么多美女愿意委身于一个可以当她父亲的男人了，这不正是金钱在作祟吗？女人可以牺牲色相换取钱财，男人为什么不可以呢？

就这样，我与卓老板的千金卓秀娴几乎没有经过拍拖，就闪电般结了婚。

婚后不久，卓老板就把他在西丽村里的一栋九层楼送给了我们作为结婚彩礼。虽然这离一个亿还有一段距离，但已经有了一个美好的开始。我信心满满地认为，今后这个富甲一方的岳父大人是不会亏待我这个大学生女婿的。因为我是他家中唯一的一个知识分子。他两个儿子没读几年书便跑到社会上混了，现在已成我老婆的卓秀娴算是他们家中学历最高的一个，不过也就初中肄业。富了后，岳父就非常重视知识，知道读书的重要性，但苦于几个孩子都不争气，都不怎么愿意读书。人之所以拼命读书，不就是为了过上好生活吗？如果已经有了好生活，又何必花那么大精力去读那破书呢？可现在的卓老板不是这么想，他认为，人需要钱，也需要有文化。既然几个儿女们都无法实现他的心愿，他只好退而求其次，决定招进一个有文化、有知识的上门女婿来改变家庭的文化结构。所以，当他第一次见了我后，就死心塌地地认为我是他女婿的合适人选。不为别的，就冲我这个大学生的身份。由此看来，读书不是一无是处，它至少可以提高一个人的身价。

虽然结了婚，但除了对卓家财产感兴趣外，我无法对卓千金产生兴趣。她不但长得丑，而且有狐臭、口臭，胸部又平得足可以停飞机，说话粗声粗气，还比我大三岁。凡此种种，都影响着我对她的欲望。所以，即使跟她睡在一起也无法让我对她有"邪念"，几次都是她主动"请缨"，我才勉强配合她完成了"功课"。在跟她"作业"时，我基本实行"三不"原则：不亲嘴、不摸胸、不说话。

因此，我跟卓秀娴一起时无法体会到男女之间的欢愉，每次草草完事后我倒头便睡，第二天醒来后就算计着约哪个情人出来补偿补偿。

好在我认识的女人还比较多，其中不乏美女。她们来自五湖四海，各有特色，各有风情。正像彭海博所说，男人有了钱后，各色美女可尽收囊中。与卓秀娴结婚后，我腰包开始鼓起来了，怎么也算是有钱人了。有了钱后，自然就想着满天下的美女。事实上，现在许多美女都喜欢与我交往，喜欢与我上床。原来人类的性福真是建立在经济基础之上，有钱就有性福。想想那些来深州讨生活的农民工，性福几乎与他们无缘，他们远离亲人，夫妻长期分居，又住在集体宿舍里，一年到头想过一次性生活都难。所以说，性福指数与钱的多少成正比。

在我的众多情人中，孟莉就是其中的一个。这个女人在我以后的生活中充当着不可或缺的角色。

第七章　婚外女人

孟莉是我婚外的其中一个女人。

她皮肤白净，眼波流转，身材丰满，胸大臀翘，让人想入非非，心痒难耐。我相信正常男人见了她都会有想法，或鼻孔喷血，或眼睛冒火。怪不得她说每次见工时，那些男老板们总爱对她动手动脚。

更让人销魂的是，每次我跟她在床上激战，情到深处时，她总是用"双语"叫床，时而中文，时而英语，"哇，哦，噢，耶"不停，让我恍惚间有种时空错落感，仿佛一会儿在故宫，一会儿在白宫。真可谓是中西合璧，水乳交融，让我爽歪歪到了极点。

相比之下，卓秀娴就无法让我达到这种销魂蚀骨的梦幻境界。

在性生活方面，卓秀娴就属于那种粗莽滥吞的类型。她缺乏风情，也不懂调情，临床表现极差，根本不合格。在我的印象中，除了新婚之夜，因处女膜破裂而鬼哭狼嚎外，卓秀娴平时与我尽夫妻生活之事基本上都显得非常安静淡定，偶尔也"哼哼哈哈"一下，但不足以挑起我的欲火。实际上，我对她在床上表现并不存多大期待，反正我跟她同房也就是为了完成任务，尽义务而已，根本不奢望从她身体上领略到女人的风情。我与卓秀娴行房事的时候最怕她张口，她一张口，她的口臭会严重影响我的性欲，碰到这种情况，我会马上变得软弱无能，然后就无法进行下去，最后只好草草收场。卓秀娴对我这些表现也颇有微词，说我对她根本不感兴趣。我心里暗说，恭喜你猜对了。好在她还是自知之明，每次要行房事前，都会自觉地跑到洗手间狂刷牙，或者狂嚼口香糖，在行事过程中也尽量紧闭双唇，不让口臭散发。这样效果稍微好一些，但还是无法让我达到销魂的境界。

相比之下，孟莉在床笫方面的功夫确实了得，她像极马戏团里训练有素的小丑，拿捏有度，该张时张，该合时合，逗得我魂飞肉颤尽开颜。尤其是她时不时来一句"Wonderful"或"Amazing"的鸟语，使我这个极度崇洋媚外的人感觉压在下面的是美利坚合众国的骚娘，一下子就会万马奔腾、地动山摇起来。

我与孟莉结缘于"十元店"。

那时，我在"十元店"里住下来后，就天天早出晚归地跑到人才市场里找工作。那段日子有苦也有甜，苦的是我天天泡在闹哄哄的人才市场里，投了无数简历，却如泥牛入海，杳无音讯，毫无斩获，我的自信心与自尊心都受到严重打击。甜的是每天我都可以看到一个面容姣好、长发飘飘、胸部挺拔的女孩总是与我同一个时间出门，而且她每次见了我后总爱冲我甜甜一笑，让我心花怒放，心旷神怡。

这个女孩便是孟莉，一个后来与我纠结不清的女孩。

孟莉毕业于西南某大学的外语系，是与我同一届的毕业生，她的理想是做一名翻译。可造化弄人，她最终成不了翻译，倒是差点成了潘金莲。

那时孟莉正与我一样饱受找工作的艰辛，体味着人间的冷暖，她本已打算离开深州打道回府，不再在深州这块充满金钱和情欲的地方折腾下去。就在这时，一个比她早一年来深州的师姐改变了她一生的命运。她的这个同门师姐正被人包养着，过着衣食无忧的"二奶"生活。

这位师姐以过来人的身份对正处在迷茫中的孟莉进行了"启蒙教育"："我刚来深州时，也雄心壮志，自命清高，因为我们都受过所谓的高等教育。后来才发现，那都是自己欺骗自己。一切所谓的远大理想都是骗人的，关键是过好当下。别人有金钱，我们有美貌和青春。我们拥有的东西可以满足别人，别人拥有的东西可以满足我们，交换就成为可能。"

师姐在孟莉面前滔滔不绝地发表着她的"经济学"说，她的言传身教让孟莉茅塞顿开，幡然醒悟。她也觉得，住"十元店"、吃五元钱的盒饭、穿在东门老街买的二三十元钱的地摊货，确实是对不起她的青春。于是，她开始从找工作转移到找男人的战略上来。

经过一番权衡与筛选后，孟莉想起了一个曾对她图谋不轨的香港老板来。

这个香港老板姓徐，名仁贵，因为人奸诈且好色，大家都叫他"徐色鬼"。

"徐色鬼"长得三大五粗，一米六的身材驮着一个硕大的啤酒肚，走起路来像怀孕的母猪，一晃一晃的，饱满的脑袋上稀稀拉拉地长着几根"枯草"，像盐碱地上的农作物，有气无力地搭在脑瓜壳上，肥厚的嘴巴里满口黄牙，像生了锈的捕鼠夹，说起话来像发情的野猫，龇牙咧嘴，一口香港普通话，让人常起鸡皮疙瘩。

"徐色鬼"并不是正宗的香港土著，他原是深州本地人，已在深州结婚生子。二十世纪八十年代初期，深州刮起了"逃港风"，许多深州本地村民纷纷偷渡到香港讨生活。"徐色鬼"就是在那时跟着村里的一帮兄弟偷渡到了香港的。到了香港后，经过十多年的打拼，"徐色鬼"赚了不少钱，也逐渐融入香港社会，并拿到了港府颁发的居民身份证，成了真正的香港人。

九十年代初，随着中国内地改革开放，许多香港人看好深州这块风水宝地，纷纷跨过罗湖桥来到深州投资办厂。

"徐色鬼"就是在这个时候以港商的身份回到深州来投资的。他在关外开了一家制衣厂，主要是生产女人内衣。他在香港的十多年接触最多的就是制衣行业，因此，对制衣技术和市场比较熟悉。回深州投资制衣厂后，他熟门熟路，一时生意做得风生水起。他的工厂生产的"舒奇"内衣系列，在市场上反应良好，顾客如云。一时间，市场流行着一句广告语："舒奇，让女人舒服，男人好奇！"煽情十足的广告词搅动着女人的欲望，连续几年订单汹涌而至，这让"徐色鬼"赚得盆满钵满。据可靠消息，"徐色鬼"靠卖女人内衣已跻身亿万富翁行列。

"徐色鬼"不但是卖女人内衣的高手，也是脱女人内衣的高手，抠女功夫非常了得。只要他看中的女人无一漏网，用他的话说就是"一切尽在掌握中"。

"徐色鬼"常常在他的办公室里滥"杀"无辜，厂里有点姿色的女员工几乎都未能逃过他的魔掌。每次得逞后,他总是对呆坐在沙发上哭泣的女孩说:"别哭啦,我给你钱啦。"说着,就"刷刷"地从抽屉里抽出几张"红牛"港币扔给被他糟蹋过的女孩,说是给她们的加班费。这些女孩大都来自从农村,没见过什么世面,不懂如何保护自己,遇到这样的事情只好自认倒霉。穿好衣服,擦干眼泪后,她们就拿起"红牛",低着头走出"徐色鬼"的"魔鬼"办公室,回到岗位继续埋头干活去了。

"徐色鬼"的另一个绰号叫"波霸王",他对"大波"女人的兴趣到了极致。每次到夜总会他总要点大胸性感的"小姐"坐他的台。深州几乎所有夜总会的"妈咪"都知道他的这一爱好,为了吸引他来消费,"妈咪"们使出浑身解数,想方设法招来"波霸"供"徐色鬼"玩乐。

所以,当有一天孟莉挺着"巨无霸"到"舒奇"制衣厂接受主考官"徐色鬼"的面试时,主考官"徐色鬼"的眼光竟在"巨无霸"上足足停留了三分钟之久,在还没有来得及看孟莉求职简历的情况下,主考官"徐色鬼"便决定录取了她。

孟莉来"舒奇"上班的第一天,"徐色鬼"就按捺不住兽心,马上便原形毕露。他把孟莉叫进办公室,刚关上门,便迫不及待地对孟莉言语暗示,接着便动手动脚。孟莉毕竟接受过高等教育,可不像别的女工那样立刻就范,她狠狠地甩给"徐色鬼"一个响亮的耳光,然后怒气冲冲地跨出"徐色鬼"办公室的大门。"徐色鬼"在后面不停无奈地号叫着:"你回来啦,有什么事好商量啦,我给你钱啦,我给你钱啦。"但这招对厂里别的女工有用,对于读了十几年书、接受过高等教育、骨子里还有那么一点高傲的孟莉来说,就没有那么好使了。

虽然那天孟莉走得义无反顾,但是,她还是很清晰地听到"徐色鬼"后半句的"我给你钱啦"。因此,当她的"二奶"师姐给她完完整整第上了一节课后,她想起了说过"我给你钱啦"的"徐色鬼"来。经过一番激烈的思想斗争后,孟莉还是拨通了"徐色鬼"的电话。

据说,接到孟莉的电话时候,"徐色鬼"正跟一批从毛里求斯来的客人谈一笔"舒奇"内衣生意。那天孟莉从他办公室摔门而走后,他一直为吃不到这块到口的"肥肉"而耿耿于怀。所以,接到孟莉的电话后,他果断地中断了谈判,找个理由向远道而来的客人简单解释一番,并吩咐他的助手安排善后,然后便兴冲冲地走出会议室,开着他新买的"路虎"绝尘而去。

那帮毛里求斯来的客人不明就里,以为"徐色鬼"家里着火了,叽里呱啦一通后也气呼呼地拂袖而去,任凭"徐色鬼"的助手如何解释,也不肯留步。据翻译说,那天毛里求斯客人叽里呱啦的是该国的国骂,比我们的国骂还要严重,大概除了问候"徐色鬼"的老母,还问候了他的八辈子祖宗。

那笔内衣生意自然也流产了。据说,这笔生意的流产起码让"徐色鬼"的生意损失在八位数以上。

"这没什么啦,钱没了可以再赚嘛,但你看中的女人没了就没了啦,不可以找另外一个来代替她的啦。"当后来有人向"徐色鬼"提起那笔流产的生意造成的损失时,"徐色鬼"却满不在乎地如是说。在他看来,"抠女"要比赚钱重要得多。

"徐色鬼"开着"路虎"接上孟莉后,两人都心照不宣地直奔主题。"徐色鬼"在他的豪华别墅里大汗淋漓地完成了他的"伟业",痛痛快快地享用到了这块失而复得的"肥肉"。孟莉在迷茫中接受了这个她根本不喜欢的男人的"洗礼"。从此,她纯真的少女时代宣布结束,女人时代开始。此后,她便自然而然地成了"徐色鬼"圈养的女人,每天很享受地叫这个足可以当她父亲的男人为"老公"。当然,作为回报,孟莉从"老公"那里得到了她想得到的物质享受。

在一次很偶然的机会,我遇见了已为"二奶"的孟莉。她显然已经没了在"十元店"里时的羞涩,却多了几分熟女的韵味:健美高挑的身上穿一件白底儿草莓花儿的背带裙,浅浅地露着如雪似酥的胸脯,裙摆只遮住膝盖,腰间同色腰带将腰儿束得纤纤一握,更衬得胸脯的丰满挺拔。她两只耳垂各挂着一只银光闪闪的耳环,脖子上的金项链闪闪发光,两只手腕也各套着一只泛绿的手镯,同时她的右手的中指上也戴着一颗钻戒。她手里拎着一个 LV 坤包。她的这些行头告诉我,她现在已经过上了富足生活。我也知道,但凡一个女人突然在短时间内脱贫致富,她肯定傍了大款,做了别人的"二奶",出卖了色相。

那次偶遇后,我们互留了联系电话。

经验告诉我,这种女人是最容易上手的。一周后,我试探着把孟莉约了出来,把她直接带到一个四星级酒店里。接下来的一切进展得非常顺利,我对她剥茧抽丝,生吞活剥,把她轻松拿下了。自此后,孟莉常常背着她的香港"老公"与我私下幽会了。经过"徐色鬼"长时间的床上"培训"后,孟莉已经成为床上事好手。她把从"徐色鬼"那里习得的床上功夫应用在我身上,让我充分领略到她的万种风情。

也许是对孟莉床上功夫的痴迷,我竟产生了与她结婚生子的想法。当我把我的这一想法跟孟莉说时,她给我泼来了一盆冷水,"想娶我?你有多少钱啊?"

这可击中了我的要害。那时,我刚上班不久,每月工资刚好够我平时的生活开支,属于不折不扣的"月光族"。孟莉的话深深地刺痛着我,对于一个男人来说,钱就是他的肾。男人不能没有肾啊!我暗暗发誓一定要好好赚钱,唯有赚钱,才能拥有世界,才能拥有女人。但我发现,单靠我这微薄的工资收入,想成为孟莉心眼中的"有钱佬"谈何容易?后来,我经常听别人说,深州本地人都非常有钱。于是,我暗想,如果娶一个本地女子做老婆,那么,我不也就有钱了吗?这一想法一直萦绕着我。所以,那天,当彭海博劝我娶村长千金卓秀娴时,我便人穷气短地接受了劝说,决定委曲求全地娶卓秀娴为妻。

人实现梦想,要有不择手段的勇气与胆识。

事实证明,我这一着棋走对了。娶了卓秀娴后,我不但衣食无忧,而且无限接近梦中的大富豪身份。

孟莉知道我娶了一个村长千金后,并没有因此而疏远我,相反,与我的幽会更加频繁了。因为我的魅力指数正随着身家的提高而与日俱增,我对孟莉越来越具有吸引力了。

"如果我离了婚,你肯嫁给我吗?"一次,我跟孟莉一阵云雨后,试探地问一下她。

孟莉想也不想地回答我:"切!你离婚后,你哪来钱啊?"

哦,我真该死!我倒是忘了现在的财富是因何而来了。我现在之所以有钱是因为娶了村长千金卓秀娴。如果我与卓秀娴离了婚,岂不就被打回原形,又成为穷光蛋了?喝水要不忘挖井人啊!现在卓秀娴就是我的挖井人,更准确地说,是我的挖金人。

看来这婚是不能离的,离了婚就等于离了我当前富足的生活。我才不会那么傻呢,谁跟钱过不去啊?

第八章 政协官员

　　我婚后的生活算是稳定了下来，现在的我已经没有了初来深州时的拼劲与激情。
　　现在的我有事没事就与彭海博、张二江等人成天泡在一起，出入各种欢场，寻欢作乐。在不知不觉当中，我已经成了张二江的盟党，张二江精心编织的利益链中的一环。
　　而在张二江的盟党中，有一个重要角色不得不说。他便是市政协环资委主任余满良。
　　这个道貌岸然的市政协官员原是城建局的局长，是特区早期建设的南下干部。
　　在特区建设初期，作为城建局局长的余满良大胆改革，曾探索了一系列的城市建设和城市管理制度，为深州的城市建设和城市管理立下过汗马功劳。但是，关于他的闲话也非常多，说他独断专行，爱搞"一言堂"，好大喜功，使用亲信，排斥异党，是整人的高手，谁要是得罪了他，他就采用各种手段把人往死里整等等，不一而足。后期的余满良更是居功自傲，刚愎自用，打压异己。他把城建局当成了个人的小王国，他成了土皇帝。员工多有怨言，但大都是敢怒不敢言。当然，其中也有正义分子偷偷把余满良的问题向上级反映过。上级也曾调查过他的问题，但在他及其盟党的斡旋下，最终还是不了了之。反而，这个问题多多的局长在一次市政协领导换届选举过程中，竟当选为市政协环资委的主任，官升一级，让许多人大为不满。有人因此道：撼山易，撼余满良难。谁都知道，余满良在官场打滚多年，关系盘根错节。

当上政协环资委主任后,余满良经常在深州各大媒体露面,发表演讲,给全市人民一副很正派,很廉洁的形象。私下里,这人蝇营狗苟,龌龊至极。

我进入市违章建筑整治中心工作时,余满良已经到了政协任职,没有被他直接领导。但这个人屡屡被彭海博与张二江提及,他们都亲热地称余满良为"大哥",倒有了一点江湖的味道,这在官场很不正常!

有一次,张二江请我和彭海博几个一起吃饭。

席间,张二江电话响起,他跑到外边接电话,回来后他一脸抱歉地对我们说:"你们先吃吧,我有一些事要急着去处理一下。"

"是余大哥吗?"彭海博低声问道。

张二江不置可否地点了点头,拿起包急匆匆就走了,像个消防员要赶着去救火似的。

当时我就想,这个"余大哥"肯定是一个不寻常的人物,否则,张二江不会在饭局进行当中把我们撂下不管的。一直以来,张二江总是小心翼翼地侍候着彭海博,当然也包括我。说白了,我也是沾彭海博的光。不久前,张二江在我们管理的辖区与马岗村委会属下的股份公司签下几块集体用地,他正准备在此大展拳脚,开辟他的新"革命根据地"。所以,最近他更加的紧密团结在以彭海博为中心的"违治中心"马岗巡查小组周围,吃饭、水疗、唱K、泡妞,样样俱全,让我深感生活的"美好"、人生的"美丽"。按理说,这个时候张二江是断不敢得罪我们这几尊能为他搞违章建筑保驾护航的大神的,难道还有比我们更加厉害的神?我心里直犯嘀咕。

果不其然,我的猜测没错,在我们之上,确有一尊比我们更加厉害的"神"罩着张二江!

有一天,我终于有机会一睹这尊"神"的真面目了。

那天,我下班回到家后,本想陪岳父大人好好喝上几盅。有一段时间,我老陪着彭海博在外面应酬,晚上很少回家吃饭。对此,老婆卓秀娴颇为不满,而她又不敢在我的面前发作。但她有强大的娘家,动不动就向他的村长父亲report我的行端,偶有夸大其词,搞得岳父大人也对我的良好印象打了折扣,有一次他还给我撂下了狠话,说是如果我再这样下去,将对我实行"经济制裁",最紧要的是,他将不再送我另外一栋九层高的楼房。我当然很在乎这些,我屈身娶他家闺女,不正是为了这些吗?为了不让岳父对我实行"经济制裁",我的行为得有所收敛,好给岳父一家留下好印象。否则,我的亿万富翁梦将成为泡影。所以,这段时间我一下班就跑回家陪岳父一家吃饭。彭海博理解我的困境,也很支持我为五斗米而折腰的行径,所以,在那段特殊时期,他有什么应酬也很少像以往那样拉上我了。

　　那天我刚踏进家门,就接到彭海博的电话,他叫我立刻赶到中信广场的"王子厨房",说是有点急事要我过去帮忙。究竟什么事?彭海博并不在电话里跟我细说。最近,因为违章建筑的问题,我们的违章建筑整治中心屡遭投诉,正处在风口浪尖上,潘建仁与彭海博等人正焦头烂额,肝火攻心。现在彭海博这么急叫我过去,会不会与此有关呢?

　　我按照彭海博电话的指点来到"王子厨房"。进入"总统房"后,只见一个肥头大耳、满脸红光、威风凛凛的中年男子正端坐在主宾位上,他旁边还坐着一位妙龄女子。我一眼就认出这中年男子便是我在电视上见过的政协环资委主任余满良。

　　我进来后,彭海博先向我介绍余满良和余满良身边的那位妙龄女子:"这是余大哥。那位靓女是小陈。"我注意到,彭海博并没有介绍余满良的职务。这是可以理解的,一般来说,领导在这样的场合,职务身份是一个十分敏感的话题,要尽量要避而不谈。同时,现在官场犹如江湖,领导一般被下属叫"老板"或"老大",而社会上的朋友一般尊称领导为大哥,与江湖上黑社会的小弟呼老大一样。

　　"您好!余大哥。"我也跟着他们叫余满良为大哥。

　　这时,彭海博也把我介绍给余满良:"余大哥,这是我刚才跟你提到的小冯,我们违章建筑整治中心马岗巡查小组的大律师,他文笔不错,我们的好多材料都是他执笔的。"

　　余满良对我似乎不感兴趣,他只看了我一眼,便依然端着官威与他身边的妙龄女子小声说着话。

　　我心里暗暗骂道:"还挺能装呢。"

接着，我便坐到了彭海博旁边的一个空位子上。

这时，包房里洗手间的门被打开，张二江笑盈盈地从里边钻了出来。他见了我后，说："我们的大律师终于到了，大家都等着你呢。"

我忙说："不好意思，让大家久等了。"但我知道，他们不可能等我这个小卒。张二江说的是客气话。这厮在社会上混的时间长了，很懂得讨好人，真是人情练达皆文章啊！

"这不怪你，本来下午通知彭海博的时候，我脑瓜子正想着另外一件事，忘记交代彭海博把你也叫上了，都怪我，等下罚我酒。"张二江不愧是江湖上的老狐狸，在关键时刻懂得如何救场。我知道今天是因为有事，才临时把我叫过来的。但他这么一说，所有的尴尬都烟消云散了。姜还是老的辣啊，不得不佩服他对场面的掌控。

坐定后，我只能用余光瞄了一下坐在余满良身边的女子。这女子有点眼熟，我好像在哪里见过她，但一时想不起。要是别的场合，我肯定会说出"小姐，我好像在哪里见过你的"的搭讪话来。但今晚这个场合，令我非常拘谨，我不得不装得一本正经。有他们几位大佬级人物在，我得装孙子。

菜已点好，几样菜就在包间里现场制作。一个头戴白色高帽的老厨师在灶台边认真地忙碌着。这厨师起码有六十多岁了，听说是从香港高薪聘请来的大厨，是这家酒楼的台柱。我进来的时候，就看到酒楼的走廊两侧贴满了他个人的宣传照片，有他参加国内外各类厨艺大赛的获奖照，也有他与各国政要及影视明星的合影。这位厨师看似很有来头，但他的那张与前美国总统克林顿的合影令我生疑，看他与克林顿勾肩搭背的样子，好像克林顿就是他的一个好哥们。但细看之下，我马上看出了破绽，这是一张完完全全PS出来的照片。我不禁感叹，现在高科技水平真高，连一个农民都能PS出一个华南虎来蒙得全国人民团团转，要是这个老厨师挂出他与本·拉登的合影也不足为怪了。

张二江向我们介绍说，这个老厨师一般不轻易出马掌厨，平时大都是指挥他的弟子操作。但遇到有高级别的贵宾，他得出来撑场。"今天他亲自出马，是因为他知道余大哥来了。"张二江适时地拍了一下余满良的马屁。正在埋头制作美食的老厨师听了这话后，也抬起头来跟余满良微笑着打招呼:"领导晚上好,我们老板知道领导来用餐后,专门交代我一定要亲自给领导掌厨,做得不好,还望领导及各位老板多多包涵和多多指教。"原来这老厨师也是马屁精一个。

"替我谢谢你的老板,你的手艺不错,我就喜欢吃你做的菜。"余满良笑了笑说。

"谢谢领导的鼓励,我会尽力为领导做好服务!"老厨师说着向余满良鞠了一个躬。

大约过了十多分钟,服务员便开始上菜了。除了给那个女子上的是燕窝外,我们几个男宾上的都是鱼翅。道上有"男吃鱼翅,女吃燕窝"的说法。接着,服务员又给我们每人上了一鼎鲍鱼,至于是几头的我根本不懂。我知道这家酒楼以做精细粤菜而闻名,尤以燕鲍参翅为主打菜而吸引四方客人。所谓的燕鲍参翅,就是燕窝、鲍鱼、海参和鱼翅,这些东西的价格贵得惊人,听说一鼎顶级宫廷血燕在这里要价3888元,一鼎九头的鲍鱼也要2000多元钱,海参和鱼翅也价格不菲。总之,在这里吃上一餐饭得人均三四千元左右,这可是贫困山区一户农家全年的收入啊,而且这笔消费足够支持一个山区孩子读完小学!

席间,大家频频向余满良敬酒,都满口马屁,捧得余满良眉开眼笑,飘飘若仙。

坐在他身边的那位美眉却柔言细语地劝他少喝点,有时美眉也挺身帮余满良挡上几杯,喝得她满脸泛红,娇态百出,风情万种。席间,张二江建议美眉与余满良喝交杯酒,美眉先是忸怩不肯,余满良却兴趣盎然,主动举着酒杯,并问张二江如何个交法。他说,现在喝交杯酒已有了新玩法,接着向我们介绍起了新的玩法,就是男的手伸进女的衣服里,然后再从女的两胸之间伸出。

我听了后,不禁想,真是行行有创新,处处有创意,连交杯酒都交出了新创意,玩出了新花样了。

大家听了余满良的介绍后,便起哄着要他与旁边的美眉示范一下。余满良倒是没有推辞,但美眉却死活不同意这样的玩法,她认为这样的玩法太下流,太露骨了。

拗不过美眉,大家只好来个折中的玩法,即余满良与美眉举杯的手同时绕过对方的脖子,然后再把酒喝了。这一玩法相对斯文了点,美眉便不再拒绝。我们几个在旁边鼓掌起哄,气氛甚是暧昧。在这过程中,美眉不小心把酒洒在余满良的裤子上。我以为余满良会不高兴,谁知,他却淫笑地说:"你看,你看,你把我的裤子都给弄湿了。"极富挑逗和暗示的语言,搞得美眉不好意思地低下了头,她捏了一下我们的政协官员的大腿,娇嗔嗔地说:"你真坏!"

这应该是她对这位官员最中肯的评价。这个官员,平时在老百姓面前端着一副道貌岸然的架子,殊不知,在私下里,他就是美眉评价的"你真坏"的流氓!

酒足饭饱后,张二江问余满良要搞什么节目。

"今天就不要跑太远了,就地解决,等下不是还要我签字吗?"余满良边剔着牙边悠闲自得地说。

"好,好,好,那就请老大和小陈先到沙发上坐坐,吃点水果,我马上安排人来开机唱K。"张二江一副奴相地走过去,恭恭敬敬地扶着余满良坐到沙发里。我想张二江要是放在古代的宫廷里,他就是一名太监。

这时,一个高挑女子走了进来,问余满良:"余大哥,今天菜安排得怎样?吃得好吗?"

余满良一脸慈祥地说:"靓女安排的菜,肯定满意嘛。"

高挑女子忙说:"谢谢领导的赏脸,领导满意就是我们酒楼的荣幸。"

接着,高挑女子招来好几个男女服务员进入包房进行一番清理。一阵忙碌后,灯光一暗,彩灯一闪,音响一开,刚才还是餐厅的包间一下子就变成了不折不扣的卡拉OK豪华包房。看来,商家在迎合官员消费心理方面是下足了功夫,官员、尤其是高官,在酒楼吃饭后因为时间问题或者形象问题,一般不想再换地方去别的地方潇洒了,想潇洒最好就地解决。所以,现在许多高档酒楼都在服务官员方面花了不少心思,搞了不少创新。因此,现在许多酒楼不但可以吃饭,还可以唱k,甚至还可以桑拿、睡觉等等。

音响打开后,余满良便抢先拿起麦克风唱了一首韩磊的《向天再借五百年》,"面对冰刀雪剑风雨多情的陪伴/珍惜苍天赐给我的金色的华年/……我站在风口浪尖紧握住日月旋转/愿烟火人间安得太平美满/我真的还想再活五百年"。余满良的歌唱得实在不敢恭维,但他很投入,摇头晃脑、声嘶力竭地吼着,唱到激昂处,他竟站了起来,学人家歌星韩磊装模作样地高举拳头喊:我真的他妈的还想再活五百年。

我在旁边暗想,你当然想再活五百年啦,有权有钱有势,有美女相伴,又有一群马屁虫追随,不说再活五百年,就是再活一万年,你余满良也想呀。可是,像余满良这样的人,天肯定不会让他多活的。一个作孽的人,天在看着呢。

接着,美眉小陈也点了一首《唱支山歌给党听》,"唱支山歌给党听/我把党来比母亲/母亲只生了我的身/党的光辉照我心/旧社会鞭子抽我身/母亲只会泪淋淋/共产党号召我闹革命/夺过鞭子揍敌人……"。

小陈的歌声非常甜美,有点宋祖英的味道,听得大家如痴如醉。一个"80后"能把一首这么老的歌唱得如此生动,实在让我惊讶。我暗想:像这样人美歌美的女子就不该跟余满良在一起,而应该跟我在一起。想到这里,我瞟了一眼余满良,他正很陶醉地盯着小陈看,一只手搭在小陈的头上轻轻地搓着,一脸的慈祥,仿佛小陈这首歌只唱给他听的。

看着这一切,我心头竟莫名其妙地升起一股醋意,真想走过去把小陈拉起就跑。

整个晚上的卡拉OK基本成了余满良和小陈的演唱专场,他们之间有独唱也有合唱,你方唱罢我登场。我们几个被迫成了他们的观众,一个劲地在旁边鼓掌,这期间只有张二江点了首闽南歌《爱拼才会赢》,然后非常陶醉地唱了起来。

他们飙歌正兴的时候,彭海博不知从哪里拿来一台手提电脑,然后把我叫到隔壁的一间空包房里。他对我说:"今晚叫你来是想你帮张二江公司起草一份报告。"我就知道今晚这餐饭我肯定不会是来白吃的。

接着,彭海博地把事情的前因后果向我作了一番介绍。这跟我在路上的猜测差不多,又是为了张二江的违章建筑。这厮尽给我们惹事,然后还得由我们出面替他擦屁股。"

原来张二江在马岗片区的一栋在建违章建筑屡屡被周围群众投诉,还被媒体曝了光。这引起市领导的重视,一位主管市领导为此大为光火,并在报纸上作了批示,要求我们违章建筑整治中心严查。接了批示后,我们"违治中心"自然不敢怠慢,给张二江公司发了停工通知书,但私下里与张二江沟通,让他先停工避避风头,等过了这阵风后再建也不迟。张二江表示配合我们的工作,他叫工地的包工头先暂停工一段时间。

可过了一段时间,正当张二江自以为风头已过,并开始复工的时候,却又有人投诉到相关部门。再这样下去,这栋违章建筑非拆不可了,这对张二江来说,不是损失多少钱的问题,而是关系到他在行内的声誉和面子问题。

通过一番谋划后,张二江的几个利益盟友,也即是余满良、彭海博等几人决定让张二江以地皮所有人,也即是村股份公司的名义给城建局打一份报告,说该建筑是在有关禁止私房建设文件下发之前已在村股份公司备案,符合建设条件,不算违章建筑。

现在,这个报告就是由我来起草。这帮家伙又要我昧着良心做事了,我总是被他们当枪使!

我不好推辞,便按照彭海博的意图起草好了一份报告,彭海博把报告拷在一个U盘里,叫我到酒楼下面的一家图片冲洗社去打印了出来,然后彭海博把它交给了张二江。

余满良刚唱完一首歌的空隙,张二江把报告递给了他。余满良草草地看了一下,然后从公文包里掏出一支粗墨的签字笔,不假思索地在报告上写下了:情况属实,请城建局研处。

彭海博曾经告诉过我,领导的签字大有学问,如果领导用粗墨笔签字,而且有"研处"字样,所指示单位就一定要照办。如果领导用粗墨笔签字,而且签的是"酌情办理",所指示单位便可办可不办,办与不办就看所指示单位的利益权衡了。如果领导随便拿一支别的什么笔签字,那大都是领导在应付搪塞请托之人,所指示单位一定不能办。

看来张二江今晚这餐饭不会白请,他的那栋违章建筑肯定可以保住了。你用一餐丰盛的晚餐换来了一笔不义之财。

签完字后,余满良又伸手揽着小陈的小蛮腰。小陈正如歌如泣地唱着《人鬼情未了》的主题歌《UNCHAINED MELODY》,张二江还是一个劲地在一旁起哄鼓掌,一副心满意足的样子。彭海博躲在洗手间里接了好一会儿电话,应该是他老婆打来的。他告诉过我,最近他老婆老跟他闹,个中原因我不得而知,但彭海博常在外面眠花宿柳,夜夜笙歌,任何一个女人都无法忍受得了他这样的瞎折腾。

想到这里,我突然想起了我老婆卓秀娴,她最近对我也颇多微词。为了未来的一亿财富,我必须忍气吞声,今晚还是早点回家为好,免得生来事端。

于是,我起身向大家告辞。

第九章　我心恍惚

　　回到家里，只见老婆卓秀娴正躺在床上看电视，床头灯被她调得半明半暗，让我看得朦朦胧胧，加上她今晚可能是特意穿上件粉红色的睡衣，映得她的脸绯红绯红的。看着她，我头一次有了真实的性冲动，立马豪情万丈起来，我脱光衣服就扑到卓秀娴的身上……

　　今晚我与卓秀娴非常和谐，达到了一定的境界。实际上，我压着卓秀娴的时候，一直把她当成了晚上吃饭时见到的美眉小陈。所以，效果出奇地好。

　　在以后的好长一段时间里，只要我与卓秀娴过夫妻生活，我都这样想象着压在身下的是美眉小陈。这样一来，我总能从我老婆身上获取到特别的快感与愉悦。但老婆一直不知情，以为是她的魅力增加了或是我的态度改变了。不过，无论如何，只要她觉得幸福就行。

　　最要命的是，自从在饭局上见了余满良的情妇小陈后，我竟对她心生邪念，幻想着有朝一日她成为我床上尤物。为此，我自慰的坏毛病又犯了。

　　我自慰的坏毛病从我十二岁时就有了。而我老家那头公牛是引起我这毛病的罪魁祸首。

　　我老家在农村，上小学的时候，我下午一放学回家就得到山上放牛。农家小孩都这样，边读书，边帮家里放牛。我家养的是头公牛，这公牛很不老实，它一到山上，如果遇到公牛就跑过去挑衅人家，用牛角尖顶人家的肚皮或头部，如果遇到母牛它就调戏人家，不管人家同意不同意就往人家的背上爬，活脱脱的一个牛中的地痞流氓。

我十二岁的那年的一天午后,赶着牛上山后,就躲在一棵树荫下偷看从同学哪里借来的一本小说,小说里有描写男欢女爱的场面。那个时候,可能因为情窦初开,对人间情事懵懵懂懂,看着小说里关于男女之事的描写,我常会满身发烫,血脉膨胀,昏昏乎乎。就在我满脑子出现男欢女爱场面的时候,我瞥见我家的那头公牛正爬在一头母牛的背上"哈哧哈哧"地喘着粗气,那条又粗又长、血红血红的东西在母牛的背后不断抽动。我被眼前的一切感染了,在这种场景的诱示下,我的手情不自禁地伸进裤裆里搓弄起来,一股前所未有的快感随之而来,接着,一股黏糊糊的东西喷薄而出。这应该是我人生第一次的性经历。

那时正好是黄昏,太阳已下山,一叶残阳正挂在半山腰,血红而神秘,一阵阵清风吹来,沁人心脾,远处有炊烟袅袅,大地万物正结束一天的忙碌,渐归平静。我摘几片树叶像做贼似的慌慌张张把下体擦干净,然后茫然若失地赶着公牛回家。

这次无意间的自慰让我既忐忑不安,又回味无穷。这之后,我像着了魔一样常常一个人躲在被窝里寻找快感。这毛病自我到东莞给那个风尘女子"开处"后,才有所好转。后来,我与孟莉好上后,这个毛病就彻底消失了。孟莉在那方面的战斗力非常强,她每次跟我偷情,总像一个发情的野猫,弄得我筋疲力尽,缴械投降,体力和精力都严重透支。

可最近一段时间,我与孟莉幽会越来越少了。一方面,卓秀娴总爱添油加醋地向她家人告状,说我经常在外面花天酒地,对她不管不顾。因而岳父大人好几次拐弯抹角地提醒我要对他女儿好点。岳父算是抓住了我的软肋,我与他女儿结婚就是冲着他家里财产而来的,如果真的对我实行"经济制裁",我岂不是亏大了?岳母是个传统女人,从小就养成了逆来顺受的性格,在这个家庭的地位并不高,平时对家事很少发表意见,但她对我特别好,总是默默地为我添汤加饭夹菜,对我的疼爱溢于言表。对于善良慈悲的岳母,我实在不忍心对她造成任何伤害。

岳父岳母倒还是好对付。而让我棘手的是我的小舅子,卓勇毛。卓家一共有三个小孩,老大卓勇皮已经移民美国,早已在那边娶妻生子,成了地道的美利坚合众国的子民。我只见过他一面,那就是我与卓秀娴结婚摆酒的时候,他特意从大洋彼岸飞了回来,情意很浓。毕竟是在美国待过,大舅子给我的感觉非常好,基本上算是文质彬彬的那一种。比起大舅子来,小舅子卓勇毛却是个凶狠异常的主。这厮在家里是老小,仗着优越的家庭条件和当村长的老爹,小学还没读完就辍学在家,整天无所事事地在村里晃荡,到处惹是生非。后来,村里要成立护村队,岳父就把他弄了进去,还利用手中权力给他封了一个护村队队长的头衔。说是护村队,实际与黑社会组织没有什么两样。这个护村队只保护本村村民,而对那些外来者说,护村队就是一个黑社会组织。我小舅子也就是这个"黑社会"组织的头头,人称"西丽一霸"。

有一个这样的小舅子,我自然不敢造次,处处防着他。俗话说,惹不起,躲得起。

这个小舅子对我也是充满着敌意,我跟他姐结婚这么久,姐夫也没见他叫一个,平时就很少跟我说话,我也懒得去理他。我在外边做些对不住他姐的事,首先要防的就是他。有这么一个弟弟给卓秀娴撑腰,她平时虽然还算温柔,但骨子里肯定对我不服气,只是暂时还未发作而已。所以,我也得防着她,免得后院起火,引火烧身,到头来竹篮打水一场空。

我与孟莉近段少幽会的另一个原因是,孟莉的香港"老公"徐色鬼似乎已经发觉到她的不忠,最近对她严防死守,不让她随便到处乱跑。男人都怕戴绿帽,这比戴手铐还可怕。戴手铐是关乎人身自由的问题,而戴绿帽是关乎一个男人尊严的问题。戴了手铐还可以解开,而戴了绿帽就一辈子摘不掉了。所以,很多男人为了防止戴绿帽而宁愿去触犯法律。我的一位朋友就是这样,他娶了一个漂亮老婆,整天担心怕老婆给他戴绿帽,为此,他在华强北的赛格电子市场偷偷买了一个手机窃听器,专门窃听他老婆的通话。我曾经以一个法律专业人士的身份善意提醒过他,这可是犯法的。但朋友不以为然,说戴手铐不可怕,而万一戴绿帽就可怕了。男人有时候真贱,娶一个漂亮老婆吧,不放心,不娶一个漂亮老婆吧,又不死心。男人啊,你的名字叫纠结。

我有时想，娶卓秀娴没有什么不好的，至少我不怕她会给我戴绿帽。像孟莉这样的女人，确实难让她的男人放心。所以，"徐色鬼"对她的防范也是可以理解的。毕竟他在孟莉身上花了不少钱财，虽说不能拥有所有权，但至少也得完完整整地拥有使用权啊。

事实上，"徐色鬼"在孟莉这笔投资上一直都是做着亏本生意。孟莉背着他在外面偷人，而且应该不止我一个。经验告诉我，孟莉在外面还有别的男人。一次，她跟我幽会的时候，电话突然响了。她忙拿起电话直奔洗手间，一脸的慌张，显然不是她的"徐色鬼"打来的，她在我面前接"徐色鬼"的电话从来不用避开我。其实，她有没有别的男人我是没有资格管她的，因为我从来没有给过她任何好处和承诺。说白了，我上她可以，但管她是没有权利的。而"徐色鬼"不同，他在孟莉身上花了大把大把的金钱，到头来，却换来一顶接一顶的"绿帽子"，他当然心有不甘。所以，他发现了孟莉出轨的蛛丝马迹后，对孟莉看管越来越严了，孟莉去哪里都得向他汇报行踪，他甚至还派人跟踪孟莉。

正处在风口浪尖上，我与孟莉的幽会自然就少了。可我不能缺少女人。所以，那天我在饭局上见到余满良的情妇小陈后，便勃发起跟她上床的幻想，梦想着有朝一日能够跟她大干上一场。

未曾想，我这一梦想竟然能够成为现实。

第十章 梦想实现

就在我日思夜想着小陈的时候，孟莉一个电话打过来，让我有了接触想念了好久的小陈的机会。

在这之前，我跟孟莉差不多有两个多月不联系了，前段时间我打她电话老打不通，不是处在关机状态，就是"你所拨的用户不在服务区内"。两个多月前，我跟孟莉见过一次面。那是在夏天的一个下午，她约我到位于金光华广场的星巴克喝咖啡。可这次孟莉情绪并不高，她低着头，不断地搅着杯里的咖啡，一副心事重重的样子。

我问她发生什么了，她却欲言又止，不愿回答我的问题。

我们两人就这样默默地喝着咖啡。

期间，我曾经试探着说："我们到房间里聊吧？"

她摇了摇头，沉沉地说："今天就算了，我还有事。"

那天我刚好在这方面兴趣盎然，非常想要，就求她说："有什么那么急吗？今天可以提速，十几分钟就行了，包括洗澡。"

可能见我可怜兮兮的样子，她也不再坚持，默默地跟着我去酒店开了房。

进入房间后，正当我准备大干一场之时，孟莉的电话却响了，她忙跑到洗手间里接电话。

一会儿，孟莉接完电话出来了，一脸的不快。

她走近我，并一脸歉意地说："宝贝，今天真的不行，我得走了。"

我还没反应过来，说她就捧起我的脸给了我个吻，然后扭头便走了。

虽然我很生气，但也无奈。天要下雨，娘要嫁人就随她去吧。

望着她远去的背影，闻着她残留在房间的催情香水味和淡淡的体味，我竟不能自持起来，决定自个儿解决问题，反正房都开了。人走了，钱不能浪费啊。于是，我躺到床上"自娱自乐"了起来。

自此后，我就很少跟孟莉有联系，倒不是因为那次她放我的"飞机"，而是因为自那后，每次打她电话，她要么就不接，要么就是接了，对我不冷不热，不咸不淡。我也是个明白人，知道她要抛掉我这只不再被她看好的股票了。

人要自知之明，急流勇退，才是明智之举。

但真要失去孟莉这个小妖精，我还是有点舍不得的。她的身体，她床上的表演，都给我留下美好记忆，真是欲罢不能。因此，她对我的突然冷落我还是很在意的。那段时间，我像一个失恋的愣头青，丢魂落魄，不思茶饭。我老婆卓秀娴看着我日渐消沉的样子，以为我在工作上遇到了什么问题，她怯生生地、心疼地对我说："老公，干得不开心就别干了，我们不差钱。"

我正在气头上，本来就看她不顺眼，钱又是我心头唯一的痛，我的软肋。她这时真是哪壶不开提哪壶，一提到钱，我就来气，便冲她吼道："钱，钱，钱，你家里有钱关我屁事啊？你以为老子不会自己赚钱啊？"说着，我脖子向上扬了扬。其实，我不正是冲着她家里的钱才娶她为妻吗？我说这些话时心里直发虚。

见我发火，卓秀娴像犯了错的孩子，颤颤巍巍地站到一边抹着眼泪。

看她一副可怜兮兮的样子，我也心生同情。说心里话，除了长得不漂亮，卓秀娴还是个不错的老婆。她常常对我问寒嘘暖，洗衣做饭，百依百顺。这样好的老婆，到哪里找啊？

尽管如此，我还是对卓秀娴不冷不热，横眉冷对，跟她做个爱还想着别的女人。这对于她是何等的不公平？孟莉除了有一个漂亮的外壳，又有什么呢？难道漂亮可以当面包吃么？难道一俊可以遮百丑吗？孟莉为了享受而不惜出卖身体，出卖灵魂，甘当一个可以做她父亲的人的"二奶"，难道就那么值得我留恋吗？她与夜总会那些用身体来搞创收的"小姐"又有何区别？

想到这里，我心里舒坦多了，并逐逐淡忘了孟莉。而就在我已对她逐渐淡忘的时候，她却像幽灵般出现了。

接到孟莉的电话时，我正在办公室里百无聊赖地翻着报纸。她声音依然娇滴滴，沁人心脾，"你在哪呢？"她问我。

"我的天，你这电话不是从地府那边打过来的吧？"我阴沉沉地说。

"你这是什么意思呢？是不是想咒我死，好让你的孽债一笔勾销，烟消云散啊？你放心，我就是做鬼也不放过你。"看来孟莉对我还没有生分，还保持着跟我一通电话就打情骂俏的套路。

"我倒真的希望你变成鬼呢，这样我们就可以上演现实版的人鬼情未了啦。"我顺着她的套路接招。

"不是人鬼情未了，是色鬼情未了好不好？你这个色鬼，快点老实招来，这段时间你都跟谁鬼混了？"

这话应该由我来问她才对，她倒先发制人了。我忙在电话里唱了一句《霸王别姬》："人世间有百媚千红，我独爱爱你那一种。妹妹不在，哥哥哪敢胡来呢？"

我曾经跟她去唱K，她特别喜欢听我唱屠洪刚的《霸王别姬》，有一句"人世间有百媚千红，我独爱爱你那一种"的歌词，让她感慨不已，她喃喃自语道："人世间哪有这么纯粹、这么专一的感情啊？"

听我在电话里这么一唱一说，孟莉也用歌词来回应我："是吗？真让我感动。我也是妹妹找哥泪花流，不见哥哥心忧愁。"

"你是在找哪个哥呀？"

我这一问，竟把她给堵住了。她在电话那头沉默了片刻后，便说："我们不要胡扯了，说正经事吧。"

她说这话时，语气倒是正经得让我疑惑，我问她："你有啥正经事？"

"也没什么？是我一位好姐妹想认识你们城建局的官员，我想介绍你跟她认识。"

一直以来，孟莉不知道我是城建局下属单位的编外人员，把我当成公务员看待了。其实，在政府机关编外人员与公务员的差别是很大的。编外人员就是公务员队伍的边缘人员,他们在机关里是不可以有职务的,工资也比公务员低得多。但是,因为虚荣,我很少把我这一真实身份告诉别人,尤其跟我上过床的女人,以至于许多人都把我当成了公务员,包括我岳父一家,他们都搞不清楚我的身份,以为在政府机关做事就是公务员了。

"想认识我还不容易吗?你们几时临幸?我好恭候娘娘们。"一听孟莉要把她的好姐妹介绍给我认识,我一下子就来了劲。

"去你的,别跟我贫嘴了。如果没什么事,就今晚吧?具体地点稍后短信通知你。"

孟莉历来说话、办事从不拖泥带水,雷厉风行,我喜欢她这个风格。

我说:"那好,我焦急地等着你的消息。"

就在我说完话,准备挂电话的时候,孟莉在电话那头"喂喂"地叫住我,她补充说:"不过,我可要先给你打预防针,人家可是一位漂亮 MM,你可不能打人家的主意喔。"

孟莉知道我好这一口,先给我打打预防针,怕我勾引她的好姐妹。女人都是天生爱吃醋的动物。

我忙在电话这头拍着胸脯说:"这你大可放心,我现在已练就释迦牟尼身,不吃人间烟火了,何况,我现在也加入中国足球队了,想射都射不了啦。"

"哎哟,你几时变成公公了?那岂不是我也没指望了?"孟莉故作惋惜。

"放心,对你我就霸王硬上弓,不能上也要上啊。"我不禁哈哈大笑起来。

"去你的,不跟你这个臭流氓扯了。"说着,她"啪"地把电话挂了。

想着马上能见到孟莉传说中的漂亮好姐妹,我竟心情大好起来。

不多久,孟莉就给我发来短信,见面地点定在彭年广场五十楼的旋转自助餐厅。

这正合我意。我对彭年广场一向好感,因为它的老板余彭年老先生是个慈善人士。这个中国最慷慨的慈善家把彭年广场的所有盈利全部捐给慈善机构，广济天下寒士，实在令人敬佩。

人有钱真好，一则可以享受，二则可以做善事，让人歌功颂德，名利兼收。

虽然我没像彭老先生那样富得可以攫富济贫，但也有足够的能力常到这里的自助餐厅里来消费，一则可以饱尝美食，二则可以献献爱心，一举两得，何乐而不为之呢？

我一到下班时间就开车往彭年广场赶。

这个钟点正是深州下班高峰期，深州所有道路习惯性堵车。现在深州的车越来越多了。据车管部门统计，最近几年，深州平均每天有400多辆新车挂牌下地，而且有每日俱增的趋势。有人这样推断，照这样发展下去，不出十年，如果深州人都把车开出来的话，足可以把深州的主干道排满。这不足奇怪，深州地势呈狭长形，南北长，东西短，纵向只有深南大道、北环大道和滨海大道共三条主干道，这就大大地限制了交通的微循环，使深州的交通交而不通。这也是为什么深州越来越堵车的主要原因之一。

为此，有人建议大家放弃开私家车而改乘公交车。但是，这显然不现实。因为深州公交车的拥挤也是出了名的。有个段子这样说，一个北京人和一个深州人在喝酒聊天。北京人说："北京的公交车真挤，前不久把一个怀孕的给挤流产了。"深州人听了后不屑地说："丢，这算什么？上周有个女的在深州公交车上给挤怀孕了呢。"

深州公交车不但挤，而且小偷特多。那些蟊贼小偷把公交车当成了他们的办公室，他们在"办公室"里忙碌劳作，摸包割袋，探囊取物，大发其财。所以，在深州坐公交车，男的得捂着口袋，女的得抱着包和捂着胸。否则，你要么就失财，要么就失身。

我左拐右挤，见缝插针一路上，孟莉的电话像催魂一样催个不停，说如果我再不来，她们可就买单走人了，让我不但吃不到美食，也见不到美女。

说真实话，今天我对美食不是十分兴趣，倒是对那个尚未谋面的美女一直耿耿于怀，心里想着她究竟是何方神姑，为什么要认识城建局的人呢？

在迎宾小姐的引导下，我换乘了三次电梯才上到了彭年广场五十楼的旋转自助餐厅。

孟莉见我进来，忙站起来向我招手示意。

我走了过去，眼前的一切着实让我吓了一跳，原来孟莉所说的漂亮好姐妹，竟是我日思夜想、一直念着的余满良的情妇小陈！我一下子就呆在原地，嘴张成了大写英文字母"O"型，差点就发出"嗷"音来。

"原来是你呀。"小陈也认出了我，主动走过来与我握手。

"真是太巧了！"我不禁感叹道。同时打量了一下她，她今天扮相十分清纯，马尾辫，T恤衫加紧身牛仔裙和一双阿迪达斯运动鞋，略施粉黛的脸，显得恬静素雅，楚楚可人。

"怎么？你们以前认识？"孟莉疑惑地看看我，又看看小陈。

"是的，我们还一起吃过饭呢。"小陈抢先回答。

我怕孟莉误会，忙补充道："是好几个人一起吃饭。"

"我又不是说就你们两人，你那么紧张干吗？我师姐才不会单独跟你这样的'咸湿佬'（广东话，猥琐之意）吃饭呢，你说是吧？师姐。"孟莉话中带刺，我知道她的醋意又发了。

小陈笑了笑，不置可否。

我对孟莉称小陈为"师姐"颇感兴趣，打趣道："你们是哪个门派的师姐妹，是峨嵋派？还是芙蓉姐姐派？"

"别一点正经都没有，还不赶快去拿吃的，好填饱你这狗肚，免得到处乱吠。"孟莉似怒又嗔。

小陈在一旁看着偷笑。

我肚子正闹革命，先填饱肚子才是正经。于是，起身去取吃的。自助餐就这点好，随时想吃就吃，想吃什么就拿什么，无拘无束真好。

这里的三文鱼刺身做得不错，十分新鲜，厚薄适中，口感极佳。我每次来这里都要吃上七八碟，搞得切刺生的师傅都认识我了。此外，这里生蚝、冻蟹、鱼翅等都是我特爱吃的。

我先拿两碟三文鱼刺身回到座位狼吞虎咽起来。看着我巴唧巴唧地吃着，可能觉得我食相极不雅，孟莉又开始给我挑刺儿："你看你这食相，别人还以为你是刚从监狱里放出来的犯人呢，一点风度都没有。"

"没办法，看到美女我就胃口大开，秀色可餐嘛。"说到这里，我故意夹一块三文鱼往口里塞。由于芥末蘸得过重，呛得我泪涕齐流。小陈忙递给我一张餐巾纸，我说："谢谢美女！"

孟莉在旁看得醋意骤起，忙拉起小陈的手，说："我们去拿东西吃，免得看着他恶心。"

于是，两位美女施施然地欠身出去。

望着小陈妙曼的身材，翘起的屁股，我一边嚼着三文鱼一边心中暗叹：如此绝色美女怎肯委身一个皮干骨枯的老男人？余满良又是如何拿下如此慑人魂魄的美女呢？

想到这里，我又猛地往口里塞一块三文鱼，边嚼边想着小陈，竟忘了芥末的冲。

坐在深州市中心的制高点彭年广场，透过立体落地玻璃窗望着脚下的都市夜幕，深州的浮华尽收眼底。近处是已经老态龙钟的国贸大厦，这个曾经令深州人骄傲的地标，已被后起之秀的地王大厦和赛格广场所取代，迟尽暮年，尽显疲态。远处是各类披金戴银、灯火辉煌的石头森林，灯光闪烁，霓虹深处幻如仙境，衬托出深州的无比繁华与荣光。

正当我看着深州夜景发呆的时候，孟莉与小陈两人各拿着一碟食物，笑语嫣然地走了回来。孟莉拿的是一碟意粉和少许炸薯条，而小陈拿的是一碟生蚝。

我十分讨好地说："还是小陈会吃，这里的生蚝确实不错，我也非常爱吃。看来我们有共同爱好。"

我这话可把孟莉给得罪了，她狠狠地盯着我说："看你这嘴像抹了蜜似的，师姐，这人无事献殷勤，非奸即盗，千万要提防着他，免得不小心落入狼口。"

我抹抹嘴，忙说："小陈，你放心。我这人向来怜香惜玉，绝不作中山狼。"说着，我意味深长地瞄了一眼小陈。她正低头啜入一只生蚝，口角边沾着番茄酱，血红血红的，就像恐怖片里的女妖刚把一个肥嫩的男人给吃了，口边残留着殷虹的鲜血，甚是吓人。小陈这个吓人形象后来曾经在我的梦中出现过。那是她死后不久，我梦见她满嘴血淋淋地向我不断地诉说着什么,直到把我吓醒。

听到我们在说她,小陈忙拿一张纸巾抹了抹嘴,然后讪讪地说:"你们两个打情骂俏就别拿我来开涮了,我还没吃够本呢,不理你们了。"说着又埋头"苦干"起来。

孟莉也不再说什么,她拿着刀叉对碟子里的一堆食物搅来拌去,像是在想什么心事。

吃得差不多的时候,我突然想起她们此次约我出来吃饭的目的。便试探地问她们:"两位美女今天该不会是专门请来我品尝天下美食吧?"

"那当然不会,若只为品尝美食,什么时候能轮到你?"今天不知咋搞的,孟莉火气特旺,再这样下去我就快被她的肝火烧成骨灰了。

"那姐姐们有何吩咐尽管道来,在下愿为两位姐姐两肋插刀,赴汤蹈火在所不辞。"我得把气氛搞活跃点,让孟莉消消火。

"别酸着我,你以为你是韦小宝啊?"孟莉又呛了我一下,比刚才我蘸的日本芥末还冲。

"是韦小宝就好了,有那么多女人疼着爱着,真是幸福得不行。"我说着故意看了一眼小陈,她这时也正好瞥我一眼,眼波流转,甚是勾魂剔骨,我有种麻酥酥的感觉。

"师姐,你要他帮你什么忙尽管说,你可以把他当牛使。"孟莉从来不跟我客气,我倒是喜欢她这个风格。

"是牛屎还好,一朵鲜花插在牛屎上嘛。千万别把我当狗屎,那可就臭名远扬了。"我这话逗乐了小陈,她笑得花枝乱颤,直说我这人真幽默风趣。接着,她问我:"不知冯哥在产权交易登记中心有没有熟人,我想查几个人的房产情况。"

"那里我倒有一个熟人,你要查什么就尽管告诉我吧,我愿效犬马之劳。"我这人生来就是一身贱骨头,在美女面前,奴性尽显。

"那就先谢冯哥,我到时会把那几个人的名字发短信给你。不知冯哥方便不方便留你手机号码给我?"小陈软声细气地说,听得我全身麻麻酥酥的。

正当我准备说"方便,非常方便"的时候,孟莉像一个武林高手"刷"地一剑横插过来,说:"他的号码我有,到时你先发给我,我再转发给他吧。"

显然，孟莉不想我与小陈互留电话号码，怕我们私下联系，生出事端来。

小陈见孟莉怎么一说，也明白了孟莉的心思，她顺水推舟地说："对，到时我师妹会跟你联系。那就麻烦师妹了呵。"说着，她意味深长地瞥了我一眼，眼神深邃，不可猜测。

"那就辛苦孟大美女了，甘当我们两人的信使，这没有点大公无私、吃苦耐劳的精神是做不到的。这种精神值得大家学习啊。"我一脸坏笑地看着孟莉。

正在这时，孟莉的电话响了。她看了一下手机，然后起身跑到别处接电话去了。

真是天赐良机！我赶紧向小陈索要她的手机号码。她先是犹豫了一下，接着往孟莉那边瞄了一眼，然后低声报出她的号码。我拿起手机快速地按下她的号码并拨了过去，她手机响了一下后，我便把电话挂了。

我低声对小陈说："这是我的号码。"

小陈会意地点了点头，然后眼光移向餐厅的玻璃墙外，装出一副漫不经心地欣赏深州夜景的样子。

我暗想，这个女人蛮会演戏的，看来也是一只老狐狸啊。其实这不奇怪，她经常与余满良这个老狐狸在一起，潜移默化中她学会了生存之道，渐渐地这只曾经的羔羊也变成老狐狸了。

这时，孟莉接完电话回来了，我故意有话无话地指着墙外夜景对小陈说："对面好像是香港的元朗吧？"小陈心领神会地点了点头，说："应该是吧。师妹经常去香港，她对那边比较熟悉，你问她得了。"

"我刚走那会儿，你们就研究起香港来了，深州这边的事说完了没？"孟莉贼精地不肯接我们的茬。她看了看表，问我们是否吃饱了，如果吃饱了就买单走人。还未等我们表态，她就自作主张地招手叫服务员过来买单。

不一会儿，服务员便送来账单，并问谁买单。

我忙接过账单，说："我来买。"

小陈忙说:"哪能让你买?今天是我请客。"

孟莉连忙在旁边插嘴道:"还是让这位帅哥买吧,我们两位美女陪着他一个晚上了,不能便宜了他,让他也出出血。"

"出血?我早就出血了,不过是鼻血。"我故意摸了摸我鼻子。

"只要你买了单,哪里出血,甚至死了都跟我们没半毛钱关系。"孟莉今天不像是吃了自助餐而是吞了火药,火气十足。

不过,今天我心情大好,不跟她计较。

第十一章　协查房产

　　吃完自助餐后的第二天中午,我就先后收到两条信息,分别是小陈和孟莉发来的,两人一前一后,内容一模一样,要我帮查两个人的房产情况。

　　我刚准备给她们回复"收到"时,孟莉的电话就打了进来,她问我:"我刚刚转发师姐的短信给你,收到了没有?"

　　我说:"刚收到,我会尽快叫人给她查。"

　　孟莉接着叮嘱我说:"你一定要替我师姐保密,同时也叫你朋友千万别乱说。"

　　我答道:"我向党中央保证,我绝不会跟别人乱说。"

　　孟莉听了后故作惊讶地说:"哟,你还是共产党员啊,我怎么看不出来呢?那这样我就大可放心了。"

　　说着,她在电话那头"噗噗"地笑了起来。

　　我忙说:"你笑什么笑?你不相信我是党员吗?告诉你,我在大学时就入了党,已经有八年党龄了。"

　　"谁不相信啊?在我认识的人中,你最有党员范儿的,咋看咋像。"我知道她这是故意揶揄我,但我不再接她的茬,怕她跟我没完没了地扯淡。

　　接着孟莉又问我:"你有没有跟我师姐单独联系过啊?"

　　她这应该是在试探我,怕我与小陈扯上关系。我才不会上她的道儿,忙说:"没有啊,没有你的谕旨,我是绝不会单独与她联系的。何况,我也没有她的联系电话啊。"

孟莉对我说的话表示满意,她说:"这就对了。看来你还真是个共产党员,能抵制得了诱惑。现在男人个个都比陈世美还负心,你得注意点。"

孟莉应该是没有资格说这话的。为贪图享受,她贞洁不保,心甘情愿地做了别人的"二奶",而且还在外面滥情乱性。除我之外,根据她最近的种种异常表现,我敢肯定她还别有洞天,还有别的情人。她脚踩好几只船并不是不可能的事儿。前些日子,我几次向她示好求欢,屡遭她的拒绝,而且态度坚决。我知道,她对我渐渐失去兴趣和性趣了。

一想到孟莉最近对我的不冷不热,若即若离,我气就不打一处来,但我不想跟一个女人计较,这样做太没风度,不是我做人风格。于是,我温和地对她说:"谢谢领导夸奖,我会对你忠心耿耿,只在你这棵树上吊死。"

"别,别,千万别!你要死,就别吊在我这颗树上,找别的树吊去,反正你这个风流鬼不缺树。"孟莉讪讪地说,"行了,我还有事,不想跟你这个色鬼胡扯了,有事再电话联系。"说完,她便挂了电话。

放下电话,我脸上飞过一丝浅浅的笑。其实,我早就与小陈暗度陈仓了。

吃完自助餐的当天晚上,我就急不可待地、试探性地给小陈发了短信。未曾想,她反映积极且强烈,跟我"信交"了几乎整整一夜,我们彼此聊得非常有感觉,非常投入。聊着聊着,我们的话题就奔各自的私生活去了。窃以为,男女之间如果到了聊隐私的地步,不管之前是什么关系,最终肯定会发生性关系的。当然,心理医生与心理病人关系除外。

在短信里,小陈还告诉了我许多关于余满良所为人不知的、异常龌龊的隐私。让我对这位市政协官员又有了新的看法。他真是禽兽不如!

最后,我们在短信里相约改天见面再细聊。

为了在小陈面前展现我的能耐,我必须全情投入帮助她查到那两个人的房产信息。这对于我并不是什么难事。在深州市房地产交易登记中心,确实有我的熟人,他就是我的同门师兄赵世勇。

我是在一次校友会上认识赵师兄的。我来深州不久,恰逢我所读政法大学深州校友会成立。热衷参加校友会的,一般有两种人。一种是有钱有权有势的人,他们功成名就,想在校友会上显摆自己的成功,好满足自己的虚荣。另一种是刚参加工作不久,满怀斗志和理想抱负的嫩芽仔,这类人抱着一股对学校的感情和热情,并想借此结交同学,广聚人脉,图谋发展。

我就属于后者。

那时与我同去参加校友会的还有我的同班同学许浩能。许浩能比我早到深州,大四的时候,他就通过在深州市政府工作的姑父的关系到了深州法院实习。毕业后,他就直接留在法院里工作,成了令人景仰的人民法官。许浩能告诉我,在深州政法系统有许多我们大学的校友,今后有用得上的地方,他可帮忙介绍认识。想不到我后来真的用得上了这些校友关系。这是后话。

那天的校友会来了不少校友。为了方便交流,校友会的发起人把大家按专业分坐到一起。我们民法专业来的倒不是很多,刚好坐满一桌,共十二人。

这里边资格比较老的当算八三级的杜秋耕,此君头秃肚圆,笑起来像极弥勒佛。他是一名人民检察官,现在深州一个区级检察院里工作,今年刚坐上副检察长的宝座。许浩能向我谈起了这个检察官师兄的威水史,说他破了许多大案要案,抓了许多贪官污吏,功绩累累,战果显赫,是有名的"见光(官)死",当地官员都怕他三分。我不禁对这位弥勒佛大师兄肃然起敬,并向他投去了仰慕的眼光。但他只淡淡地看我一眼,皮笑肉不笑。真是弥勒佛一尊!

这个检察官师兄因为位高权重,自然也就成了我们校友会的副会长兼民法分会的会长。当官的到哪里都是官,连校友会这样的民间组织也不放过。

那天校友会跟我们坐在一起的,还有一个不苟言笑,一脸憨相的师兄,他就是高我一届的赵世勇。赵师兄早在学校的时候就与许浩能相识,因此,到了深州后,他们两人交往比较频繁。赵师兄投奔深州后,运气还比较好,正碰着深州市房地产交易登记中心向全社会公开招考职员,他毫不犹豫地报了名。经一番笔试、面试后,赵师兄过五关斩六将，幸运地被录取了，成了事业单位的职员。职员虽没有公务员好，但也算是一个铁饭碗，旱涝保收，工作稳定。

那次校友会后，在许浩能的召集张罗下，我们几个民法专业的校友还小聚过好几次。

经过几次的接触，我发觉赵世勇师兄这人非常老实厚道，淳朴本色依然没变，不像其他人一进入深州这个大染缸，就开始忘本变质，认钱不认人，一身铜臭。

认识赵师兄后不久，他就帮了我一个小忙。潘建仁主任从彭海博那里得知我在市房地产交易登记中心有熟人后，便委托我帮他办理一处房产的过户手续。其实潘建仁在登记中心的熟人比我多，只是他不便亲自出面而已。我也乐意帮领导这个忙，这年头不是谁都有机会帮领导办事的，帮领导办他的个人私事，就是最好的拍马屁手段，而且这样的拍马屁手段往往比别的手段收效明显，有事半功倍、四两拨千斤的效力。那时我找到师兄赵世勇，他非常热情地帮助我顺利办完了相关产权过户手续。这让潘建仁非常满意，大赞我办事有力。

赵师兄让我在领导面前小露了一手，长了不少脸。为了表达对他的感激，我约他几次吃饭都被他婉拒。我要给他送些烟酒，也被他挡了回来。后经了解，他这人确实清廉做事，油盐不沾，从不随便收受别人的礼物。在当今浑浊的官场里，能出于污泥而不染，能独善其身，坚持原则，保持本色，真是件不容易的事！

为了小陈查房产信息的事，我再次找到了赵师兄。当我把来意说明时，赵师兄难为情地对我说："按照相关规定，个人是不可以查别人的房产信息的。"

我知道他的脾性，不好为难他，便向他撒了个谎，说："这是公事，我们单位想了解这几个人的房产情况，好决定如何处理他们的违章建筑。"

"那你单位得开具介绍信。"赵师兄强调说。

"哦，那我返回单位开具好介绍信再来找你吧。"说着，我急急赶回了单位。

要开具单位介绍信倒难不了我，因为我们马岗巡查小组的公章就由我保管着。这个公章本应由彭海博保管，但我们经常要发违章建筑停工通知书，公章使用的频率较高，而彭海博一天到晚在外面混，找他盖一次公章难过盖一栋楼。为了便于我们开展工作，也为了便于他在外面泡妞鬼混，彭海博干脆把公章交给我保管。他知道我拿着公章没有什么用处，不会给他添什么麻烦。

为了讨好小陈，这次我就违规使用一次单位的公章了。我私自开具了一张查房产的介绍信后，便拿着这张介绍信再去找赵师兄。

不到一盏茶的工夫，赵师兄就查好了那两个人的房产信息，并把打印好的信息资料递给了我。赵师兄感叹道："这些人真有本事，年纪轻轻就能买得起豪宅嘛，怪不得深州的房价越来越高，原来深州有钱人真不少啊！"

原来，信息资料显示，小陈要查的那两个人都是才二十出头的年轻女性。她们名下各拥有一套房产，而且这些房产都是在深州名声显赫的高档住宅，均价在每平方米三万元以上人民币，面积大都在两百平方米以上。每套价值在六百万以上。

赵师兄指着这些房产信息资料对我说："这些房产往低里算，首期也得一百万以上，月供没一万是拿不下来的，像我们这些工薪阶层是绝对买不起的，看来这两个女子还是个大老板嘛。"

我不知道这两个人是哪个林子的鸟，经赵师兄这么一说，我心里也暗自感慨，不管是谁，能买得起这样豪宅的人，肯定是有来头的。

与赵师兄闲扯了一会，我便拿着那些信息资料起身与他告辞。

临出门的时候，赵师兄突然想起了什么。他忙从我手里要回那些房产信息资料，并从办公桌上拿起涂改液在资料左上角涂了涂，他向我解释说："资料上有我的名字，先把它涂掉，免得惹出麻烦来。"然后，赵师兄再三叮嘱我，千万不要跟别人说这些资料是从他那里打印出来的。

听了赵师兄这话，我心里虽不很舒服，但我也非常理解他的苦衷，他在这个脆弱敏感的官场里，小心谨慎是必需的，这对自己有好处。俗话说，小心驶得万年船嘛。

刚走出赵师兄的办公室，我就迫不及待地给小陈打电话，告诉她所查房产信息已经办妥。

小陈兴奋地问我："你现在在哪里？我们找个地方见面吧。"

我早就想见她了，便说："我刚从登记中心出来，要不等下我们去地王大厦？那里有个'星期五西餐厅'还比较安静。"

小陈答道："那好。要不要把我师妹也叫上？"

她说的师妹就是孟莉。我当然不希望孟莉知道我与小陈私下有联系，忙说："今天就算了吧，我们两人随便坐一会就走，孟莉这会不一定有空呢。"

小陈"嗯"了一声表示同意。就在我准备挂电话的时候，她又开腔道："这样吧，既然不叫她也好，但今天我们见面的事最好不要让她知道，免得她疑神疑鬼。"

原来小陈也不想孟莉知道我们私下有联系，刚才她提出叫上孟莉实质上是在试探我。我在电话里让小陈一百个放心，保证绝不会在孟莉面前提我们见面的事。

挂了电话，我就开车来到了位于地王大厦三楼的"星期五西餐厅"。我挑了靠最里边的一个座位坐下。

不一会，小陈也马上赶到。

她今天粗装素扮，但依然光彩照人。美女其实不需过多打扮，也能慑人魂魄。

等她落座后，我便把刚才从赵师兄那儿打印出来的房产信息资料递给了小陈。

她接过资料一看，脸色马上就变了。"妈的，这老色鬼，竟然瞒着我给她们买豪宅。"她口里突然冒出这样的一句话，很是刺耳。我瞥了一眼小陈，她漂亮的脸蛋由于愤怒而扭曲，脸色非常难看，如临大难。

看着美人发怒，我虽心生怜疼，但又不好探明个中缘由，只好找些不痛不痒的话题跟她边品咖啡边闲扯起来。

不久，小陈说等会她还有事得走了。于是，我抢着买了单，与她一起乘电梯到地下停车场去取车。

原来小陈开的是红色宝马 M6 跑车，这车少说也得 200 万啊！她打开车门，钻了进去，然后又摇下车窗，微笑着与我说再见，一副志满意得的样子。

看着小陈开着她的宝马一溜烟地消失在茫茫人海中，拉风无比。

我心中猛地升起了无限感慨。人活着不就为了这份潇洒和享受么？古曰：天下熙熙皆为利来，天下攘攘皆为利往，应该就是这个意思。谁来到世上不是为了享福？只不过有的人在寻寻觅觅中得到了，而有的人却永远得不到。正因为如此，人类有了富人与穷人之分。富人拥有足够供其享受的资源，而穷人却失去了这些资源。人类对这些资源的获取是不择手段的，或是赴汤蹈火，或是飞蛾扑火，甚至尔虞我诈，你死我活，互相倾轧。于是，人类便有了斗争和战争。

人不管是通过什么手段，什么渠道，只要在世上能够享福，一切都变得无关紧要。神马都是浮云。

所以，我认为，不吃"嗟来之食"的人都是傻子。像战国时期齐国那个饿汉，眼看着都要被饿死了，富人黔敖给他丢过去两个窝窝头，还盛了一碗热汤。饿汉却瞪大双眼跟人家说："收起你的东西吧，我宁愿饿死也不愿吃这样的嗟来之食！"你命都不要了，还要什么尊严？好在现在的人都懂得珍惜自己的生命，变得越来越现实了。其实人现实点没什么不好。现实就是为了生存，为了自己能活得好，能够享福。这就很好理解小陈及孟莉，甚至那些出卖肉体的夜总会坐台"小姐"的所作所为了。这个社会远未达到英国人托马斯·莫尔所描述的共同富裕、没有剥削的乌托邦理想乐园。人与人之间还是有贫富差距、阶层之分的。为了生存，或者说是为了更好地生存，有的人可以不择手段。

送走了小陈后，我突然想起应该给孟莉打个电话，毕竟帮小陈查房产信息的事是她搭的线，而且我当时也答应她不会直接跟小陈私下有联系。这戏我还得演下去，而且要尽量演得逼真点。

我拨通了孟莉的电话。"嗨，宝贝，你交办的事我已胜利完成。"我故意装得非常兴奋的样子，像是在向她邀功请赏。

孟莉听了后，并没有我想象中那样高兴，她只是淡淡地对我说："那你发个短信给我，我再转发给我师姐。"

我忙说："内容很多，我怎么发短信啊？你方便见个面么？当面交给你比较妥当。"

我在与小陈见面之前，已经把那两个人的房产信息资料各复印了两份。原件已给了小陈，我手头还有两份复印件。我隐隐约约感觉到，小陈查这两人的房产信息的目的不纯。我得留有一手。后来事实证明，我这一猜测非常准确。正是小陈这一举动，让她招来杀身之祸。这是后话。

"这样吧，我确实不方便，你传真给我吧，我一会把传真号码发给你。"孟莉这冷淡的语气还是多少令我不爽。

不一会，孟莉把传真号码发给了我。我忙跑到地王大厦的商务中心把房产信息资料给她传了过去。

就在我驾车准备返回单位的时候，孟莉的电话突然打了过来。

"美女，还有什么不明白吗？"我边开车，边接她的电话。

"你是不是已经告诉过我师姐了？"

孟莉这话问得有点突然，我一时答不上来。但我很快就冷静了下来，想孟莉也仅是猜疑而已，小陈应该不会把我们见面的事主动告诉她，小陈也不想孟莉知道我们私下联系之事。

想到这里，我故作生气地说："你这瞎猜什么呀？我连你师姐的电话都没有，我怎么能告诉她什么？我又不懂得通灵。"

"没有就好。但女人的第六感觉很灵，师姐本来很心急地想要到这个东西，可刚才我给她打电话的时候，她的反应非常平静，像是已经知道结果了。"孟莉幽幽地说。

她这一逻辑很有道理，怪就怪在小陈的演技还欠火候。但我得顶住，不能轻易让孟莉发现我与小陈之间的蛛丝马迹，别给自己惹出麻烦来。"呵，我还以为你捉奸在床了呢？这分明是栽赃嘛。"我故作轻松地说。

"但愿我的感觉是错的。不过，我得提醒你，你谁都可以惹，最好别惹我师姐。否则，你将吃不了兜着走。"孟莉的语气里提刀佩剑，令我不寒而栗，握着方向盘的双手抖了一下。

但我马上强作镇定，说："宝贝，不要瞎吃干醋了，我是个有分寸的人，我再怎么色，也不会打你好姐妹的主意呀。"

"你别那么自我感觉良好，我才不会吃你的醋呢。你误解我了，我这是为你好，我师姐这人你还不了解，她真的惹不得。我已经把话讲到这份上了，你是聪明人，就好好想想吧。"

说完，孟莉把电话挂了。

但她这番让人摸不着头脑的话，还是让我的好心情一下子就变坏起来。

我一边开着车，一边琢磨着孟莉刚才的那番话。心想：为什么小陈就惹不得呢？难不成她是一根高压线碰不得？孟莉这些话究竟暗示我什么呢？她为什么不明着跟我说？直觉告诉我，孟莉绝不是在吓唬我，或是吃小陈的醋。她对小陈应该非常了解，知道小陈的为人。毕竟小陈是余满良圈养的一只金丝雀，有着复杂的背景与经历。或许他们背后隐藏着一些欲罢不能的纠缠。

那晚吃完自助餐后，我与小陈通过手机短信聊天。聊着聊着，她便向我敞开心扉，大吐苦水，痛骂余满良是一只披着人皮的狼。更令我不解的是，她与我接触时间不长，居然将她与余满良的许多秘密都跟我说了。而她这样做又是为什么呢？是图一时之快，还是有其他的什么目的，譬如，她想让更多的人知道余满良的真实面目，最终为了自救。一切都未可知。

当晚我就发短信问她："你让我知道这么多，你不怕我会利用这些来要挟你吗？"

她回道："我为什么怕你？怕你我就不会说了。"

"为什么不怕我？你就那么相信我？"

"你肯定是好人。自那天在王子厨房见你的第一眼开始，我就确信你是一个好人。"

"为什么？"

"凭感觉，我相信我的感觉。你虽然与张二江、彭海博他们在一起，但我可以看出，你与他们不一样。他们都不是好人，而你是。"

"哈，你这人真逗。凭感觉就可以判断一个人的好坏，不免太唯心主义了吧？如果你这次的感觉是错的呢？"

"不会，绝对不会！我的感觉从来没错过。"

"你这人太自信了吧。"

"不是我太自信，而是你给了我信心。"

"怎么？我给了你信心？"

"是的。你的音容笑貌，你的言谈举止，都给了我信心。"

"有时人的外表是可以骗人的。表面上看似淳朴善良的人，恰恰可能是一个心毒手狠的人。"

"但你不会。"

"哪天我向你使坏了,可别失望啊。"

"你就是变坏,也不会坏到哪里去的。有的人一坏,就会坏到骨子里,而你绝对不会。"

"呵呵,谢谢你这么信任我哦。"

"不用谢。要谢就谢你自己吧,谢你自己选择了做好人的道路。"

"一个人做好人坏人,难道是可以选择的吗?"

"当然,一个人不是生下来就是好人或是坏人的。一个人之所以成为好人,是因为他选择了善道,而一个人之所以成为坏人,是因为他选择了恶道。"

"这似乎是哲学问题,太深奥了。我这人头脑简单,没把人想得那么复杂。"

"正因为你头脑简单,所以,你才能成为好人。有的人就是头脑太复杂了,满脑子的杂念,所以,就做了坏事,成了坏人。"

"哈哈,原来头脑简单有这个好处呢,我今天才如梦初醒啊。看来,还是头脑简单点好,别太聪明了,聪明反被聪明误啊。"

"这是两码事。头脑简单不等于不聪明,而头脑复杂不等于聪明。而恰恰相反,你是一个非常聪明的人。"

"你何以见得?难道又是感觉?"

"不完全是感觉,但与感觉有关。在我看来,一个人选择正道,做好人就是聪明的人。而那些丧尽天良干坏事的人,其实非常愚蠢。人生要学会算账,好人会一辈子幸福,而坏人只狂欢一时,却痛苦一辈子。谁亏谁赚,一算就明白了。"

"但人生苦短,不及时行乐,可能会亏得更大。"

"这是糊涂人算的糊涂账。我当初就不会算这笔账,现在就成了糊涂人。但好在还没成为坏人。否则,我将后悔一辈子。"

小陈话中有话,欲言又止。这引起了我对她进一步了解的好奇心。后来,在与她的一次长谈中,我终于有机会了解到一个完整的小陈。

别看小陈开着上百万的豪华轿车,穿金戴银,风光无比。在这光鲜外表掩饰之下是一颗残缺不堪的心和已被玷污了的灵魂。这几乎是所有"二奶"、"小三"们的共同特征。

有时我想,如果小陈不被余满良包养,凭着她的聪明才智,或许她在深州会闯出一片新天地的,得到她应当得到的快乐和幸福。可惜,她一念之差,便棋错一着,偏离了人生的轨道,走向了悬崖。到头来落得两手空空,并赔上了自己年轻美丽的生命。

小陈实名叫陈艳妮,山东人,但从小在山西长大。父母在她四岁时就离了婚,后来母亲带着她嫁到山西的一个偏僻小山城里。继父是当地一家煤矿的工人,长年累月地下井挖煤。在陈艳妮的记忆中,继父总是灰头黑脸的,从没见他笑过。继父一日三餐都要喝酒,喝酒后总会醉,醉了就打骂她母亲。母亲每次被打后,就悄悄躲在灶台边"嘤嘤"地啜泣,完了抹干眼泪又起身给继父倒酒、热菜。

就在陈艳妮读小学的时候,她的家庭又发生了变故。她的继父在一次下井挖煤过程中,矿里发生瓦斯爆炸,他被活埋了。她母亲领到矿主和政府的三十万元赔偿金和慰问金后,在当地盘下一间杂货店经营起来。

母亲自此不再改嫁,她与陈艳妮相依为命,把一生的心血都倾注在陈艳妮身上。自小陈艳妮就非常懂事,她知道母亲的艰辛。所以,她学习非常勤奋,成绩一直很好。高考时,她考了高分,完全可以上清华、北大的,但为了照顾母亲,她放弃报考这些院校,而选择了离家较近的西南某大学,主修外语专业。

就在陈艳妮大学快要毕业的时候,噩运不期而至,她母亲在一次进货的路上出了车祸。母亲所乘坐的货车因刹车失灵,连人带车滚下了山沟,母亲在被人送往医院的途中就永远地闭上了眼睛。

母亲的不幸去世,给陈艳妮打击非常大,她一下子没了依靠,痛苦万分。好在在她的老师和同学的开导下,逐渐走出丧母的阴霾,重拾生活的信心。大学毕业后,已经无依无靠的陈艳妮怀着对生活美好的憧憬来到了深州。

在深州,她无意间遇到了政协官员余满良,并成了他的"二奶"。自此,她偏离了人生的正常轨道,开始坠向万劫不复的深渊。

第十二章　深州"蚁族"

深州不是所有人的天堂，至少对于我的同事胡民阳与他的女友李小曼这对情侣来说，深州确实不是。

胡民阳来自素有"九头鸟"之称的湖北，但却是湖北人的另类。

我进入市违章建筑整治中心不久，胡民阳也被我们从人才市场招了进来。那时，我们马岗巡查小组刚刚把一个叫皮光州的员工炒掉，急需补充一个人进来。胡民阳就这样跟我结上了缘。胡民阳做事非常认真负责，而且有条不紊，并循规蹈矩，是一个非常善良、老实、厚道的好同志。

胡民阳有一个女友叫李小曼，是他厦门大学的同班同学，他们学的都是新闻传播专业。

李小曼是厦门本地人，在鼓浪屿长大，说得一口柔软的台味普通话，人又长得非常甜美、漂亮。因此，有许多男生围着她转，递纸条、送花、送巧克力、写求爱信等等。但李小曼视这些男生为笼中猴子，任由他们表演，她只做一个看客，不为之所动。原来她早有意中人，而这个意中人正是不显山露水、愣头愣脑、一天到晚只知道埋头读书的胡民阳。

那时的女生一般喜欢英俊潇洒、扮酷的男生，而李小曼却偏偏看上了长相一般，又土里土气的胡民阳，令许多人大跌眼镜。我曾经很不解地问过李小曼："你究竟看中他什么？"李小曼坚定地回答道："看中他的踏实。外表出众、喜欢扮酷的男人没有安全感。而他外表既不出众，也不喜欢扮酷，这样的男人值得信赖，有安全感。"

胡民阳确实是一个值得信赖的人。他勤奋好学,成绩一直名列前茅,是当年湖北省的高考状元,语文作文还考了满分。他对文言文颇有研究,高考作文就是用文言文写成的,当时引起全国的轰动。有专家指出,在当前青少年都喜欢使用网络语言的语境下,还有学生对文言文感兴趣已经非常难得了,而能够使用文言文写作更是难能可贵。为此,评卷老师给他的作文打了满分。这引起了社会的广泛关注,各种媒体争相报道了这件事,还有许多媒体派记者到湖北来采访了胡民阳。他成了当时的新闻人物。全国还掀起了是否需要在中小学生中加强文言文教育的讨论。

进入大学后,胡民阳对文言文的兴趣不减。他利用在大学图书馆里可以查找到各种文献资料的便利条件,研读了大量的古文和历史,还选修了历史系的部分课程。因此,他的历史知识也非常扎实。一次,在易老师的一个讲座上,他对易中天的个别观点大胆质疑,博得在座同学的喝彩。当然,也博得一同来听讲座的李小曼的好感。也就是从那一次讲座后,李小曼频频到胡民阳的宿舍来请教文言文知识和历史知识,其实就是为了接近胡民阳。

其实,李小曼对胡民阳这个愣头愣脑的同班同学早就有了好感。李小曼认为,当今的所谓新新人类其实就是新新败类,他们花着父母的钱,扮着自己的酷,肚里却空洞无物。他们班大多男生都是这类人,整天沉迷在QQ聊天与各类网络游戏当中,却对专业课程不感兴趣。而胡民阳与他们不同,他对QQ聊天与各类网络游戏没有任何兴趣。虽然他对文言文、历史的兴趣多少会给人迂腐的感觉,但是,李小曼却不这样认为。在她看了,胡民阳是一个有个性、有抱负的人,这在他们这代人中就显得与众不同。为此,李小曼非常崇拜胡民阳,并由此暗生情愫。

经过几次与李小曼的接触,胡民阳也对这个漂亮、可爱、聪慧、单纯、朴实、好学的女生产生了好感。所以,对李小曼的前来求教,他总是非常认真、仔细、毫无保留地指教,使李小曼文言文水平日渐提高,与他比翼齐飞。

凭借着文言文这个秘密武器,胡民阳击败了众多李小曼的追求者,成了李小曼的正牌男友。

大学毕业后，李小曼本打算留在厦门发展。毕竟她家就在厦门，这里有着她广泛的人脉关系，对她以后的事业肯定有帮助。而且她父母就她这个宝贝女儿，也希望她能留在他们身边。

但是，胡民阳决意要到深州去闯一闯。他一直认为，虽然厦门与深州都同属经济特区，但是，从发展现状与发展前景来看，厦门远不如深州，这也是为什么许多人都争相到深州去而极少顾盼其他经济特区的主要原因。"深州是一个更加适合人工作、居住的地方，是人间天堂。"胡民阳为了说服李小曼无不夸张地说。

"可你没听说过深州既是天堂，也是地狱吗？"李小曼不以为然，她也希望说服胡民阳与她一起留在厦门发展。

"这就得看对谁来说了，深州对于强者永远是天堂，对于弱者肯定是地狱。"别看胡民阳非常木讷，但与人争辩起来有他的一套。所以，那天他在易中天的讲座上把易老师辩驳得几乎哑口无言。

"你就那么自信你会进入天堂吗？"李小曼据理力争。

"即使我最终进不了天堂，我也要化成鬼魂留守深州。"胡民阳说到这里时，表情非常平静，像是一位就要赶赴战场的勇士。

李小曼搞不懂为什么胡民阳对深州这么痴迷，像是深州给他下了迷药。而她认为，如果胡民阳与她一起留在厦门发展，前景肯定会更好，因为她家就在厦门，亲人、朋友遍布厦门的各个角落。在中国，有熟人好做事，更何况她父亲还是厦门市政府的一个要害部门的头头，在厦门，她也算是一个"官二代"。而离开厦门后，她将什么都不是。

对于李小曼的这些背景，胡民阳也非常清楚。但他更喜欢深州，认为深州更适合他发展。而且在深州，他也有熟人，那就是他父亲的一位老战友。这位老战友在深州市委宣传部已经混得了一官半职。这对读新闻传播专业的胡民阳来说，也是有帮助的。这也是胡民阳执意来深州发展的另一个原因。胡民阳还在大二的时候，就曾经利用暑假跟着父亲来深州见过这位宣传部领导。当时，这位领导曾经答应过胡民阳，等他毕业后，可以把他排到一家深州媒体工作。这让胡民阳一直对深州充满着期待和憧憬。

可是，人算不如天算。当胡民阳带着李小曼满怀希望地来到深州时，这位领导原先给他的电话号码却怎样也打不通。几经周折，胡民阳才弄清楚其中缘由。原来这位领导出事了。他管的对外宣传口在宣传方面不小心给市委、市政府捅了娄子。不知道是谁把深州还在酝酿中的机构改革方案抖给了香港一家媒体。这家媒体用大幅版面把整个改革方案刊登了出来。

这让深州市委、市政府处于被动，几乎让这个改革方案胎死腹中。

方案的过早泄露，让这项改革遭遇了来自各方利益集团的阻力，改革只好无限期地推迟实行。这令当时的深州市主政领导大为光火，要求一定要追究相关部门的责任。作为分管对外宣传的这位宣传部领导首当其冲，成了替罪羊，被市委免了职。

人走茶凉。胡民阳知道这一切后，只好与李小曼一起像别的来深大学毕业生一样，整天价泡在人才市场里找工作。

李小曼最大的愿望是当一名记者，这也是她当时选读新闻传播专业的主要原因。可要想进入深州的新闻媒工作，没有非常硬的后台是枉费心思的。她只好退而求其次，到了一家文化公司做广告策划。但这家公司业务量很大，但员工却特别少，经常超负荷运作。几乎是一人当两人用，女人当男人用，男人当牲口用。每个员工每天都要加班加点才能完成任务。而公司的工资福利却差强人意。

这对于自小没有吃过什么苦头的李小曼来说，简直就是虐待。她实在吃不消，为此，还没过试用期，她就向这家公司递交了辞职信，炒了老板。

此后，她先后又到了几家文化传播公司工作，发觉这些公司与第一家公司的情况大同小异，都是拼命地榨取员工剩余价值来赚取利润。

李小曼为此对深州非常失望，她经常在胡民阳面前抱怨。

但胡民阳不以为然，他反驳道："哪个老板不是为赚取利润而来？无利可图谁还想当老板？你现在遇到的困惑主要是因为你观念还没转变过来，没有做好吃苦的思想准备。在深州，哪家公司不是满负荷运转？中兴、华为、富士康这几家让人仰慕的大公司不都这样高强度运作吗？富士康员工连睡觉还是三班倒呢，即每一张床都有三个员工轮流着睡，每人每天只能在这在床上待上八小时。"

"这太可怕了！怪不得富士康老有员工跳楼自杀，换成我也受不了这样赤裸裸的剥削。"李小曼边说边摇头。她认为，深州不是人待的地方，能在深州待下去的，要么是神，要么是鬼。总之，常人是无法在深州待的。她很后悔当初不顾家里人的反对，跟着胡民阳跑到深州来吃苦。现在看来，她这一步棋的确走错了。她要悔棋，重新回到厦门，回到她父母身边。

李小曼有这样的想法除了工作是主因外，住房问题也是诱因之一。

她与胡民阳来深州后，一直租住在一个"城中村"里。这个"城中村"住着形形色色的人。每当夜幕降临的时候，这里就有浓妆艳抹、妖娆性感的女子纷纷走出村口，奔向各个欢场，准备兜售欢笑与肉体。也有面无表情、贼眉鼠眼的古惑仔奔走在大街小巷中开始一些见不得人的勾当。

由于管理上的缺失与无序，深州"城中村"既脏、乱、差，又藏污纳垢。卖淫、嫖娼、贩毒、吸毒、赌博、打架斗殴、黑帮火拼等等，这些只有在香港电影电视上才能看到的场面，在深州"城中村"里几乎三头两天都能见到。救护车、警车常常呼地在村里进进出出，并时不时传来恐怖消息：要么是某某房里发现腐烂尸体，要么就是有人血淋淋地倒卧在巷子里。

生活在这样的环境里，让被家里人视为金枝玉叶的李小曼如何能适应？她希望有一个安全、安静、舒适的家。但是，她与胡民阳两个的工资收入并不高，在短时间内要想在深州买房是不可能的。深州房价正处在突飞猛进的时期，房地产市场在无序地发展。

有一次，我与彭海博、张二江等人一起吃饭时，无意间我们聊起深州房地产。我与彭海博一致认为深州房地产是个暴利行业。谁知，却遭到张二江的强烈反驳："暴利个'鸡巴'毛！要说暴利，那些做坐台'小姐'的才叫暴利呢。想想看，一个'小姐'陪喝陪唱一个晚就是三百多块钱，如果打一'炮'就是八百，甚至一千多，陪睡一晚上至少也得三千。她们一个月下来至少可以赚到三至五万元，一年至少也有三十到五十万元收入，姿色好点的比这个数还要多。而她们的成本呢？无非就是一些低劣的消毒水和避孕套，不值几个钱。可你们知道吗？一个房地产项目要经过前期拿地、征地、规划、策划、设计、建设等诸多环节，一个项目下来至少要两到三年的时间。而房地产项目都是大投入的项目，动则上好几个亿元的投入，这么多资金都是要靠银行融资而来的，而银行的利息高得惊人。除银行利息、建筑材料费用等成本外，搞房地产开发还有一个成本是大家所看不到的，那就是公关成本，业内也叫灰色成本。房地产行业涉及的部门非常多，规划、城建、建设、环保、消防、城管、工商、税务，甚至居委会，哪个不是爷？开发商得给他们上贡。否则，你的项目会在某个环节上出问题。这样一算，一个项目能有百分之二十的利润就真该念'阿弥陀佛'感谢观世音菩萨大慈大悲了，绝不是外面盛传的所谓暴利。现在房价高，大家都骂开发商，实际上，最应该骂的是政府有些部门的人。"

我终于明白了，为什么一直以来张二江不去搞房地产开发了。以他的人脉关系，他要是去搞房地产开发，不一定输给"万科"的王石，甚至可以与"京基"的陈华比肩。他不愿意去趟房地产这摊浑水原来另有原因。

深州高企的房价，让许多来深州的寻梦者只好蜗居在混乱不堪的"城中村"里，有人把他们戏称为"蚁族"。我认为，他们应该叫"蛭族"更合适，他们就像水蛭一样紧紧依附在城市的肌体上，吸着城市的"血"，消费着城市的各种公共资源。

显然，李小曼不想做"蚁族"，对蜗居生活非常厌倦。她更看不起年纪轻轻就丧失斗志的所谓"蚁族"。她不理解为什么有些人明明在深州无法混下去了，甚至在深州已没落脚之地了，还依然坚守在深州。或许他们回到自己的家乡或到二三线的城市会有更好的发展空间。难道深州才是天堂，而其他地方都是地狱吗？

经过几番的挣扎、思考，李小曼决定撤回她的家乡厦门发展。

但她的这一决定遭到胡民阳的强烈反对。

"厦门哪点比深州好？"他问李小曼。

"那深州又哪点比厦门好？"李小曼反问道。

这倒把胡民阳给问蒙了。说实话，来深州两年多，他倒真还没有体会到深州哪方面的好。深州虽然经济发达，遍地黄金，环境舒适，但那毕竟是别人的城市。他现在只是这个城市里的一个客人，要从一个客人成为主人不知道要经历多少艰辛，要付出多少汗水和泪水。但是，无论如何他还要坚守深州。因为他坚信，总会有一天，他会成为深州的主人的。他更不想李小曼离开深州，因为李小曼一离开深州，就意味着他们几年以来苦苦呵护的感情将云消雾散。他是爱李小曼的，李小曼也爱他，这点不容置疑。所以，胡民阳极力说服李小曼留在深州跟他一起打拼。

无奈，李小曼去意已决，并且她父母也已经在厦门给她联系好了一份在报社当记者的工作。这正是她梦寐以求的职业。

"太阳，我们分手吧。""太阳"是李小曼在他们热恋的时候对胡民阳的昵称。

一听到"分手"这两个字，胡民阳这"太阳"立刻变得黯然无光，几近崩溃。他无法接受与李小曼分手的事实。但他也知道，这已经是生米煮成熟饭，就像当初他把李小曼这生米煮成熟饭一样，一切已成事实，不接受也得接受。在这个时候，已经由不得他了。

是深州，扼杀了他们的爱情！难道深州现实得连爱情都没有落脚之地吗？曾经有一位深州诗人发出怒吼：深州，不轻言爱！

有时我想，人现实点有什么不好呢？现实也可以有幸福吗。譬如我，屈于现实，我娶了村长千金卓秀娴，现在我就非常有幸福感。别的不说，单与身边朋友的情感境遇相比，我与卓秀娴的感情生活相对风平浪静，波澜不惊，算是有福之人。

想到这里，我突然觉得，这几年我亏欠卓秀娴太多了。

自我们结婚以来，我很少跟卓秀娴沟通。可能是因为文化程度和文化背景上的差异，我与卓秀娴沟通起来存在一定的障碍。深州本地人对普通话似乎有着抵触情绪。他们不但不愿意讲普通话，也不愿意接触普通话。他们极少看讲普通话的电视节目，平时不喜欢看《新闻联播》，过年不喜欢看春晚，他们一般只看香港的本港台和翡翠台，或广东电视台的粤语频道。

正因为如此，直到现在，我家的卓秀娴不知道赵忠祥和倪萍，也不认识朱军和董卿。更可气的是，她竟连国人皆知的小品王赵本山也不知道。她对小品根本没有兴趣，这缘于她听不懂小品的语言。有一年的春晚，赵本山与范伟、高秀敏等人表演的《卖拐》逗得全国人民笑破肚皮。我也边看边笑得前俯后仰，唯独我家的卓秀娴成了全国人民的另类，她像一尊雕塑一样定定地坐在沙发上，怪怪地看着我，问道："老公，你笑什么？能不能让我看本港台？赛马快要开始了，我刚才通过我姨妈下了好几注。"

卓秀娴平时没有什么爱好，唯一的爱好就是跟着她的姨妈赌香港的外围马。每到香港的赛马时间，卓秀娴就会端坐在电视机前神情紧张地盯着电视看，时而发出一声叹息，时而拍掌叫好，看到激动处，她干脆就站起来大喊："普京，加油！"当然，她所喊的"普京"是一匹赛马，不是俄罗斯那个总统。

改革开放后，大批外地人涌入深州。这些外地人来自五湖四海，各有各的方言，但平时大家交流基本上讲普通话。这多多少少对深州本地人的语言环境有所冲击，他们在被动的状态下也逐渐学说普通话。按理说，卓秀娴生长在改革开放的年代，应该能说一口让人听得懂的普通话才对，但是，不知道是因为本能的抗拒或是智商有问题，她一张口讲普通话，我就会胃痉挛，肚子痛，头发昏。她说的不是普通话，而是不通话、杂交话，里边既有广东话的调又有客家话的词，配有普通话的音，比杂交水稻还杂交，比鸟语还鸟语。这也是我与她很少沟通的原因之一。即使我们偶有沟通，也是我说我的普通话，她说她的广东话，鸭同鸡讲，一家两语，颇有一番情趣。

当然，卓秀娴并非一无是处。撇开长相、文化程度、语言等方面的因素，实际上，卓秀娴算是一个不错的女人。她一个富家女孩，虽不说是金枝玉叶，至少也是"富二代"，可她没有那些"富二代"的坏毛病，坏习性。卓秀娴平时很低调，很规矩，很传统。这从我们新婚的洞房花烛夜可以得到应验。

新婚之夜，当我们步入洞房准备花烛之时，卓秀娴非常平静地按照客家人的习俗，把一块白毛巾非常庄重地垫在她的屁股下面。我看着她那股认真的劲儿，心里暗暗发笑："别告诉我你还是处女喔。"我一直固执地认为，深州是一个少处女的地方，这源自于深州人在性方面相当开放，一般成年女性在结婚之前都有了性经验。卓秀娴在深州长大，再怎么丑，她也还是一个母的，怎么可能没有男人动过呢？我想。

但是，这次我错了！当我艰难地进入卓秀娴体内时，随着她的一声惨叫，她下体果然见红。看到从她下体无声流出的鲜红血液，我既惊喜又感动。我恭恭敬敬地帮卓秀娴把毛巾叠好，然后双手恭敬地捧着，庄重地把它放进卓秀娴早已准备好的一个红布袋里，她可能要留着供后人瞻仰。

在这个年头，在改革开放前沿阵地的深州，还能遇到处女，这让我简直如获至宝。

彭海博曾经跟我说过，深州是一个最没有贞操观的城市。只要高兴，男女之间说上床就上床，完全没有任何约束。彭海博这话虽然有点偏激，但总体来看，深州男女对性确实看得很开、很随便。他们大口吃肉，大碗喝酒，然后就大胆做爱。所以，我第一次与孟莉上床的时候，两人好像是已经约好似的，一见面就毫不含蓄地直奔主题。后来，我跟陈艳妮上床也几乎没遇到任何障碍。

在深州，千金易赚，处女难求啊。而卓秀娴直到与我结婚还保留着处女身，实在让我感恩戴德，惊喜之至。

我这人真是活在福中不知福。人家一个千金小姐把她最珍贵的东西都给我了，更何况她对我虽不说是百依百顺，但也算是有求必应，我要喝茶，她给我烧水，我要吃饭，她给我热菜，我要买车，她跟她爸要，我要做爱，她直挺挺地躺在床等我。我一个农村来的穷小子，能过上这样堪比帝王的生活，真是祖上烧高香了。

在深州，你要过上像样的日子谈何容易？这里的物价，尤其是房价高得离谱。一言以蔽之，在深州的生活成本比其他城市要高出好几倍。因此，一般的工薪阶层在深州生活非常艰难。就拿我的同事胡民阳来说吧，他来深州都已经有两多年了，还买不起一间单身公寓呢，现在只好蜗居深州的一个"城中村"里。也难怪李小曼要跟他分手，人家一个在厦门有着优越生活环境的大家闺女，凭什么要跟着他一个穷小子在深州饱受艰辛呢？

所以，当胡民阳告诉我，李小曼要跟他分手而回厦门发展时，我非常理解李小曼的选择。谁叫胡民阳不能在深州给她一种安定幸福的生活呢？

第十三章　埋下祸根

一切皆有因缘。就拿张二江那栋在台风中坍塌的违章建筑来说，如果我们"违治中心"的这些人坚持点原则，后来绝不会发生楼盘坍塌而致人死亡事件。但是，生活真的没有如果。等我们明白过来时，一切都晚矣。

一天，我刚到办公室，就接到彭海博的电话。他叫我赶紧去城建局一趟，说是有一批业主正在城建局上访。

听彭海博这么一说，我基本知道发生了什么。肯定是马岗那几个搞违章建筑的业主又去上访了。

放下电话，我赶忙从电脑里调出那几个业主的建筑资料，开着车便往城建局赶。

虽然深州市政府三令五申地禁止违章建筑，但是，收效甚微，违章建筑总是屡禁不止。这其中原因很复杂。一方面，搞违章建筑成本低，获利快，比搞房地产开发还赚钱。所以，许多人趋利而来。另一方面，跟我们"违治中心"不作为有关。我们这个"违治中心"的基本职责是整治违章建筑，但整治的仅仅是那些没有后台，没有背景的业主的违章建筑。而对于像张二江这样有后台、有背景的"有料"之人，我们"违治中心"却只能睁一只眼闭一只眼，甚至为他们"保驾护航"。

这年头，没后台也没背景，就别想着发横财。上访的这几个违章建筑业主就有点傻，他们既没有任何后台，也没有任何背景，却敢在马岗片区买了村民宅基地，搞起了违章建筑来。可能是想钱想疯了。

像这样的违章建筑业主，在我们"违治中心"工作人员的心眼中就是软柿子，我们必须捏。他们不信邪吧，我们便要邪给他们看。我与胡民阳在彭海博的指示下三天两头跑到他们的工地上，不是发停工通知书，就是查扣他们的施工工具，让他们的工程无法进行下去。我们这样做，还有别的原因，那就是张二江暗地里要我们把这些与他抢"食"的违章建筑业主打压下去，好让他吃"独食"。这个时候，我们已经被张二江当枪使。

我们这样做，当然有违章建筑业主不服。他们质问我们，大家都搞违章建筑，为什么只查他们的，而张二江的违章建筑却安然无恙呢？这不是欺人太甚了吗？

于是，他们组织起来到政府部门上访去了。

他们先是到我们马岗巡查小组来闹。当时是我接待了他们，尽管我动之以情，晓之以理，还是无法说服他们，压不住他们的火。实际上，连我自己也无法说服自己。事实就摆在那里，我都不好意思多说了。我越说，心里越发虚。现在谁都不是糊涂蛋，我们的所作所为明摆着欺负他们无权无势，谁能服呢？换成我，我也不服！

在我们这里讨不到公道，这些业主心有不甘，不死心地继续上访。这下就跑到了城建局去了。

赶到城建局时，只见信访室里一干人正围着潘建仁在七嘴八舌地诉说着，他们声色俱厉，怒气冲天。

潘建仁面无表情地坐在办公椅上，略显疲态和不耐烦。他心不在焉地听着上访者的激情倾诉，眼睛漠然地盯着他们，若有所思的样子。

见我进来，潘建仁像见了救兵，脸部的表情马上丰富起来。他忙叫大家先安静一下，接着让我给大家作解释。

那些上访者也认出了我，他们不约而同地发出了一声："又是他啊？"语气之不屑让我羞怒异常。但在这样的场合，我必须装作无所谓的样子。之前他们到我们马岗巡查小组来闹的时候，他们一致认为我人微言轻，说话算不了数，硬是要我们领导来接待他们才行。可我打电话给我的直接领导彭海博时，这厮不知正躲在哪个女人的怀抱里风流，极不耐烦地叫我想办法把他们打发走，我只好照办。

彭海博这厮自那次被他老婆捉奸后，就改变了与女人约会的策略，常常利用上班时间跑出去与女人苟合。他一般是上午来单位露个脸，把当天工作给我与胡民阳安排好后，便开着车一溜烟出去了。直等到下午差不多下班的时候，他才匆匆赶回办公室，然后用办公电话给老婆打个电话说是晚上回家吃饭。他刻意营造着白天上班、晚上回家陪老婆的新好男人形象，为的是让家里红旗不倒，外面彩旗飘飘。

但这样一来，可苦了我与胡民阳。我们两人得帮他兜着掖着，担子可真不轻。遇到他老婆来查岗还好应付，就说他到潘建仁主任那里汇报工作了。可遇到潘主任打来电话问他去哪了，我们就不好对付了。我们总不能说他这会儿回家向老婆汇报工作了吧？时间一长，潘主任也看出了几分端倪，只是碍于张二江的情面不想发作而已。俗话说，不看僧面看佛面。

更令我与胡民阳烦心的是，最近老有业主到我们这里来闹，而且一闹就要喊着见领导。我们这里也只有彭海博才算是个官，说到底只有他才是个公务员，又是我们这个小组的负责人，只有他说话还算话。我与胡民阳都不是公务员，都不是官，说话只能算是放屁，业主闻都不愿意闻一下。

正当我准备开口发言时，刚才还围着潘主任七嘴八舌的业主把矛头指向我："切！我还以为叫什么大官来见我们呢，原来是他呀，一个放屁都不臭的小喽啰，他能帮我们解决什么问题？"

他们说得不错，我确实是一个放屁都不臭的小喽啰。但我现在是受领导之托、为帮他们解决问题而来。所以，当听了他们这么一说，我气不打一处来了，本想发作，但在这样的场面只能忍着。我强装着笑脸对他们说："不错，我不是领导，但是，今天我是受领导委托来为大家解决问题的。希望大家冷静下来，不要急躁。我们领导潘主任今天就坐在这里跟大家面对面，这也表明我们领导对你们问题是重视的。"

我说这话不亢不卑，铿锵有力，且官腔十足，一下子就把那些业主的嚣张气焰暂时给压了回去。

潘建仁坐在一旁不断地点着头。显然，他对我说的这番话很满意。我这话不但帮他解了围，而且给他长了脸。在机关里混这几年，其他方面我倒没有什么长进，但马屁功有了显著的提高，已经接近了彭海博和张二江等人的马屁功水平。

"老乡们，刚才我们的冯律师说得不错，我们局领导对大家的问题是非常重视的，我们今天之所以叫冯律师来，主要有两个原因。一个是，他对你们那里违章建筑情况比较了解。另一个是，他对相关法律也非常精通。这有助于我们一起解决问题。"

潘建仁这话说得非常有深意，弦外之音是告诉这些业主，你们的情况我们已了解得一清二楚，你们搞违章建筑，本身违法在先，现在有律师在场，谁要胡闹就得负法律责任。

接着，潘建仁顿了顿，看了我一眼，说："冯律师，你先把那几处的违章建筑情况说一说吧。"

我便拿出事先准备好的材料，简明扼要地念了起来。

听完后，潘建仁快速地在笔记本上记了记，然后抬起头来对上访的业主们说："我刚才听了一下关于你们违章建筑方面的情况，我很体谅你们的心情，花了这么多钱买一块地，而到头来还建不了房，换成我也会有情绪、有想法的。"说到这里，他又话锋一转，"但是，当前市政府已明文规定，私人未经许可是不可以建房的，谁建了就属违章建筑，一律予以拆除。这是从深州大局出发，从长远计议。试想想，大家都私自买地建房，要怎样建就怎样建，那深州岂不乱套了？这对我们这个城市没有丝毫的好处，并且严重影响到深州社会的和谐。希望大家理解政府的良苦用心，说到底，政府也是为着大家好的，只有大家好，才是好。"

潘建仁像在"两会"上作报告，说得头头是道，滴水不漏。

可对于潘建仁这些漂亮官话，业主们还是不买账。他们质疑道："你说的这些道理我们都懂，我们也不是专门来给政府找麻烦的。我们的要求其实很简单，就是想搞明白，既然都是违章建筑，为什么有的人就可以建，而我们不能建呢？"

显然，这些业主已经把矛头对准了张二江的违章建筑，其实也是冲着我们的执法不公而来的。

听了刚才业主的这番话，我为潘建仁捏了一把汗，担心他接不上招。但毕竟是老狐狸，只见他喝了一口水，润了润一下喉咙，然后非常淡定地说:"我知道你们所说的是那个叫张什么来着的业主的建筑吧?"

不得不佩服潘建仁这道行!他这么一反问,一下子就与张二江撇清了关系。"这人确实在那里建了一栋楼,但据我了解,他那栋楼是在政策出台之前就建了,这究竟算不算在这次政策禁止范围之内呢?这有待我们进一步调查研究。但是,只要查明属于违章建筑的,不论涉及到谁,都得予以拆除,决不姑息养奸。"

潘建仁说到这里时,脸上露出了军人特有的坚毅与威严,不怒自威,让人望而生畏。姜确实还是老的辣!他说得这番话简直让我佩服得五体投地。

他这话一出,马上就把那些几个业主给镇住了。中国老百姓天不怕地不怕,就怕领导一句话。经过潘建仁这番富有技术含量的忽悠,几个业主气也消,势也泄了。最后,他们向潘建仁提出了三点要求:一是把他们被查扣的施工工具还给工程队。二是免去对他们的罚款。三是暂时不能让张二江那栋违章建筑进入装修。

潘建仁想了想,说:"你们这些要求我还得向局领导反映再做决定,我想应该问题不大,至于结果如何,到时冯律师会通知你们的。但是,不管怎样,你们都必须停止动工,这是前提,否则,于事无补。"

潘建仁这话柔中见刚,绵里藏针,既缓和了矛盾,也维护了政府的权威。这是缓兵之计,也是一种政治策略。潘建仁这本事可是长期在官场里混的人才能修成的。I 服了 YOU,潘主任!

这些上访者刚才还牛皮哄哄,经潘建仁这么威恩并施,态度马上来了个一百八十度转变,刚才的牛劲跑得无影无踪,满口应允了潘建仁提出的条件,还外加"领导英明"的赞词。

看来中国老百姓还是非常好蒙的。只要领导肯开金口,一切"老大难"问题就可迎刃而解,老百姓有顺口溜是这样说的,"老大难,老大难,老大出来就不难"。潘建仁就是靠这样的功力招安了马岗那批一直声明要闹到北京去的业主的。

忽悠走那些业主后,潘建仁脸色略显轻松,他拍拍我肩膀说:"小冯,你回去后,一定要把那几个人给我盯紧点,不要让他们暗地里继续动工。同时，要尽量把他们稳住，刚才他们提的几个条件可以答应，但不能马上就兑现，能拖就拖，不能让他们感到跟政府一闹就灵。此外，你一会马上通知彭海博，让他跟张二江沟通沟通，叫张二江最近配合一下，白天尽量不要装修，晚上装修也不要闹出太大动静，以防节外生枝。"

我点了点头，说："潘主任，您放心。我马上赶回去落实。"

回到办公室，我把刚才接访的情况简单通过电话向彭海博作了汇报。他在电话那头嗯嗯哼哼，语调低沉而暧昧。我猜这厮定是正躺在某个女人的温柔乡里品尝风月。

我怕误了大事，不得不坏他的"好事"，不断打电话催他赶快跟张二江沟通，并强调这是潘建仁千叮万嘱的。

估计这厮此刻"好事"正在进行中，他在电话那头显得特别不耐烦，并冲我吼道："急个啥啊，又不是要赶去奔丧？我心中有数，不用你催，知道吧？"说着，"啪"地挂了我电话。

男人都这个屌样，一抱着女人就不知道他祖宗姓什么了。我了解彭海博的脾气，这会儿跟他急也没用，就不再扰他春梦了。

临近中午快下班的时候，我接到张二江的副手黄栋梁，也就是彭海博表弟的电话，说是要请我吃中午饭。

看来，彭海博在风流之余还是不忘办正事，他应该把话传到张二江那里去了。其他人的事他可以不管，但对于张二江的事，他断不敢怠慢。

考虑再三，我拒绝了黄栋梁的邀请。理由很简单，我不想做张二江他们手中的木偶，任他们摆布。即使之前我多次接受过张二江公司的宴请，但我也知道，这是借彭海博的光。我一个编外人员，人微言轻，放个屁都不响，在张二江的利益链中起不了多大作用，顶多是个跑龙套的角儿。彭海博不在场，我是断不会单独接受张二江公司的宴请的。何况当前又是敏感时期，那几个业主正在到处告状，在这节骨眼上，如果一不小心，就会授人把柄，吃不了兜着走。这点政治觉悟我还是有的。

说实话，我对张二江也非常反感，之所以没完没了地与他纠缠在一起，全是看彭海博的面子。

张二江这人绝对不是什么好鸟,单从长相看,他脸长,额宽,鼻粗,耳厚,眉粗,绝对奸相一个。他平时行事也非常张扬、嚣张、狡猾、势利,配得起他这副面相。别看他平时与我们称兄道弟,吃吃喝喝,实际上,他是为利而来。这一点胡民阳与我的看法是完全一致的。胡民阳曾提醒过我,与张二江这样的人打交道得打醒十二分精神,否则,哪天着了他的道儿被他出卖了,这可就亏大了。所以,胡民阳很少接受张二江的宴请,有时实在推不掉,也就吃完饭就走人,绝不参加张二江安排的"一条龙"节目。为此,彭海博对胡民阳很有看法,认为他是个异己分子,不把他当兄弟看待,入不了他圈子。正是这个原因,彭海博搞什么小动作,一般只授意我来做,而对胡民阳是绝对隐瞒的。

  看在彭海博的情面上,我就算一百个不喜欢张二江,也必须为他的事鞍前马后。我一直视彭海博为恩人,当我在深州差不多待不下去的时候,是彭海博让我有了留在深州的机会。如果没有他,我是断不可能进入"违治中心"工作的,很有可能早就打道回府,离开深州了。后来,又是彭海博把我带进灯红酒绿的都市生活,让我这个农村娃很快地融入了深州,融入了社会,融入了世俗。再后来,他成了我的媒人,让我娶到了富家之女,也即是村长千金卓秀娴。卓秀娴虽丑了点,未能让我性福指数上升,但是,她能让我幸福指数直线上升。我现在有房住,有车开,穿名牌,出入高档消费场所,还有贤妻帮我暖被窝,最紧要的是有一个亿在等着我。我人生路上,如果没有彭海博的帮托,我现在会不会像胡民阳一样依然蜗居在深州"城中村"里而成为"蚁族"呢?

  所以,对于彭海博,我是心存感激的。为此,我必须对他忠心耿耿,做他的忠实马仔。在官场,一个下级对上级感恩的最好方式就是效忠。

  我现在就是效忠于彭海博。他也看出了我对他的感激,所以,他平时对我非常信任,私下里总是叫我帮他做些他不便出面或不想出面的事。那天他被老婆许月仙捉奸的时候,他不但叫我到医院里来帮他看护他老婆,他还叫我帮他去安抚情人黄小婧,并让我给了黄小婧送去了一张不知里边有多少金额的银行卡。

其实，给人当枪使的滋味是不好受的。我也知道这样下去，我迟早会被他们拖下水，最终成为陪葬品的。

前阵子，张二江通过关系在马岗拿到一块农村用地后，没有办理任何手续就大张旗鼓地施工建楼。自张二江的这栋建筑开工以来，铺天盖地的投诉就接踵而至，我与胡民阳好几次跑到工地现场要求工地里的包工头暂时停止动工。可包工头仗着张二江的气势，根本不理我们。他们表面答应停工，可我们刚一转身，他们又热火朝天地干了起来。我多次把这一情况向彭海博说了，他只是冷冷一笑，说："你们又不是不知道这是谁的建筑，还是少管为好。"

这是赤裸裸的包庇！但我与胡民阳敢怒不敢言。

"既然领导叫我们少管，我们就干脆都不管，由它去吧。"胡民阳讪讪地对我说。

"这可怎么行？我们这是'违治中心'而不是'违护中心'啊，表面工作还是要做的。"我说。

"对那些无权无势，没后台，没背景的人来说，我们这里叫'违治中心'，而对像张二江那样既有后台，又有背景的人来说，我们这里就是'违护中心'。"胡民阳一针见血地说道。他说得很在理。张二江之所以敢明目张胆地在我们"违治中心"的眼皮底下大搞违章建筑，不正是我们中的某些人的放任自流和"保驾护航"的结果吗？

"这样无休止地胡搞下去，迟早会出事的！"胡民阳悻悻地说。

谁知，他一语成谶。

后来，张二江的这栋违章建筑果真出事了！2008年的一个夏天，一阵猛烈的台风袭来，这栋违章建筑溘然坍塌，还压死了两个四川民工，直接造成经济损失约三千万元人民币。

这真是人在做，天在看！

第十四章　江湖险恶

拒绝了黄栋梁的邀请后，已到午饭时间。

我叫胡民阳打电话叫外卖，自己则窝在沙发上随便地翻着当天的报纸。

深州特区报响应市委、市政府提出的"强治违章建筑，美化市容市貌"号召，新近开辟了一个名为"违章建筑我来谈"的栏目。我正在关注着这个栏目，因为它与我们的工作息息相关。今天这期主要是关于党政部门的头头脑脑们的访谈，无非是表表决心，谈谈行动，都千篇一律地扯上了"三个代表"、"和谐社会"及"科学发展观"。这是我泱泱大国当前的主旋律，政府的主题词。

读着这期深州特区报，看到我们局长大人韩军铭的访谈也出现在这一期里。我认为，唯有韩局谈这个问题才比较适合和深入，可是，韩局的表态基本上也没有什么新意，无非是如何务必严格执行市领导的指示，如何让深州的违章建筑逐渐退出深州这个大都市的舞台，如何让深州"天更蓝，水更清，花更红，城更美！"

正读着报，送外卖的小姑娘探头进来，笑靥如花。

胡民阳迎上去，争着付了钱。末了，不忘言语调戏一下人家小姑娘。现在，胡民阳在情商方面有所提高了。

小姑娘是楼下福建沙县小吃店的员工，我与胡民阳常到那里帮衬，所以，跟小姑娘混得非常熟。

小姑娘约摸十八九岁，长得特别讨人喜欢，圆圆的脸上长着一双水灵灵的大眼睛，甚是勾人魂魄。她脸上还有一对小酒窝，她一笑，小酒窝就像玫瑰花绽放,充满着张力。尤其诱人的是胸前高高耸立的双乳,走起路来,她的双乳就不安分地活蹦乱跳,动感百分百。

自女友李小曼义无反顾地回厦门后,胡民阳曾经消沉了好一阵子,整天丢魂落魄,长吁短叹,茶饭不思,做贱自己,日见消瘦,活像非洲难民。他一会叹李小曼薄情,一会儿叹深州留不住爱情,然后就大骂深州女人太现实,个个长得像人民币。反正是一副苦大仇深、愁肠百结的样子。

但自见到人家小姑娘后,他拨云见日,多云转晴,阳光慢慢照进了他的心窝。他有事没事就直奔沙县小吃店里去,要一碗云吞,或一碟炒米粉、一笼小笼包什么的,尽是低消费,为的是能跟人家小姑娘眉来眼去,暗送秋波。

我早就看穿了胡民阳的心思,鼓励他应当大胆进攻,尽快拿下,免得夜长梦多,节外生枝,肥水流入别人的田。

他却不以为然,对我说,他要的就是这种似是而非、欲擒故纵、犹抱琵琶半遮面的朦胧感觉。"慢慢来,温火才能煲出广东老火靓汤嘛。"他嘿嘿傻笑。没办法,读古书的人都有这股酸味,跟孔乙己没有两样。

"你这猪头,难道你不知道深州人现在喜欢喝生滚汤了吗?干什么得讲究快,这叫'深州速度'。你知道深州为什么这么繁荣富强吗?靠的就是速度。其实抠女更要讲究速度,你稍微动手慢点,就会被别人抢占先机,你就只能吃剩饭残羹了。"我对胡民阳循循善诱。

"你是说,我必须捷足先登,先下手为强,把生米煮成熟饭吗?"胡民阳像一个求知欲极强的小学生,睁大眼睛看着我这个老师问道。

我回答道:"那是必须的。"

"冯哥,那我就听你的了。我从明天起开始行动。"胡民阳向我表决心。

就在我与胡民阳有一搭没一搭地聊着的时候,彭海博火急火燎地走了进来。见我们捧着盒饭在吃,他连忙罢手示意我们赶快放下饭盒,"你们两人跟我走,吃大餐去。有老板请客。"

我停顿了一下,便放下手中的盒饭。对我来说,彭海博这话既是邀请,又是命令,我不得不顺从。

胡民阳说什么也不愿意去，推说是约好了房东，等下还要回宿舍交房租。我知道，他这是找借口搪塞彭海博，他压根不想去赴彭海博的宴。他曾经跟我说过，彭海博的请吃，实际上就是张二江的请吃，餐餐都充满着目的和阴谋，说白了，就是鸿门宴。

彭海博似乎也不太想胡民阳参加，刚才对胡民阳的邀请只是做个顺水人情。见胡民阳说有事，他也不再坚持，拉着我便上了他的车。

还是老地方，金泰燕翅鲍连锁店。张二江经常把我们请到这里来吃饭。这间店的燕翅鲍是深州做得最好的，也是卖得最贵的一家，随便点些东西吃就得一人七八百，甚至上千元。一个人一餐便可以吃掉一个贫困山区小学生好几年的学杂费，或一个贫困山区教师好几个月的工资。我有时吃着那黏糊糊、像极粉丝的红烧鱼翅，想想那些因交不起几十元学费而辍学的山区孩子们，百感交集，心中突然冒出罪恶感来。

进入一个小包间，只见黄栋梁正坐在沙发上喝功夫茶。虽然彭海博来之前并没有告诉我谁请客，但是，我早已猜出了几分。所以，见到黄栋梁时我并不惊讶，但多少还是有点尴尬。毕竟我刚刚拒绝了他，而现在却出现在他的饭局，他肯定是有想法的。

见我们进来，黄栋梁起身与我握手，满脸堆笑地说："看来，我们的大律师我是请不动啊，得我表哥出面才行。"他话里有话，极具杀伤力。

"哪里，哪里，刚才我确实有点事走不开。说来也巧了，我刚处理完事情，彭哥就回来了。一听说有大餐吃，我连吃了一半的盒饭都扔了，我这人嘴刁，专挑好东西吃。今天有这么好吃的东西等着我，哪能错过？"黄栋梁这厮得罪不得，我得顾及他的面子，胡扯一番。

黄栋梁绝非善类。他曾经在道上混过，才20多岁，便混成赫赫有名的"潮州帮"第三号人物，道上人叫他"三爷"。这个"潮州帮"长期控制着东门海鲜市场，欺行霸市，为非作歹，敢有不服者，刀斧伺候，枪剑相向，无恶不作，残暴无比。一次，"潮州帮"为争地盘得罪了同样长期盘踞在东门一带的"河南帮"，两个黑帮进行了一场大规模的火拼。"三爷"黄栋梁当时是这场黑帮的总军师。在他的指挥下，他麾下的"马仔"把"河南帮"打得落花流水，丢盔弃甲，伤残无数。这场黑帮火拼场面堪比港产片的尖东蛊惑仔火拼。深州警方出动了几百警察,外加两卡车的武警战士增援,才把这场火拼压了下去。

此后,深州开展了规模巨大的"打黑"行动。黄栋梁自知罪孽深重,跑到外地躲了一段时间。当他以为风头已过、悄悄地潜回深州时,被我公安人员候个正着,后被司法机关判了六年有期。但不知怎搞的,黄栋梁只在监狱里蹲了三年多,便被放了出来。据说是他的那些漏网"马仔"花钱把他从里面"捞"了出来。

黄栋梁出来后,决定隐身江湖,重新做人,过正常人生活。于是,他找到表哥彭海博帮忙给他找份工作。

当然,彭海博也非常乐意帮表弟这个忙。黄栋梁在道上混的时候,彭海博没少麻烦他。黄栋梁好几次帮胡民阳摆平了那些缠着他不放的女人。那个一直纠缠着彭海博的东北女孩,就是黄栋梁出面才摆平的。这个女孩后来染上毒瘾,最后走上了卖淫的道路。据可靠消息称,这正是黄栋梁下的毒手。从这件事上可以看出,黄栋梁这人心狠手辣,绝灭人性,是个不好惹的角儿。有一次,张二江公司请我们"违治中心"的人到"皇室假期水疗会"泡澡。当大家脱光衣服时,我清晰地看到黄栋梁身上文着龙虎图案,并有几处伤疤,煞是恐怖,看得我全身起鸡皮疙瘩,心跳加速。

接到表弟黄栋梁找工作的请求后,彭海博第一个就想到了张二江。张二江那时的生意正风生水起,蒸蒸日上,公司的工资福利都非常不错。

在彭海博的介绍下,黄栋梁非常顺利地进入了张二江的公司,成了张二江的副手。

张二江这样的安排自有他的打算。黄栋梁来了后,违章建筑方面的事情便可以交给黄栋梁来打理,自己可以抽身出去做别的事情。他尤其看重的是黄栋梁曾经在道上混的经历。张二江心里非常明白,他这几年在生意上得罪了不少人,结了不少仇,用他的话说是每天都在刀刃上行走。同时,这个社会是弱肉强食,没有一定社会势力是很难立足的。这个社会势力指的是黑白两道,这就得黑白两道通吃。在白的方面,张二江已有很强的后盾,而在黑的方面,还是空白。黄栋梁的到来正好填补这个空白。

实践证明,张二江这个决定非常正确。有了黄栋梁的加盟,张二江的社会势力如虎添翼,势如破竹,势不可挡。好几次有社会上的人来找张二江的麻烦,都被黄栋梁出面一一摆平,这给张二江在江湖上赚足了面子,长了不少威风,让人望而生畏。因此,张二江非常器重黄栋梁,把他视为他生意上不可或缺的人物。现在的黄栋梁明里是公司的副总,暗下是张二江的私人保镖。

今天见到黄栋梁,我竟有点惶惶然,主要担心他又出坏主意、坏点子,让我与胡民阳陷入被动。

不久服务员就开始上菜了。菜是在之前早就已经点好的,每人一鼎红烧干捞翅和一个八头的澳洲冻鲍,其他都是五花八门、非常精致的潮州风味配菜,要什么、要多少由客人随便点吃。

黄栋梁和彭海博把我让到主宾位上,他们分坐两边,这让我受宠若惊,好不自在。几次推让不得,也只好惶惶然地坐下来。心想,他们表兄弟两个今天摆我上台,必有事相求于我,这餐必是鸿门宴。想到这里,我不禁打了个冷战,面前美食味同嚼蜡。

果不其然,吃到半席,黄栋梁向我打听起今天上午几个业主上访的情况。我避重就轻地说了一下大概情况。末了,把潘建仁的话又强调了一遍。

"看来那几个傻子是吃饱撑着,没事找事。"说着,黄栋梁用餐刀重重地切着面前的鲍鱼,满脸寒光。

"这样吧,下午上班你把那几个业主的资料复印一份给我表弟。"一直低头切鲍鱼的彭海博抬起头来,眼睛盯着我说。

这才是他们今天请我吃鱼翅鲍鱼的目的!

自黄栋梁加入张二江的团队后,张二江仗着黄栋梁在道上的威力,对那些敢于跟他过不去的人,常用暴力伺候。用胡民阳的话说,现在张二江的公司已是不折不扣的"黑社会"组织了。黄栋梁今天要那些业主的资料,肯定不怀好意。黄栋梁这厮虽暂放下屠刀,但远未到立地成佛的地步。我得防着他,免得受到牵连。如果那些业主有什么事,我也算是其中的帮凶,难逃其责。我这几年虽泡在染缸里,但皮黑心不黑,我绝不想让那些无辜的人成为黄栋梁、张二江,甚至是彭海博他们的刀下冤魂。

"彭哥，这些业主的资料都不全，要它没什么用吧？"我试图搪塞过去。

彭海博装作漫不经心的样子，说："有多少就复印多少，但跟别人千万别提这个事情。注意保密！"

"那行吧，我回去就把资料复印一份交给你。"对于彭海博，我实在找不出拒绝他的理由，只好硬着头皮先答应了下来，到时再见机行事也不迟。

"冯哥这人够爽快，真是好兄弟。来，我现在就以茶代酒先谢过了。"黄栋梁说着便端起茶杯，我也只好极不情愿地跟着举杯，说："黄总也太客气了，我们之间谁跟谁啊？彭哥是我们兄弟，我当然也要把你当兄弟才对。"跟他们这些江湖人混的时间长了，我说话也自然而然地带点江湖腔。

"冯伟标是我的好兄弟，今后他有什么事你要罩着他。"彭海博对黄栋梁说着，也举起了茶杯。

黄栋梁满口答应，说是你的兄弟也是我的兄弟，兄弟有什么困难就尽管说，我绝不会袖手旁观。

听着这充满江湖义气的话，我顿感恶心，刚才下肚的美味佳肴差点就被我呕吐了出来。

江湖啊，江湖！可恶而阴险的江湖！黄栋梁拿到我给他的那些上访业主的资料后不久，果然向那些业主下了黑手。

接到胡民阳电话的时候，我还在赶往单位的路上。胡民阳在电话里说："你赶快过来吧，警察在我们这里了解情况呢。"一听这话，我就全身打战，冷汗直冒。我已经隐约感觉到，这肯定与我把业主资料复印给黄栋梁有关。

刚进办公室，就见两个警察正在向彭海博和胡民阳查问着什么。见我进来，彭海博把我介绍给那两个警察。两个警察不约而同地看了我一眼，不说什么，示意我坐下。于是，我找个位置坐下，心里忐忑不安地揣摩着究竟发生了什么。听了一会儿民警的问话，我大概明白了所发生的事端。心里暗骂："黄栋梁又给我们惹麻烦了。"

那天吃完燕鲍翅后，彭海博便要我把那几个上访业主的材料打印出来。虽然我不想这么做，但碍于彭海博的情面，还是乖乖地调出那几个业主的资料打印了出来。但我也不是任人随便摆布的"二百五"，在关键时刻还是留了一手。在把资料交给彭海博之前，我把这些业主的住址全都用涂改液涂抹掉。我不得不这样做。虽然彭海博不跟我说黄栋梁要这些资料有何用，但凭我对黄栋梁这个人的了解，他肯定不怀好意！

事后证明，我这一判断是正确的。原来，就在前天夜里，十几个黑衣男子闯进了上访业主的带头人老刘的工地里，见人就打，并砸坏了所有建筑器械。老刘闻讯赶来制止时，也被黑衣男子暴打了一顿，断了两根肋骨，现在人就躺在医院里。

这事发生后，老刘报了警。警察到达现场时，黑衣男子早就跑得无踪无影。经现场侦察，警察初步作出判断，这是一起寻仇报复案件。经排查，目标锁定了张二江。因为在这之前，那几个上访业主都收到恐吓电话，威胁他们必须停止上访，否则，没有好果子吃。而他们上访的矛头正好对着张二江那栋已建成并正在装修的违章建筑。

民警不断盘问我们当中是谁把业主的资料泄露给了张二江公司。我们都说不知道。

这其中，胡民阳说的是真话，他确实不知道内情。而我与彭海博才是"真凶"。但是，我们两人早已有约在先，不管谁问及此事，我们都不许说出来。此刻，我不能出卖他。实际上，出卖他就等于也出卖我自己，我当然还没有傻逼到连自己都不会保护自己的地步。彭海博更不会说，经过历练，他已经成为一只尾巴隐藏得很深的老狐狸了。

警察询问了我们一阵后，似乎也没有深究的意识，教育我们一番后，便草草收兵了。

后来，从彭海博的口里才知道，那两个民警也是来走过场的。老刘深感无奈，他也知道张二江在深州的势力，是一个不好惹的角。因此，他也只好自认倒霉，不再纠缠这件事情。俗话说，惹不起，躲得起，三十六计走为上计。自此后，老刘就不再在马岗片区出现过，据说是已经回到老家去了。

听了这个消息后，我心情异常沉重。老刘是个老实人，他二十几年前就从老家河南来到深州讨生活。在深州,他待过流水线,干过搬运工。后来,在老乡的介绍下,在关外租了一块地种菜养鸡,赚了一点钱,便跑到特区内买地建楼。他并不知道,在深州,私人是不可以随便买地建楼的。之前我提醒过他,他说,他老家所在的县城只要有钱,谁都可以买地建楼。他对我说过,他在深州时间长了,对深州有了感情,决定不再回去老家居住,后半生就留在深州。他认为,要留在深州就得有楼有房。于是,经多方打听,了解到马岗本地村民有地卖,他便花了三十多万元买下这块地皮。然后,他又向亲朋好友借些钱来盖楼。谁知,正好赶上深州市政府出台政策禁止私人建房,凡是私人建房都定性为违章建筑。老刘还是比较明事理的,我们跟他讲明政策后,他非常配合我们的工作,暂停了工程施工。可是,他却发现并不是所有私人建房都停了下来,与他那块地仅隔一条小巷的另一块地正如火如荼地在施工。这让老刘和另外的几个在马岗建私房的业主甚为不满。凭什么我们不能建,偏偏他就能建呢?难道政府的政策只对他们这些老实人有效吗?

于是,老刘决定联合其他几个业主一起向政府讨说法。他们先是到我们马岗巡查小组里来,在我们这里得不到满意答复后,又跑到市城建局去信访了。其实,老刘他们只不过是讨个说法而已,并不一定是冲着张二江他们来的。而张二江的打手黄栋梁连这样的人也不肯放过。

第十五章　老友重逢

不知道是谁说的，有人的地方就有江湖。此话不错，人间处处皆江湖，我们都是江湖中人。张二江是，黄栋梁是，彭海博是，我是，甚至连现在说到的皮光洲也是。

自三年前被"违治中心"炒掉后，皮光洲就没有跟我联系过，像人间蒸发了似的。我还以为这个人将永远不会出现在我的生活里头了。谁知，他还是出现了，而且是闪亮登场。

一天下午，我正在办公室里处理一点事情，突然手机响了。

"喂，兄弟，猜猜我是谁。"电话那头声音像是抑制不住激动。

"还用猜吗？皮光洲呗。"即使他仅与我共事不够三个月，但他浓重的湘音普通话还是给我留下了深刻印象。

"真是好兄弟，这么久了还能听出我声音，证明你没有忘记小弟呀。"皮光洲在电话那头哈哈大笑。

"我哪能忘记你哟？我们在同个战壕里战斗过嘛。你现在在哪里发财？"我问他。

"发什么财呀？讨口饭吃而已。对了，晚上有没有空？我请你吃饭。"皮光洲说。

虽然我与皮光洲一起共事时间不长，但那时我们都是刚刚大学毕业，又都是刚刚来到深州，彼此之间惺惺相惜，感情单纯而真挚。所以，尽管多年不联系，但是，心中的那份挂念还是有的。他今天突然出现，我无论如何都得见见他，与他聚一聚。于是，我便答应了下来。

他要我定地方,我想也不想地说:"那就去我老丈人那里吧。"

之所以定在老丈人开的那家餐厅里,一方面,之前皮光洲跟着我和彭海博到那里吃过好几次饭,他知道怎么去。另一方面,我老丈人总嚷着要我这个"政府官员"女婿给他拉拉生意,搞得一有人请我吃饭或我请别人吃饭都尽量安排在老丈人的餐厅里。

"好啊,那里不错。今天有没有鹿鞭?叫你老丈人快点安排厨师煮上几条。我们要好好补一补。"

皮光洲对"中药煮鹿鞭"这道菜记忆犹新。我们第一次吃这道菜时我老丈人还不是我老丈人。有一次,村长卓金成要请彭海博吃饭,彭海博顺水人情地又把我与皮光洲这两个刚进入"违治中心"的同事叫上。当时,卓村长特别隆重地给我们推荐了这道名叫"中药煮鹿鞭"的"壮阳菜"。

那天,我们几个大男人吃着这道中药味与腥膻味混杂的"壮阳菜",个个满面红光,全身燥热,欲火焚身。

饭毕,彭海博便迫不及待地拉着我们往邻近的东莞市跑。皮光洲是第一次涉足这样的场所,一时无法接受,说什么也不肯上房"泻火",只在大厅里做了个脚底按摩,结果当夜就流了许多鼻血。"好东西,真是好东西!"第二天上班后,皮光洲对我连连发出感叹,"这应该就是中国的'伟哥'吧?"他说,"把我的鼻血都给憋出来了"。

这之后,我们对这道中国"伟哥"菜都念念不忘,一有机会到我老丈人餐厅里吃饭,必定点这道菜。

今天皮光洲钦点这道菜,我当然也非常高兴。一来可以给老丈人撑撑生意,二来我也可以乘机补补肾,壮壮阳。

我忙给老丈人打电话订房并点菜。

老丈人这几年潜心研究"壮阳菜"系列,取得了不菲的成绩。各种动物的"鞭"组合而成的菜甚是叫座,深得商贾们的追捧。自从老丈人推出"壮阳菜"系列后,我才注意到,深州的男人都希望通过吃用各种壮阳补品来增强性功能。我老丈人很敏感地捕捉到了这一市场信息,适时推出了"壮阳系列菜",使他餐厅的生意一度红火。

我征得皮光洲的同意后,便与老丈人订下"牛鞭炖穿山甲",然后开车赶回老丈人位于西丽的餐厅里。

老婆卓秀娴此刻也在这里帮忙。最近，她没什么事就跑过来帮她"老豆"（广东人叫老爸为老豆）的忙。知道我订了这道菜后，她阴沉沉地问我是跟谁一起吃饭，有没有女的。看来，她也知道她父亲这些菜的功用，生怕我吃了后会肥水流入他人田。我对她爱理不理。多年来我一直对她都是这个态度，她也已经习惯了我，不再说什么地去忙她的活。

我刚进入餐厅没多久，一辆深墨色奥迪 A6 便款款驶了进来。

车刚一停好，皮光洲就从副驾驶室里闪亮钻出。他满面春风，笑容可掬。

皮光洲见了我后，夸张地向我远远地招着手，然后一路小跑着过来与我握手。好家伙，这哪里是三年前的皮光洲啊，原来瘦得像几内亚饥民的他，现在竟然变得肥头大耳，红光满面，一身赘肉，我差点就认不出他来了。原来土里土气、穿一身地摊货的他，现在可是西装革履，一身名牌。我端详着皮光洲，努力回忆着三年前的他，而现在的皮光洲与三年前的皮光洲已发生了翻天覆地的变化，以致我一直不敢相信目前的皮光洲就是以前我熟悉的皮光洲，我说："要是走在街上，我真的不敢认你了。真是士别三年，当刮目相看啊。"

"没办法，都是这几年胡吃海喝给害的。上过个月，公司组织体检，我差点就是病人一个，都'三高'了，高血糖，高脂肪，高尿酸，尽是些富贵病。我现在都在减肥呢。"皮光洲说这些时，并没有"病人"痛苦的表情，反而一脸的自豪。

就在我们热烈寒暄的时候，紧接着进来两个人。皮光洲指着那个矮墩墩的黑脸男子介绍说："这是鑫发建筑公司的吴老板。"然后又把我介绍给吴老板："吴老板，这是城建局的冯科长，专门负责违章建筑整治。"我当然不是什么科长。显然，皮光洲是在故意提高我的职务来提高我的身份。吴老板当然不知道我的真实身份，他忙走过来满脸堆笑地跟我握手，说："冯科长，您好！"接着，从兜里掏出一包软盒中华抽出一根递给我，并帮我点上了火。

"那个是我司机小张。"皮光洲指着旁边的一个年轻小伙子向我介绍说。小张长得非常俊朗，猛一看有点像港星刘德华。小张听了皮光洲对我的介绍后，也过来非常有礼貌地跟我握了一下手。

正当我准备把我的丑妻卓秀娴介绍给皮光洲认识时,她却不知道啥时候躲开了。卓秀娴这人还是自知之明的,一直以来,她都不愿意在我朋友面前露面。所以,我朋友聚会她都很少参加。除了彭海博和胡民阳几个经常交往的朋友外,我的许多朋友都没有见过卓秀娴的尊容。皮光洲离开"违治中心"之前,我还未认识卓秀娴,所以,皮光洲也没有见过卓秀娴。

我把他们引进包间里,吩咐服务员去老丈人的办公室里拿来他私藏的普洱茶冲给大家喝。现在,我在这间餐厅里算是"二老板"了,许多服务员都很听我的话。女婿半个儿嘛,怎么说,我也是卓家的人了。

正喝着茶,餐厅部长走进来问我今天喝什么酒,我还未来得及回答,皮光洲就抢着说:"我车上有酒,喝我带来的。"说着,便吩咐司机小张去车上拿酒。

皮光洲这小子现在可是深州一家知名的房地产开发公司的项目开发部经理。这个官儿在房地产公司中不算大,但手中的实权可大了。他负责公司开发项目的发包及与建筑商、监理公司的协调沟通工作,是建筑商、监理公司,甚至材料供应商等逐利者的公关对象。房地产业之所以能成为支柱产业、龙头产业,其中的原因就是能养肥除房地产公司外的十多种不同产业的公司,这也叫共同富裕。深州一位知名房地产公司老总说:"你好,我好,大家好,才是好。"这话道出了房地产业利益均分的原则。但我更多看到的是,房地产业能使掌权者中饱私囊,肚皮和腰包齐鼓。皮光洲正是沾了房地产业的光,托了房地产业的福。他现在这个模样正好凸现出了中国房地产业正处在蓬勃发展时期。

不一会,小张就两手各拎着两个大袋子走了进来。我打开袋子一看,里边有红酒、白酒、洋酒,都是些价钱不菲的名牌酒。

我调侃道:"皮光洲,你家开酒厂啊?拎这么多酒来哪能喝得完?"

"就这点酒算什么?大家今天要放开喝,不够再叫小张到我家里取,我家还有很多呢。"皮光洲一点也不谦虚地说,在向我炫富呢。看来,这小子没少接受建筑商、监理公司等公司的进贡。我已经不记得是哪个经济大师说过这样的一句话:在中国,有关卡的地方就有腐败。他把这叫做"关卡经济"。皮光洲正处在关卡环节,所以,他的工作能为他带来工资以外的经济收入,也即是灰色收入。

我坚持不要喝混酒,因为我一喝混酒就会吐。皮光洲作出让步,叫服务员先把金牌"马爹利"打开。除小张因开车不能喝酒外,我、皮光洲、吴老板每人各斟上一杯。

不久,"牛鞭炖穿山甲"也被端了上来,酒宴开始。

皮光洲这几年在商海浸淫,酒量与深州房价一样突飞猛进,他一连干了十多杯,有我们三人齐举杯的,有他打通关敬我、吴老板、小张的,还有我与吴老板回敬他的。不一会,两瓶两斤装的"马爹利"已见底。皮光洲还要开一瓶,给我劝住了。我对他说,今天大家都喝得七七八八了,再喝就醉了。但皮光洲似乎正在兴头上,他嚷嚷着说,我们今天可是难得相聚,不醉不归。

旁边的吴老板显然也差不多了,但他非常讨好地附和着皮光洲,打转着舌头说:"冯科,今天是我们初次见面,一定要喝好,以后还希望您多多关照呢。"

听了这马屁话,我暗自觉得好笑,心想:"关照个屁啊,有皮光洲这棵大树够你乘一辈子的凉了。"

但我还是很客气地对他说:"吴老板,你有用得上小弟的地方,尽管说。小弟愿为你尽犬马之劳。"

听了我这话,刚才还迷迷瞪瞪的皮光洲突然变得十分清醒起来,他接过话茬对我说:"吴老板还真有需要你帮忙的地方,所以,今天吴老板专门过来认识你。"

听了这话,我有点不太高兴,心中暗骂道:"皮光洲,你这王八蛋,我还以为你是怀旧念友才请我吃饭呢,原来是有事求于我啊。"但我刚才已把话说满了,只能够顺坡下驴地说:"我们谁跟谁呀?我们都几年的交情了,你的朋友也是我的朋友,有什么事我能帮得上的就大胆跟我说,为朋友我愿赴汤蹈火,两肋插刀。"

皮光洲当初因看不惯官场的一些事儿而被"违治中心"踢出局,那时他的身上还有几分单纯与厚道。可经生活的磨炼,时间的洗礼,现在的皮光洲已经不再是三年前的愣头青了,现在的他已经变得势利、练达，一身江湖味。

"今天就别谈事情了，我们主要是来喝喝酒，叙叙旧。"皮光洲又换了今天我们见面的主题，真是人精啊！接着，他又敬了我一杯，我也只好被动地回敬。

在不经意间，我们三人又喝了一瓶"马爹利"。酒过三巡，菜过五味，我已喝得昏昏沉沉。不知什么时候，卓秀娴走了进来，她俯在我耳边对我说："老公，你已经醉了，别再喝了。"

这时，大家都放下杯来，看着我这个贤妻。

"噢，原来是……是嫂子来了，快……快坐下，我……我敬您一杯。"皮光洲摇摇晃晃地走到卓秀娴面前，眯着眼睛打量着卓秀娴。他舌头打着转。

卓秀娴虽出身豪门，但很少出入社交场面，尤其是嫁给我后，很少出去应酬。今天这场面可真把她给吓住了。她忙摆着手对皮光洲说："对唔住，我不会喝酒啦。"

但皮光洲哪肯放过她，硬地倒了一杯酒递给了她。

卓秀娴求救似的看了我一眼。她是我老婆，我必须替她解围。我指着皮光洲对老婆说："这是皮总，我以前的同事，铁哥们，你跟他喝完这杯就不喝了。"

谁的话，她可以不听，但我的话对于她来说就是圣旨，绝对要听。卓秀娴迟疑了一下，然后端起杯闻了闻，眼睛一闭便把那杯酒"咕嘟"的一声喝了，酒呛得她直咳嗽。

皮光洲、吴老板、小张都在旁边鼓掌叫好。

卓秀娴却一直站着傻傻地笑。吴老板见状也端起杯要敬她，我忙起身挡住吴老板的杯，说："吴老板，要喝就跟我喝，我老婆确实不能喝酒。"

可能是因为我很少对她这样爱护过，老婆听了这话后，可能因为感动，竟然豪气万丈地自去倒上一杯酒端起来便喝。不知道是感动，或是给酒呛的，她竟满眼泪水婆娑。我忙起身把她拉到我身边坐下，并嘱咐服务员拿杯热茶过来给她。她此刻两腮绯红，眼神含春，尽现娇嫩之态，竟也让我生出几分怜爱来。我暗想，这几年我声色犬马，弄柳摘花，却极少关注过身边的这个"糟糠"，实在难为她了！

"哎，冯哥你真有福气。嫂子是个过日子之人啊！"皮光洲醉意朦胧地大发感慨。"我怎么就没你这个福分呢？找了个女朋友，却是别人的'二奶'，真没劲，真没劲。"刚才还雄性勃发的皮光洲突然像霜打的茄子蔫了下来。

"皮总，不是我说你，你也用情太深了。世上女人到处都是，你何苦就吊在一棵树上死呢？何况那个女的身世太复杂了。我觉得她不适合做老婆，玩玩还可以。"吴老板应该很了解皮光洲的私生活，才可说出这番话来。

"你懂过屁！"皮光洲像被别人戳到了痛处，脸色一下子变得难看起来。"不管怎么说，我还是留恋她的。你知道女人用英语叫床是什么滋味吗，那个爽啊，不是你这个农民包工头可以体会到的。"他显然对刚才吴老板说的那番话很不满。

听皮光洲这么一说，我心里一颤，马上就酒醒三分，"用英语叫床"这句话太刺耳了！孟莉跟我做爱就喜欢用英语叫床。莫非是她……但我马上给否定了，现在女人都崇洋媚外，动不动都会从口里喷出几句英语，以示她的与众不同，有的女的为提高英语水平，往往会利用不同场合操练英语。因此，中国女人用英语叫床也就不为怪了。这里面也有可能是习惯使然，因为女人迷上英语就会时时刻刻、事事处处都在说英语。

我看今天大家已经喝得差不多了，便建议道："今天都喝得七七八八了，就到此为止吧。"

皮光洲呆呆地坐着，若有所思，不作任何表态。倒是吴老板接了茬，他说："现在就不喝了，等下换一个场再喝吧。我已经在'翡翠宫'订好一个包房了。"

接着，吴老板看了看我，又看了看卓秀娴，说："嫂子也一起去吧？"

我明白吴老板的意思，他肯定不希望我带老婆同去。谁都知道，那种地方男人断不会带自己的老婆或女朋友去的。

"翡翠宫"是深州有名的夜总会，那里以"小姐"容貌、素质、品行俱佳而闻名。据说，这里的"小姐"大都具有大专以上学历，甚至有硕士、博士研究生，有兼职白领，有车模、T台佳丽，还有二流影视演员、歌星等。因此，在这里的消费也是全深州夜场最贵的，单"小姐"的坐台小费就得每人一晚八百元。

哄走卓秀娴后，我们一行四个男人驱车直奔位于深州火车站附近的"翡翠宫"。

果然是佳丽云集。刚进门口就有两排穿着一袭如蝉羽般超薄红裙的女生整齐划一地喊："欢迎光临翡翠宫，老板里边请。"两排各有八名佳丽，个个起码一米七以上，都酥胸袒露，甚是诱人至极。

进入我们已经订好的豪华包间，一个穿着黑色职业装套裙、手握对讲机的高挑女子婀娜多姿地走了进来。吴老板迎了上去，揽着她的细腰向我们介绍说："这是娜娜，我老相好。"接着，他咬牙切齿地捏了一下娜娜圆鼓鼓的屁股，说："好久不见，想我没？"

娜娜像母猫被踩了尾巴一样很夸张地"啊"地叫了起来，嗲声嗲气地说："我还以为你有了新相好就不理我这个老太婆了呢。你那个乐乐呢？"

不用说，吴老板是这里的常客了。他听娜娜这么一说，气呼呼地说："别提那个八婆了，我跟她订过好几间房，关照她不少生意，可连屁股都不让我摸一下。还是觉得你最好，我要摸你哪里就摸哪里。"说着，吴老板坏坏地笑了起来。

"我好欺负呗。"娜娜嗔怪道，但脸上依然挂着职业的笑容。

我们几个在旁边像看大戏一样，欣赏着这两个男女的精彩"表演"。

皮光洲一进这里，似乎已经酒醒三分，他显得特别 high，哈哈大笑着说："还是吴老板有眼光啊，你这个女朋友该凸的地方凸，该凹的地方凹。真让人垂涎欲滴。"

娜娜忙说："皮总，你就别拿我开玩笑了，我有多少斤两自己知道。不过，我们这里漂亮的女孩子有大把，等一下就怕几位老板挑花眼呢。"

吴老板附和道："今天我带几位老板来，你一定给他们找点好货来喔。"

"我知道了，都给你们留好啦。"娜娜说着便拿起对讲机呼叫了起来。

不一会，一群身穿一袭白裙的女孩子如仙女下凡般地鱼贯而入，个个浓妆艳抹，波涛汹涌。等排好队后，她们脸带职业的微笑，先是齐声喊着："老板，晚上好！欢迎光临'翡翠宫'。"接着，按次序各自介绍着自己，"老板，您好，我是68号，来自湖南"，"您好，老板，我是92号，来自重庆"……无外乎地向客人报一下自己的工作编号和籍贯。我以前也跟着彭海博去过好多夜场，相比之下，这里的"小姐"确实不错，个个身姿曼妙，面容艳丽。怪不得皮光洲与吴老板把这里当成他们的娱乐主场。据吴老板说，一些香港大富豪和港台明星都喜欢到这里来"搵食"。

我们一批接一批地换了好几批女孩子，每批女孩子进来，我们都像挑选商品一样挑三拣四，评头品足。在夜场，顾客就是上帝。每个到夜场寻欢作乐的男人都像皇帝选妃一样有权利一批批地挑选"小姐"，直到满意为主。

经过往复几次换人后，司机小张要了一个腿长、腰细、眼大的江西女孩，吴老板则要了一个性感无比、来自湖南的"波霸"，皮光洲挑来拣去，最后，还是叫娜娜找来曾陪过他、并让他回味无穷的长相有点像范冰冰的江苏女孩。唯独我还没有自己心仪的女孩子。彭海博曾告诉过我，在夜场找"小姐"，一定要多看几批才行，因为"妈咪"一般是从次到好地给客人带"小姐"，越往后就越有"好货"，也就是俗话所说的"箩底橙"。但我今晚看了几批后，发现后几批都比不上前几批好，我已挑得眼花缭乱，最后决定要第二批来的那个身材高挑的"88号"大连女孩。但娜娜找了好半天却被告知，这个女孩已经被别的客人挑走了。我有点懊悔，早知道就直接点定她好了。看来，干什么都得先下手为强为好。

娜娜见我有点不开心，便端起一杯酒敬我："老板，这样吧，我从外面叫一个女孩子过来陪你。这个女孩是个'二奶'，今天星期三，估计她那个香港老公不会过来。"吴老板忙问娜娜这个女孩长得怎么样，有没有他身旁的"波霸"漂亮。娜娜非常有信心地说："这个老板看了后肯定会喜欢的。这个女孩子以前是我们这里的'头牌'，好多老板点过她后都'番寻味'。后来，一个经常点她的香港老板干脆把她包了下来。不过，她那香港老板好像很少过来，所以，她一有空时就会跑到我们这里来赚点小钱。"

"那你赶快叫过来给我兄弟看看吧。"吴老板忙帮我做主,我也不表示反对。娜娜便到外面打电话去了。

打完电话,娜娜笑嘻嘻地走进来告诉我们,那个女孩马上就到。

正当我们个个酒精发作,拿着麦克风鬼哭狼嚎,尽情发泄的时候,一个长发披肩、下穿紧身牛仔裤,上穿黑色短T恤的清秀女孩被娜娜领了进来。女孩羞涩地站在娜娜旁边,似笑非笑。我刚唱完一首歌,当我把眼光移向这个女孩时,差点没叫出声来,这不是彭海博老婆许月仙的表妹黄小婧吗?!虽然我只见过她一面,那时是替彭海博给她捎信送钱,但是,这个彭海博曾经的情人还是给我留下深刻的印象。现在时隔两年,虽然黄小婧比以前成熟了许多,以前的红润面容也略显憔悴,但是,整体上还是没有什么大的变化,所以,我一眼便能认出了她。

娜娜见我盯着黄小婧看,便说:"老板,是不是看中了我这个小妹了?"

我忙点了点头,娜娜便把黄小婧推到我的身边坐下,并像母亲送女儿出嫁般地叮嘱道:"今晚一定要陪好这个老板。"

黄小婧木然地点了点头,怯生生地坐到我身边。一时我们无话可说。实际上,此刻我心里有点乱。真想不到,在这样的场合遇见黄小婧,而且她的身份令人尴尬。这世道真的不可思议,一切皆有可能!谁会想到,我好朋友彭海博的曾经情人,如今却以坐台"小姐"的身份陪在我的身边呢?

皮光洲这时正跟一女孩玩着骰盅,他可能不是那女孩的对手,被罚了不少酒,喝得满脸红光,两眼发呆。他抬起头来,醉眼朦胧地打量着黄小婧说:"哟,这不是媛媛吗?"

黄小婧定神看了看他,"杰哥,是你呀?"说着她拿起一杯酒举到皮光洲面前,嗔嗔地说:"你好久都没来这里啦。"

他们可把我给弄糊涂了,搞得我云里雾里的,一个明明是黄小婧怎么一下子就变成媛媛了呢?皮光洲怎么就叫杰哥呢?后来转念一想,在这种风月场所,除了人民币和肉身是真的,别的什么东西比老太太的牙还假。正如彭海博在不同的风月场所就有不同的身份和名字。想到这里，我看着正把酒言欢的黄小婧与皮光洲两人就想笑，两个虚情假意的情场玩手，此刻俨然是一对久别重逢的老战友。

那女孩看得有点醋意，忙拉过皮光洲嗲声嗲气说："老公，我们继续玩骰盅吧，别打扰人家两口子了。"

皮光洲便很听话地转过身去，继续跟那女孩玩起了骰盅。

可能与皮光洲喝酒热了身，黄小婧此时已经不再像刚坐下时那样拘谨了。她大方地举起一杯酒来敬我。

"老板，好像我在哪里见过你啊？是不是以前我坐过你的台？"黄小婧疑惑地看着我。

她这应该不是装出来的，她应该已经记不起在哪里见过我了。在这样的欢场里，她见过的男人应该不少，这些都会打乱她的记忆，并会篡改她的记忆。所以，她把我当成她坐过台的"客户"了。

在这样的环境下，我当然不能跟她说真话，怕引起一些不必要的尴尬与麻烦。于是，我便随口编道："也许是在这里吧，我以前来过这里。"

黄小婧"哦"了一声后继续说："那应该是在这里了，怪不得我一进来看你就觉得很面熟。"

"请问小姐尊姓大名呀？"我试探着问她。

"哦，老板您真客气。我叫秦晓媛，你叫我媛媛就好了。大家都这样叫我。"

果然是假话！我旁敲侧击地问她一些事情，她的回答与我对她情况的了解更是南辕北辙，相去很远，年龄、贯籍、学历都被她篡改了，显然是经过精心编造过的。当然，我也很理解她这样做的苦衷。这毕竟是风月场所，是金钱与欲望纠结的地方，每个人来到这里都是各有所求，各怀心事，所以，每个人都是带着面具而来的。我不也跟她说了假话吗？我介绍自己时，我说我姓黄，在做房地产生意，也是假话连篇呀。

在这样的环境里，我们都需要面具。

在酒精与音乐的发酵下，整个包间里渐渐地充满了暧昧。在暗淡迷离的灯光下，我们一对对寻欢作乐的男女紧抱在一起，又捏又咬。我清晰地看到皮光洲把手摸进了那女孩的裙子下面，那女孩整个人很享受似的依在皮光洲的怀里,眼睛微合,嘴唇微拢。我忽然有时空落差感,三年前的皮光洲初涉色情场所时,还不肯就范,三年后的皮光洲已经锤炼成了一个色情场所的熟客老手了,当初的羞涩感已经荡然无存。我不禁感叹,社会真像一个大型来料加工厂,刚投入社会的每个人都是原材料,过了一段时间后,我们就是半成品或成品了!吴老板也把他的湖南"波霸"抵在沙发里做着下流的动作,看来他已经迫不及待了。小张还算斯文,他抱着江西妹一首接一首地合唱着情歌,"你选择了我,我选择了你,这是我们的选择",唱到动情处,两人学着林子祥和叶倩文十指相扣,四眼对望,含情脉脉,甚是煽情。

此时,大家已经情到深处,箭在弦上,迫不及待了。

皮光洲看了看表说:"不早了,我们进行下一部分吧。"

吴老板心领神会,忙把娜娜叫进来买单。

这里的消费确实贵得惊人,就我们四个男人外加四个"小姐"单酒钱就要六千多了。吴老板毫不心疼、很潇洒地从公文包里抽出一叠人民币递给娜娜买了单。然后,逐一地给几个服务员派了每人五百元的小费。我想,怪不得深州的夜总会越开越多,而且长盛不衰,原来是有吴老板这样花钱不眨眼的大"水鱼"在撑着呢。

出了"翡翠宫",吴老板对皮光洲说:"还是去老地方吧?"皮光洲不置可否。

接着,吴老板对我说:"冯科,等下我们一起去新都酒店,我已经在那里订好房间了,进去休息一下。"

我明白吴老板所说的意思,接下来的"节目"才是我们今晚到夜总会的最终目的,之前所有一切都是前奏,高潮都安排在剧情的最后阶段。但不知道为何,今晚我无心再把"剧情"进行下去。于是,我满怀歉意地对他们说:"你们去吧,玩开心点。我明天一早还有事,得早点回去休息。"

他们想不到我到最后时刻会掉链子,都不解地看着我。其实今晚我才是他们安排"剧情"的主角。主角不演了,戏就不精彩了。皮光洲不解地问:"怎么啦?不满意这个'小姐'吗?要不要重新找一个?"接着,他把我拉到一边低声说:"你今晚可别错过哦,这妞真的不错,我以前跟她做过,她床上功夫一级棒。"

听皮光洲这么一说，我更加兴趣索然，对正挽着我手臂的黄小婧说："不好意思，我等下还有事，今晚就到此为止。"

黄小婧显然对我的突然闪人毫无思想准备，她犹豫了一会说："那我小费呢？"

我知道今晚是吴老板请客，但还是装模作样地装作要掏腰包的样子。

吴老板见了忙跑过来，说："哪用你给啊？"说完，他从包里抽出一叠厚厚的人民币递给了黄小婧，同时不忘捏了一下她高高耸起的乳房，"哟，这波真大！下次我要你陪我。"

黄小婧接过钱后，心满意足地对吴老板说："谢谢老板！祝老板今晚玩得开心！"然后，她转过身来在我脸上亲了一下，说："老板，那我走了，下次来'翡翠宫'时记得找我喔。"说完，她身轻如燕地消失在午夜的街头。看来，她对于今晚的酬劳感到满意。

等黄小婧走后，我谢过吴老板，并逐一与皮光洲和小张告别。然后，我坐上一辆"的士"便消失在狂乱的夜里。

第十六章　金钱的魔力

一路上，我莫名其妙地惆怅了起来。是为黄小婧的堕落，还是为我自己今晚的独善其身？我无法找到答案。其实，今晚我面对黄小婧，心情非常复杂，究竟是谁让她堕入红尘，是彭海博，还是她自己？我今晚如果跟她去开房，会不会在她红尘路上再推她一把呢？但我不跟她开房，就能保证她在红尘路上不继续前行吗？那皮光洲呢？吴老板呢？还有许许多多像皮光洲、吴老板及我那样的寻花问柳者呢？他们能放过她吗？

"老公，你回来了？喝醉了没有？"

卓秀娴不知什么时候已站在了门口，她一声温柔的问候把我从杂乱无章的思绪中拉了回来。我感动地拥着卓秀娴入屋，并在她额头轻轻地吻了一下。这是我们结婚以来，我头一次对她作出如此亲昵的举动，这多少令她不知所措，脸上泛出幸福的红晕。

进了家里，我还想着黄小婧。是什么让一个曾经的良家女子坠入红尘？是我们浑浊不堪的尘世，还是金钱的魔力？或者是情感的重负？一时我无法找到答案。明天上班，我能把在夜总会遇到黄小婧的事告诉彭海博吗？不能，绝对不能！一来彭海博最近正忙着跑官，我不能让他有所分心，二来过了两年后，彭海博这个情场浪子可能对曾经让他惊心动魄的小姨子情人不再感兴趣了。再者，我总不能让他知道我在夜总会泡了他曾经的情人，抱了他的妹妹吧？倘若他知道了，肯定会不高兴的。男人什么都可以大度，唯有在女人方面最放不开。科学已经证明，其实男人比女人更加容易吃醋，而且醋意更浓我正坐在沙发抽着闷烟的时候,老婆卓秀娴幽幽地告诉我,她今晚一直睡不着觉,心里堵得慌,总感觉会发生什么事似的。

我怜爱地把她揽在怀里,安慰她说:"我的小傻瓜,别胡思乱想,哪可能发生什么事呀?快到床上等着,我洗漱一下就过来。"

她像听话的小孩,默默地进入了卧室。

我简单地洗漱一下,也上了床。接着,我们开始做爱,我这次非常卖力,也非常专心,让卓秀娴鬼哭狼嚎了好大一阵子。说实话,我以前对卓秀娴的那些偏见慢慢有所改观,对她的态度也慢慢有所转变。有时我想,人家一个富家之女,却一直保持着良家妇女的传统和形象,我一个农家子弟凭什么就对她横眉冷对,看她这也不顺眼那也不顺眼呢?比起孟莉、陈艳妮和黄小婧来,卓秀娴除了不比她们漂亮外,哪方面不比她们强?至少她拥有冰清玉洁的肉身和一尘不染的灵魂啊。

做完爱,我累得不行,倒头便睡。模模糊糊中,听到了啜泣的声音。我睁开眼,见卓秀娴正泪眼婆婆地盯着我看。

"怎么啦?"我睡眼惺忪地问。

"你会不会像我爸那样在外面找女人?"她声音颤抖着问我。

"怎么会?我就不可能有你爸那么多钱啊。"我极不耐烦地应付着。

"是不是你有我爸那么多钱就可以随便在外面找女人啊?"卓秀娴讪讪地问。

"不会,就是你爸把所有财产给我,我也不会像你爸那样在外面乱搞。"一不小心,我把想分卓家财产的心理暴露了出来,好在卓秀娴并没在意到这一点。她得到我保证后,很满足地关掉了床头灯,不一会就"呼呼"地睡着了。

可是,这下又轮到我睡不着了,刚才她那番话令我睡意全无。我想,岳父的风流对我今后分财产存在着隐性威胁。岳父在外面有女人,就可能有私生子,我就多了小舅子小姨子与我争分卓家的财产。吃蛋糕的人多了,每人分得的蛋糕自然会少了。

卓秀娴的父亲,也即我的岳父大人卓金成在外面包养女人早就不是什么秘密。据说,岳父身边的女人至少有十个以上。这点跟彭海博有得一拼，看来老小子老当益壮啊！究竟是他系列"壮阳"菜起作用，还是他的上亿家产起作用？这就不得而知了。但有一点是可以肯定的，男人的财富比任何壮阳药更具效用，男人的财富绝对与拥有女人数量和性福指数成正比。自古至今，能拥有三宫六院、九妻十妾的不都是那些家财万贯、有钱有势之人么？澳门赌王何鸿燊让人佩服的是他一生风流：娶了四个老婆，生了十七个子女。但在他的家族中，他还不算最风流。他有一位叫何甘棠的叔公，可谓风流甲香江。这个叔公有两个嗜好，一是收藏古董，一是收藏美女，一生娶妾30位，在家族劝阻下才"适可而止"。有着英国、波斯、犹太和中国四个种族血统的何鸿燊，掌握着澳门博彩业的命脉，日进亿金，必然会让很多美女趋之若鹜。

有道是男人有钱就变坏，女人变坏就有钱。讲的就是当前社会钱色交易猖狂的社会现象。所以，深州有"三多"：人多，钱多，"二奶"多。据说，在深州，百万身家以上的人多得能从罗湖火车站排到南头关那儿去，足有四五十公里长，身家千万亿万的人也多如牛毛。

我岳父也算是深州的大富豪了。究竟他有多少财富，我其实不完全清楚，但从老婆卓秀娴那里探听来的信息，我对岳父的财富进行了初步估算，应该不少于十个亿，比原先彭海博告诉我的还要多。单拥有的各类物业及土地价值就可能超过六个多亿。何况，他还拥有股票和豪华房车等等。反正这里边有我的份儿就行了，我就不必要去算计那么清楚了。

岳父的财富虽未能与澳门赌王何鸿燊的财富比肩，但他的风流程度与赌王应该不分伯仲。他固定包养的女人已超过了一打，有的还为他生了孩子，这其中就有第一次我见到岳父时被岳父叫来陪彭海博打麻将的"猫咪"。

"要是没有改革开放多好。"我岳母常这样在家里唠叨着。当大家都纷纷拥护改革开放这一利好政策时，我岳母却给它投去反对票。在她看来，没有改革开放，就没有岳父的财富，也就没有岳父那些风流韵事，他们的感情生活就会幸福一辈子。自改革开放后，他们的感情生活就受到了严重冲击，主要是岳父与岳母同床的时间越来越少了，岳母的幸福指数也随之减少。改革开放前从没红过脸的两口子，自改革开放后,吵架就成了他们的家常便饭了。所以,岳母不赞同改革开放是情有可原的,是改革开放夺走了她男人的心,也夺走了她的幸福,是改革开放动摇了她与老公的感情基础,让他们的婚姻家庭摇摇欲坠。

岳母也是深州本地人,在深州土生土长。她的老家叫南头村,与岳父老家西丽村相邻。两人经媒人介绍相识,相爱,最后结婚生子。在中国还没有改革开放的时候,在这个家庭里,岳母主内,岳父主外,生活虽平淡清贫,但也算幸福。但改革开放后,岳父岳母的感情并没有随着深州经济的蒸蒸日上而越来越好,相反每况愈下。问题当然是出在我岳父的身上。

改革开放前,村里的青壮年都偷渡去了香港,岳父却坚守在村里。他当过村里的民兵小队长、村委会的会计。改革开放后,因为岳父是村里的能人,被村民推选为村支书。

在岳父的带领下,村里借着改革开放的东风,建楼造厂,招商引资,逐渐脱贫致富了。当时,岳父可是深州的名人,他探索的"四轮子"致富模式,经媒体报道后,引起市领导的重视,后来全市都推广这一经验模式。所谓"四轮子",就是:第一个轮子是"群众集资"。岳父发动村民集资办实业,让村民从旧的封建小农意识走出来,当上企业的股东。第二个轮子是"借鸡生蛋"。也就是向银行贷款。由于自筹资金额度有限,岳父决定向银行贷款办实业,这一大胆举动引起深州所有村民的热议。因为那时深州的村民对债务和资本这些当代经济名词还比较陌生,还没有贷款生财的意识。第三个轮子是"借船出海"。就是引进外资。岳父借着在香港有他的亲朋好友的便利条件,从香港引进了许多港资项目,有力推动着村经济的发展。第四个轮子是"利滚利"。就是把部分已建好的厂房卖出去,回收的资金用来进一步完成水电和道路等外商不愿意投资的基础设施项目,改善了投资环境,让更多的外资进入了西丽。

岳父的"四轮子"致富模式使西丽村村民逐渐富了起来,并走上了城市化的道路。现在每个原籍村民从一出生就有每个月超五千元的分红,嫁来的媳妇也有一份,超过六十岁的老人家还能得到额外的收入,分红高达七千元。这些分红的来源是厂房出租及实业创收,正是我岳父有经济头脑经营得好,才给村民带来了如此丰厚的收入。

村里富起来后,岳父的心态也发生了变化。他认为,西丽村之所以有今天的富有,是他一个人辛辛苦苦搞起来的。所以,村里其他人是民,他是臣,村里所有人必须听他的话,这就是典型"土皇帝"思想。这几乎是深州所有行政村发展的一个缩影。改革开放后,深州所有的村都会有一个能人站出来,带领村民走致富之路,但一旦功成名就,这些带头人就会居功自傲,权力膨胀,霸气十足,逐渐在村里极力营造以个人为中心的小王国,然后,便无休止地从小王国里攫取财富,中饱私囊。岳父的财富正是从西丽村里敛聚起来的,他不但把村里最好的地块给自己家建楼,而且还把村里所有工程转包权独揽在他一人手里,从中获利。对此,个别村民对岳父非常不满,有人还到纪检部门举报过岳父。但岳父早给自己留有一手,他平时没少与省、市领导来往,给这些官老爷们"进贡烧香"。他开的餐厅就有一间经过特别装修过的包房,专门供省、市领导到这里来用膳,包房取名为"步步高",极尽讨好之意。他还经常邀请一些高官显要到公海上赌博,其中一切费用由村股份公司承担,以此来疏通上下的关系。

正因为如此,在西丽一带流行着"撼山易,撼卓金成难"的说法。不过,这并不是说岳父已经练成了刀枪不入的变形金刚了,风流一世的岳父后来差点就被女人给毁了。

岳母是一个非常传统的妇女,她平时温和节俭,相夫教子,把家打理得有条有理。对于丈夫在外面乱搞,她早有耳闻,也曾经好言相劝过岳父。但岳父平时飞扬跋扈惯了,哪里容得下别人的忠言。他依然我行我素,该干吗还是干吗去。岳母见说多了还是没用,最后就干脆不再管岳父这些裆下之事,让他纵横四海,任他逍遥。岳母经这些世事的折腾,早早就绝了经,更年期提前到来,她渐渐地变得沉默寡言,少理家事,整天神神叨叨,自言自语,整个人像疯婆子似的。后来,在一个远房亲戚的鼓动下,岳母皈依了佛门,并在家里搭起了佛堂,整天躲在佛堂里打坐念经拜佛,与神灵对话,不理世事,落得了个清静。

有时我想,要是岳母哪天真成了佛,也是岳父给逼的。

这世界没有无缘无故的爱,也没有无缘无故的恨,一切都是有渊源的。比如黄小婧沦落成夜总会的坐台"小姐",是因为她与姐夫发生了不伦之恋,最后始乱终弃。比如我岳母皈依佛门,是因为借改革开放之春风富起来的岳父在外面有了女人。再比如,皮光洲突然出现并请我吃饭,尔后吴老板又把我请到"翡翠宫"潇洒,是因为他们有求于我。这不,我与他们相聚后不久,皮光洲就给我打来电话,说是吴老板有事要找我,"他马上就到你办公室了,你接待一下他。他是我的好朋友。"皮光洲最后强调说。

我暗想,屁个好朋友!现在哪有什么好朋友啊?都是为了某种利益而结盟的狐朋狗友。

放下皮光洲的电话还不到一刻钟,吴老板就驮着他的便便大腹施施然出现在我办公室。他手里还提着一个红色礼品袋。进来后,他就走到我身边,压低嗓门对我说:"冯科,给您带点茶叶来尝尝。"说着,便把礼品袋往我办公桌的底下塞。

我瞄了一眼袋子,里边除了茶叶,还有一支轩尼诗洋酒和两条中华烟。典型的潮州人送礼风格。潮州人给别人送礼,一般都会送些茶叶、酒与烟。我问过彭海博,为什么潮州人送礼都喜欢送这些东西。他告诉我,潮州人认为,茶、烟、酒是中国人的生活必需品,也是中国的文化,其用来联系感情最合适。想来也有一定道理,我们的生活除了柴米油盐酱醋外,茶烟酒也是不可缺少的。吴老板是河南人,他仿效潮州人的送礼风格,说明他接触过不少潮州人,并被潮州人"潮州化"了。

我给吴老板冲了杯茶后,问他有什么事。吴老板也没有跟我拐弯抹角,直入主题地说:"不久前我从别人手里买下一栋建了半拉子的楼,现在开不了工。这楼就在你们辖区,请冯科关照一下,让我尽快开工。否则,搁在那里让人闹心。"

他这么一说,我倒想起了不久前胡民阳曾经跟我说过,老刘被打后,再也不敢在马岗待下去了,他把他那才建了三分之一的楼盘贱卖了出去。吴老板所说的半拉子楼会不会就是原来老刘的楼盘呢?

我问吴老板:"你的上手是不是一个姓刘的人啊?"

吴老板忙点了点头,说:"正是。原来你也认识他啊?"

接着,他从口袋掏出一包中华烟取出一根递给了我,并凑过来给我点火,然后低声说:"您不会白帮忙的,我知道该怎么做了。"

我明白吴老板的话,他在暗示我,如果我帮了他的忙,他会给我好处的。但我现在不缺钱,也知道这样做的风险。于是,我对吴老板说:"你也知道我能力有限,我不是最终能拍板的人,帮不了你什么忙。"

"这个我知道,你就放心好了。彭科那里,皮总会协调的。"吴老板这么一说倒是吓了我一跳,原来他们私下里已经勾搭上了彭海博!但想来也不奇怪,毕竟当初皮光洲也是在彭海博手下干过的,两人关系说不上铁,但也不算差。何况,彭海博是个混世的家伙,本来就没有什么原则性和党性可言,一有好处他就勇往直"钱",肆不忌惮,这与他上面有人罩着无不有关。但令我不解的是,既然他们已经与彭海博勾搭上了,完全可以不尿我这一壶,可为什么他们还来求我呢?

还是吴老板的一番话解开了我心中的疑惑。他说:"彭科说过了,只要你做个同意复工的意见报上来,他就会批的。"

原来他们早就密谋好了,之所以还拉上我,一方面是因为彭海博需要我的配合才能完成这出"戏",另一方面彭海博把我当成了他的心腹,也想让我在这出"戏"中获利,这就是名利场中所奉行的"利益均沾"原则。张二江曾多次在我与彭海博面前说过他的"利益均沾"理论,也就是有好处要大家分,"钱,一个人是赚不完的,有钱要大家赚。"张二江所说的"大家",当然是指他所营造利益链中的每一环。他讲过,他有白米饭吃,就不能让兄弟们喝稀粥,他有汤喝,就不能让兄弟们喝白开水。言下之意,是要与我们有福同享。当然,这与邓小平同志提出的"共同富裕"有本质上的区别。

我对吴老板说:"既然彭科都答应了,你就按照彭科的意见办吧。"

吴老板是个明白人,知道他的事情已经没问题了,便满脸堆笑地说:"谢冯科,那我先走了,改天我们见面再聊。"说着与我握手道别。

不久,吴老板从老刘那里转手过来的楼盘复工了。

第十七章 "痴情男" 胡民阳

最近胡民阳在新浪开了博客,他博客的个性签名是"爱谁是谁",有点朦胧,但也够率真的。

他博客里全都是他写的诗歌,并且更新得特别快,几乎是每天一首。诗歌里写的都是些情情爱爱的东西,痴迷而婉约。细读之下,我才知道他的诗是写给福建沙县小吃店那个经常给我们送外卖的小姑娘的,字里行间,渗透着一份痴痴的恋。

小姑娘叫段爱琴,云南大理人,是否是段誉的后裔,有待考究。胡民阳自神差鬼使地喜欢上了段姑娘后,有点一发不可收拾之势。他把沙县小吃店当成了他的食堂,一日三餐都是吃那里的东西,不是叫送餐,就是低身临幸,而且送餐必须指定要段姑娘送,别人送他会毫不留情地退回去,叫段姑娘重送,这不是明摆着要见上人家小姑娘一面吗?

可当我揭穿他的阴谋时,他却矢口否认,说:"不是啦,真的不是啦。"

我说:"你要是喜欢她就放胆去追,别玩这些小伎俩,现在不兴这个了。"

"可是我约了她好几次都不肯单独出来啊。"胡民阳狐狸的尾巴最终还是暴露了出来。

"那只能说你的诚意还不够,继续努力你肯定能成功。"我以过来人的姿态鼓励他。

"我在博客里写了许多诗歌给她,叫她上我博客看看,她却说没有电脑也不懂得上网，郁闷死我了。"胡民阳愤愤地说。

"这不是暗示你了吗？"我说。

"暗示我什么？"胡民阳忙问我。

"暗示你给她买台电脑呗。"我一脸坏笑。

"可是，可是……我哪来钱给她买电脑啊？我现在吃饭都成问题了。"胡民阳一脸无奈。

"你的钱都到哪里去了？"我不解地问。

"我一个月的工资就三千来块钱，房租及水电费就用去了将近一千多块钱了，我每个月还得给家里寄五百块钱给我父母，剩下的还要吃饭买书什么的，你都知道深州的物价高得吓人，这点钱哪够用啊？"胡民阳像处在水深火热中诉苦道。

我很同情也很理解他的处境。在深州这个高物价、高消费的城市里，一般工薪阶层除了交房租和吃饭，很少有剩余钱来买别的东西，更不可能有积蓄。所以，现在的深州很难留得住人才，人才流失现象日趋严重。

比起像胡民阳这样的工薪阶层来，我确实幸运得多。虽然我工资并不比胡民阳高多少，但是，我娶了一个深州本地老婆，而且是村长的千金。这样，我就可以比胡民阳这些来深州寻梦者少奋斗几十年。否则，就单凭我这点工资，我怎么可能现在就过上有楼有车的好生活呢？现在我的工资完全由我掌控，爱怎么花就怎么花，我老婆根本不管我工资的来龙去脉。我这四千来块钱工资除了要寄一点给在老家的父亲治病外，其余的基本是拿来与女人吃饭、开房。但就这四千多块钱工资还是不够我花的。不够怎么办？这还用问么？我不是娶了个"摇钱树"老婆吗？我缺钱的时候就换着点子跟她要，最绝招便是要钱之前几天尽量对她好点，尤其是跟她做爱的时候必须特别卖力，以博得她的欢心。而我老婆一开心，我的好事也就来了，她总是在这个时候毫不吝啬地把她的私房钱拿出来给我。卓秀娴究竟有多少私房钱？实际上我也不知道，其实我也不需要知道，反正，只要我伸手要，她肯定可以满足我的所有要求。有时我要急了，她就直接跟她老爸要。她老爸就这么个宝贝女儿，对她有求必应。当然，她老爸也非常清楚她要这些钱是给谁用的。卓秀娴经常足不出户、宅在家里，她有钱也没有地方花。她老爸也知道她要这些钱是给我这个穷女婿花的。但是,随着要钱的次数增加,她老爸似乎有所担忧,曾在一次晚饭上意味深长地对我说:"钱一分一厘都要用在正道上。"我明白岳父大人这番话的意思,他话里有话,言下之意是:你可以把钱给你父亲医病,但是绝不允许拿来抠女。实际上,岳父的担心是有道理的。作为男人,他也明白,男人的钱大都是花在女人身上的,当然这里所说的女人基本上是指老婆以外的女人。他自己不知道花了多少冤枉钱在女人的身上。但我可以保证,至今为止,我除了请女人吃饭及开房外,还没有在女人身上花过别的什么钱,比如买礼物,甚至直接送现金等。并不是我吝啬,或者是我身上魅力无穷,而是我泡的几个女孩大都是别人的"二奶"、情人,她们都不缺钱花,也不需要什么礼物。对于一个偷情的女人来说,接受自己老公或男友以外的男人的财物,就是给自己留下偷情证据,没有哪个女人傻到这个份上。

对于胡民阳的困境,作为朋友,我不能袖手旁观。什么叫朋友?就是朋友在最需要的关键时刻,你伸出援助之手,拉他一把,让他不再困顿与孤独。因此,我决定拉胡民阳一把。我对胡民阳说:"要不我先借点钱给你买台电脑,等你有富余钱后再还我。"

"那……那怎么好意思呢?"可能想不到我会如此慷慨,胡民阳显得有点激动,说起话来有点结结巴巴。

"有什么不好意思?我们都是好兄弟了,还谁跟谁啊?"我是真心实意想帮胡民阳的。不管怎么说,我们已经相处了一段时间,我非常了解他的为人,他是一个值得深交的好哥们。我相信,当我遇到困难时,胡民阳也会为我两肋插刀。人生在世,谁都不可能总是一帆风顺,总有遇到困难的时候。所以,人处在顺境时一定要多交朋友,中国有句古训是:多个朋友多条路,少个敌人少忧虑。

最终,胡民阳还是接受了我的友情资助。他诚惶诚恐地接过我借给他的五千元后,便跑到华强北电脑城左挑右选,最后咬咬牙花了四千多块钱买了一台笔记本电脑。胡民阳告诉我,这是自他参加工作以来最奢侈的一笔消费。

次日中午,胡民阳又在沙县小吃店叫了外卖。在订餐电话里,他特别强调要段爱琴亲自送餐。其实他不用强调,老板也会安排段爱琴来送。因为每次只要不是段爱琴送的餐，他都会很生气地把已经送来的餐退了回去，指定段爱琴重新送过来。沙县小吃店从老板到店员，上上下下都知道他的这个特别癖好。所以，只要是胡民阳订的餐，别的员工也不意愿送过来，怕被他臭骂一顿。虽然老板对他这一特殊要求颇为不满，但为了生意，他不得不忍气吞声地照做。

当然这次胡民阳也一如既往地给我点了一份盒饭。

放下电话后，胡民阳显得既兴奋又紧张，不断地拎着新买来的笔记本电脑在办公室里来回走动，嘴里嘟嘟哝哝地念着一句什么台词，很像就要走进镜头的演员。

见他那紧张兮兮的样子，我暗自觉得好笑，都什么年代了，给自己心仪的女孩送个礼物还用得着这么紧张吗？我拍拍他肩膀说："你是给她送礼物，又不是准备强奸她，紧张个鸟啊？"

经我这么一说，胡民阳的情绪稍为安定了一点。他停止了"彩排"，吃吃地对我说："我是担心她不肯收下这台电脑哩。"

我"扑哧"地笑出声来："你放心好了，她一个打工的，有人给她送这么贵重的东西，她做梦都会笑醒的，怎么可能不收呢？"

但事实证明，这回我错了，我不该用世俗的眼光看所有女孩。

当段爱琴敲门进来的时候，胡民阳竟手忙脚乱地拎起笔记本电脑直接塞给了人家小姑娘。小姑娘被胡民阳这一突如其来的举动吓呆了，她怔怔地问胡民阳："你这是什么来着？"

胡民阳语无伦次地回答："电脑啊，送给你的。"

"你为什么要送我电脑啊？"段爱琴不解地问。

"给……给你上网啊，你好……好上网看我写的……博客啊。"胡民阳红着脸结结巴巴地说。

"哈哈，你就为了这个啊？可我从来没上过网，也不会用电脑啊。"段爱琴非常认真地说。

"你不会不要紧，我可以教你嘛。"胡民阳眼巴巴地看着段爱琴。

"我一个打工送饭的，懂电脑又有什么用？"段爱琴实话实说。

"但你不可能打一辈子工，送一辈子饭呀？"胡民阳此刻竟板着脸孔教导起段爱琴来。

"别逗了，我一个小学还没毕业的人不打工，不送饭，还能干什么?你要我当国家主席吗?"说着,小姑娘呵呵地笑了起来。接着,她把饭盒放到胡民阳办公桌上,说:"谢谢胡哥的一番好意,我真的不能要你的电脑。饭我就放在办公桌上了,两盒饭一共十二块钱,给钱吧,我还要赶回去送饭呢。"

面对眼前发生的一切,胡民阳一下子还没反应过来,他手足无措地待在原地,像矗立在大梅沙公园沙滩边的鸟人。我忙掏出十二块钱递给了段姑娘,并说:"你就收下吧,胡哥没别的意思。"

"我知道,但我还是不能收,无功不受禄吗。谢谢两位大哥的好意,我走了。"说着,小姑娘像风一样地飘出了门外。

望着段爱琴轻盈的背影,我不禁感叹:人各有志啊,不是所有地位卑微的人都向往物质的东西,至少段爱琴现在还不会,多可爱的姑娘!可未曾想,我这一感慨也仅仅是停留在此刻,以后的日子里,段爱琴也被金钱俘虏了。

胡民阳还呆呆地站着,口里嗫嚅着什么,欲说又止,他满脸通红,似怒又羞,一脸的尴尬相。

看着他这熊样,我直想笑。但我还是抑制住了,他此刻是笑不得的。男人这个时候最脆弱,一个男人被自己心仪的女人拒绝是最没面子的。作为男人,我理解胡民阳此刻的心情。于是,便走过去拍拍他肩膀说:"兄弟,千万别灰心,没什么大不了的,女人都这样,第一次拒绝你不等下次也拒绝你。坚持就是胜利!你还有机会的。"

"妈的,女人真会装,她明明也喜欢我,却装得像没事儿似的,我靠。"胡民阳此刻竟然暴了粗口,令我始料不及。这个平时彬彬有礼的谦谦君子,今天是吃错药了么?不过,想想也好了理解,这就是所谓的爱之深,恨之切吧。

"你怎么知道她也喜欢你呢?"我问。

"感觉呗,你想,如果她不喜欢我,为什么每次到她那里吃饭她都会悄悄多给我饭菜呢?"说到这里时,胡民阳两眼发光,看来这家伙已深陷情网,不能自拔了。

事实上,段爱琴是一个非常淳朴、厚道的小姑娘。我们经常光顾她打工的沙县小吃店,时间久了,彼此都非常相熟,非常随便。有时我到她那里买饭吃,她也会私下里多给我一些饭菜。这并不代表她就喜欢我,而是情谊所至。但我不能这样跟胡民阳说,他正深陷情海,听不下别的声音,容不下别的观点。

此刻,我只好来个顺坡卸驴:"这样看来,今天可能是因为我在场的缘故吧,如果我不在的话,也许她就收下了。"

"可能是吧,刚才你就应该回避一下。"胡民阳喃喃地说。

这小子给点阳光倒真灿烂起来了。刚才我还说,我先下楼走走,等你们"交易"完毕我再上来呢。谁料,这小子就是不让我走,说我不在他会更加紧张,我最终还是留下来为他壮胆。事不成后,这小子倒怪起我来了,要不是对他多年的了解,换成别人,我不揍他一顿,这口气还不知道往哪里出呢。

胡民阳可能也觉得刚才说的话有点过了,忙拿起一个盒饭讨好地递给了我:"冯哥吃饭吧,不好意思让你挨饿了。"

我本想说,挨饿不要紧,倒是受你这气真不该了。但我却说:"没什么,不都是为了你的爱情吗?生命诚可贵,爱情价更高嘛。若为了你的爱琴,什么不可抛?"

胡民阳被我这么一说给逗乐了,他端起盒饭边吃边问我:"冯哥,前人说的'爱情价更高',是不是爱情一定要付出很大的代价才能得到呢?"

这回轮到他把我逗乐了,我笑着说:"那不一定吧,现在的爱情都贬值,用不着花那么大的代价。比如,现在时兴的'一夜情'就只需一杯啤酒和一张厚脸皮就可行了。在夜总会,花上两三百块钱就有人叫你老公呢。"

"这些都是逢场作戏的滥情,不是爱情。"胡民阳很认真地反驳我的观点。

"但是,随着商品时代的到来,爱情就像华南虎那样越来越稀缺了,以后可能真的就消失了。现在维系男女之间的关系的是金钱,而不是爱情。不是有人说过吗?真爱就像幽灵,人人都谈论它,可从未有人真正见过它。"

我为了不让胡民阳再次陷入感情沼泽,必须以实用主义来教化他。李小曼的离去对他已经打击不浅了,万一段爱琴真的拒绝了他,保不齐他会疯掉的。这小子是个书呆子,平时爱钻牛角尖,他对爱情抱着完美的幻想和追求。我有必要把他从梦中唤醒，让他回到现实中来，以免再遭爱情打击。

果不其然，自送电脑遭到段爱琴的拒绝后，胡民阳整个人变得神神叨叨，整天像祥林嫂般跟我唠唠叨叨："我真窝囊啊，连一个小学文化的打工妹都搞不定，我这个大学生有何用啊？"

我本想跟他说，别以学历作为资本，现在学历已经不值钱了，何况深州的本科生、硕士生，甚至博士生多如牛毛。现在深州女人看重的不是男人的学历，而是银行的存款。但我不能这么跟他说，怕打击他的自尊心，经济方面可是他的软肋。于是，我只好说："凭你一个大学生，完全可以把她搞定，她一个打工妹有什么了不起？"

谁料，我这么一说，胡民阳又不愿意了，他这时倒是护着段爱琴："她可与别的打工妹不一样，她有许多吸引人的地方。"

"能说具体一点吗？"我倒真想知道是什么令这小子像着了魔似的。

"比如她单纯啦，朴素啦，不势利啦，城市里的女孩就没有这些优点。这方面，李小曼就差远了。"

看来，胡民阳对李小曼的决然离去还耿耿于怀。那段时间，胡民阳总爱拉着我去酒吧里喝酒，他一喝就醉，一醉就哭，一哭就骂李小曼势利，骂现在城市人太现实，骂深州只有金钱没有爱情。然后，他就会摇头晃脑地诵起苏东坡的《定风波·莫听穿林打叶声》：莫听穿林打叶声，何妨吟啸且徐行。竹杖芒鞋轻胜马，谁怕？一蓑烟雨任平生。料峭春风吹酒醒，微冷，山头斜照却相迎。回首向来萧瑟处，归去，也无风雨也无晴。

我知道，此词是苏东坡作于黄州之贬后的第三个春天，人家是想通过野外途中偶遇风雨这一生活中的小事，表达一种醒醉全无、无喜无悲、胜败两忘的人生哲学和处世态度。

虽然胡民阳不可能有苏东坡这种胸襟，但是，他以诗词疗伤不啻是帖良药。胡民阳这小子还算聪明，他每次遭感情挫败都会找到疗伤途径。这不，他又在他的博客写了好多自慰式的诗歌。现转抄一首如下：

你是我的树

作者：胡民阳

今夜风很大
我如一粒漂浮在夜空的尘埃
被风吹得毫无定力
宝贝，你愿是我的树吗？
让我抱紧你的腰肢
不让风无情把我吹走
今夜呀，你就是我的树
我停靠在你的枝杈上
树叶温柔地舔着我
那是你热情而热烈的舌头啊
让我们久久纠缠吧
宝贝，我不再怕风，也不再惧雨
因为你温暖的怀抱
就是我宁静的港湾……

读着读着，我的胃一阵痉挛，酸得想吐。
　　我终于明白，诗人之所以成为诗人，是因为他们的感情遭遇了挫折。

第十八章　如此下作

我真想不到，我还有再次直面余满良的机会。这个平时高高在上的市政协领导，又再次与我这个平民老百姓坐到了一起。

今天刚我到办公室，彭海博就低声对我说，晚上张二江要请吃饭，我们一起去。

即使我现在对彭海博有看法，可对于他发出的饭局邀请我还是不好拒绝。晚上下班后，我便跟着彭海博一起驱车赶到位于农林路的名人公馆。

这是一个消费较高的地方，里边吃喝玩乐一条龙。这家公馆已开了一定的年份，生意长盛不衰。

我们进入一间豪华包间后，张二江正在低头点菜，只见余满良和陈艳妮也在场。陈艳妮正偎依着余满良。见我们进来，陈艳妮本能地挪了一下身体，与余满良保持了一定的距离。陈艳妮瞥了我一眼，俏脸飞红。这一细节旁人可能不轻易觉察，但我看得清清楚楚，心里五味杂陈。

虽然孟莉反复警告过我，陈艳妮碰不得。但是，我明知山有虎，偏向虎山行，最终还是抵制不了陈艳妮对我的诱惑，与她上了床。

我与陈艳妮上床的过程其实很简单，并没有想象中的复杂。在我们认识还不够一个月的一天下午，陈艳呢打来电话问我在干什么。我那时正好无所事事地在办公室里做着"网络上的贼"——"偷菜"。便告诉她，我在偷菜呢。

"切，你还真无聊，偷菜有什么意思啊？"陈艳妮不屑地说。

"那偷什么有意思？"我赶忙借题发挥。

我与陈艳妮已经非常熟稔，自从与她及孟莉吃完那次自助餐后，我与她私下联系不断，经常在短信或电话里打情骂俏，相互调戏。尤其是我帮她从房地产交易登记中心打印回那两人的房产信息资料后，我们之间的关系日益密切了。

"你这人真没有半点正经，三句不离本行。"她虽然这么说，但没有责怪我的意思。

"嘻嘻，你大小姐嫌我不正经吗？那我现在给你朗诵一段高雅的给你听听，绝对让你耳根清净。"说完，我清了清喉咙，装作真要朗诵的声势。

"别闹了，你真要给我朗诵高雅的，我立刻跳楼死，我这人低俗，受不了高雅的刺激。"陈艳妮的另一个可爱之处便是她的适时幽默。女人恰如其分的幽默可以给自己增加不少印象分。

"你也太难伺候了，我说别的话，你嫌我不正经，我给你朗诵高雅，你却又嫌刺激。我是猪八戒照镜子里外不是人啊。"我故作生气。

"嗬，就别跟我贫嘴了。你没什么事的话，出来陪姐坐坐吧。"这应该才是她此次给我打电话的真正目的。狐狸的尾巴终于忍不住要露出来了。

我一听"坐坐"这词，便知道其中隐含的意思。这是一种暗示，也是一种挑逗。在某种语境下，对于某些女人来说，"坐坐"就是"做做"。之前，我与孟莉幽会都是通过这一暗语联系上的。她一打电话叫我出来"坐坐"，我就知道她要我出去跟她开房"做做"了。陈艳妮是孟莉的师姐，她更应该知道"坐坐"的隐喻。

"你说现在吗？"我抑制不住心头的兴奋。

"当然是现在啦。"陈艳妮幽幽地回答，语气非常肯定，我在电话这头都能够嗅到她发自母体的气味。

"那好。去哪里？"

"中信广场吧，那里有许多午间酒吧，而且离你我都很近。"

她这点跟孟莉很像，孟莉与我去偷情之前都要先去喝咖啡，拿孟莉的话说，这是做爱前的情感酝酿，不能动不动就直奔主题，那样太赤裸裸了，那是嫖客与妓女之间的交易才那么做。现在陈艳妮约我去酒吧喝酒，应该也是为了先酝酿感情。

"好，我现在就去。"这一天我已经等了好久了，不能不着急啊。

放下陈艳妮的电话，我不禁哼起了《好日子》来：今天是个好日子，心想的事儿都能成……

我赶到中信广场时，陈艳妮已先于我到达，并在一间小酒吧等我。她已经点了一小桶德国巴伐利亚之星冰醇黑啤酒，正独自啜饮。我刚一落座，还未说上几句话，陈艳妮就给我斟上一杯啤酒，要我独自干了，说是算是她给我的见面礼。我微笑着仰脖就喝，豪气万千。一杯酒下肚，我口爽心怡，兴致勃勃地问陈艳妮今天何以有这般闲情逸致。她告诉我，她的那位、也即是余满良出差到南非去了，留她独守空房，无聊至极，要我陪陪她。

话说到这份上，我再装聋作哑就是装傻了。但我还是有点顾虑，那就是横在我与陈艳妮之间的一座大山——余满良。余满良的那股霸气一直像不散的阴魂萦绕在我心头，让我想而生畏。真是官大压死人啊。

我试探着说："这不好吧，万一被你那位领导知道了我可就惨了。"

陈艳妮怪怪地笑了起来："你原来也怕那老东西吗？"

我举起一杯酒敬她，说："我又不是钢铁侠，怎么不怕呢？"

陈艳妮眠了一口啤酒，讪讪地说："怎么这么多人怕那老东西呢？我就不怕。他敢动我一根毫毛，我就让他不得好死！"

说到这里时，陈艳妮脸上掠过一丝阴笑。

我全身不由自主地抖了一下，难道孟莉说陈艳妮碰不得就是这个意思么？女人的心一毒起来堪比蝎子。

"你在想什么呀？还不赶快喝酒。"陈艳妮又举起杯跟我碰了一下杯。接着，她问起了我与孟莉之间交往的一些事来，我当然不能如实回答。女人都是醋坛子，男人不能在女人面前大谈特谈另一个她也认识的女人，何况这两个女人又是闺中密友呢。

"听孟莉说你很厉害喔。"陈艳妮突然抛出一句这样的话，眼睛紧紧地盯着我看，意味深长，暧昧至极。

对于陈艳妮明显的挑逗，我倒一下子没了主意，我明知故问：

"你是指哪方面厉害啊？"

"还有哪方面，当然是指那方面啦。"陈艳妮说这话时并没有羞耻之意，真是久经沙场的女子！

看来孟莉与陈艳妮这两个"二奶"平时在一起时，不少互相交流"作案"伎俩，讨论各自与男人在一起的心得。

啤酒刚好喝到一半，陈艳妮已醉眼迷离，两颊绯红，娇态尽显。眼前的一切让我不能把持，便迫不及待地先行点破主题，免得没完没了地把这大好时光浪费在无聊的酒吧里。于是，我对陈艳妮说："要不我们换个地方再聊？"

陈艳妮心领神会地点了点头，默默地跟着我到附近一个五星级酒店开了房。

可当我与陈艳妮都双双到达山峦之巅后，我又马上跌入了谷底，我趴在陈艳妮的身上竟莫名其妙地恐惧起来。我此刻又想起了孟莉对我说过的一番话，她说："谁都可以动就是你不可以动我师姐。"

而我义无反顾地闯入了孟莉所说的雷区，动了她的师姐陈艳妮，这将给我带来什么呢？等待我的将是什么呢？

一阵快感过后，我竟变得忐忑不安起来。

所以，今天当我看到余满良也在场时，心脏不由自主地"突突"地乱跳起来。毕竟是做贼心虚吗？

不用说，今天这餐饭的主角是余满良，其他人都是当他的陪衬。

我心里不禁纳闷起来：张二江为什么要我来作陪呢？像这样高规格的饭局，张二江可能会拉上彭海博，但拉上我也就是帮他起草报告的那一次，难不成今天又有事要我来办？

不一会，菜就上来了。又是鲍鱼、鱼翅和海参等高档菜，接着张二江吩咐服务员打开一瓶六斤装的"人头马XO"。

张二江一副奴相地把余满良引到主座，陈艳妮便自觉地坐到了余满良的左边。接着，张二江把彭海博让到余满良的右边。彭海博一时不肯入座，他一定要张二江坐到那里，两人推让了一番。最终还是余满良发了话，他官腔十足地说："小彭，你就坐过来吧，你现在可是领导了。"

"就是吗，只有你才有资格坐在余哥的身边。"张二江跟着附和。

两人这么一说，彭海博一时倒有点不知所措起来。他说："这还不是托余哥的福吗。"说着他还是坐到了余满良的右边，并补充了一句"恭敬不如从命"的话。

从他们的对话中，我逐渐弄明白了，原来今晚这个饭局是为彭海博的升官而设的。这小子前段时间的"跑官"行动已见成效。这个饭局后的第二天，城建局的任命书就下来了，彭海博被提拔为"违治中心"副主任，官阶为副处级。不过，因工作需要，他依然兼任马岗巡查小组组长。我心里非常清楚，彭海博之所以得到提拔是因为有张二江的鼎力支持，而张二江有余满良这样的一个位高权重的"哥们"，他想帮彭海博捞个一官半职并不难。有了人际关系，加上"孔方兄"开路，像彭海博这样的一个碌碌无为的人照样可以官运亨通。

彭海博坐到余满良的右边后，张二江便坐到了彭海博的旁边的位子上。现在只剩陈艳妮旁边的位子是空着，我只好毫无选择地坐到了陈艳妮的身边。

陈艳妮很不自在地瞥了我一眼，我假装没有看到，内心却充满着尴尬和莫名的羞涩与不安。

酒宴开始后，余满良先是做了开局性的讲话，这是当领导的习惯。他说："今天这餐饭意义重大，因为彭海博同志很快就要走上领导岗位了，我们一起举杯祝贺他。"大家都跟着举起了杯。

彭海博这厮应该早就知道自己要升官了，但他之前对我却闭口不提，貌似低调，实际是不把我这个他所谓的"兄弟"放在心里。但不管怎样，他能够在这样的场合把我叫上，算是给了我面子，我还是应该感谢他。想到这里，我很诚意地举起杯敬了彭海博，说："恭喜呀！彭科长。"

"谢谢！今后还希望兄弟一如既往地支持我的工作。"他这话夹杂着官腔，让我听起来好不自在。

看来这小子已经进入角色了。我想，你小子有什么工作不工作的，每天来单位露一下面就神龙见首不见尾了，鬼知道你干什么去了呢！可我还是向他表了忠心："今后彭处长有用得上小弟的地方，小弟将两肋插刀，在所不辞。"

张二江在旁边听着哈哈大笑，他插话道："冯大律师是个不错的兄弟,平时帮了我们公司不少忙,来,我也敬你一杯。"说着把杯举了过来与我碰了一下杯,然后仰头便喝。我不敢怠慢,也跟着喝了一杯,也装作客气道:"张总可是哪里的话啊!我一个打工的能帮您啥忙呀?这还不都是彭处长的功劳!"在这个圈子里混久了,我也能够说上几句官话。

"你看,冯大律师就是会说话。"张二江阴阴地笑着说。

彭海博此刻正一脸诚恳地向余满良和陈艳妮敬酒,他说:"承蒙余哥的大力帮忙,再多感谢的话尽在这杯酒中,我先喝为敬。"说完,"咕嘟"一声,一口便干下杯中酒。

我一直对余满良这位市政协领导就没什么好感,尤其是我与陈艳妮好上后,更是对余满良充满了敌意。但是,在这样的场合,我必须在余满良面前装孙子。我举起杯走到余满良身边,装作恭敬道:"余主任,我在电视里经常看到您,您是我心目中非常有魄力的领导,我来敬您一杯。"

本来余满良对我不屑一顾,自入席到现在他还没有正眼看过我一眼。可我刚才马屁十足的这番话显然让他听得非常顺耳,他微笑地举起杯跟我碰了一下,说:"小冯是与小彭同个部门吧?"

他这么一问,我一时不知如何作答。我知道他这是明知故问,其意图难料。倒是彭海博在旁边帮我解了围,他说:"是的,上回我们在王子厨房吃饭的时候他也来了,那个报告就是他写的呀。"

余满良"哦"了一声,继续说:"怪不得有点面熟,你好像比上次长胖了吧?"

他说的倒是真话,我这些时日好吃好喝的,身上的肉越堆越厚。我忙说:"是的,谢谢领导的关心。"

说着,我退回座位。

这时,陈艳妮的脚从桌底下踢了我一下,我不知道她是故意或是无意,便看了她一眼,她也正好把目光移向我,我们两人的目光在短暂的交织后又马上移开了。但我们似乎有了某种默契。我记得有一次跟陈艳妮幽会时,她向我说起了她与余满良的床上之事,她直骂余满良变态。原来余满良有阳痿的毛病,为此他非常苦恼,偷偷去看了不少医生,也吃了不少药,可是不但没有见好,而且每况愈下。后来,张二江给他弄来虎鞭、鹿鞭、熊鞭泡酒喝,也没见效。他听说在津巴布韦那边有种类似"伟哥"的药,便托人从那边捎回好几盒。但吃了之后,他依然是"微软",依然是举而不坚。

谁曾想到,面前这个道貌岸然的家伙竟是个性无能的变态佬。陈艳妮还告诉我,余满良虽然阳痿,但并没有失去对女性的兴趣,相反,他变本加厉地追逐、玩弄着各类女性。据陈艳妮说,除了她之外,余满良至少还包养着两个女孩,跟他保持不正当男女关系的女性就不计其数了,有老有少,真是一个荒淫无度的家伙!

我曾经疑惑地问过陈艳妮,一个性无能兼性变态者为什么还有那么多女人肯跟着他呢?她告诉我,这都是钱造的孽,余满良有的是钱,这样,女人就很容易中余满良设下的圈套。"我就是这样给他搞定的。"陈艳妮恨恨地说。但她没有告诉我她是如何成为余满良的"二奶"的,关于她在深州的一些经历是孟莉后来才告诉我的。

"嫂子,我来敬您一杯吧。"正在我想着余满良那些乌七八糟的事时,张二江拿一满杯酒走到了陈艳妮的身边。陈艳妮忙机械地举杯相迎。"感谢你对我大哥多年来的照顾,我代表我大哥敬你一杯。"接着,他仰脖便喝。陈艳妮也跟着喝完了一杯。张二江接着搅着余满良的肩膀说:"余哥,你真好福气呀,小陈不但人长得漂亮,而且对大哥也是没得说的。"彭海博也跟着附和道:"就是就是,余哥人越来越年轻了,这可有小陈的功劳啊。"

正当张二江与彭海博的马屁接二连三地袭向余满良时,我看了他一眼,发觉他不喜反怒,脸色正一点点地往下沉。只见余满良淡淡地说:"你们看到的都是表面的东西啊,有些东西不是你们想的那么好。"

余满良这话一出口,大家都愣住了。这分明是表达了对陈艳妮的不满。

这时,陈艳妮脸色一下子就变得非常难看,满脸乌云密布。

张二江像嗅出了什么,忙给自己倒了一满杯酒,然后自个举杯说:"我建议大家都举杯来敬大哥一杯,祝大哥身体健康,万事如意!"

接着,彭海博与我也忙站了起来举杯祝贺。只有陈艳妮不为所动，她呆呆地坐在那里，若有所思。

看来，余满良与陈艳妮这对男女已经出现了裂隙，亲密不再。

有时我也想，我与陈艳妮这样玩下去，会不会引火烧身呢？可每次接到陈艳妮的电话，我都会像着了魔似的，全身细胞活跃，无法拒绝来自她肉体的诱惑。而每次完事后，我都会莫名其妙地感到后怕和担心，真是冰火两重天，快乐并痛着。

至于后怕和担心什么，我也说不清楚。总之，就是后怕和担心。

这次在为彭海博升迁而设的饭局上，我明显地感觉到余满良对陈艳妮有了芥蒂与防备。这个后来我也从陈艳妮那里得到证实，他们两人的关系确实出现了问题。

就在吃完饭后不久的一个中午，陈艳妮又打电话给我，要我一定出来陪她。我虽然有点担怕，但又找不到拒绝她的理由。于是，便按照她的约定来到了她开好的酒店。一阵翻云覆雨后，我把我的一些担忧跟她说了。

听了后，她讪讪地说：''这老色鬼只许州官放火，不许百姓点灯。他不一直瞒着我在外面搞了一个又一个吗？我又不是他老婆，凭什么要我为他守身？''

我本想对她说，虽然你不是他老婆，但他给你钱，你给她身体是天经地义的。说白了，你现在就是他花钱购买来的商品。既然你是他的商品，按照物权法，他就有权支配你、占有你、使用你，而且这些支配权、占有权、使用权都是唯一的，由不得别人来分享、占有。可我不能这样对她说，这样说肯定会伤她的自尊的。她一直对她的"二奶"身份讳莫如深，避而不谈，就像在秃头佬面前不能提头发，在不孕夫妻面前不能谈孩子一样，在陈艳妮面前不能谈"二奶"和"小三"。一有涉及此类话题，她就会马上找别的话题扯开。

关于陈艳妮在深州的一些不堪过往，我是从孟莉口中得知的。

有一次，孟莉突然问我：''我师姐有没有给你打过电话？''

我先是一愣，接着向她发誓：''没有，绝对没有。我们私下根本没有任何联系。''

孟莉听了后，''吃吃''地笑了起来：''你这么紧张干吗呀？我只是问问而已，又不是说你们私下已经联系了。就是你们私下搞什么又跟我有什么关系？不过，我还是再次提醒你，你最好别跟她有什么关系。"

"难不成你师姐是刺猬，身上有刺，谁碰刺谁？"我故意调侃道。实际上，我是想从孟莉那里套出一些关于陈艳妮的东西，以防后患。

在我的诱导下，孟莉把她所知道的关于陈艳妮的一些事跟我说了。

陈艳妮大学毕业后，带着失去母亲的伤痛和梦想来到深州找工作，准备在这个她梦想之城大干一番事业。但她在深州待了几乎一年，一连换了好几份工作，都没有一份工作能够让她满意，要么是工资低，要么是工作强度大，要么是老板太苛刻。于是，她连连跳槽，并不断地找工作。后来，她应聘到了张二江的房地产中介公司工作。那时深州房地产市场正牛气冲天，张二江的公司又是深州比较早成立的房地产中介公司，加上张二江在城建系统的人际关系，公司生意非常火暴，日进斗金。陈艳妮的工资收入也跟着水涨船高。她很满意这份工作，不想再跳槽了。

陈艳妮那时在张二江公司的职务是总经理助理，经常要陪着老板张二江出去应酬。这样一来二去，陈艳妮自然而然地被张二江收服，成了张二江床上客，从总经理助理到地下情人。

但在一次应酬中遇到余满良之后，陈艳妮的命运就发生了翻天覆地的变化。

一天晚上，张二江带着陈艳妮去应酬。去之前，张二江就告诉陈艳妮，今天他请的是一位政府高官，这个高官对公司生意非常重要，要她今晚一定要陪好这位客人。

当他们赶到位于五洲宾馆二楼中餐厅的一间豪华包间时，陈艳妮终于见到了张二江所说的这位政府高官。他就是市政协环资委主任余满良。余主任肥头大耳，容光焕发，大腹便便，活像一尊弥勒佛。"弥勒佛"见到陈艳妮后，两眼发光，色相尽显。他两眼贪婪地审视着陈艳妮，看得陈艳妮浑身不自在，满身起鸡皮疙瘩。他对张二江说："你小子啥时候找了一个这么漂亮的秘书了？"

张二江当然能够领悟余满良的心思，便顺水推舟道："小陈可不是我的秘书，她只不过是我公司的一个职员而已，今天特地叫她来陪大哥喝喝酒呢。"

说着,他叫陈艳妮坐到了余主任身边,并意味深长地对陈艳妮说:"小陈,今晚可要陪好余哥呀。"

陈艳妮羞涩地点了点头。接着,张二江向余满良介绍起陈艳妮来。他说:"小陈可是一个才女啊,她不但英语说得好,而且歌也唱得非常动听。她在念大学的时候还获过校园'十大'歌手奖呢。"

听了张二江的介绍后,余满良像慈父般用他那肥大的熊掌拍了拍陈艳妮肩膀,说:"这么说来,小陈可是才貌双全的大美女。"

此刻,陈艳妮俏脸飞红,她柔声细语道:"谢谢领导夸奖!"

余满良"呵呵"直笑,并说:"别什么领导不领导的,你就跟张总他们那样叫我余哥就得了。别太见外吗。"

陈艳妮心想,凭他这年龄足可以当我父亲了,还要我叫他哥呢。当然想归想,她可不能那么说,毕竟她跟着张二江应酬也算是见过场面的人了,知道如何应付各种人物。于是,她娇滴滴地说:"那我以后就叫您余哥了。"

余满良笑眯眯地说:"这样叫好啊,听起来蛮顺耳的。我最不喜欢别人叫我职务了。"

陈艳妮心里暗骂:"这死色鬼还真会装,如果他下属不叫他职务,说不定他会给人家小鞋穿呢。"不过,她却说:"余哥真是一个没有什么架子、平易近人的好领导。"

"那当然,那当然。余哥是我见过的领导中最没有架子的了。"张二江连忙接茬拍起余满良的马屁来。

就在这时,酒菜已经上来,三人开始推杯换盏。

酒足饭饱后,余满良意犹未尽,要张二江安排唱歌,他说要欣赏欣赏小陈的歌喉。张二江心领神会,马上拿起电话打了那家他与余满良常光顾、名叫"海上皇宫"的俱乐部订了一间豪华包间。

到了"海上皇宫"后,陈艳妮马上就成了主角。在余满良和张二江的阵阵喝彩和叫好声中,她一首接一首地唱着她的拿手歌曲。她歌声甜美,饱含感情,让余满良听得满脸堆笑。据孟莉说,就是从这个晚上开始,陈艳妮的角色发生了巨变,从张二江的员工兼情人,变成了余满良圈养的"金丝雀",也就是我们常说的"二奶"。

那天晚上，陈艳妮在张二江的暗示和运作下，跟着余满良到了位于华侨城的一家私人会所里。在那里，余满良如探囊取物般轻易地占有了她，然后许以她财物。一单交易就这样轻描淡写中完成了。交易的双方实现了"双赢"：一个得到了渴望的金钱，一个得到了欲望的肉身。

在余满良的众多女人中，算陈艳妮最得宠，主要原因当然是陈艳妮除了有着美丽的外表，还有别的女人所不具备的聪明、睿智。这让余满良非常满意，所以他对她疼爱有加，想方设法地满足她的种种要求，不但每月给她大笔金钱，而且给她买了豪宅、名车，以及各种奢侈消费品。

"但是，最近师姐在余满良心中的地位大不如前了。因为那老色鬼又找了两个比师姐更加年轻，更加漂亮，更加聪明的女孩，这些女孩已经争了师姐的宠。听说，这老色鬼给这两个女孩各买了一套价钱不菲的豪宅，比师姐那套还贵了好几倍。这让我师姐心里很不爽。唉，女人都是消耗品，时间越长，损耗就越严重，就越来越不值钱。"孟莉不禁感叹道。她在为陈艳妮鸣不平的同时，也为自身的命运而叹息。

"但我师姐可不是好惹的，他拿来养'二奶'的那些钱都是黑钱，我师姐知道了很多，哪天惹怒了我师姐，他定没好果子吃。"孟莉阴沉沉地说。

我心中不禁一颤，忽然想起陈艳妮托我帮她查房产信息的事来。原来陈艳妮还真有一手呢，那次她要我帮她查那两个人的房产信息该不会与余满良有关吧？果真如此，我岂不成了陈艳妮的"帮凶"了？

第十九章　温泉之夜

吴老板从老刘那里接手过来的楼盘顺利复工后,就兑现了他的诺言。他邀请我和彭海博,当然还有皮光洲等人在一个周末一起去深州的附近——河源市泡温泉。吴老板给我打电话时还特别强调:"这次活动每人必须带上一个除老婆以外的女人。"看来,这是一个暧昧之旅。

但这下我可犯难了。我现在除了老婆以外的女人便只有陈艳妮与孟莉这对"姐妹花"了。而这对"姐妹花"是见不得光的,我与她们的约会尽量遮人耳目。陈艳妮多次提醒过我,不能让任何人知道我俩之间的事情。我理解她的顾虑,她所傍的男人有着很深的背景,一不小心,可能落个人财两空,鸡飞蛋打。其实我比她更加顾虑重重,我泡的可是位高权重的余满良的女人啊,万一被他发现了,围绕在他身边的那帮喽啰会放过我吗?孟莉现在已经向我彻底挂了免战牌。我好几次打电话给她,想约她出来重温旧梦,去火消热,却总是被她以各种借口搪塞了。

思来想去,实在想不出哪个姑娘可以充当我除老婆以外的女人,最后还是决定试探一下孟莉,带她出去不需要承担任何风险。

我拨通了孟莉的电话,电话那头传来孟莉有气无力的声音:"有事吗?"

这有点拒人千里的感觉。放在以前,她一接到我电话,是那样兴奋。现在倒跟我玩儿装深沉了。想到这里,我的气就不打一处来,愤愤地说:"没事我就不能给你打电话了?"

孟莉可能闻到了我话中火药味,所以,她的声音稍微柔和了点,说:"我可不是这个意思,我只是想你打电话给我肯定有什么事的。"

她这么一说,我的心倒软了下来,刚才升起来的火气被压了回去。我也轻声对她说:"也没有什么,今天不是周末了吗?我想约你出去玩一玩呗。"

还未等我告诉她到哪里去玩,她就迫不及待地打断了我:"算了吧,以后你还是少给我打电话吧。我现在不方便了。"

"不方便?来大姨妈了吗?"我其实明白她的意思,只不过想故意气一下她而已。人们常说,女人是男人的衣服,穿破了或穿旧了就该换。我想,男人又何尝不是女人的时装,穿久就过时了,奥特了,就该扔了。我现在应该算是孟莉已经扔掉的一件过了时的时装。

孟莉极不耐烦地回答我:"别胡说八道了。我现在真的不方便,希望你明白我的意思。"

明白你妹啊,不就是想跟我洗脱关系吗?实说不就得了吗?还用得着跟我拐弯抹角?想到这里,我便悻悻然地挂了她的电话。

到了约定的集合时间,我一个人打车赶到位于市体育馆的集合地点。一辆九座奔驰面包车已在那里等着了。

见了我,吴老板忙从车里钻了下来,并热情洋溢地跟我打着招呼:"冯科,你好。你好准时啊,他们几个还没到呢。"

这时,他像突然发现了什么似的,大声问道:"哎,冯科,你女朋友呢?怎么就你一个人来?"

我笑着说:"我一个人来不欢迎吗?"

吴老板忙说:"我不是这个意思。本来大家说好都要带女朋友吗。"

我说:"可我没有女朋友呀?就只好一个人来了,不会扫你们兴吧?"

吴老板满脸堆笑道:"冯科长想到哪里去了?我是说你如果没有女朋友,怎么不早跟我说呢?我可以给你介绍一个吗。我手里有大把'资源'。"

我说:"算了,一个人不就挺好吗?"

吴老板忙说:"这怎么行?出去玩没有女朋友陪伴就没意思啦。

我们这次活动可是'牛郎织女'相会啊。你怎么可以挂单呢？我得给你找一个'织女'来。"

说着，他转身向着车里招了招手："娜娜，你赶快下来一下。"

这时，我才注意到"翡翠宫"的金牌"妈咪"娜娜也在，她应该就是吴老板叫来的老婆以外的女人了。

娜娜下车见了我后，微笑着跟我打招呼："哦，原来是冯老板，你女朋友呢？"

还未等我回答，吴老板就抢着说："冯老板今天就一个人出来，你得马上给他找个女朋友来。否则，这个'牛郎'就没有'织女'跟他相会了。"接着，他问娜娜："对了，媛媛呢？"

他所指的媛媛就是黄小婧。上次，我们去"翡翠宫"玩的时候，也是娜娜把她叫来坐我的台。但之后，我就从没有跟她联系过。黄小婧在夜场里改名换姓是可以理解的。其实夜场里的"小姐"都这样，没有一个是真实姓名。

听吴老板这么一说，娜娜脸露难色："媛媛恐怕不行吧，今天正好是周末，她要陪从香港过来的老公。"

吴老板听完后，很不高兴，他说："你还没打电话，你怎么就知道她不出来呢？什么老公老婆的，不就是一对苟合男女吗？"

他这话一出，娜娜脸一下子就沉了下来，显然她对吴老板的这番话非常反感。但她不好发作，毕竟她在夜场里历经磨炼，什么场面她都见过。何况，吴老板算是她的"衣食父母"，他每个月都要在娜娜那里订好几间房，让娜娜轻而易举地完成了公司每月分配给她的订房任务，同时，又可以把她手头所操纵的那些"小姐"推销出去，并从这些"小姐"身上抽取可观的花红。凭着像吴老板这样的大客户的经常光顾，现在的娜娜已经成了她们圈子里的富婆了，据说她最近还买了台奔驰跑车。这也是娜娜之所以肯做吴老板老婆以外的女人的主要原因。此刻，只见娜娜调整了一下表情，端着职业般的微笑说："这样吧，冯老板，我另外给你介绍一个比媛媛好几倍的姐妹给你，行么？"

我还未来得及表态，吴老板就急忙说："那还不赶快给她打电话？"

我摆了摆手，说："算了，算了，我今天就想一个人出去玩，别折腾了。"

吴老板却非要娜娜给那个女孩打电话，说什么如果我一个人去会破坏这次活动的主题。娜娜便背转身去打电话。约摸两分钟后，她像完成了什么世纪大工程似的兴奋地说："我这位姐妹答应了。她马上就打车赶过来。"

吴老板很满意地拍了拍娜娜的肩膀，说："这才是名副其实的翡翠宫金牌'妈咪'，我今晚好好赏你。"说着，他捏了一下娜娜圆鼓鼓的屁股。

娜娜嫣然一笑，问吴老板："那你怎赏我？"

吴老板把她搂过来，故作神秘地说："今晚上床后你不就知道了吗？"

娜娜俏脸飞红，怪嗔地说："你好流氓耶。"

吴老板坏坏地笑道："我不流氓，你就快活不了啦。"

看着这对男女放肆地调情，我也禁不住笑了起来。

就在这时，彭海博正拉着一个高个子女孩从一辆刚停稳的出租车里钻了出来。

吴老板像见了亲爹似的忙迎了上去，指着高个子女孩说："彭老板，你女朋友好漂亮呀。"

彭海博搂着高个子女孩自豪地说："这是我女朋友阿敏。"

我也走上前跟他们打招呼。这女孩确实漂亮，除个子高挑外，胸前那两座小山也非常突出。在我看来，一个女人如果个子高，加上胸脯高，就基本上具有了美女的条件了。何况，这个阿敏的面容也非常出众，大眼睛，双眼皮，樱桃般小嘴，皮肤白嫩，十足的美女。彭海博抠女可真有一手，他身边从不缺少女人，而且大都是美艳不可方物的美女。

彭海博见只有我一人，便问："你女朋友呢？"

我笑了笑说："马上就到。"

娜娜这时也过来与彭海博打招呼，显然他们早就认识，娜娜十分讨好地说："彭老板这真是才子配佳人，你在哪里找到这么一个漂亮女朋友呀？"

彭海博嬉皮笑脸地说:"哪有你娜娜漂亮啊?"

娜娜"哈哈"地大笑起来,直笑得花枝乱颤,她说:"彭老板真会说话。我都人老珠黄了,哪能与这位小妹比呀?"

吴老板一脸坏笑地走过来搂住娜娜的腰肢说:"你可是资深美女啊,我喜欢。"

娜娜挣扎了一下,故作生气地说:"你这是夸我呢,还是损我呢?"

"当然是夸你呵。"吴老板装作严肃状。

大家都会意地笑了起来,气氛暧昧而热烈。

就在这时,娜娜的电话响了。她接通电话后,告诉对方我们的具体位置。显然,娜娜所说的姐妹要到了。我心里竟莫名其妙地紧张起来,像一个第一次相亲的青年。

不一会儿,一个熟悉的脸孔出现在我面前,我差点没晕了过去。来人竟是胡民阳的梦中情人段爱琴!难道她就是娜娜所讲的姐妹么?正在我疑惑之际,娜娜向段爱琴招了招手,说:"惠惠,赶快过来。"段爱琴此刻也看到了我,她红着脸掉头就走。

娜娜忙追上去,拉住她问:"怎么一来就想走呢?来,我介绍一个帅哥给你认识。"

段爱琴停住了脚步,满脸通红地低着头,站在原地怪怪地笑着。我大方地走上前去,对娜娜说:"不用你介绍,我们早认识了。"刚坐上车的彭海博也从车里走了下来,笑着说:"哟,原来是小段啊,啥时候你们俩偷偷好上了?真神秘呀,连我都瞒着呢。怪不得你与胡民阳两人老叫小段送外卖,原来是你在打人家小段的主意,我起初还以为是胡民阳在追小段呢。"他这话把段爱琴说得脸红耳赤,她低声跟我与彭海博打了一声招呼,接着对娜娜说:"娜姐,我还有事就不跟你们去玩了,不好意思!"

娜娜这时也似乎明白了什么,连骗带哄地对段爱琴说:"既然你们早就认识就更好了,我们一起出去玩玩,住一晚就回来。公司那边我会帮你请假的。"

彭海博不明就里,他说:"别见了我就不好意思,这有什么关系?你与冯哥拍拖其实很正常嘛。"

看着一脸尴尬的段爱琴，我大方地走过去搂着她说："小段，没事的，就一起出去玩玩。"

我这一招还很管用，段爱琴表情一下子就轻松了起来，她点了点头表示同意。

于是，我搂着她上了车。

皮光洲还没来，我们便坐在车上边闲聊着边等他。

过了约半个时辰，皮光洲终于闪亮登场。而令我目瞪口呆的是，跟在他身后的女人竟然是孟莉！这让我顿觉世道的无常与无趣。

吴老板见了他们后，忙下车相迎，并开起了玩笑："我们的男女配角怎么现在才登场啊？人家主角都演几出戏了。"

皮光洲边向吴老板解释着迟到的原因，边拥着孟莉上了车。

此刻，孟莉也看到了坐在车里的我，她双眼顿时瞪大，口张成了夸张的 O 型。显然她想不到我此刻也会在这里。她脸色微红，笑容僵硬，一副很不自在的样子。我瞥了她一眼，一时不知所措。好在她是一个老江湖，很会控制场面。大约过了三十秒的时间，她就恢复了常态，并悄无声色地与皮光洲并排坐到空着的驾驶座后面第一排的座位上。吴老板今天给大家当司机，娜娜理所当然地坐在副驾驶座上。本来吴老板要我坐在第一排，但段爱琴硬拉着我往最后一排里挤，我也只好顺从地跟着她坐到最后一排里去。彭海博先于我们上车，他与阿敏自行选择坐在中间那排位子上。

人齐后，吴老板便轻快地把车开出深州，向河源市方向进发。

在路上，吴老板成了主角，他边开着车边一个接一个地给我们讲着他从各种应酬场面听来的荤段子。

吴老板跟我们讲了一个关于上司与下属的段子后，我们都哈哈大笑起来。

彭海博感叹道："看来当领导的得防着下属啊。"

虽说说者无心，但我这个听者还是有意的，毕竟我是彭海博的下属啊。

听了这话，我的好心情突然变得糟糕起来。今天我算是走了霉运，尽遇到一些尴尬的事儿。先是段爱琴的突然出场让我多少感到不可思议。接着，孟莉与皮光洲成双成对地出现在我的视线里，更是让我感到世事难料。好在孟莉会演戏，装做不认识我，否则，今天我就不知如何收场了。而我身边的段爱琴也让我处在尴尬的境地。毕竟胡民阳狂热地追求着她，而胡民阳是我的好友，虽说他并未真正得到段爱琴的爱，并且现在的段爱琴与以前的段爱琴已有所不同，但对于可能还蒙在鼓里的胡民阳来说，段爱琴就是他的神，我怎么可以玷污好友的神呢？

约摸过了三个多小时，我们就进入了河源市。

车上，我们这群人笑成了一团。吴老板的荤段子给我们这次河源之行增添了不少暧昧气氛。

到了温泉旅游区后，吴老板把我们安排住在温泉区内的一家五星级温泉酒店里。

他一共拿了四间豪华房，当然是每对男女一间。

我接过房卡后，犹豫了起来，今晚我能跟段爱琴共居一室吗？她可是我好友胡民阳正在狂追的女人啊。于是，我走到吴老板旁边低声低说："能不能再开一间？"

吴老板不解地问："为什么呢？你不喜欢她吗？这女孩蛮不错啊，清清纯纯的，这么好的女孩子到哪找？"

我忙说："我不是嫌她不好，只是我不能跟她睡在一起。"

这时，吴老板瞪大了眼睛，像看外星人那样看着我，说："你这是怎么啦？戒色了？还是惧内呢？"

我说："都不是。"

"那你为什么不能跟她睡在一起，你怕她吃了你吗？"吴老板声音越说越大。他最终没有同意给我另外房间，他说："不是我舍不得花这个钱，而是你不能让人家小姑娘独守空房呀。"

娜娜也在旁边附和道："惠惠到我们那里上班还没到一个月呢，而且她很少出台。一般只是坐坐台，赚点坐台小费而已。你看她还多单纯啊。"

果真是金牌"妈咪"，嘴上功夫了得。她这么一说，我无言以对，便心情复杂地拉着段爱琴进入了房间。

刚放下行李，吴老板就打来电话告诉我："今晚就不安排集体活动了，大家各自行动，要去泡温泉就凭房卡进入温泉区，如果不想泡温泉,酒店三楼有一个娱乐城,吃饭玩乐一条龙,也是凭房卡消费的,你们随便消费签个名就行了,明天再统一安排活动。"

我对吴老板这样的安排很满意,因为现在我实在不想多见孟莉一面。这个声称"不方便"的女人拒绝了我的请求,原来是早已有了新欢,而这个新欢却是我的熟人、好友皮光洲。这世界真荒诞不经呀,这么凑巧的事竟然让我给碰上了,这可比中"六合彩"的几率还低呢。联想那次皮光洲在我岳父餐厅里请我们吃饭时说过的那些话,他应该早就跟孟莉好上了。怪不得孟莉对我越来越冷淡了,原来她已经找到新码头、新东家。想到这里,我一股醋意和怒火无可抑制地冒了出来。

见我有点闷闷不乐,段爱琴对我也没多加理会,她手握电视遥控器,默默地一个台接一个台地翻着电视节目,显然她也心事重重。我理解她此刻的心情,毕竟以前她在我的心眼中是单纯的、可爱的,今天她却以坐台"小姐"的身份出现在我面前。这样的反差,她也像我一样一下子无法适应。

为了打破尴尬局面,我向段爱琴建议道:"一起去泡温泉吧?"

段爱琴默默地点了点头。

于是,我们拿着房卡到了温泉区。

我先换好了泳衣在靠近更衣室门口的一个温度较低的温泉池里边泡着澡,边等段爱琴。

泡一会,段爱琴便披着浴巾走了出来。

我向她打招呼,她便走到我所泡的浴池边。除去浴衣后,她丰满娇嫩、雪白无瑕的身体呈现在我眼前,让我看得有点心猿意马,想入非非。尤其是她那双高高凸起的乳峰令我心神摇曳,心旷神怡。她下了池后,低着身子慢慢向我游来,她身上竟飘着一股水草的气味。这气味我非常熟悉,那是农村女孩子特有的气味。这气味让我不由自主地想起了我的初中同学小玲,小玲的身上就有这样的气味。

小玲是我的邻居,与我年纪相仿。她有着一张肥嘟嘟的圆脸,一双大眼睛扑闪扑闪的,煞是可爱。小的时候,小玲老爱跟着我们一群男孩子玩,掏鸟窝,捅蜂窝,下水捉蛙,下河摸虾,她都参与。那时我是村里孩子的头头,因此,孩子们都很听我话,我带领他们享受着童年的美好时光。可惜这样的时光随着我们到了入学年龄而消失。读小学时,小玲与我同班,我们一起上学,一起回家。到了初中后,我们又一起到镇里的中学上学。镇里离我们村有很远的路程,村里好多小孩因为嫌路远而陆续辍学而回家务农。只有我与小玲坚持到了最后。那时,我与小玲每天早早就从村里出发,我骑着自行车载着小玲,一路欢快地去学校。放学后,我又驮着小玲在夜幕降临的时候回到了家。那时,我们两人这样的景象也成了村里的一道风景。好多人都非常羡慕我们俩,村里有好事的老人甚至早早地给我们双方父母说了媒。但都遭到了我们的反对,我们一致认为一定要以学业为重,争取考上大学才考虑这个问题。但随着年龄的增长,青春期的躁动如期而至,我的喉结渐渐突起,小玲的胸部也渐渐隆起。她坐在我自行车后座时那两个柔软的肉团总是随着山路的颠簸而不经意地碰击着我的后背。用张真的歌来说,就是"我被青春撞了一下腰",让我对她有了异样的感觉。她也总是用异样的眼光看着我。青春让我们眼里泛着春光,心里荡起漪涟。不过,那时我们都羞于启口,只是默默地注视着对方。每天依然一起骑着自行车上学、放学。

直到初中毕业的前夕,我们的关系才有了突破性的进展。那是临毕业的时候,学校组织我们到县城里去照毕业照。照完毕业照后,老师宣布大家自由活动。我与小玲都是第一次进城,对城里的一切都颇感陌生与新奇,我们两人像快乐的小鸟一样在县城的街道上蹦蹦跳跳地左看看右瞧瞧,累了就每人买一根冰棍"哈哧哈哧"地吸着,很是惬意。当我们进入县城的百货商场,看到琳琅满目的商品之时,小玲突然停住了脚步,双眼扑闪扑闪地对我说:"标哥,我们一定要努力学习,将来考上大学好留在城里生活。"刚说完,她就满脸通红,傻傻地看着我,像是在向我宣告什么,又像是在等我给她一个肯定回答。这时,我竟情不自禁地拉起她细嫩柔软的小手,动情地说:"好啊,让我们一起努力吧!"她羞涩地低着头默默地让我拉着她的手走在陌生的街头,我们谁都不再说什么,就这样默默地在街上走了一程又一程。直到黄昏,我们才依依不舍地离开县城赶回村里。

自此后,我们彼此就多了份牵挂。只可惜,后来我考上了大学,小玲却因家庭变故只读到高一就被迫辍学回家种田,她留在城里生活的梦想也随之破灭了。

"哟,你们也在这里呢。"

正当我陶醉在水草气味之际,皮光洲与孟莉突然出现在我面前。孟莉穿着比基尼泳衣,脸色桃红,如出水芙蓉,那是我非常熟悉的身体。皮光洲也满脸通红,看来他们已泡了一定时间的温泉,温度使他们两人身体云蒸霞蔚,像刚出锅的白灼九节虾。皮光洲搂着孟莉的腰肢一脸幸福地与我搭起腔。孟莉也像初次与我认识似的站在一旁,脸上端着高深莫测的笑容。

此刻,我也只好装傻,说道:"皮总,你女朋友蛮漂亮的吗。"

皮光洲脸挂玫瑰地回应我:"那当然,不漂亮怎么能做我女朋友呀?你女朋友也蛮不错嘛。"

我看了一下孟莉,故意说:"还是与你的女朋友存在一定距离啊,只不过两人相比,一个成熟点,一个单纯点。"

孟莉听出我的话里有话,忙接过茬,阴阳怪气地说:"是呀,你的那位好单纯啊,冯总你这是老牛吃嫩草。"说着狠狠地瞪了我一眼。

当然皮光州与段小琴都不知道我们之间的关系,也看不出我们两人正在唱戏,他们都在旁边看热闹似的"嘿嘿"笑着。

皮光洲建议说:"我们谁都不跟谁比了,一起去吃饭吧。"

我当然不会同意,忙找借口道:"我与小段刚进池,我们还要泡一会儿呢,你们去吧,我们就不做你们的电灯泡了。"

皮光洲也不再坚持,说:"那你们好好泡吧,我们走了。"说着,搂着孟莉走了。

我与段爱琴在温泉里泡了大约两个小时后,都觉得有点饿了。于是,我们起身洗澡,换好衣服后,直接到吴老板所说的娱乐城里的一家中餐厅去吃饭。

吃完饭,回到房间,已经是夜里十二点了。该是睡觉的时间了。

我一下子又为难起来。吴老板给我们开的都是豪华夫妻房,每间房间只有一张大床。今晚我能与段爱琴共枕同眠吗?

段爱琴似乎看出了我的心思,她说:"冯哥,你去睡吧。我今晚就不睡了,房间里正好有电脑,我可以上Q或玩游戏。自从到了'翡翠宫'上班后,我就已经习惯昼夜颠倒的生活方式了。现在我夜里一般不想睡觉。"

我忙说:"这怎么行呢?你现在是出来玩,而不是在上班呀。"

段爱琴淡淡地说:"对于你们来说是出来玩,但对于我来说这也是在上班。"

我不解地问:"我们这明明是出来玩,你怎么说是在上班呢?"

段爱琴沉默了一会,然后说:"冯哥,本来我不打算跟你说出实情,但看在我们以前认识的情分上,我还是跟你实话实说吧。昨天我来这里之前,娜姐给我打电话,说是要我出来陪一个老板到外面玩。我本来是不同意的,因为我在'翡翠宫'上班,一般只是陪客人喝喝酒、唱唱歌,很少跟客人出台。但娜姐在电话里说是要我来救场,非常紧急。娜姐是我的'妈咪',她平时很关照我,经常优先安排我上钟。遇到有客人刁难我,或者是欺负我,她都会出面帮我解围。在夜场里做'小姐',都希望'妈咪'罩着,这样,不但可以少受气,而且上钟的机会也会比别的'小姐'多,因而赚的钱也会比别的'小姐'多。"

段爱琴顿了顿,继续说:"正是因为如此,我才同意出来陪客人,娜姐有难,我没有不帮她的道理。可我怎么也想不到,娜姐所说的老板原来就是你。这也太巧了吧。"

"是不是有点失望?"我问段爱琴。

"怎么会呢?"段爱琴笑了笑说:"我们这些做'小姐'的,陪谁不陪谁,之前不可预知,也没有选择的权利,只有客人选我们,我们没有权利选客人。每次上钟前,我们都是怀着复杂的心情像肉菜市场装在笼子里的家禽一样,由'妈咪'领到客人面前,任由客人挑选的。但昨天见到你时,我倒是吓了一跳。虽然我当时有一走了之的想法,但我最终没有走。这除了刚才我说的原因外,其实还有一个更重要的原因。"

"是什么原因那么重要啊?"我迫不及待地问。

"因为我需要钱。娜姐在电话里对我说,有个老板愿意出一万块钱要我陪他出去玩。对于我来说,这可是一不笔不小的收入啊!"我知道,这一万块钱肯定是吴老板替我出了。

"你平时如果多出几次台不就有了更多的收入了吗?"我问。

"确实是这样。其实我很矛盾,一方面想多赚钱,另一方面又怕出台。干我们这一行,只有跟客人出台,钱才来得快,赚得多。我怕出台并不是顾忌什么,在夜场做小姐就没有什么好顾忌了。我主要是受不了一些变态男人的折磨。以前我出过几次台,这些男人认为我们这些'小姐'是他们花钱雇来的发泄工具,便总是尽情地、变着花样地折磨我们。而且这些男人都很抠门,总是希望少花钱多办事。有一次,我陪一个台湾老板过夜,我以为他一个已经七十多岁的人了,根本没有力气折腾了。谁知,那一夜我被他折磨得要死,他一夜就要了三次,而且每次约有个把钟头,比年轻人还厉害呢。后来,他告诉我他吃了'伟哥'。"

"你难道不怕今天也会遇到一个变态佬吗?"

"来之前,娜姐已经在电话里告诉我了。"

"告诉你什么?"

"她说这个老板很斯文,保证不会虐待你。"

"而事实呢?"我故意问道。

"事实更加让我放心了。"段爱琴吃吃地笑了起来。

"凭什么你就对我放心啊?说不定我比谁都变本加厉呢。"

"就凭我们之前认识的分上,你不会对我怎样的。何况你还是胡哥的好朋友。"

我本不想在这个时候提起胡民阳,主要是怕段爱琴尴尬。想不到她主动提及胡民阳,我便问她:"你与胡民阳现在怎样了?"

"没怎样。"段爱琴淡淡地说。

"他很喜欢你。"我说。

"这个我知道。"段爱琴还是淡淡的语气。

"你不喜欢他?"我问。

"喜欢又能怎样?我能接受他吗?"段爱琴突然有点激动,她这话像是对我说,又像是对她自己说。

"既然你也喜欢他,为什么就不能接受他呢?"

"唉……"段爱琴这时长长地吁了一口气后,然后突然沉默了起来。她呆呆地低着头,我发现她眼眶有泪珠在打转。

"发生什么了?能告诉我吗?"我关切地问。

在我再三追问下，段爱琴给我讲了她不堪回首的一段遭遇。

段爱琴十六岁刚初中毕业就跟着她表姐到深州来打工。由于没有什么文化，她的打工之路非常艰辛。先是在深州关外的一家塑料厂做杂工，因受不了无日无夜的加班和老板的苛刻，她一气之下炒了老板的鱿鱼。

后来，在表姐的帮忙下，她进入了福建沙县小吃店当服务员。谁料，她进入这间餐厅不久，便遭遇厄运。在一天晚上，餐厅打烊后，老板要她留了下来帮忙结账。谁知，其他服务员一走，老板便把餐厅的铁卷门一拉，把她给强奸了。一个少女的贞操就这样被无情夺走。这让段爱琴痛不欲生，几次想一死了之。但想到年迈的父母，她最终没有干出傻事来。

"你就不想去告他吗？"我惊讶地问。

"我一个农村女孩，遇到这样的事，也不知该怎么办，只是一味地哭。"说到这里，段爱琴啜泣起来。她说："他强暴我后，哄我说他很喜欢我，叫我做她女朋友，并向我保证今后一定会娶我。当时我一点主意都没有，就这样糊糊涂涂地原谅了他，答应了他。"

"也就是说，你一直跟你老板在拍拖，所以就拒绝胡民阳？"我打岔道。

"是，又不完全是。"段爱琴擦了擦眼泪，恢复了平静。她说："说实话，这个老板对我还是比较好的，我也渐渐地喜欢上了他，我憧憬着在不久的将来，我与他结婚生子，过上平常人的生活。可是，就在上个月，我的梦被无情地打碎了。"

"咋啦？"我疑惑地问。

犹豫了一阵后，段爱琴说："一切都因为一个女人的出现。就在上个月，我刚刚为他堕胎不久，一个自称他老婆的女人来找他。直到这个时候，我才知道，原来他在福建老家早就结婚了，并已经有了两个小孩。他一直瞒着我。她老婆来深州的第二天就从其他服务员口里知道了我们的事，他老婆找到我后便破口大骂，说我是狐狸精勾引了她的男人，并狠狠地打了我一巴掌。当时，他就站在旁边一句话也没说，连劝一下他老婆都没有。我彻底对这个男人失望了。第二天，我连工资都没结就离开了那个令我伤心的地方。"

"怪不得我们好久都见不到你了，胡民阳还向你的工友打听过你呢。你与你老板之间的事，胡民阳知道吗？"

"他怎么可能知道？胡哥是个好人，我知道他很喜欢我，但就算我没有跟老板拍拖，我也不会接受他的这份爱。"

"为什么呢？"段爱琴越来越让我迷惑了。

段爱琴说："因为我们之间的差距太大了，他是一个大学生，而我只是个初中生，两人在一起肯定不会幸福的。说句真心话，我对他并不是一点感觉都没有。当得知道他为我专门开了博客并在博客里为我写诗后，我很感动。后来我叫一位工友教会了我上网，有段时间，我一有空就偷偷溜进餐厅附近的网吧上网，为的就是上他的博客读他为我写的诗歌。我没有什么文化，读不懂他的诗歌，但是，他的那份情谊我还是感觉得出来的。其实，我上他的博客，从来没有告诉过他，怕他误解了我的意思。"

"你是个聪明的女孩。"我不禁夸道。

她笑了笑，说："聪明什么啊？要是聪明就没有现在这么惨了。"

"你现在究竟怎样啦？"我关切地问。

"你都知道了，我现在在夜总会当'小姐'，靠卖笑和肉体赚钱过日子啊。"她讪讪地说。

"这不也是一种职业吗？职业是不分贵贱的啊。"我说。

"冯哥，你就不要安慰我了。干我们这一行，连我们自己都看不起自己，还有谁能看得起我们呢？"段爱琴看了看我，接着说："你可能会问我，为什么要选择干这一行。我告诉你吧，我到夜场做'小姐'也是逼不得已的事。离开那个男人后，我一下子就没有了经济来源。对我来说，一没文化，二没技术，要在深州生存下去是一件非常不容易的事。我原本也打算找份正当的工作干一干。谁知道，找工作过程中，我处处碰壁。好不容易遇到一个意愿接受我的公司，但公司老板却以色迷迷的眼光盯着我看，我知道他心里在想什么，我当然不会再上这些老板的当了。后来，我就想，一个女人要体体面面地在深州活着实在太不容易了。与其被动地接受男人的摆弄，不如自己主动去卖弄自己。就这样，在一个同乡姐妹的介绍下，我进入了'翡翠宫'当起了'三陪小姐'。"

听了段爱琴的这番话，我欷歔不已。

在与段爱琴的闲聊中，我突然想起了坊间流传关于"翡翠宫"里的"小姐"都有大专以上文凭的说法，便疑惑地问段爱琴："你一个初中文化的怎么可能进入'翡翠宫'呢？"

我这一问，段爱琴哈哈地大笑起来，说："你是不是想说，我们那里'小姐'都是大专以上文凭，我只有初中文化怎么可以进去的吧？"

我点了点头。

段爱琴又笑了笑，说："原来你们这些男人也有弱智的时候啊。你想想，我们那里的'小姐'有上千个，而且每过一段时间就要淘汰一批，怎么可能有那么多大专以上文凭的女孩来做'小姐'这一行呢？那只不过是我们公司对外宣传的一个噱头罢了，为的是招引客人进来消费。所以，我们这些'小姐'进入公司培训时，都要求必须学会说自己是某某大学毕业，甚至读什么专业都教会我们去说。为了防止客人的刨根问底，一般都说自己是在大学里读的是文秘专业。据说，文秘是最不专业的专业，比较好糊弄客人。但并不是说，我们那里一个大学生都没有。确实也有一些大学生来深州找不到工作后，会到我们这里来当'小姐'。不过，这些人因为素质高，一般会讨客人喜欢，她们的小费和出台费也会比我们这些文化低的'小姐'高好多，有的赚到一定数额的钱后便洗手不干去找正规工作了，有的被那些大老板看中后，去做'二奶'了。也就是说，那些所谓的大专生十有八九是山寨版的冒牌货。"

听了段爱琴这番话，我不禁感叹：原来"假冒伪劣"真是无所不在啊！在虚情假意的风月场所更是登峰造极，看来我们这些经常涉足风月场所的寻欢者都是甘心情愿被骗呀。

与段爱琴聊着聊着，我的双眼不自禁地跳起了恰恰舞，困得不行，我便跟段爱琴打个招呼倒头就睡着了。

不知过了多久，我迷迷糊糊地醒来，看到段爱琴正趴在电脑台上睡着了，心中不禁有几分感动。这孩子虽然沦落风尘，但尚未惹尘埃。想到这里，我竟生出爱怜来，起身把她抱到了床上。她此刻也被我弄醒了，眼睛微睁了一下后又合上了，并轻声地叫了一声"冯哥"。

她不叫不打紧，这一叫却把我心中的欲火点燃了，我全身马上酥软起来，情不自禁地把她搂进了怀里……

事后，我忽然想起，现在的段爱琴是靠出卖肉体为生的，我现在只不过是她的一个客户而已。我总不能吃"霸王餐"啊。于是，我掏出一叠钱塞给了她。

谁知，段爱琴瞪大眼睛怔怔地看着我，说什么都不肯收下我的钱。

我说："我的钱不脏。"

她说："你给了我后就脏了。"

听到这话，我竟吃吃地笑了起来，笑得有点苦涩。

第二十章 造人计划

最近,老婆卓秀娴老爱跟我唠叨,基本上是嫌我有"三少":回家吃饭少、跟她亲热少、跟她说话少。

我得承认,以上都是事实。回家吃饭少是因为深州的违章建筑多,请我们吃饭的人也就多了。跟她亲热少是因为她的身体提不起我的兴趣,自然跟她就少了。跟她说话少主要是我们两人确实没有共同语言,她普通话不顺溜,我粤语也有障碍,两人交流基本上是鸡同鸭讲,她说她的粤语,我说我的普通话,反正我们基本上能听懂对方的意思。更重要的是我们两人的文化程度相差太大,无法找到共同的话题,话不投机。为此,她非常苦恼,还专门打电话到深州广播电台的"夜空不寂寞"节目里诉苦。主持人胡小梅听了她的倾诉后,给她出了一个招:生小孩。胡小梅侃侃而谈:"你们有了小孩后,你们的心思就会放在孩子的身上,这样,自然就会找到共同语言了。"也就是说,孩子才是我们的共同语言。

卓秀娴听了主持人这番话后如梦初醒,谢过主持人后,接着就开始了她的造人计划。

一天晚上,她躺在床上娇滴滴地对我说:"老公,我们生过个小孩吧。"

我瞪大眼睛看着她说:"怎么突然想到这个问题了呢?可是我现在还不想要小孩,我事业还刚刚起步呢。"

卓秀娴呆头呆脑地说:"这是电台主持人胡小梅教我的,我觉得有道理。再说,我们都不小了,我爸妈都等着抱孙子呢。"

"那要生你自己生去,反正我现在还不想生。"我瓮声瓮气地说。

"你不跟我生,我能跟谁生啊?"卓秀娴身体有点发颤,显然是我的话刺激了她。

"你要跟谁生就找谁去。反正我现在还不想生。"我说完倒头便睡。

"你这话都能说得出口,亏你还是大学生,是读过书的人呢。"说着,卓秀娴便"嘤嘤嗡嗡"地哭了起来,哭得天崩地裂,梨花带雨。

我也觉得刚才说的话是有点过火了,忙起身哄她,施以爱怜,并主动要求与她亲热。这招非常管用,她旋即破涕为笑,与我畅快淋漓地尽鱼水之欢。其实,女人是很容易哄的,也很容易满足的。

这之后,岳父卓金成专门主持召开了一次家庭扩大会议。与会成员有:岳父、岳母、小舅子、卓秀娴及我,共五人。会议中心话题正是关于我与卓秀娴生小孩事项。看来,卓秀娴说不动我,便发动她的家人来做我的思想工作了。

先是会议主持人卓金成发言:"今天把大家召集在一起没有别的意思,主要是说一下关于娴娴生小孩的事。我觉得,他们两人老大不小了,也该要个小孩了。我们卓家现在什么都不缺,就是缺人。按我们中国人传统讲,人丁兴旺才是福。可我们这个家庭有点冷清,老大现在已定居国外算是外国人了,老三还没结婚。当时要阿标倒插门也就是图个人气。"说到这里,岳父顿了顿,看了我一眼,继续说:"阿标,你跟娴娴结婚也已经有三年多了,也应该要个小孩了,再不生别人就笑话了。你还是收收心,不能老在外面混,别让我们娴娴受气。"

岳父这话一出,我背后立马冒出了一股冷汗。看来,岳父对我在外面拈花惹草有所耳闻!这不奇怪,他与彭海博关系非同一般,两人经常在一起吃饭、打牌、泡澡、抠女。尽管彭海博也是我好朋友,但保不齐他会在我岳父面前参我一本,把我的一些不良表现有意或无意地向我岳父透露了。即使岳父知道我的一些劣行,但他肯定也不好发作,因为他也不是什么好鸟,在外面包养着好几个女人,害得我岳母守了不知多少年的活寡,现在只能靠吃斋拜佛来打发心中的郁闷。

这时,一直闷头闷脑的小舅子听了他父亲的话后,狠狠地瞪了我一眼,意味深长地"哼"了一声。我如被电击般全身抖了一下。小舅子可是西丽一霸、有名的狠角儿啊。如果说岳父因为自身有屎不好对我的劣行指手画脚的话，那么，小舅子就绝不会容忍我这个姐夫对他姐有什么冒犯。所以，谁都可以不用防，但小舅子必须防。

岳父说完后，一直以来都很少说话的岳母像一下子翻身做了主人一样唠叨了起来："你们两人确实是应该要个小孩了，我与你爸都一把年龄了，你们再不生，我们怕是没有福气抱孙子了。"说着，"唉"地叹了一口气。

"妈，你乱说什么？你跟我爸身体好着呢。你们都能长命百岁。"不得不承认，卓秀娴是个孝女，平时她跟我说话不顺溜，但跟她家里人可会说话了。这不，她今天这番话就非常受用呢。说真的，在这个家，我也是对岳母最尊重，最爱她。这除了岳母平时对我最好外，其中的一个原因是，岳母是这个家庭里的弱势群体。所以，不为别的，就是为着岳母，我与卓秀娴确实应该要一个小孩了。

会议最后议定：我与卓秀娴从今天开始必须实施造人计划。

我只能无条件地接受这个家庭会议的决定。谁叫我寄人篱下，又觊觎着人家的成亿家产呢？

打此后，我开始"封山育林"。所谓封山，也就是戒烟戒酒，以提高精子的质量。好在我平时不怎么抽烟，对酒也不是非常喜好，只在应酬场面上喝一点而已。所以，戒烟戒酒对我来说，不难做到。我也很配合地推掉外面的应酬，一下班便回家吃饭，然后就早早上床与卓秀娴实施"造人工程"。可我们忙乎了好长的一段时间后，卓秀娴依然不见动静，月事照样如期而至。

究竟是谁出了问题呢？带着疑问，我们来到了武警医院生殖科。

经医生一检查，原来问题既然出在我身上！

医生说我精子成活率低，所以，很难怀上小孩。怪不得我与孟莉、陈艳妮她们几个做爱从来不使用任何避孕措施也未见她们怀上我的骨肉。我还以为是她们私下采取了避孕措施，原来是我出了问题。这可是大问题啊，在我们中国，不孝有三，无后为大。如再不重视这个问题，以后断了香火可将遗憾终生了！

医院给我开了好几帖中药，嘱我每天服用，以调理为主。岳父知道后，也吩咐他酒楼的大厨给我开小灶，在他的"壮阳"系列汤里加料加量。我喝了几天后就受不了了，几乎天天都流一次鼻血，全身燥热难耐。

看来单靠卓秀娴一人是泻不了我身上的内火了，我得到外面找人"灭火"去。

找谁呢？这可令我犯难了。

孟莉已彻底被 OUT 出局了。那次她在河源温泉与皮光洲卿卿我我，一副沉浸在幸福之中的小女子模样，很有可能两人将会修成正果，我就没有再跟她私会的道理了，朋友妻不可欺嘛。陈艳妮最近好像也不太方便，说话总是躲躲闪闪，甚至有时电话刚打通就被她无情掐断，这里面肯定出了问题，是什么问题？我一下子也没有心思去了解。想起孟莉曾经提醒过我的话，当前还是与她少点接触为好，免得惹火烧身。

经过一番筛选，我最后把目标锁定段爱琴。

那夜，我在河源把段爱琴生吞活剥后，一股异样的快感洋溢心间，使我欲罢不能。毕竟她也是刚身陷风尘，根底还未被污染。所以，当我进入她的身体后，她轻微的呻吟显然不是装出来的，确实是有了快感她就喊。不像那些风月场所里的老油条，你还没抽动几下，她就开始一脸痛苦地哼哼哈哈起来。实际上，这些女子对男女之事早就麻木了。叫床，只不过是职业需要。

从河源回来后，我与段爱琴就没有联系过。在段爱琴看来，她那天陪我是在工作，回到深州后也就意味着她的工作已经圆满结束，没必要与我藕断丝连。而在我看来，段爱琴已身在凡尘，不再是沙县小吃店的那个段爱琴了，我没有必要再与她瓜田李下。最要紧的是，段爱琴是我好友胡民阳苦苦追求的对象，虽未得手，但胡民阳已把她视为己有。我也吃不准，跟好友所喜欢的女人做爱算不算背叛朋友呢？那夜，我在段爱琴的身上发泄完后，心里骤然空落落起来，一种负罪感油然而生，快感过后便是郁闷。段爱琴像看透了我的心思说："冯哥，我知道你心里在想什么，你可是一个真君子。但是，你误解我与胡哥的关系了。我们只是一般朋友。"我摸了摸她因兴奋而变得红扑扑的脸说："但你也知道，他一直把你当成他女朋友看待。"

段爱琴笑了笑说："这仅仅是他一厢情愿而已，我可不承认啊。"

听段爱琴这么一说,我心里稍为好受了一点。我当天夜里又与她做了好几次,而且次次都能高潮迭起,达到顶峰。

但是,自从河源回来后,每次看到胡民阳,我心里总有一种愧疚感,不敢正眼看他。再怎么说,我毕竟还是睡了他苦恋的女人啊。

"冯哥,你这是咋啦?眼睛有问题吗?"胡民阳见我对他躲躲闪闪,便关切地问我。

"没有啊?我有什么不妥吗?"我假装镇定。

"好像有点不对劲啊?你以前眼睛可不是这样看人的啊。"胡民阳走近我,盯着我眼睛看了看,像一个老中医。

"哦,这几天我老睡不好,所以,眼睛有点涩。没事,等下滴滴眼药水就好了。"我不能把去河源泡温泉之事跟他说了,免得伤他的心。

"冯哥,你这几天睡不好吗?我也是呢,不知咋搞的,最近我老失眠。"胡民阳讷讷地说道。

我心里暗说,你不失眠才怪呢。你心上人不但失踪了,而且被你的好朋友睡了。我却安慰他说:"我知道你为什么失眠,你要看开点,人家躲着你证明她根本不喜欢你,你总不能吊在一棵树上死吧?"

"冯哥,这个道理我也懂,我就是无法说服自己。我一想起她,心里就会怪怪地疼。我知道我喜欢她已经到了无可救药的地步了。"

"你这是一厢情愿,不可能有什么结果的。醒醒吧,兄弟。"

从与段爱琴交流过程中,我确实感觉到,这两个人是两条平行线,应该不会交叉到一起去。但是,这仅是我个人的想法。最终结果证明我这一想法是错误的,他们两人最后还是交叉到一起去了。

"是的,我也知道,我们之间不可能有任何结果。尤其是我了解到她现在去当坐台'小姐'后,我更加深信了这一点。但我就是贱,连这样的女人也放不下。"胡民阳说到这里时因为激动,声音变得嘶哑。我明显看到他的眼睛有泪珠在眼眶里打转。唉,多情的人儿啊,这又何必呢?

听了胡民阳的哀叹,我先是一怔,原来这家伙早就知道段爱琴的最新动向了。我故作惊讶地问:"怎么?你刚才说什么坐台'小姐'啦?"

胡民阳先是"唉"地叹了一声,接着说:"上个月她突然失踪后,我非常着急,去沙县小吃店打听她的消息。她的老板和工友都用怪怪的眼神看我,谁都不肯告诉我她的任何消息。她老板还斥骂我,说是我拐走了段爱琴。我当时就气得跟他吵了起来,要不是几个工人拦着,我就与他干起来了。这老板也真是白痴一个,他员工失踪了,就赖在我身上。我不也是到处找她吗?"胡民阳喝了一口水,继续说:"还是老板娘好人。一天中午你不在,老板娘跑到我们办公室神秘兮兮地递给我一张纸条。我打开纸条,只见上面写着:你去一个叫'翡翠宫'的地方就能找到你要找的人。"

"于是,你就按照纸条所说找到了小段吗?"我问。

"是的。当时,我拿到纸条后将信将疑地找到了'翡翠宫'。我起初以为她在那里当服务员,可几经打听,没有人知道有段爱琴这个人。后来,一个大姐提醒我,叫我晚上在他们公司后门的员工通道等,也许会找到我想找的人。我便按照这位大姐的指点在那里守了足足三个晚上后,我终于看到了她。"说到这里,胡民阳又停了下来喝了一口水,"但我差点认不出她来了,这哪里是沙县小吃店的段爱琴啊?简直就是一只澳洲考拉,她化的是什么妆,我看不懂,但是,她那涂着深灰色的眼影给我印象深刻,像是被烟熏过似的,夸张的黑色指甲,闪光的大圈耳环,一身低胸的黑色连衣裙。你知道,以前的段爱琴是从来不化妆的,完全原生态,浑然天成,我当初正是喜欢她的自然、淳朴啊。"

"是不是见了她后有点失望?"我问胡民阳。

"确实有一点。所以,当时我就不想贸然出现在她面前,免得大家都尴尬。所以,我只能目送着她消失在这暧昧的夜里。"胡民阳悻悻地说。

"诗人,别再酸了。认命吧,你们注定是没有结果的。"我必须打击他,其实从河源之行起,我就不希望胡民阳与段爱琴有任何瓜葛。不是因为我睡过段爱琴,而是因为觉得胡民阳这样做确实不值得。

我把段爱琴锁定为泻火目标后便心安理得地拨通了她的电话。

"冯哥,找我有事吗?"段爱琴语气里带着欣喜。

"也没什么事,就是想约你出来坐一坐。不知道你是否方便?"大凡有偷情经验的人,都明白这时的"坐坐"就是"做做"。而"方便"有多层含义,一是有空,二是没有别的男人在身边,三是经期还没到。

"冯哥难得约我,我当然有时间啦。"第一次听到段爱琴发嗲,我还不太习惯,所以,满身鸡皮疙瘩倏然而起。

"那好,我开车去接你。你把你住址发给我吧。"

"好吧。"段爱琴甜甜地答道。

不一会儿,段爱琴便把她的住址发了过来。原来她就住在向西村,有人把这个村戏称为"小姐村",因这个村处在深州罗湖区的繁华地段,K厅、迪厅、酒吧、夜总会、桑拿、水疗会等各种各样的夜场云集在这里。为方便做事,夜场的"小姐"们就近而居,向西村自然就成了她们的首选。

我开车来到向西村,接上段爱琴便直奔位于市郊的一家叫"维纳斯"的酒店。这一次,段爱琴躺在酒店的席梦思里,令我相当泻火。我们激战了三个回合,才肯休战。

可能是因为太累了,这一夜回家后我倒头便睡。迷迷糊糊中,只见岳父一脸慈祥、满脸欢喜地把一张纸递给我,并对我说:"阿标,你为我们卓家添了一个外孙子,我终于放心了。现在我决定把家里的部分财产赠送给你和阿娴,你现在在这份赠予书上签上你的名,你就可以成亿万富翁了。希望今后你要跟阿娴好好过日子。"我兴奋异常,接过纸的手颤抖不止,但手中的笔怎么也握不住,我拼命地想稳住手中的笔,但笔像中了邪般左斜右拐,不听使唤。我心里焦急地抓呀抓,忽然,一阵风吹来,纸从我的手中飞走了,并从敞开的窗户飞了出去,我慌忙跑到窗户边想抓住那张纸,但好像有个人突然狠狠地推了我一下,我不断地往下坠,就要着地的一霎,我分明看到小舅子站在窗台上向我狰狞地哈哈大笑,我惊慌失措地大喊着"救命!"……

"老公,老公,你怎么啦?"听到老婆卓秀娴在叫我,我艰难地睁开眼一看,老婆卓秀娴正吃惊地看着我:"是不是又做噩梦了?"

我点了点头,等回过神后,才发现全身湿透了。原来做梦也得花力气啊。

"几点了?"我问帮我拭汗的卓秀娴。

"快九点了，起来吧。老爸叫我们一起去喝早茶呢。"

"噢，好。你先起吧，我眯一会马上就起。"

卓秀娴乖乖地下床洗漱去了，我一个人躺在被窝里回味着刚才的梦。入赘卓家后，我就做过好几次类似的梦，有时是笑醒，有时是惊醒。日有所思，夜有所梦啊。当初我肯放下身段入赘卓家，不就是冲着卓家的财产而来么？但是，我与卓秀娴结婚后，除了岳父把一栋九层高的楼房给我和卓秀娴居住及出租，以及给我们买了一辆三十多万元的皇冠轿车外，其余的岳父一概不提，这与我一亿的目标还相去很远。千万别以为我这个人贪婪。在深州，一个亿算不了什么，拥有一亿身家的人在深州街头一抓就是一大把。何况，岳父是当地的村长、土皇帝。我初步估算，他拥有的身价不下五个亿。我一个大学本科生，放下身段娶他一个初中毕业的女儿，又心甘情愿地入赘到卓家，难道不应该得到他五分之一的财产吗？当时岳父向我提亲的时候就暗示过我，他说，他一共只有三个小孩，两男一女，我一视同仁。到时我两个老人不在了，家里的财产分做三份，卓秀娴占有一份。这正是让我最终决定娶卓秀娴并入赘卓家的重要原因。眼看岳父岳母年事渐高，我越来越焦急地想知道卓家今后的财产继承方案。但我不能直说，只能旁敲侧击地提醒卓秀娴。卓秀娴也深知我们之间结合的基础所在，如果拿不到预期的继承财产，她将有可能失去我，失去婚姻。所以，不用我重锤敲击，卓秀娴也会主动跟她父亲提财产继承这个事的。

岳父也是个明白人，他见宝贝女儿不断在他面前提财产继承问题，有一次干脆抽空召开了家庭扩大会议。与会人员依然是岳父、岳母、小舅子、卓秀娴和我。远在美国的大舅子永远缺席这样的家庭会议。但每次家庭会议，他都会打回越洋电话，对会议结果表示热切关注。岳父自然也会维护着他的权益。我认为，岳父这样做是非常公正、公平、公道的。既不轻女重男，也不欺外攘内。

这次扩大会议大致结论是：财产还是按原计划分成三份。但什么时候分，得看我和卓秀娴什么时候生小孩，快生快分，迟生迟分。

我本想说，万一我们还没生小孩你们两老就提前去世了，那这财产岂不是分不成了？我对岳父这次会议把我们生小孩与分家产绑捆在一起心存不爽，但也不敢多说什么。毕竟他没有说，如果我们没有生小孩他就不分财产给我们。我的这个亿万富翁的梦还得继续做下去。

然而，小舅子对这个财产继承方案似乎有看法，心里很是不服。会议结束后，他嘟囔地说着，姐是嫁出去的人，她凭什么也分与我和大哥一样的财产？说完还狠狠地瞪我一眼，使得我全身起鸡皮疙瘩，身上的冷汗一股脑儿地冒了出来。

我是天不怕地不怕，就怕小舅子让我起鸡皮疙瘩。我一起鸡皮疙瘩当晚就会做噩梦。想来今晨这个噩梦正是小舅子给造成的。

我起床收拾停当后，就跟着卓秀娴下了楼来准备跟岳父他们去喝早茶。

岳父与岳母已在楼下等着，但没见小舅子。岳父骂骂咧咧地打着电话去催他。不一会，小舅子睡眼惺忪地出现在我们面前。

我们上了岳父新买来的陆虎越野车，我当司机。

就在我发动汽车引擎准备呼啸而去的时候，一辆白色宝马车"刷"地横挡在我的车前。

正当我们一车人错愕之际，只见一个披头散发的妇女从驾驶室里冲了出来。

我定神一看，这不正是经常陪岳父左右、被岳父亲昵地叫做"猫咪"的潘小红么？潘小红怒气冲冲地向我们的车走来，然后张开双臂螳臂挡车般地挡在车前。岳父正安坐在副驾驶室，见此景，他忙黑着脸走下了车。岳父走到"猫咪"面前低声说了几句，然后试图拉开挡在车前的"猫咪"。但此时的"猫咪"已不是彼时的"猫咪"，她伸手扯着岳父的衣领，咄咄逼人地对岳父喊着："姓卓的，今天我就要你讲清楚，这两个小孩今后怎么办？你还管不管？大人不管也就算了，你现在连小孩也不管了，你还有没有良心？"

可能岳父也自觉理亏，他没了平时的霸道，只是低声地说："你能不能不在这里闹？我们找个地方好好谈一谈。"

岳母见这架势似乎明白了什么，她一声不吭地下了车，然后默默地回到屋里去了，好像眼前发生的一切跟她无关。

"猫咪"不依不饶，她抽抽噎噎地哭诉着："我跟着你十多年了，给你生了两个又白又胖的儿子，没有功劳也有苦劳。前几年你还口口声声地说一定要跟你那个黄脸婆离婚娶我,但我也理解你的难处,你不娶我也就算了,我也没有强求你。谁知,你把我玩腻后又去找那帮小狐狸精玩,就把我母子三个忘得一干二净,现在竟连生活费都不给我们了。你安的是什么心?"

听着"猫咪"的斥责,岳父的脸色越来越难看了,刚才还算平静的他,突然像受了刺激的狮子般怒吼起来:"我丢你老母,我对你还不够好吗?你现在住的别墅和开的宝马是谁给你的啊?你一个捞妹(广东话,北方女孩的意思),当初如果不是我帮你,你现在还是一个'鸡婆'呢。"

彭海博曾经跟我说过,"猫咪"以前是在夜总会里坐台的"小姐"。一次,正好坐岳父的台,被岳父看中,岳父便把她包养起来,成了岳父的"二奶"。岳父刚才说得不错,当初如果没有他动了色心把她包养起来,说不定她真的还在做"皮肉生意"呢。

很显然,岳父这么一说正好揭了"猫咪"的伤疤,她气急败坏地推扯着岳父的衣领,声嘶力竭地喊道:"你这不要脸的老东西,当初是你死皮赖脸地要我做你的情人,说你那个黄脸婆是个性冷淡。要不是当初我看你可怜,打死我也不会跟你这个又老又残又瘸的秃子。当时追我的人多得是,他们都比你年轻、潇洒、有钱。我是瞎了眼看上你了。"

岳父被"猫咪"这番话气得青筋直暴,只见他猛然间扬起右手向"猫咪"脸上横扫了过去,嘴里大骂道:"我丢你老母,你竟敢跟老子这样说话,不想活了就早说。"

"哇,你……""猫咪"一下子趴在地上翻滚哭喊着,"救命啊,杀人了。"她声嘶力竭地叫喊起来,引起了路人的围观。

"妈……"这时从车里走出两个男孩子,大的一个大概八岁左右,小的一个大概六岁左右,他们走到趴在地上的"猫咪"身边"哇哇"地哭了起来。不用说,他们就是传说中的我小舅子了。不用验DNA,我都敢肯定这绝对是岳父的种,因为两个小孩长得太形似岳父了,比我原先那两个舅子还像岳父。

看着这两个小孩,我心情非常复杂。我同情这两个小孩,不管大人如何混账,小孩都是无辜的。而我在同情他们的同时,也莫名地对他们有几丝恨意。因为他们是我岳父的种,也就意味着我又无端地多了两个小舅子与我分卓家的财产。人都是自私的,谁都不想有人跟你分到手的肥肉。

"猫咪"的哭喊声引来村里人的围观。这场面让岳父面子很挂不住,他毕竟是这个村的老大、族长。在别人看来,他应该是个德高望重之辈。今天这事多少让他颜面尽失,斯文扫地。因此,他企图悄悄溜回屋里,撇下"猫咪"母子三人不管。可当他转身的一瞬间,本来向围观人群痛诉着岳父种种不是的"猫咪",发觉了岳父的意图,她突然站了起来扑向岳父又撕又咬。岳父不敢当众还击,只好步步后退。"猫咪"仍然是不依不饶,步步紧逼。

看着父亲受一个女人如此冒犯,一直在旁边不出声的小舅子、"西丽一霸"哪能咽得下这一口气?只见他无声地走到"猫咪"的身边,左手扯过"猫咪"的头发,右手狠狠地扇了"猫咪"几个耳光。他边扇边吼道:"你一个死八婆在这里撒泼,也不看看这是谁的地头。"

"猫咪"想不到小舅子会出如此重手,她也可能早就耳闻小舅子的"大名",一下子就惊呆在原地,大口大口地喘着粗气。

正在这时,不知是谁报了警,一辆警车呼啸着驶进村里。警车里钻出一个警察和两个协警。那个警察我认得,是小舅子的牌友兼酒友。每逢年过节,小舅子都要把他请到家里来喝上几杯,然后,塞给他一些烟酒和一个大红包。这个警察下车后,一看这架势就明白了什么。但他装作不认识小舅子,拿腔拿调地在现场问了几句后,便把"猫咪"和岳父带回派出所协助调查。

不出我所料,不到半盏茶工夫,岳父就在警车的护送下雄赳赳、气昂昂地回到家里来。而"猫咪"也自此后没有过来闹过。据说是在派出所民警的调解下,岳父一次性给了她一笔钱作为补偿。其实她也应该知足了,岳父这十多年来在她的身上不少花钱,不但给她买了一套价值不菲的别墅,还为她买了一辆七十多万的宝马小轿车。一个女人总不能总是靠男人活着啊,她也是个健全之人,有手有脚,为什么就不可以自食其力,而一定要依附在男人身上过着寄生虫的日子呢?

真正无辜的是那两个不谙世事的孩子。他们不应该为大人的孽债埋单。那天民警准备把"猫咪"带走时,卓秀娴主动向警察提出照顾这两个小孩,也即是她的弟弟。警察征得"猫咪"的同意后,便把两个小孩交给卓秀娴,由她带回家暂时抚养。

女人的母性应该是与生俱来的。虽然卓秀娴尚未生育,但她照顾起孩子来一点也不含糊,把母亲的角色演得有板有眼。她每天早早就起床,然后把两个小孩送到学校。这两个小孩中,大的读小学三年级,小的读一年级。好在这两个小孩所读的学校离我们家不远,接送起来还算方便。下午放学后,卓秀娴又去把两个小孩接回家。待吃完晚饭后,卓秀娴又帮两个小孩洗澡,并督促他们做作业,然后又早早地带他们上床睡觉。卓秀娴把着两个小孩打理得井井有条,两个小孩还不知道他们与卓秀娴之间的关系,所以,他们都非常亲热地叫卓秀娴为"阿姨"。卓秀娴平白无故地增添了两个亲弟弟,心中充满了欢喜与怜爱。

不过,卓秀娴这个"临时妈妈"也就当了一个星期。一个星期后,两个孩子被已经平静了下来的"猫咪"接回了家。

一切回归平静,都回到了原来的轨道。

但是,岳父看似平静的生活却暗藏着杀机。一个"猫咪"被他招安了,但是,据我所知,风流成性的岳父在外面还包养着好几个情人,会不会还有第二个"猫咪",第三个"猫咪"……甚至第 N 个"猫咪"突然冒出来找他算账呢?会不会还有未谋面的小舅子突然冒出来与我分卓家的财产呢?

一切皆可能,一切都未可知。

第二十一章 博文惹祸

最近，胡民阳的博客更新得很勤，而且也从写诗转变到了写时评。他的博客里的一些针砭时弊的文章，大多没有引起多少人的关注。可当他前不久在博客里抛出《深州违建：机关重重，水深似海》的文章时，就像捅了蜂窝，一下子引起了各界的热切关注。

文章这样写道：深州的违章建筑犹如离离原上草，野火烧不尽，春风吹又生。但这样的比喻明显不恰当，是对政府的严重不礼貌，说重点就是藐视政府。而春风指的是什么呢？当然就是违章建筑背后的利益及由此构成的利益链了，说直点就是那些搞违章建筑的人及其"保护伞"。这么一说，就更加不能用春风来比喻了。但我一下子找不出更加贴切的词来。

文章最后指出：深州对违章建筑这一痼疾屡下猛药，为什么就是不见好转呢？这里边恐怕有许多值得大家玩味的东西。深州早就动用卫星遥感技术监控违建了，早就出动直升机来巡查违建了，决心不可谓不大，阵容不可谓不豪华，但是，如果不把钱权交易这股"春风"挡住，恐怕无论"野火"怎样烧，也烧不尽违章建筑这离离原上草。

由于文章对深州违章建筑的分析过于激烈，他的博客点击率在短短的几天内就超过了十多万人次，网友跟帖超过一万多条。

一般来讲，在新浪博客，有两类文章最吸引网友的眼球，一类是明星的八卦娱乐文章，二是骂人和痛砭时弊的文章，韩寒和李承鹏就是靠写这类文章备受网友长期关注的。胡民阳无意间写了一篇痛砭时弊的文章，让他的博客的点击率一下子飙升，引起大家的普遍关注，这对于一个草根博客来说，实属不易。这多多少少满足了胡民阳的虚荣心。

胡民阳出名了，至少是在深州城建系统出名了。但是，出名并非都是好事。俗语说得好，人怕出名，猪怕壮。木秀于林，风必摧之。胡民阳在博客里写批评深州违章建筑文章的事一传十，十传百地在深州城建系统传开了。就在他沾沾自喜的时候，一盆冷水马上向他泼来。博文发表不久，胡民阳就接到了彭海博的电话，要他去潘建仁办公室一趟。

从潘建仁办公室回来后，胡民阳就一直黑着脸，连我跟他打招呼都不愿意搭理。

究竟发生了什么？我问胡民阳，但他什么都不肯跟我说。只是默默地收拾着他办公桌上的东西，他眼里明显噙着委屈的泪水。

我有点不祥之感，走到他身边，轻轻地拍着他肩膀说："好兄弟，能不能跟我说发生什么事了？"

犹豫了一会儿，胡民阳才恨恨地说："我不干了。"

"什么？不干了？"虽然我有所预料，但从胡民阳口里亲自说出后，我还是不肯相信这是真的。

"是的，不干了。"胡民阳平静地回答。

"但是，这是为什么呢？"我不解地问。

"很简单，我被解聘了。"

"解聘？为什么呢？你可是干得好好的啊。"

"可能是我那篇文章把他们惹毛了吧。你之前说得对呀。"说着，胡民阳怪怪地笑了笑。

不用胡民阳说，我实际上也猜到了七八分。我细读过胡民阳那篇文章，文章里含沙射影地指出深州违章建筑之所以屡禁不止，是因为一些有能量的人与一些有权力的人互相勾结、形成利益链的结果。有能量的人当然是暗指张二江甚至吴老板们，而有权力的人正是余满良、潘建仁，还有彭海博。这不明显是给深州城建系统捅娄子吗？

当时我看了这篇文章之后，心里产生了淡淡的忧虑。虽然说文章讲的都是事实，但是，它触动了身边人的既得利益。我曾劝过胡民阳还是少说为好，最好是把这篇博文删掉。但是，胡民阳固执地认为，他文章是对事不对人，不会有什么问题的。

现在事实证明，他的这些想法是多么的幼稚！在政府机关里，你对事就是对人，撇开人，何来事？

"你把那篇文章删掉不就行了吗？"我说。

"潘主任也是这么跟我说的。他要我立刻删掉那篇文章，然后局里也不会追究我责任。但我没有答应他。潘主任便说，这可是上面领导的意思。如果我不愿意删帖，那只好走人。我明白他的意思。不干就不干，此处不留爷，自有留爷处。"

胡民阳是 A 型血，这种血型的人的固执是最不可思议，自个儿认定的事，别人就无法把他改变，就是撞了南墙也不肯回头。这就像他认定深州就是最适合他生活的城市一样，就算最后付出爱情的代价，他也不愿意离开深州跟着恋人李小曼回厦门去。

我知道他这固执的性格，不再劝他，只好有一搭没一搭地跟他聊别的话题。

我问他："今后有何打算？"

他茫然地对我说："暂没有什么打算。我当前最想去找段爱琴好好聊聊，问她为什么不理我。"

真是不怕贼偷，就怕贼惦记。看来这小子对段爱琴还没完全死心。可是我好几次与段爱琴幽会，一提起胡民阳，段爱琴就非常反感。她对我说："冯哥，我既然愿意出来陪你，就说明我对胡哥没有其他心思。否则，我还好意思出来陪你吗？"她说得非常在理，因为她知道我与胡民阳是好兄弟，如果她对胡民阳还有任何感情，就不会出来陪我了。

但我没办法跟胡民阳说出这些东西，只有开导他说："都过去这么久了，你还记挂着她呵。万一她告诉你她根本不喜欢你，你岂不是自讨没趣吗？这又何必呢？"

"但我觉得她还是应该喜欢我的，只不过是她怕配不起我而躲着我而已。"胡民阳这倔劲估计九头牛也拉不回了。

我不再说什么。

沉默了一阵子后，胡民阳突然从抽屉里拿出那台本来打算送给段爱琴却一直送不出的笔记本电脑，在我眼前晃了晃，说："你看，这是你借钱给我买的那台电脑。虽然段爱琴不肯收,但我一直留着舍不得用,我相信总有一天她会收下它的。"

我一时无语。心里默想,这世上果真有为情而痴的人么?如果有,胡民阳肯定算是其中的一个。

"冯哥,谢谢你一直以来对我的关照。你借给我买电脑的钱恐怕得以后才能还你了。"胡民阳把笔记本电脑收好,然后轻声对我说。

"这个不急,你啥时候有钱了再还,我目前不缺钱用。"

胡民阳抬起头来,用感激的眼光看着我,缓缓地说:"你真是我的好兄弟!"

听了这话,我突然耳红了起来。我是胡民阳的好兄弟吗?如果他知道我睡了他的梦中情人后,他还会认为我是他的好兄弟吗?

就在胡民阳被炒后不久,深受市民热捧的《南方都市报》"深州版"刊登了一篇题为《马岗坍塌违建有黑幕》的报道。报道称:近日记者接到报料,称去年在马岗片区坍塌的违章建筑黑幕重重,被判刑的违章建筑业主为实替身,其真正业主还逍遥法外。

看着这篇报道,我全身冒冷汗。这可是一年前的事了,报道说得不错,那栋在台风之夜坍塌的违章建筑的真正业主就是在城建系统呼风唤雨的张二江,而被判刑的却是张二江公司的副总黄栋梁。外人可能不知道,但我们"违治中心"的人心里都非常清楚。这里边确有黑幕!违章建筑坍塌的第二天,当我看到各大媒体纷纷报道说"违章建筑业主已被警方控制"时,我就知道事情并非想象中那么简单了。尤其是彭海博叫我打电话联系张二江安排见面时那种神秘兮兮的样子,更让我感觉到,他们肯定在实施着一场阴谋。果不其然,事故过后,不但张二江安然无恙,而且被警方控制了一周后的黄栋梁也被释放了出来。彭海博告诉我,黄栋梁是被取保候审而出来的。虽然黄栋梁最终还是被判了刑,那可是不用坐牢的缓刑。这对于已经劣迹斑斑的黄栋梁来说,并无大碍。而这之后,据我所知,张二江把公司的百分之三十股份给了黄栋梁。至于张二江是如何完成这出"偷梁换柱"的阴谋,我不得而知,但我隐约觉得,这里边肯定与彭海博、潘建仁和余满良等人有关。

而从今天这篇报道来看,报料人手里掌握了大量翔实的资料,把我们内部的一些见不得光的东西都抖了出来。由此判断，报料人肯定是"内鬼"。那么，他会是谁呢？

正当我百思不得其解的时候，彭海博给我打来电话。他在电话里急急地对我说："刚才潘主任打电话给我，说是《南方都市报》登了一篇关于那栋坍塌违章建筑的报道。你看了吗？"

"我现在正在看呢。"我答道。

彭海博接着说："那你把这份报纸留着，我马上就赶回办公室。"

不一会，彭海博就气喘吁吁地走进办公室。他跟我要过《南方都市报》，迫不及待地看了起来。看着看者，他的脸色变得相当难看，接着，他咬牙切齿地自言自语："妈的，肯定是那小子搞的鬼，看来他是活得不耐烦了。"

听了彭海博这话，我背后一阵发凉。彭海博所指的"那小子"会不会是他呢？如果真的是，那他必定凶多吉少。谁都可惹，千万不能惹张二江这伙人。这伙人不但包括张二江、黄栋梁，而且还包括彭海博，甚至潘建仁和余满良，他们都是一伙的。这伙人中，张二江和黄栋梁两人的心毒手辣就不用多说了。现在的彭海博，也是个不好惹的角。可能是因为经常与张二江及余满良他们一起混久了的缘故，现在的彭海博已经不是我当初所认识的彭海博了，他不但染上了严重的官气，而且痞气也十足，动不动就向我与胡民阳摆架子、发脾气。我与他之间，虽然在酒桌上还称兄道弟，但私下里，我们已经离心离德，貌合神离。我现在才发现，其实我与彭海博不是一路子的人。尽管我已被迫与他同路，但从内心里说，我不想再跟他混在这个浑浊的圈子里了。现在的彭海博变得相当霸道、冷血，简直令人不可思议。前不久，我从吴老板那里得知，黄小婧因为贩毒被抓。于是，我把这个消息告诉给了彭海博，他听了后只是淡淡地说："哦，真不好运。"接着，他扭头就躲进了他独立的办公室里去了，好像黄小婧这个人跟他从没有过任何关系。

说起黄小婧走上贩毒之路，其实跟一个男人有关。这个男人不是别人，正是孟莉的香港"老公"徐仁贵。

说来也巧，徐仁贵的女人内衣生意本来做得顺风顺水，从女人的身上赚了不少钱。谁知，美国发生了一场次贷危机，席卷美国、欧盟和日本等世界主要金融市场,给全球经济带来严重影响,也给徐仁贵的内衣生意带来致命一击。由于他的生产的内衣主要靠出口。美国次贷危机发生后,全球出口贸易都受到严重影响。徐仁贵的内衣出口量逐渐减少,销售量锐减,生意逐渐走向萧条。因而他赚的钱也逐渐变少了。孟莉本来就是奔着徐仁贵的钱而去的。少了财富的徐仁贵对孟莉来说,已经没了任何的利用价值。于是,孟莉决定离开这个她陪了三年之久的"老公"。巧的是,就在这个时候,她在一个朋友安排的饭局上认识了皮光洲。那时的皮光洲刚刚被他所在的房地产公司提拔为项目开发部经理,正春风得意,满身春色,青春无敌。这个时候的男人对女人最具吸引力,孟莉就是这样被他身上的青春气息吸引住的。而孟莉的性感、成熟、风韵,也深深地吸引着皮光洲。当晚两人互留下联系电话后,便联系频繁。不久,他们便苟合到一起去了。但很快,他们的奸情被徐仁贵察觉了。虽说徐仁贵也早就有了抛弃孟莉的想法,但他无法容忍一个女人对他的背叛。毕竟他在孟莉身上花了不少钱财。所以,孟莉对他的背叛,令他相当不爽。

徐仁贵本是深州众多夜场的忠实拥趸,VIP会员,擒拿"波霸"高手。受到了商场和情场的双重打击后,徐仁贵沉湎在深州的各个夜场,窥视着夜场各式各样的"波霸",尽情发泄着心中的不快和愤懑。就是在这样的情景下,黄小婧进入了他的视野。

黄小婧与表姐夫彭海博的奸情被表姐许月仙揭穿后,自觉再也没颜脸见到表姐及表姐的家人了。她拿着彭海博托我送给她的银行卡后,便到广东顺德去投靠她的养父黄志。黄志这时已与一个顺德本地离过婚的女人结婚。黄小婧在养父家待了一段时间后,后妈就对她横眉冷对,冷嘲热讽,令她心里很不自在。虽然在深州她有过伤心和尴尬,但是,在深州生活了一段时间后,她对这里还是非常留恋的。因此,在顺德待了一段时间后,她还是悄然返回了深州。

回深州后,她一时无法找到称心如意的工作。当她彷徨之际,她的一个在夜总会里坐台的姐妹极力怂恿她也加入她们的行列,说深州夜总会里的钱很好赚。经不起这个姐妹的现身劝说,她最终被她介绍到了"翡翠宫"做起了坐台"小姐"。到"翡翠宫"上班不久,她就遇上了刚陷失意境地的徐仁贵。俗话说,烂船还有三两钉。即使内衣生意因美国次贷危机而遭重创，徐仁贵还是有一定家底的，他不缺抠女的钱。所以，他在夜场里依然可以对他中意的女人出手大方。他遇到黄小婧的时候，正是孟莉正式提出与他分手之时。刚送走了一个旧"波霸"，又迎来了一个新"波霸"。在徐仁贵看来，这就是天意，就是缘分，是他一生与"波霸"女人的缘分。所以，那晚之后，他就决定把黄小婧包养起来，填补了孟莉走后的空缺。黄小婧本来就不太喜欢做坐台"小姐"，被男人像买耕牛一样，挑来拣去的感觉让她很不是滋味。因此，当徐仁贵提出包养她时，她想都不想地同意了。即使她一点也不喜欢这个长相猥琐异常的秃顶男人，但是，为了生存，她必须屈就现实。

成了徐仁贵的"二奶"后，黄小婧享了一阵子的清福。但是，因为内衣生意受挫，徐仁贵在深州的生意逐渐减少，而此时在正牌老婆的建议下，他也已经在香港开了一间茶餐厅。这样一来，他在深州的时间并不是很多，只在周末才抽空过来陪陪黄小婧。黄小婧正值青春年华，当然不甘这种寂寞生活。为此，她常利用徐仁贵不在深州的空隙，偷偷跑到"翡翠宫"，做起了兼职。实际上，在深州夜场像她这样兼职的女人也特别多。有的是像黄小婧那样耐不住寂寞的"二奶"，有的确实是嫌工资不高想出来搞点创收的公司白领。但她们对外统一称为白领，为的是满足那些玩腻了"小姐"想泡白领的男人的虚荣心。这样看来，所谓的白领与"小姐"是没有什么区别的。

徐仁贵在香港的茶餐厅生意并不好，处于人生低潮期的徐仁贵非常郁闷。为了麻醉自己，他在几个损友的怂恿下逐渐对毒品产生了兴趣。发现徐仁贵吸毒后，黄小婧并没有去制止他。反而也跟着吸了起来。吸着吸着，两人最终都染上了毒瘾。徐仁贵在香港的老婆知道内情后，毅然跟他离了婚，分走了他不少的财产，断了他的经济来源。而吸毒需要大量的毒资，怎么办？徐仁贵想到了贩毒。他的一个朋友就专做贩毒生意发了大财。他便与这个朋友取得了联系，成了这个朋友的下线。就这样，他与黄小婧一起神不知鬼不觉地在深州做起了贩毒生意。黄小婧利用她曾经在夜总会坐台的便利条件，把毒品贩卖给到夜总会里来玩的客人和一些坐台"小姐"。

但是，不久他们就东窗事发了。在一次贩毒过程中，黄小婧被人举报，警察赶来把正在夜总会里进行毒品交易的黄小婧来了个人赃俱获，在她身上搜出了一百多克的海洛因及一笔现金。

一直躲在幕后的徐仁贵闻风逃到了国外，后便杳无音信，消失得无踪无影。有人说，徐仁贵逃到国外后改名换姓躲在国外的某个小城镇的角落里安度晚年了。也有人说，徐仁贵被他上线杀人灭口了。总之，直到黄小婧判了刑，公安机关也未能把他缉拿归案。

黄小婧贩毒案开庭的那一天，我与吴老板一起到法院旁听了庭审。当穿着印着"罗看"黄马甲的黄小婧被法警押上审判席时，我竟不敢相信这就是我曾经认识的黄小婧。只见她形容憔悴，眼光滞呆，与那个曾经充满阳光、充满活力、青春逼人的黄小婧判若两人。看着眼前的黄小婧，我心酸异常，是谁把一个本可以一辈子幸福生活着的人推向了犯罪的深渊？是彭海博？是徐仁贵？或者是她自己？我一时无法找到的答案。

在法庭上，黄小婧对公诉人的起诉并无异议。在被告人最后陈述环节，她回头看了看旁听席，像是在寻找什么，然后转回身哽咽着说："我今天走到这一步完全是我自己没有把握好人生方向，是自己造成的，罪有应得。我对不起我的养父养母，还有我表姐许月仙，希望他们能原谅我的过错。特别是我表姐许月仙，由于我的幼稚，由于我的冲动，我无情地伤害了她。我知道她一辈子也不会原谅我，但我还是想对她说，我错了！表姐，希望你原谅我。"说到这里，黄小婧号啕大哭起来。这时，我听到旁听席有抽泣声，顺声看去，竟然看到彭海博老婆许月仙正坐在旁听席上掩脸而泣，她旁边还坐着一个中年男子和一个中年妇女，都已哭成了泪人。吴老板告诉我，那对中年男女正是黄小婧的养父黄志和养母尹琼珠。吴老板昨天受许月仙之托分别从汽车站和机场把黄小婧的养父养母接到许月仙的家里。吴老板从与他们的聊天中得知，两人离婚后，养父在顺德找了一个本地女子结了婚，而养母一直未再改嫁，她现在是家乡面粉厂的副厂长。虽然他们离了婚，但都一直像朋友般有所联系，有着往来。

审判长见黄小婧哭得伤心欲绝，便很人性化地安抚了她一番。待黄小婧的情绪稍为平静了下来后，审判长便敲锤休庭，黄小婧被法警押走。

黄小婧被押出法庭的一刹那,她回过头来向着旁听席大声哭喊道:"爸妈、表姐,我对不起你们了,请你们原谅!"说着,她深深地向旁听席鞠了一躬。此情此景令人唏嘘不已。黄小婧的养父养母以及许月仙都大哭了起来。我发现,旁边许多人的眼睛都红。我的眼泪也抑制不住地流了下来。

两周后,一审判决结果下来,黄小婧犯贩毒罪,被判了七年有期徒刑。黄小婧服从一审判决,不再上诉,后被押送到广州郊外的一间女子监狱里服刑。

黄小婧被判刑后,知道内情的朋友都骂彭海博不厚道。怎么说黄小婧走到今天这一步也有他的责任。当初如果他不打黄小婧的坏主意,把人家一个黄花闺女肚子搞大了,又被他老婆捉奸,说不定黄小婧能找一个好人家嫁了,现在正过着幸福日子呢。退一步说即便是黄小婧走到这一步完全与彭海博毫无相干,但作为姐夫,曾经的情人,说什么也应该站出来帮助遇到麻烦的黄小婧。可是,彭海博对黄小婧不理不顾,甚至黄小婧开庭也不露一个脸。凭彭海博在深州的人脉关系,如果他出面帮黄小婧请一个得力律师,黄小婧绝也许不会被判那么重的。

我也不知道彭海博安的是何心,反正我觉得,这个人越来越狠了,也越来越冷血了。所以,当我看到彭海博看完那篇报道的表情时,我心里掠过一种不祥之感。

我心中默默地祈祷着,希望爆料人不是他!

就在我为这事心神不定的时候,潘建仁突然出现在我们马岗巡查小组。他黑着脸,一头钻进了彭海博的办公室里,然后,便把门反锁了。显然,潘建仁不想让我听到他们的谈话。

约摸半个小时后,潘建仁从彭海博办公室走了出来,依然是黑着脸,他看了我一眼便走了。我感觉他眼光有点怪怪的,像一把利剑狠狠地刺向我。我想,他该不会怀疑是我干的吧?

正当我纳闷之际,刚把潘建仁送出办公楼的彭海博回来了。他把我叫进他办公室,对我说:"你马上跟《南方都市报》写这篇报道的记者联系,约他下午到我们办公室里来,说是我们针对他的这篇报道专门安排一个回应采访。下午潘主任也来参加。同时,你中午加个班整理一下马岗片区的违章建筑情况材料。"

我通过《南方都市报》报料热线，与这个记者取得了联系。当我把意图告诉他时，他非常高兴，说是正准备打电话给城建局办公室要来采访我们，不曾想我们自己主动联系了他。

下午三时，这位记者准时出现在我们马岗巡察组。潘建仁、彭海博及我早就在这里恭候。

我老觉得这位记者很面熟，应该是以前在哪里见过他。他见了我后，也说以前见过我，但不说在哪里见过我，只是神秘地笑了笑。就在他与潘建仁交谈的时候，我终于想起来了，我与他之前的确有过一面之缘。那是胡民阳到我们"违治中心"马岗巡查小组工作第一次拿到工资后，他请客吃饭，我当时也是被请对象之一。赴宴后，才知道胡民阳请的大多数是他的大学同学、校友。这个记者就是胡民阳其中的一个师兄，我只知道他是记者，但不知道他在哪个媒体工作。当时，因为人太多，我也不太在意这个记者。不过，那时他好像很瘦，而现在他却肥头大耳，但他形变神不变，我还是能够认出他来。

采访开始，潘建仁侃侃而谈，但他对《南方都市报》的那篇报道避而不谈，只一味地向记者大吐苦水，说深州的违章建筑整治工作是如何的艰难，并不断地强调我们所取的战绩。但记者是冲着马岗那栋坍塌的违章建筑的"黑幕"而来的，对潘建仁的夸夸其谈，记者显然不感兴趣。

听了一会潘建仁工作报告般的陈述后，记者抓住时机地把话题引向了那栋倒塌的违章建筑上来。"潘主任，我今天来还是想听你谈谈去年那栋倒塌违建里边的一些情况，包括报料人所说的'黑幕'是否存在。"记者语气看似温和，但绵里藏针。

潘建仁呷了一口茶，顿了顿说："哦，是这样的。现在谈起这件事来算是旧事重提了。我上午也看到你们的报道。应该说，报料人的举报不完全真实。"

"那潘主任你就谈谈真实情况吧。"记者话里有话。

"首先，我们一贯对违章建筑的查处力度非常大，发现一宗，查处一宗，毫不手软。至于报料人所说，我们工作人员冲当某些违章建筑的保护伞那是绝对没有的事。就拿那栋坍塌违章建筑来说吧，当时我们马岗巡查小组发现这一栋违建正在施工,便立刻上去制止,要求其马上停工,并给违章建筑的业主发了停工通知书。但这个业主置若罔闻,等我们工作人员走后又偷偷开工。后来,我们马岗巡查小组工作人员再次到现场制止,并查扣了他们的施工设备。后来,我们'违治中心'总部接到马岗巡查小组的报告后,给这栋违章建筑业主发了强制拆除通知书。但是,这个业主接到我们的通知书后,给我们'违治中心'提出自行拆除。我们当时从人性化执法出发,考虑到业主的态度比较诚恳,我们便答应了业主的这个要求。但就在他们准备自行拆除的时候,深州连续下了几场大雨,接着便遇到了台风,他们的自行拆除行动也被耽搁了下来。应该说,我们工作人员尽了该尽的责任,许多东西并不是我们所能掌控的。当然,出现这样的问题,我们也不是完全没有责任的,如果当时我们早一点发现,处罚再果断一点,就不会发生这样的悲剧。我为发生这样的事而深深感到遗憾与内疚,也为死者表示深深的哀悼和对死者家属表示深深的歉意!"

高,实在高!潘建仁这番话说得实在天衣无缝,具有非常强的说服力。

但是,记者毕竟什么场面都见过,不是那么好蒙的。他也知道,潘主任所说的是外交辞令,是在打官腔。他对潘主任所说并不感兴趣。于是,他也采取了迂回战术:"刚才听了潘主任这番话,我深感深州违章建筑整治工作的艰巨,我也相信,你们对那栋坍塌违建也尽了责任。不过,我想知道的是,那栋违章建筑的真正老板是谁?"

"什么?真正老板不是黄栋梁吗?他已经被司法机关处理了,据说是判了缓刑。彭处,是吧?"潘建仁看了一眼彭海博问道。

彭海博非常配合地点了点头:"是。这个老板的确是被法院判了缓刑。"

"潘主任,我们接到举报,说司法机关处理的并不是真正的老板,他只是公司的一个副总而已。真正的老板另有其人,难道潘主任就不知道吗?"记者眼光如剑般剌向潘建仁。

"是吗?可能你得去采访司法机关了。这不是我们所关心的,我们只负责查楼,不负责查人。但据我所知,这个外面人所称的副总后来已经成了公司的法人代表。公司犯法,司法机关处理公司的法人也是符合法理的嘛。"潘建仁这番话更显出其高明之处，不但为城建局开脱了责任，也为司法机关开脱了责任。

潘建仁说的都是事实，黄栋梁现在确实是张二江公司的法人代表。至于他是什么时候成为法人代表，我不得而知。但我敢肯定，在那栋违章建筑坍塌之前的一个星期，公司的法人代表依然是张二江本人。因为要登记马岗片区的在建违章建筑情况，当时我看过他们的营业执照。黄栋梁是如何在这么短的时间内置换张二江而成法人代表？这真是一个谜！

"潘主任说得对。但据我们了解，那栋违章建筑真正的老板并不是黄栋梁，至于是谁？我想，潘主任应该比我还清楚。"记者咄咄逼人，直把潘建仁逼向了死角。

但潘建仁毕竟是一只老狐狸，哪肯就范？只见他笑了笑，说："说真实话，我确实知道张二江这个人，至于他是不是老板，这个并不是我所关心的。我只关心深州的违章建筑整治进展情况。其余的事情自有司法机关来负责。"

"的确是这样的，我们查处那栋违章建筑时，一直是公司法人代表跟我们接触。别说潘主任，就连我们都不知道背后老板是谁。我们都以为黄栋梁就是这栋违章建筑的老板呢。"彭海博适时接茬，帮潘建仁解围。

"那好吧，看来你们真不知道真正老板是谁了，那今天我的采访就到此结束，谢谢你们接受我的采访。"记者意味深长地说着，并把采访笔记本轻轻合上，接着起身准备离开。

"记者同志，既然来了就吃完晚饭再走吗，我们已在海港城订了包间。一起去吃个工作餐。"潘建仁说得非常诚恳。

"不了，我还有别的采访任务呢。谢谢了。"记者说完便往外走。

潘建仁忙向彭海博使了个眼色，彭海博似乎明白了潘建仁的意思，他对记者说："既然你那么忙，我们就不挽留你了。这样吧，这是我们给你准备的误餐费，请你千万别见外。"接着，彭海博给记者递过一个厚厚的信封，也就是我们平时所说的红包。

但鱼也有不吃饵的时候，这位记者并没有去接彭海博的红包。他摆了摆手说："潘主任，你们的心意我领了，但我不能要你们这个东西。各行都有各行的规矩，我们新闻界更是如此，任何时候都不能收受采访对象的礼物，否则，将会受到业界的惩戒。"说完，他扭头便走了。

望着记者远去的背影，彭海博悻悻地说："假什么正经呀？我又不是没有见过记者拿红包，去年张二江那栋楼坍塌后，如果不是红包封了记者的口，我们还不知如何收场呢？"

潘建仁深深地吐了一口气，自言自语道："也许他这样做是对的。人不做亏心事，半夜就不怕鬼敲门。"我明白他这话的意思。他们这伙人如果没有做了亏心事，也不至于因为一篇新闻报道而搞得紧张兮兮。

接着，潘建仁转身对彭海博说："看来今天我们的目的还没达到，这样吧，等会我回去跟韩局汇报，让他出面与他们报社的领导沟通，让报社不要再发我们的负面报道。你们等下给吴老板打电话，说我们最近要开拆他们那栋建筑。如果他不愿意，就说这是我的意思。同时，你们准备一个新闻通稿，在开拆那天邀请深州所有新闻单位到场。"

我不知道潘建仁为什么要拿吴老板来开刀。吴老板在深州就只有马岗这一处的违章建筑，而张二江在我们马岗片区，除了那栋已经坍塌的违章建筑外，至少还有三栋正在施工的违章建筑，要拆也应该拆张二江的。看来，潘建仁是专拣软柿子来捏。

潘建仁走后，彭海博就叫我给吴老板打电话。吴老板听了我的来意后，起初并不同意，说这栋建筑他可是花了大本钱，如果拆了，他将蒙受巨大损失。但当我告诉他，这是潘主任的意思时，他马上就答应了下来，并笑嘻嘻地对我说："你们这些政府官员啊，就喜欢作秀。"

吴老板的平静态度倒让我颇感意外，更不明白他所说的"作秀"是什么意思。

接下来，彭海博与我一起酝酿、草拟了一篇通稿。然后，潘建仁在上面大刀阔斧地作了修改。就这样，一篇充满正义、装满虚假的"严查违章建筑"的新闻通稿诞生了。

《马岗坍塌违建有黑幕》见报后的第四天，我们"违治中心"就联合公安、城管、街道办、安监、环保、供电供水等部门一百多号人及两台挖掘机,雄赳赳、气昂昂地开赴吴老板位于马岗的一栋违章建筑。拆除总指挥韩军铭局长一声令下,两台挖掘机的长臂就齐刷刷伸向这栋违章建筑。接着,记者们的镜头也齐刷刷地对准了两台挖掘机。场面似乎很恢弘,也很感人。等记者拍完照后,我们便把他们引进一家著名酒楼召开新闻发布会。而记者们一走,我们的拆迁队伍接着也撤了,吴老板的那栋违章建筑也就被挖掘机轻轻勾了几下,并没有影响建筑主体。我终于明白了吴老板所说"作秀"的意思了。

这边,新闻发布会正在和谐、热烈的气氛中进行。局长韩军铭侃侃而谈,向新闻媒体大表城建部门整治违章建筑的决心,潘建仁在旁边附和,原本面和心不和的两人为了共同的利益,他们正一唱一和地合演着一出好戏。会后,我给每位记者递上了事先准备好的信封。当然信封里除了我们的新闻通稿,美其名曰的"误餐费"。

第二天,深州各大媒体,当然也包括《南方都市报》,报道了我们这次拆除违章建筑的行动,以及韩军铭局长的答记者问。

后来,《南方都市报》也没有对所谓的"黑幕"进行跟踪报道,媒体集体哑语。看来,城建局实施的危机公关策略已取得了成效。

一切已看似风平浪静。

但是,午夜的一个电话,却掀起了又一个波浪……

第二十二章 遭遇不测

电话是李小曼从厦门打来的,她告诉我:胡民阳出事了!

什么?胡民阳出事了?我打了一个激灵,猛地从床上爬了起来。我半信半疑地问李小曼:"胡民阳究竟出什么事了?"

李小曼带着哭腔说:"我也不太清楚,刚刚接到一个自称派出所民警打来的电话,说是从胡民阳手机里找到我的号码,问我是不是他的老婆。"

我知道,胡民阳手机里一直储存着李小曼的号码,而且是以"老婆"为姓名存在手机里的。这算是历史遗留问题。民警可能凭此判断这个号码的主人便是胡民阳老婆了。

我问李小曼:"警察还说什么吗?"

李小曼说:"警察只含糊地说,胡民阳犯事了,要我立刻赶到派出所。我告诉警察,我人在厦门,一时半会还不能赶到深州。"

"那你来深州吗?"我接着问。

"我现在就开车赶过来,你先帮我去看看究竟是怎么回事。"李小曼知道我与胡民阳关系比较好,所以,她平时如果想了解胡民阳的近况,一般都会给我打电话。虽然她已跟胡民阳分了手,但是,从每次与她的通话中,我可以看出她还是对胡民阳很牵挂的。

我从李小曼那里要了民警的电话号码,打过去一问,才知道是新洲派出所的一位肖姓民警打来的。肖姓民警问明我与胡民阳之间的关系后,他在电话中告诉我,说是胡民阳涉嫌一起强奸案。

"警察同志,你们一定搞错了,我了解我这个朋友的为人,他绝对不会干那种事的。"打死我也不相信胡民阳会与强奸沾边。

"不是谁生下来就干坏事的,你这个朋友有没有强奸,我们还在侦查中。不过,你要知道我们警察不会乱抓人的,我们也是掌握了一定的证据才可以抓人的。希望你们有思想准备。"肖姓民警在电话理教训起我来。

事情紧急,我放下电话后,忙下楼开车赶往新洲派出所。

到了派出所后,我找到了肖姓民警,向他了解胡民阳的相关情况。但他拒绝回答我的一些问题,他说:"案件在侦查中,不方便对外公开。"

我理解他的难处,也不再与他纠缠。这个时候,我得找个熟人才能指望了解到胡民阳的情况。于是,我想到了我的同班同学许浩能,他在法院工作,公检法系统里应该有他的熟人。

一到上午上班时间,我便拨通许浩能电话。同学之间当然不用太多客套了,他接了电话后,我就直奔主题:"我一个好兄弟被派出所抓了,你公安这条线有没有熟人?"。

"是什么事给抓了?"许浩能问我。

我便简单地向他说了一下我所了解的情况。

果然是好兄弟!许浩能听了我的介绍后,非常爽快地答应帮忙。他告诉我,新洲派出所的一位副所长与他是党校研究生班同学,等一下他会打电话去了解案情。

约摸过了半个小时的工夫,许浩能就给我打来电话。他告诉我他已经联系上那个副所长,胡民阳的案子正好是这个副所长主办。"中午我已约他出来吃饭,你也过来,就在新洲路的'九叔私家菜馆'。"许浩能向我作了交代。

中午时分,我提前赶到约定地点,一家装修精致的私家菜馆。

不一会儿,许浩能与一位中年男子有说有笑地并肩走进包间。许浩能向我介绍说:"这是陆所长,我的党校同学。"

我忙上前与他握手,说:"陆所好,幸会,幸会。"

"这是冯伟标,我大学同学。"许浩能指了指我,向陆所长介绍道。

"哦,都是同学嘛。"陆所打趣地说。

大家坐定后，在等上菜的间隙，许浩能就直接向陆所长打听起胡民阳的案子来。

陆所长简单地给我们介绍了一下案情，他说："昨天夜里我们所接到一个女人报案，说是她被人强奸了。接警后，我们民警便赶往案发现场，在辖区的一间出租屋里把一对男女带回派出所接受调查。女的说男的强奸了她，但男的矢口否认，说他只是一时糊涂跟那女的发生了关系，但女的是自愿的。但根据女的身上有新的抓痕，上衣也被扯烂的事实，我们初步判断，男的确实使用了暴力，有没有构成强奸，有待进一步侦查，但更多的细节我在这里就不便透露了，还望谅解。"

末了，陆所长笑着对我说："你这个朋友也是的，听说那个女的是夜总会的坐台'小姐'，给她一点钱不就行了吗？还用得着强奸吗？"

听陆所长这么一说，我心中猛地升起了疑云："会不会是她呢？"于是，我问陆所长："这个女的是不是叫段爱琴？"

"正是，怎么？你也认识她？"陆所长问我。

于是，我便把我与胡民阳如何认识段爱琴，胡民阳又是如何追求段爱琴一五一十地向陆所长说了。

陆所长听了后，感叹地说："问世间情为何物，直叫人生死相许。你这位朋友是爱极生悲啊！"

我说："陆所长，从这点来说，我的这个朋友应该不算强奸吧？他顶多是爱到发狂了，但他的本意是好的，他并不想害那个女的啊。"

正在一旁接电话的许浩能刚好放下电话，他说："现在最要紧的是如何把我这个同学的兄弟弄出来再说。"

"弄出来？如何弄出来啊？"陆所长呷了一口茶，反问我们。

"能不能先搞个取保候审？先把人放出来再说。"许浩能把我与他之前商定好的意思向陆所长说了。

"这个……恐怕有点困难。"陆所长面露难色。

"怎么啦？不就你所长一句话的事吗？"许浩能说。

"情况有变啊，就在我来这里之前，我接到我们分局领导的电话，说是市局有领导过问这个案子，并要求我们一定要严查。这样的话，在没有确凿证据证明他并没有涉嫌强奸之前,我们是不敢放人的,这个你应该可以理解。"

许浩能听陆所长这么一说后,也为难地说:"看来这个案子还非常复杂呢。既然这样,就不敢麻烦你老兄了。"

"多谢大法官的理解!"陆所长举起茶杯,以茶代酒地敬了许浩能和我一杯。

吃完饭,送走陆所长和许浩能后,我心情复杂地赶往深州书城,我与李小曼约好在这里碰头,她从厦门出发,经过八个多小时的车程后,已经抵达深州。

在深州书城门口,我见到了李小曼。她一脸疲态,好久不见,她变得成熟稳重了许多,并且越来越有女人味了。我想,该死的胡民阳要是当初不坚持留在深州而跟着她回厦门,也就不会落到今天这个田地,说不定他们已经结婚生子,享受天伦之乐了呢。

李小曼见了我后,便焦急地向我了解胡民阳的情况。

我说:"你先不要着急,先去吃点东西再说吧。"

她说:"我现在不饿,再说,现在哪有心情吃东西呀?"

我说:"不管如何身体要紧呀。"

最终李小曼答应我先找一家西餐厅边吃边聊。

在西餐厅里,我把从陆所长那里打听来的情况跟李小曼说了。她陷入深深的自责之中。她说:"要是当初我不离开他,也就不会发生这样的事情了。"

我安慰她说:"这不能责怪你,当初他要是跟着你回厦门也不会发生这样的事情。"

"唉,他这人什么都好,就是太好强了,太固执了。他来深州,就是想凭他自己的能力混出个模样来。但是,深州不是所有人的天堂,对于个别人,它有时候也是地狱啊!"李小曼说到这里深深地叹了一口气。

我忙安慰她说:"现在不是怨天尤人的时候,当务之急是想办法把胡民阳'捞'出来。"

李小曼与我的想法一致。她也不相信胡民阳会干出强奸这种事来,"他肯定遭人诬陷了,我相信他的人品。"李小曼坚定地说。

听了李小曼的话，我突然想到，真相如何找到当事人段爱琴不是一下子就明白了吗？

想到这里，我找出段爱琴的电话号码拨了起来，但是传来的是语音提示："对不起，你所拨打的号码是空号。"

这就奇怪了！前两天，我明明还打通这个电话号码跟她联系过。为什么她偏偏在这节骨眼上停用这个她用了好久的电话号码呢？是巧合？或是有别的隐情？此刻，我脑子里一下子冒出诸多疑问来：段爱琴到夜总会坐台后就拒绝跟胡民阳联系了，他们又是如何走到一起呢？不错，胡民阳确实非常喜欢段爱琴，但他一直没有对她做出什么出格的事来，怎么可能去强奸她呢？退一步来说，就是胡民阳干出了对不起段爱琴的事来，凭段爱琴平时对胡民阳的感情，她绝不会主动报警的。当初他老板强奸了她都不去报警，何况她现在已经身陷红尘，已经是"千疮百孔"，对性方面已经看得很淡了，如果这个时候胡民阳提出性要求，她有必要拒绝吗？同时，段爱琴一个坐台"小姐"，身低势微，她有什么本事去惊动市公安局的领导打招呼关照这起强奸案件呢？

带着这些疑问，我决定继续求助许浩能，叫他帮我把在某区检察院当副检察长的同门师兄杜秋耕约出来。之前我了解到，这个"见光（官）死"师兄人际关系很广，在深州没有他办不成的事。

接到我的求助后，许浩能很快就联系到了杜秋耕。许浩能提醒我："你们要有思想准备，他这个人不会白给人家帮忙的。"

"我明白你意思，这年头办什么事都得让'孔方兄'先开路。只不过，我很少跟你们公检法系统打交道，里边的规矩我不太懂，还需要你老兄明示才是。"我与许浩能说话历来都是直来直去，同学之间再客套就不叫同学，而应该叫同志了。

"这个吗，我也不好说，你就见佛再烧香吧。到时候，你们见面后再私下商定数额。"许浩能也不把我当外人。

我说："也好，你尽快把他约出来。"

与杜副检察长的见面安排在东湖公园旁的深州粥馆，是杜副检察长自己定的地点。

我对这么简单的安排有点过意不去。杜副检察长解释说，大家都是师兄弟就不用客气了,其实吃潮州粥挺好,清淡健胃,老大鱼大肉会吃出"三高"的。

听了杜副检察长这番话,我心里特温暖。心想:多平易近人的好人啊!

但是,当他在我面前竖起两个指头表示可以帮忙搞定胡民阳的事情时,我全身突觉冷飕飕的。刚刚升起的对他的敬意一下子便荡然无存了。

"两万吗?"我吃力地问。

"两万?现在两万能干什么啊?打发乞丐还不够呢,至少二十万!"杜检察长铿锵有力地说。俨然一个商场上的谈判高手,不给对手留下任何讨价还价的余地。

二十万元人民币!这对胡润排行榜的富豪来说可能不算什么,但是,对我们这些平民老百姓来确实是个不小的数目。我心里暗骂:这厮真是一个吃人不吐骨头的家伙!但为了"捞"胡民阳,我也只能先答应下来再想办法了。

可我一下子犯愁了:这二十万元人民币我到哪里去筹措呢?

虽然我娶了千金小姐卓秀娴,但是她家里除了给我楼住和给我车开及供我饭吃外,并没有给我多少钱花。而我个人工资虽然完全由我自由支配,但是,每月五千块钱的工资,根本经受不起我在外面瞎折腾,加上我每月还要寄一千元回家给我年老体弱多病的父亲,实际我也算"月光族"了。工作四年多来,我基本上没有多少积蓄。直接向岳父要吧,恐怕也行不通,岳父对我在外面拈花惹草早有耳闻,这也是他迟迟不分我家产的主要原因之一,如果直接向他要这么多钱,他肯定起疑。并且我至今未能让他女儿怀孕,让他抱孙子的愿望迟迟不能实现,他表面虽不说,但他心里肯定对我另有想法。此外,他情妇"猫咪"前段时间来大闹卓府也让他元气大伤,心里很是不爽。综合种种,我还是打消了向岳父借钱的念头。

最后我只好无奈地把要花二十万元才能把胡民阳"捞"出的事实跟李小曼直说了。起初,我以为李小曼已经与胡民阳分手了,就是她有这么多钱也不会拿出来的。谁料,听我这一说,她竟说:"只要能把他'捞'出,花多少钱,我来想办法。"

李小曼的话既让我感动，又让我替胡民阳愧疚。胡民阳，你小子为了所谓的混出模样，自私地留在深州而抛弃了真心爱你、疼你的女人，真不该啊！

　　还不到一天的时间，李小曼就告诉我，他父亲汇来的二十万元已经到账，叫我与她一起到银行里去提取。

　　取好钱后，我打电话给许浩能，告诉他钱已经准备妥当。谁知，许浩能一听，便责怪起我来："这是你与杜师兄之间的事，我什么都不知道。"说完，把电话撂了。

　　我不会怪许浩能，官场有官场的规则，他这样做正是为了保护自己。在官场，最好不去参与别人的权钱交易，更不要去了解别人的秘密，以免惹来不必要麻烦。

　　挂了许浩能的电话后，我又拨通了杜师兄的手机。电话响了一声后，便被他按掉了。过了一会，一个陌生号码打了进来。我犹豫了一下，马上意识到这应该是杜师兄长为与我单线联系而新开的电话号码。于是，我按下通话键，果然是他！

　　"这是我的新号码，你这几天就打我这个号码。"杜师兄的声音压得低低的，像在跟我耳语。

　　我告诉他："二十斤'水果'已准备好，你什么时候过来吃？"这"黑话"是杜师兄之前与我定下的接头语。

　　杜师兄甚是淡定地说："我在东湖公园里的'四面佛'等你，你先把'水果'供在佛坛上，我稍后到。你一人来就行了。"末了，杜副检察长不忘提醒我，他毕竟是搞检察工作的，懂得如何逃避监察，规避风险。我心想，这狐狸够狡猾的！

　　我按照杜师兄长的指引，来到了"四面佛"坛，用红色大胶袋装着二十万元现金。为了不引起别人的注意，我在胶袋四周铺一层冥币，以假乱真，同时，在现金的上面放些苹果、橙子和香蕉之类的拜神水果。我把满满的一袋"水果"放到佛坛上，然后点起三炷香装模作样地跪拜了起来。

　　"这位香客好虔诚啊。"一个声音在我背后响起，我转身一看，来人正是我的师兄、副检察长杜秋耕同志。他正脸带微笑地向我走来，大腹便便的。我注意到他手里也拎着一袋水果。当然他的这袋水果与我那袋"水果"有着本质的区别。

"这位老板也是来烧香的吧?"我故意大声问。

"正是。佛度有缘人。"说着,他把那袋水果往佛坛一放,与我那个袋子挨得非常近。

接着,杜副检察长也点着了三炷香,跪在佛前念念有词,他究竟是在念什么,我不得而知,但看他那副虔诚的样子,应该是真心求佛保佑他平安无事。他也有心虚的时候。据我的一位佛教界的朋友说,现在到寺里烧香拜佛的一般两类人居多,一类是身体有病的人,他们祈求佛祖保佑身体健康。另一类就是一些政府官员,他们祈求佛祖保佑他们平安无事,安全着陆。许浩能跟我说过,杜秋耕早就皈依了佛门,现在也算是佛门弟子了,他有个法号叫释能居士。

释能居士拜完佛后,笑眯眯地起身把我的那袋"贡品"拎起,并掂了掂,然后一阵风似的溜走了,颇像得道之人。我心领神会,朝着他远去的身影,双手合十,"阿弥陀佛"脱口而出。实际上,我心里想说的是"丢你老母"。但在佛面前,我的尘根被净化了,"丢你老母"很自然就说成了"阿弥陀佛"。我在想,人应多念"阿弥陀佛",少说"丢你老母"。

杜师兄走后,我也无心拎走他留下的那袋水果,还是留给佛吧。

佛,尘世的这一切您都瞧见了吧?请原谅我的大不敬,尘世本如此,我在您面前如此下作也是被逼的啊。

释能居士拿走我的"贡品"后,果真法力无边,第三天他就打电话告诉我:"你明天下午去看守所接人吧。"

这消息让我兴奋异常,连忙给已回到厦门静候消息的李小曼打电话报喜。

李小曼听了后,一个劲地说:"出来就好,出来就好。"她声音有点哽噎,显然,她比我还激动。

我问李小曼来不来接胡民阳,她低沉地答道:"他人已经出来,我就不再去干涉他的生活了。对了,你千万不要把我来深州及那二十万元的事告诉他。我不想让他心里有什么负担。"

我答应了李小曼,但我不解地问:"你为什么这样做,难道你就不想他把钱还给你吗,毕竟这钱数目不小啊。"

李小曼在电话那头笑了笑："你也不要问我为什么，实际上，我也不知道为什么。至于钱，不管数目多少，对我来说都不重要。重要的是，他今后能够好好在深州活着。"

听了李小曼这番话，我的眼睛竟模糊起来。在深州，好久没有什么可以让我为之感动了！这女人真不容易，为了一个曾经的恋人，她已经付出够多了！

第二天下午，新洲派出所肖姓民警打电话告诉我，胡民阳的取保候审手续已经办妥，要我去看守所接人。

我忙赶到深州第三看守所，肖姓民警已经先于我到达看守所。他正在看守所里给胡民阳办理释放手续。

大约过了半个小时，胡民阳便步履蹒跚、东张西望地向我走来，嘴里挂着怪怪的微笑。才几天，胡民阳就瘦得让我差点认不出来了。他眼睛深陷，颧骨高耸，头发和胡子都长到了一起。一点都看不到过去他那种意气风发的样子，身体也变得虚弱不堪。

胡民阳见了我，忙小跑着向我走来，然后猛地抱住我，眼泪"哗哗"地流了下来，像一个在外面受欺负的孩子见了母亲后万般委屈。

我拍了拍他的肩膀，安慰道："兄弟，别哭。天亮了不是？"

听了我的话，胡民阳抬起头来，眯着眼睛看着天空，深深地吸了一口气，喃喃地说："终于又可以看到太阳了！"

"出来就好了，别想那么多了。"我拍了拍他的肩膀，"现在先跟我去宾馆里洗个澡吧，把你身上的晦气都给洗掉。然后再一起去吃饭。"

胡民阳点了点头，表示听从我的安排，但他要求我不要开车去。

我颇感惊奇地问他："为什么？"

他平静地回答我："我只有走在深州的土地上心里才踏实。"

我理解他的心境，他此刻就像一只从笼子里放出来的小鸟，见到天空后，便表露出对天空的无比眷恋与依赖。

我按照胡民阳的建议，把车开到附近的一个停车场停好。然后，我们两人像情侣般偎依着默默地走在深州的路上。

胡民阳像一个贪婪的孩子吮吸母亲的乳汁般边走边大口大口地呼吸着深州的空气，并不时喃喃地说着："我以为我死了呢，原来还活着,冯哥,我原来还活着。"

我回应他说:"你当然还活着,而且还要好好活着。"

大概走了三个多小时的路后,我们来到了爱国路的一间商务酒店里。在接胡民阳之前,我已经委托朋友在这里开了一间标间,并按照广东人的习俗,弄了一小袋子的柚子叶放在房间里。据说,用柚子叶洗澡,可以把人身上的晦气洗掉。我想,人之所以迷信,是因为人有时无法掌控自己手中的命运,只有寄希望于神灵。

胡民阳按照我的要求,淋漓尽致地洗了一个柚子叶泡水澡,然后把野蛮生长起来的胡须毫不留情地刮掉了,因为头发还来不及剃,我便用电吹风帮他把头发吹齐整了一点。接着,他换上了我给他新买的牛仔裤及一件红色T恤。经一番梳理,胡民阳一下子就精神了许多,恢复了原来的胡民阳形象。

收拾停当后,我问胡民阳今晚最想吃什么。他想都不想地答道:"我想吃湛江白切鸡。"

胡民阳喜欢吃湛江白切鸡,这我是知道的。他几乎每周都要吃一次湛江白切鸡,他告诉过我,湛江白切鸡肉软、皮滑、味香,非常开胃,百吃不厌。

于是,我把他带到位于罗湖区布心路的"湛江鸡饭店"。以前胡民阳经常请我到这里来吃饭,他介绍说,这里的湛江白切鸡做得非常地道、正宗,味道最好。

坐下后,我由胡民阳点菜。他理所当然地点了白切鸡,可这次他一下子就点了两只,并吩咐服务员不要切开,要整只上。两人要点两只鸡?而且整只上?胡民阳这个举动让我及负责点菜的服务员都非常惊愕。

我不解地问他:"你要拜神啊?"

胡民阳怪怪地笑了笑:"拜啥神呀?拜我自己呢。你不知道,我在看守所里整天吃的是白萝卜,一点油都没有。一到夜里,肚子就饿得'咕咕'直响,睡觉就不踏实。一天夜里,我做了个梦,梦见李小曼双手各拎着一只湛江白切鸡向我走来,我激动地向她扑去,抢过鸡就拼命地啃起来。还未等我把鸡肉咽入肚里,我的脸一疼就醒了。原来是睡在我旁边的一个犯人踹了我一脚,我问他为什么踹我。他说,你还好意思问我呢，你刚才咬了我的脚趾知道不？因为在看守所里犯人都是首尾相邻地交叉睡在大通铺上的，即如果一个头向里，挨着睡的那个头就得向外。所以，每人头部都会被四只臭脚丫分左右边地夹着。我可能是做梦时把那个老兄的臭脚丫当白切鸡给咬着了。"

我听了直想笑，但怎么也笑不出来，心里反倒变得异常沉重，并且酸溜溜的。

不一会儿，服务员把两个整只白切鸡端了上来。

胡民阳迫不及待地抓起一只鸡，边撕边吃，一副狼吞虎咽的架势。直看得我目瞪口呆，心里暗笑：鬼子进村了！

胡民阳的这一举动引起餐厅里的小小骚动，邻桌的食客及服务员都投来了异样的眼光像看怪物般看着正在狼吞虎咽的胡民阳。

我听见有人悄悄地议论道："这人是不是神经病啊？"

我忙低声提醒胡民阳："老兄，注意点形象，大家都看着你呢。"

但他不理不顾，依然我行我素，直到手里的一只鸡只剩骨架，他才稍作停顿。他用舌头把嘴唇转了一圈，又把十只沾满鸡油的手指挨个吮吸一遍后，深深地喘了一口气说："真爽，梦想终于成为现实了！"

接着，他指着另一只鸡问我："你干吗不吃？"

我笑了笑，说："都留给你吃呀。"

他说："那我就不客气了。"说着，又抓起另一只鸡撕吃起来。不过，比起刚才来，现在他的动作斯文了许多。估计有前一只鸡垫底，现在他不那么馋了。

第二只鸡下肚后，胡民阳抹了抹嘴，说："你说奇怪不奇怪，我好久都没梦过李小曼了，那天一梦到她就给我送白切鸡。"

我本想说："她何止在梦中给你送鸡，现实中她还送钱给你呢。"但想到李小曼那天对我的叮嘱，我没有接胡民阳的茬，更没有向胡民阳提起李小曼为他的事专门从厦门赶来深州及二十万元的事。

第二十三章 "强奸门"真相

　　吃饱喝足后,胡民阳逐渐恢复了元气,脸色一下子红润了好多,话也多了起来。他打着饱嗝,跟我说起了那天他被抓的经过。
　　当知道段爱琴真的做了坐台小姐后,胡民阳非常痛苦,并难以接受。他曾多次打电话给段爱琴,想约她出来谈谈,试图把她从淫窟里挽救出来。但是,段爱琴根本不买他的账,不但不接他的电话,而且发来短信警告他再打电话骚扰她,她就要报警了。无奈之下,胡民阳只好放弃。恰在这时,胡民阳被"违治中心"辞退了。为了能够在深州继续生存下去,他必须重新找工作。所以,他一门心思地在找工作,并渐渐地把段爱琴给淡忘了。
　　可在上个周五晚上,胡民阳却接到了段爱琴打来的电话。她告诉他,今晚她正好休息,想见见他。他虽有点犹豫,但最终还是答应晚上跟她见面。
　　见面地点就定在位于深州体育场旁边的芝加哥酒吧。这里是深州年轻人的 high 场。
　　见面后,段爱琴主动点了一打纯金威啤酒,两人便一瓶接一瓶地喝了起来。
　　大约喝到凌晨一点,他们都有了几分醉意,决定不再喝了。
　　走出酒吧后,胡民阳提出把段爱琴送回家,却遭到她的拒绝。她对胡民阳说,她今晚不想回家,想到胡民阳那里借住一宿。这让胡民阳颇感突然。虽说他曾经疯狂追过她,但她一直对他不冷不热,爱理不理。今晚她这么主动,这让胡民阳有点不适应,不知所措。但看到她那乞怜的眼神,他也就不好拒绝了。

回到胡民阳的住处,段爱琴连衣服都懒得脱地直直躺到了胡民阳的床上。

胡民阳洗漱一番后,也上了床。

毕竟是孤男寡女独处一室,她又是他曾经疯狂追求的对象,所以,胡民阳刚躺下不久,身体就情不自禁地有了反应。犹豫了一阵后,他伸手把静静躺在床上另一端的段爱琴搂了过来。有了晚上喝酒的铺垫,加上段爱琴现在的"小姐"身份,胡民阳认为今夜拿下段爱琴应该毫无悬念。谁料,段爱琴的反应却完全出乎他的意料。她突然睁开眼,大声斥问胡民阳要干什么。

胡民阳见段爱琴反应这么强烈,欲火一下子就泄了一半,他最终决定"鸣金收兵"。

可就在胡民阳悻悻然准备去睡觉的时候,段爱琴却把胡民阳的头扳过来靠在她圆鼓鼓的双乳上,这个时候,即使是一尊石狗也会发情,何况是人呢?于是,胡民阳不顾一切地把她压到了身下……

等胡民阳心满意足、疲软地从段爱琴的身上爬下来后,段爱琴却抽抽噎噎地哭了起来,口里不断地骂着:"你这王八蛋,你强奸了我,我要告你。"

胡民阳被段爱琴这突如其来的举动吓呆了,刚才明明是她主动投怀送抱,而且两人酣战过程中,她也积极配合,怎么刚完事就说他强奸了她呢?这是什么道理?

"哥,你说我这算强奸吗?明明是她勾引我,可提起裤子后她就说我强奸了她。这还有天理吗?"胡民阳眼巴巴地看着我问道。

我又能说什么呢?我既不是当事人,也不是法官,根本没有发言权。

胡民阳始终认为,他没有强奸段爱琴,当时完全是在她自愿的情况下,他才与她发生了关系的。所以,当段爱琴哭闹着说要去报警时,胡民阳还以为段爱琴这是在跟他撒娇或开玩笑,根本不把它当回事。可能因为太过劳累,他不久便沉沉地睡去了。

在迷迷糊糊中,他被"咚咚"的敲门声所惊醒。他刚睁开眼睛,三个警察早已随着段爱琴的开门声,威严地出现在房间里。正当胡民阳惊愕之际，带头的一名警察向他出示了警察证。"有人向我们报警，说这里刚才发生了强奸案。"带头的警察一脸严肃地说。接着，他转身问段爱琴，"刚才是你报的警吧？"

段爱琴低着头，小声地回答："是。"

"那么，是你强奸了她吧？"这位警察用严厉的眼光盯着已经浑身哆嗦的胡民阳问。

胡民阳怔怔地说："警察同志，我没有强奸她，我没有强奸她！"

"有没有强奸，等一下跟我们到派出所就知道了。"带头的警察说完，便命令一个年轻警察给胡民阳铐上了手铐，并把胡民阳与段爱琴一起押上了警车。

到了派出所后，胡民阳才弄明白所发生的事情。原来就在他睡觉的时候，段爱琴悄悄打了报警电话，说是他强奸了她。他在派出所里百般辩解，但一点也没有用，警察仍然以他涉嫌强奸把他给刑事拘留了。

"冯哥，我冤枉啊，你说她为什么要怎么做呢？我可是跟她无冤无仇啊。"胡民阳突然抬起头来大声问我。

我一时不知说什么好，只是安慰他说："别想那么多，现在不是没事了吗？"

"但是，我现在只是取保候审啊，他们还可以逮捕我呀。"胡民阳不安地说，"我可不想再到那种地方了，那里简直不是人待的地方。"说到这里，胡民阳的脸上露出了痛苦的表情。看来，这次短暂的牢狱之灾可能给他留下了挥之不去的阴影。

我忙安慰他说："这你就不用担心，我们已经做了有关方面的工作，你不会再进去的。"

那天给杜师兄送"水果"的时候，他曾经在佛祖面前向我保证过，胡民阳从里边出来后就不会再进去了。我相信他能说到做到，因为他就是分管批捕的副检察长，有他这尊神的"荫庇"，有那二十万元"贡品"开路，胡民阳大可逢凶化吉。

"谢谢你了，冯哥。"胡民阳充满感激地看着我。

我本想说，你最应该感谢的人是李小曼，但是，想到当初对李小曼的承诺，溜到嘴边的话被打住了。我只好平静地对他说："兄弟之间帮忙有什么好谢的。"

不久，我从检察院那里得到好消息：胡民阳终因证据不足而不予逮捕，原来的取保候审也得以解除。

胡民阳有惊无险地躲过了一劫！

我在第一时间把这个消息告诉了李小曼，她显然也非常激动，在电话那头声音颤抖地不断"喃喃"地说道："这就好了！这就好了！他没事了就好！"

二十万元"贡品"终不打水漂，我一直悬着的心也放了下来。

事后，杜秋耕检察长跟我说，胡民阳这事斡旋起来比想象中复杂得多。不是案情复杂，而是人际关系之复杂超出想象。虽然杜副检察长最终胜出，但是，为此他也得罪了不少人，甚至包括他的上级领导和同僚，原因是有人想把这个案子办成铁案，而杜副检察长却横插一杠，肯定令许多人感到不爽。"你那朋友肯定得罪了某些有势力的人，否则，不会有人死盯一个可是可非的强奸案的。明显有人想把他往死里整，叫你朋友今后要小心一点，别再惹出耐烦来。"

杜师兄的话让我深感不安。究竟是谁想把胡民阳置于死地呢？

"除了他们，还会是谁？"胡民阳听了我转述杜师兄的话后，气哼哼地说，"我就不相信他们可以一手遮天。"

"你指的他们是谁？"我无不顾虑地问他。

"以后你自然会知道的，现在你最好不要知道那么多，我怕这事连累到你。"胡民阳显得异常平静，像没有发生过什么事似的。

胡民阳是我的好兄弟，他不想跟我说自有他的理由，我不再追问下去。但从他的这些话语中，我已经猜出了八九分。最近一连发生的一些事情看似巧合，但它们之间又有着必然的联系。先是胡民阳因为一篇博文被炒，接着，《南方都市报》刊登了一篇所谓"内幕"的报道，而写报道的那个记者恰好又是胡民阳的校友。之后，胡民阳却涉嫌强奸被抓，而令人不解的是所谓受害人却是胡民阳一直苦苦追求的对象段爱琴。这难道仅仅是巧合么？如果不是，那么，它将是一个阴谋，一个天大的阴谋！而主谋会不会是他们？想到这里，我为胡民阳捏了一把汗，毕竟现在他的对手不是一个人，而是一群人，并且对手处在强势。比起对手来，胡民阳就是一只蚂蚁，任由他人踩踏的蚂蚁。

我劝胡民阳:"你还是把心思放在找工作上吧,有了工作才可以立足深州。其他无谓的东西就暂时放一放吧。"

胡民阳一改以往的固执,对我所说的话连连点头表示同意。但他告诉我,现在在深州找一份理想工作实在不容易。

我决定送佛送到西,帮人帮到底,对胡民阳说:"我来帮你想想办法吧。"

胡民阳很不好意思地说:"这怎么行?我那个事情已经够麻烦你了,我不想再给你添麻烦。"

"朋友之间没有什么麻烦不麻烦的。大家出门在外就得靠朋友。"我说的可是真理。出门在外,朋友就是风,朋友就是雨,有了朋友可以呼风唤雨。这不,皮光洲这个朋友让我呼过来了。

皮光洲这小子现在风头正劲,前不久刚被老板从项目经理的位置提拔到公司副总的位置。

他升职的那天,吴老板做东,专门请了我们几个要好朋友在凯斯宾大酒店隆重地吃了一餐庆功宴。那时皮光洲正意气风发,春风得意马蹄疾。他端坐在主宾位上如刚登基的皇帝,接受我们的敬酒道贺。那天,孟莉作为压寨夫人也在场,她一脸幸福地坐在皮总的旁边,不时用充满爱意与骄傲的眼神盯着皮总,含情脉脉,郎情妾意,让我的醋坛子打翻了,醋意洒了一地。

席末,皮总搂过压寨夫人,庄重地向大家公布了一个令大家颇感意外的消息:"明年元旦,我将与孟莉小姐走进婚姻殿堂,届时希望大家都来为我们捧场。"说着,皮总深深地吻了一下压寨夫人。

大家还以为皮光洲是跟大家开玩笑,因为许多人都认为皮光洲跟孟莉只是玩玩而已,做不了夫妻。实际上,皮光洲开始也是以玩玩的心态泡上孟莉。谁知,炒房成了房东,炒股成了股东,泡姐成了别人老公。当大家回过神来,知道皮光洲这次是来真的时,都齐齐举杯向他们祝贺。这对皮光洲来说,可谓是双喜临门。

吃醋归吃醋,从心底里我还是希望他们能够开花结果,幸福美满的。

那天散席后,皮光洲向我走过来,拍拍我肩膀,打着酒嗝、心满意足地对我说:"冯哥,我就认你这个哥们。如果你老兄今后有什么需要小弟帮忙,尽管跟小弟说,小弟肯定两肋插刀,赴汤蹈火,在所不辞。"

我笑了笑,说:"皮总你放心,我冯伟标如果需要你大驾帮忙,肯定不会跟你客气的。"

"你这才是把我当兄弟呢。"说完,他在压寨夫人孟莉的搀扶下摇摇晃晃地走了。

未曾想,这回真有需要他帮忙的时候。

我打电话给皮光洲,把胡民阳找工作之事跟他说了。

皮光洲果然是爽快之人!他笑着说:"不就介绍份工作吗?没问题。你叫胡民阳明天拿一份简历来找我就是了。"

我说:"那我先替胡民阳谢谢你了。"

他说:"谢什么啊?大家在深州都不容易,谁没个需要别人帮忙的时候啊?"

在皮光洲的极力引荐下,胡民阳顺利进入了皮光洲所在的房地产公司工作。胡民阳又有了在深州的立足之地。

拿到第一笔工资后,为表示感谢,胡民阳决定请我与皮光洲吃饭,顺便叙叙旧。

地点定在香蜜湖的"木屋烧烤"。据说这是美国总统奥巴马的弟弟开的烧烤店。深州真是个藏龙卧虎的地方,连美国总统的亲属都跑到这里来卖烧烤了。

烧烤店里的客人很多,大概都是冲着奥巴马的名气而来。我们点了羊肉串、牛肉串、烤鸡翅、烤鱼、烤茄子、烤韭菜等好几样下酒的东西和几扎啤酒,三人便情绪高涨地畅饮起来。我们边喝着酒,边天南地北、海阔天空地聊着天。聊在深州的遭遇,聊各种趣闻逸事,免不了也聊女人。不知不觉地,我们都喝得有点高了。酒喝高后,人就有点伤感,人一伤感,就喜欢怀旧。所谓的怀旧,也就是回顾一下来深州时所走过的路。

三人中算我最顺。虽说我也住过不堪回首的"十元店",但大体上我在深州没吃过什么苦头,没遇到什么挫折。主要原因是我走了生活的捷径,娶了深州本地村长的千金。这样得来的幸福虽然不经历风雨，但照样可以见到彩虹。比起我来，皮光洲当前的幸福生活是来之不易的，是经过他自身的努力换取来的，含金量十足。"皮总，我最佩服你了。"胡民阳大着舌头说。这话听得有点刺耳，虽是夸皮光洲，但却也是鄙视我的不劳而获。皮光洲这时也意识到了什么，忙给胡民阳使了个眼色。胡民阳醒悟般补充道："当然，我也佩服冯哥。"

"佩服个屁啊，我一个吃软饭的，有什么好佩服？"我自嘲道。我知道胡民阳后面一句是怕得罪我而说的，他最看不起一个靠女人上去的男人。当初他就是不想依靠李小曼的富裕家族背景而离开厦门来到深州打拼的。而在深州他混得并不顺，爱情、工作、生活等诸多方面都不尽如人意。"难道我选择深州错了吗？"他抬起头来，醉眼矇眬，像是问我们，又像是问他自己。

"怎么会错了呢？你当前的困境是暂时的。相信自己，面包会有的，一切会有的。我不也有过你的经历吗？现在也算是有个模样的人了。深州永远不会薄待任何一个肯干、敢干、能干的人。"皮光洲这番话颇具哲理，很有说服力。胡民阳像个小学生受到老师启蒙一样，茅塞顿开："皮总这么一说，我心里好受多了。今后还希望两位大哥多多关照小弟。"他说着，端起一扎啤酒"咕咕"地往肚里灌，我想拦都拦不住。胡民阳的伤感是显而易见的。他有诸多不顺，他要发泄，但不知道酒精能否让他的心有个停歇。

皮光洲也喝高了，他醉眼迷离地看着我，硬着舌头说："别看我现在人五人六的，其实我也非常郁闷。"

"你过得好好的，有啥郁闷啊？"胡民阳瞪大眼睛问道。

"你们有所不知，我职场得意，情场失意啊。"皮光洲似在半梦半醒之间。

他这话一出，我的心猛地抽了一下，说："你不是马上结婚了吗？"

"不错，我是要结婚了。但是，你们有所不知，我是被逼的。"皮光洲眼睛依然蒙眬，让人看不透他的心思。

"皮总，现在结婚自由，谁还能逼你啊？"胡民阳迷迷瞪瞪地问道。

"还有谁啊？你嫂子呗。"

"嫂子？嫂子怎样逼你了？"

"唉，我本不想让家丑外扬，既然你们都问了，我也不把你们两个当外人了。我就说了吧，老憋在心里也不好受。"

接着，皮光洲就跟我们讲起了他的"家丑"。

原来，皮光洲离开"违治中心"后，便到他老乡的房地产公司工作。他老乡对他这个小老乡非常关照，每次有什么重大应酬总爱带上他。一次，公司请余满良吃饭，皮光洲也参加。席上，他遇到了孟莉。那天，孟莉也是应陈艳妮的邀请前来参加晚宴的。皮光洲完全被孟莉的美丽、性感、风骚、大方给迷住了。其时，孟莉也被皮光洲的青春气息所吸引。郎情妾意的两人很快便纠缠到一起去了。虽然那时皮光洲已阅人无数，但是，他对孟莉床上的功夫还是赞赏有加，尤其是孟莉用国语和英语叫床的方式，总是让皮光洲欲罢不能，如痴如醉。

不知不觉中，皮光洲发现他爱上了孟莉。问题恰恰就出在这爱上。当爱上孟莉后，皮光洲就自然而然地关注她、了解她。但一关注、一了解，问题就出来了。他逐渐了解到了孟莉的一些不堪过往，尤其是她被一个香港老头包养的事实让他非常痛苦。

她也不遮不隐地承认了这一切。她告诉他，她被包养完全是生活所逼。"我也不想这样，但我不这样，还能怎样？"孟莉幽幽地说着，"一个女人要在深州混出个模样来实在是太难了！你想想，我一个黄花闺女，难道我不想洁身自好吗？我不想拥有童话般的爱情吗？我不想拥有我的白马王子吗？但是，现实不让我有自己的理想，有自己的选择，所以，我只能屈服现实，做了别人'二奶'。"说到这里，孟莉哽咽了起来，她边拭眼泪，边继续说："但你放心，我不会爱那个人，在你之前，我从来没有爱过任何人。直到你出现，我才知道，我心中对爱情的憧憬还没湮灭。皮哥，相信我，我对你的爱是不掺杂任何东西的。我这辈子的唯一遗憾是没有给你一个完整的自己！"孟莉说到动情处，抽抽噎噎地哭了起来。

皮光洲在深州也经历了一些东西，也深感在深州立足的不易。所以，他非常理解孟莉的苦衷。同时，他也被孟莉那番情真意切的表白所感动。所以，他以豁达的胸怀谅解了她，接受了她。皮光洲告诉孟莉,他也是真心爱她的。他不希望她再跟那个香港老头有任何瓜葛,要她马上离开香港老头。

孟莉答应了他。

或许一切都是天意!就在这个时候,美国发生了次贷危机。靠做出口女人内衣的徐仁贵的生意遭到严重打击,经营每况愈下。渐渐地,徐仁贵入不敷出,更难以满足已经被他撑大胃口的孟莉的经济需求。

因此,孟莉果断地向被她叫了好几年"老公"的徐仁贵分手。

虽然徐仁贵有点舍不得,但还是无奈地答应了。

自此,孟莉恢复了自由身,孟莉完完全全地成了皮光洲的女人。

可是,新的问题很快又出现了。由于孟莉在被包养期间多次为徐仁贵堕胎,现在她已经很难怀上小孩了。这可是天大的事。因为皮光洲家族里已是几代单传,不能生小孩就意味着皮家从皮光洲这里开始便绝后了。中国人历来是"无孝有三,无后为大",无后当然是件大事。所以,皮光洲对孟莉的爱渐渐地有所保留起来。孟莉也是个聪明人,她不能生小孩的事,虽然皮光洲嘴里说不在乎,但她明显感觉到皮光洲对她爱的温度在下降。她自认为,她已经为皮光洲牺牲了好多,不但离开了一直包养着她的香港老头徐仁贵,也断了跟她有一刀一斧的男人的关系,这其中就包括我。她不想再失去皮光洲,不仅仅因为爱,还因为生活。如果她再失去了皮光洲,她就无法在深州好好地活下去了。所以,她必须马上与皮光洲结婚。她想通过结婚来拴住皮光洲。

但皮光洲一想到这个女人今后不能为他传宗接代,就失望至极,他决定与这个女人摊牌。一听到皮光洲提出分手,孟莉就在他面前割脉,吃安眠药,并威胁他,如果不娶她,她就与他同归于尽。

"实在没办法,我只好答应了她。说真的,我也舍不得她,都这么多年了,是条狗也有感情,何况是人呢?但一想到今后我皮家可断了香火,我的心里那个疼啊,简直是撕心裂肺。"皮光洲猛地呷了一口酒,讪讪地说。

皮光洲的烦恼是合情合理的。《旧约》中万能的上帝对他创造的第一个男人和第一个女人动情地说:你们生儿育女、繁衍后代吧。也就是说,上帝在造人的时候,就给我们每个人布置了任务:生儿育女。如果一个男人或一个女人不能生儿育女,真就无法向上帝交代了。

"大家都不容易,我们就不要再谈那些不开心的事了,喝酒吧。"我举起酒杯对他们说。

"好,我们干杯!"

三个各怀心事的男人把酒杯高高举起。

今夜,深州醉眼朦胧,深邃的霓虹灯闪烁着无数的梦。远处,呓语缠绵。

深州的夜是艳丽的、迷情的、醉态的、肉感的、充满欲望的……

第二十四章　内幕重重

彭海博这段时间的脸总是黑着，一副心事重重的样子。

现在他一来上班，就把自己关进他的办公室里，很少跟我搭话。有一次，我到他办公室汇报工作，打开门后，一股浓烟扑鼻而来，呛得我喉咙直发痒。只见他办公台上的烟灰缸里有好几根才抽了半截的香烟，袅袅升起的浓烟把他的脸罩得云里雾里。我无法看得清他的脸，但朦朦胧胧中可以看出坐在大班椅上的彭海博满脸不快。我简单地把一周来我们辖区违章建筑动态跟他说了，这是我每周必做的工作，一般如果没有什么重大事项，就只向他作口头汇报。

他听了我的汇报后，依然抽着闷烟，沉默了一会儿后，他突然抬起头来对我说："今后要封杀吴好礼，让他滚出马岗去！"说着，把刚抽了不够半截的香烟往烟灰缸里狠狠一按。

我心头一紧，他所说的吴好礼就是吴老板。据我所了解，吴老板平时没少给彭海博这尊神"烧香"。按理他应该成为吴老板的"保护神"才对。可此时他为什么跟吴老板过不去呢？

我当然不敢多问，只是附和着彭海博说："彭处，我明白了。不过，吴老板也就是上回配合我们拆给媒体看的那一栋楼正在复工，别的就没有了。"

吴老板所搞的违章建筑是刚从老刘那里接手过来的，当时为了配合我们在媒体面前"作秀"而被我们拆了一小部分，建筑工期也就被迫延长了。

"复工也不行，就把他晾在那里。看他以后还敢不敢捣鬼。"办公室里的烟雾渐渐散去，我看清了彭海博那张狰狞得变了形的脸。

我心里"突突"直跳，彭海博所说的捣鬼是什么意思呢？吴老板怎么会捣鬼呢？我想起了前段时间胡民阳跟我说过，别看表面上吴老板百般讨好彭海博，暗地里他却对彭海博这帮人恨之入骨。莫非……

我不敢再往下想。

退出彭海博办公室后，我悄然给胡民阳打电话，约他晚上出来聊聊。"别让皮光洲知道我约你！"我在电话里再三叮嘱胡民阳。直觉告诉我，皮光洲可能是一个"潜伏"在吴老板身边的危险分子，对于这个人，我还是防着为好。

晚上下班后，我开车接上胡民阳就直奔大梅沙去。

路上，我一脸凝重，默默地开着车。胡民阳似乎也嗅到了什么，他不停地问我究竟发生了什么。

"发生什么，你应该比我清楚，我希望你不要连我都隐瞒着，否则，今后如果发生什么事情，谁也帮不了你。"这就是我今晚约他出来的主要目的。我必须搞清楚，最近一连发生的一些事情是否与他有关。如果真的与他有关，我得提醒他做好防备工作，免得他身陷绝境，不可收拾。张二江他们绝对不是谁都惹得起的。

胡民阳沉默了一会，然后吞吞吐吐地对我说："冯哥，我之前是怕连累你才不把一些事情跟你说的。既然你一定想知道，那我就跟你实话实说了。"

胡民阳终于跟我道出了实情。前段时间发生的一些事情确实与他有关，只不过幕后还有他人。

原来，胡民阳因为一篇抨击深州违章建筑的博文而被单位炒鱿鱼后，吴老板就主动找到了他。吴老板告诉胡民阳，他一直暗中调查张二江，掌握到了张二江的许多为人所不知的作奸犯科之事。其中包括去年那栋违章建筑坍塌后，张二江短时间内更改公司法人代表，把公司副总黄栋梁推到前台，而他本人却逃避法律制裁的内幕。胡民阳本来就对张二江的一些行径看不惯，现在听吴老板这么一说，就更加义愤填膺了。他决定把从吴老板那里得来关于张二江的内幕通过媒体捅出去。于是，他找到他在《南方都市报》当记者的师兄把这个猛料抖了出来。于是，就有了《马岗坍塌违建有黑幕》一文。胡民阳的师兄本打算做个跟踪报道。无奈报道出街不久，社长便找到了他，叫他就此打住。

听了胡民阳的叙说后，我不禁为胡民阳的安全担忧。张二江他们是惹不起的！虽然胡民阳已经有惊无险地躲过了"强奸门"一劫。但是，他躲得了初一，还躲得了十五吗？

"胡民阳啊胡民阳，你真是糊涂！你真不应该掺和这事。你是被人当枪使啊。"我责怪起胡民阳来。

"我也知道吴老板与张二江有过节，吴老板接手老刘的那栋楼盘后，张二江公司一直在暗中采取各种卑鄙手段，干扰吴老板的楼盘施工，这令吴老板相当不爽。但我当时并不是想帮吴老板什么，只是觉得张二江这个人也欺人太甚了，先是逼走老刘，现在又来跟吴老板过不去，他真能一手遮天吗？反正我是看不惯他这个人。"胡民阳喃喃地辩解道。

"你看不惯的东西多着呢，你都管得了吗？何况，吴老板也不值得同情，他不也是在利用关系搞违章建筑吗？都不是什么好鸟。"我气鼓鼓地斥责着胡民阳。

最后，我提醒胡民阳："千万不能让任何人知道《内幕》一文是你报的料，包括皮光洲。"

"可是，我已经跟皮总说过了。"胡民阳怯怯地说。

"什么？你跟他说了？什么时候说的？"我心头一紧。

"这篇报道出来不久，皮总就请我吃饭。在吃饭过程中，他主动跟我谈起那篇报道，说是他看了报道后，也非常解气，他对张二江的霸道也心存不满。"

"你便把你报料的事全部跟他说了？"我急切地问。

"是的。他问过我，是不是我向记者报的料。我想他是我们的朋友，又帮我安排了这份工作，觉得没必要对他隐瞒，我便把整个过程跟他说了。"

"你这猪头！你不但把你自己出卖了，还连带着把吴老板也出卖了，知道吗？"我大声斥责着胡民阳。

不错，皮光洲是我和胡民阳及吴老板的朋友，但同时他也是彭海博、张二江他们的朋友。据我所了解，皮光洲能够当上公司副总，这与彭海博多少有点关系。皮光洲通过彭海博认识了城建系统的一些领导，还有政协官员余满良。这使皮光洲公司与城建系统沟通协调起来非常方便，大大节省了公司的公关成本。公司老板正是看中皮光洲这方面的资源才重用他的。

我把这些事实说给胡民阳听时，他如梦初醒："这么说，皮总那天是故意从我口里刺探内情，然后再转告了彭海博他们？"

"不排除有这个可能。彭海博这次要封杀吴老板肯定事出有因。反正，你今后还是小心为好，不要轻易落入别人的圈套。"我不得不再次提醒胡民阳，这家伙似乎还没有意识到自己正处在危险之中。

"你不觉得你那次的'强奸门'有点蹊跷吗？"我继续说。

"你是说这是背后有人给我设的圈套吗？"胡民阳瞪大眼睛问我。

"你说呢？"我反问他。

胡民阳陷入了沉思，他喃喃地说："你这么一说，我也觉得这事有点不对劲。那天段爱琴的表现有点反常。之前我打好几次电话给她，要么是关机，要么是打通了却被她摁掉了。可那天她却主动约我出去喝酒，而且喝完酒后她又主动提出到我那里留宿。虽然当时我对她的这些举动也觉得有点唐突，但是，我没有往坏的方面想。我与她无冤无仇，她怎么可能害我呢？"

胡民阳越想越觉得不对劲，他决定找段爱琴问个究竟。

我说："恐怕你找不到她了。你出事后，我也尝试过找她，但她手机已经是空号了。吴老板那个小情人娜娜告诉我，段爱琴这几天根本没有到'翡翠宫'上班，也没有请假，突然就消失了。"

"她不会出什么事了吧？"胡民阳着急地说。

"段爱琴应该不会有什么事。他们只是想通过她教训一下你而已，断不会对她也下毒手。因为他们这样做风险太大，不值得这么做。至于段爱琴的失踪应该是暂时的，可能是躲到某个的地方避风头去了。"

胡民阳蛮有把握地说："只要她还活着，我就能找到她。"

"是吗？你如何找啊？"我疑惑地问。

"我自有办法。"胡民阳故作神秘。

果然，大约过了一个星期，胡民阳就兴奋地告诉我："段爱琴有消息了，她现在在珠海。"

我忙问他:"这消息可靠吗?"

他说:"这消息是从沙县小吃店老板娘那里打听来的,绝对可靠。"

"老板娘怎么可能会有段爱琴的消息?"胡民阳的话让我越来越摸不着头脑了。

见我疑虑,胡民阳解释道:"那天我与段爱琴去酒吧喝酒的时候,她曾经告诉过我,她现在与沙县小吃店那个老板同居了,并且那个老板答应过她,要与他老婆离婚来娶她。由此我断定,现在段爱琴肯定是与那个老板在一起。果然,上个星期,我去找老板娘打听她老公的消息时,老板娘非常气愤地告诉我,她老公与段爱琴私奔了,现在两人就在珠海,至于在珠海的什么地方,老板娘也不太清楚。她也一直在找他们呢。"

"这就好办了。你只要与那个老板娘联手,就一定会找到段爱琴的。"我拍了拍胡民阳的肩膀说。

"我也是这么想的,可是老板娘愿意与我联手吗?"胡民阳无不忧虑地问我。

"她为什么不愿意呢?你要知道,现在你与她有着共同的目标,就是要找到私奔的这对男女。应该说,老板娘比你还要急,你想想,她的男人带着一个女人私奔,她能不急吗?你现在要做的是在老板娘面前添油加醋地去说段爱琴的坏话即可。"

"可是我怎样说她坏话呢?"胡民阳问我。

我依在胡民阳耳边,如此这般地授他计谋。胡民阳听了后,睁大眼睛瞪着我看:"这一招也太损了吧?冯哥,你啥时也变得如此阴毒了?"

我得意地"嘿嘿"大笑起来:"常在江湖走,不学点心毒手狠招儿,还真无法混了。"

胡民阳也会意地大笑了起来。

果不其然,当胡民阳把段爱琴的情况添油加醋地讲给老板娘听时,老板娘骂骂咧咧道:"我就说呢,她原本已经离开我老公了,可前不久她又主动找回我老公,原来这破鞋是染上艾滋病了,她跟我老公在一起就是为了报复他,让他也染上艾滋病。我一定要找到这个破鞋，扒她的皮。"

我为我的这个小计谋得逞而偷笑。关于段爱琴染上艾滋病是我编造的，目的就是为了刺激这个老板娘与胡民阳联手找到段爱琴。

在众亲朋好友的帮忙下，老板娘终于在一个下午在拱北一个叫"海湾"花园的小区门口旁，把刚好买菜回来的段爱琴堵了个正着。于是，两个女人就在小区门口互相撕扯起来，并互相指责对方抢了自己的男人，场面非常混乱，引来了许多路人的围观，大家都争着来看这出大奶、二奶主演的大戏。

后来，有人报了警。警察来后，把两个女人带回派出所接受调查。

按照事前的约定，老板娘一发现段爱琴的行踪便给胡民阳打来了电话，并把段爱琴在珠海所处的具体位置告诉了胡民阳。

接到老板娘的电话后，我与胡民阳开车急急赶往珠海。

在派出所里，我们见到了段爱琴，她一脸沮丧地坐在审讯室里，脸色苍白，头发凌乱，完全没了往日的风采。

当胡民阳告诉警察他是段爱琴的男朋友时，警察摇了摇头说："刚才你女朋友跟人打架了。不过，这是个小问题。本来录完口供就可以走了，但是，根据另一个当事人的口供，她可能还患有艾滋病，我们必须带她去疾控中心检查。"

我本想向警察解释这是一场误会，她根本没有艾滋病，但是，我无从说起。我总不能跟警察说，这是我使的阴招吧？

段爱琴见到我们时，有点慌乱，欲言又止，一副可怜巴巴的样子。最后，她一句话也没有跟我们说，便跟着警察上了警车。

在征得警察同意后，我们开着车跟随警车也来到了疾控中心。

在疾控中心里，护士熟练地在段爱琴身上抽了几管血。

一个多小时后，结果便出来了，段爱琴的血液HIV抗体呈阳性，虽然排除了艾滋病病毒感染的可能，但确定为毒品感染，即段爱琴吸过毒。

一名警察边看着检测结果，边询问段爱琴关于吸毒的经历，也即是她的吸毒史。

我怕节外生枝，便自作主张地对警察说："她没有什么毒瘾，回去后我们会劝她戒掉的。"

这个警察可能对吸毒人员已习以为常，他对段爱琴进行一番教育后，便把她交给了我们，并叮嘱我们一定要帮助她戒掉毒瘾。我们表示一定尽力而为。

警察一走，段爱琴"扑通"一声便跪倒在我们面前。她哽咽着说："胡哥，我对不起你了！"说完，她号啕大哭起来，几成泪人。

段爱琴这突如其来的举动把我们吓呆了，一时不知如何是好。

大概过了一分钟，胡民阳才反应过来，他走上前去把段爱琴扶了起来，并把她搂在怀里，拍着她的肩膀说："别哭了，有什么话等下再慢慢说吧。"

接着，我与胡民阳一起把已哭成泪人的段爱琴扶到了车上。

在车里，稍为安静下来的段爱琴终于向我们道出了"强奸门"的实情。

原来，段爱琴无奈当上坐台"小姐"后，虽然有了一点钱，但总觉得日子过得很迷茫、很空虚、很无聊。在那些"小姐"姐妹的怂恿和诱导下，她开始学会了吸毒，并渐渐染上了毒瘾。为了赚取毒资，段爱琴只好变本加厉地出卖着肉体。然后再把出卖肉体所换来的钱去买毒品。但是，她的毒瘾越来越大，每日花在吸毒上的钱也越来越多，单靠出卖肉体赚来的钱已经无法满足她的毒瘾了。于是，她想到了那个强奸过她的沙县小吃店老板。这个老板不久前与她联系过，表示想继续包养她。当时她虽未答应，但也没有拒绝他。因此，她这次主动找到这个老板，表示愿意跟他住在一起，但条件是必须每月保证给她一万元。这个老板毫不犹豫地答应了她。无奈这个老板做的是小本生意，也没有多少积蓄，加上他老婆早已风闻他们的事情对他的经济严加管制。不多久，这个老板在经济上也无法满足段爱琴的吸毒要求了。

恰在这个时候，彭海博找到了段爱琴，说是有一笔生意问她想不想做。

此刻的段爱琴想钱已经想疯了，哪有有钱不想赚的道理。她告诉彭海博，只要能赚到钱，什么生意她都愿意做。

于是，彭海博把她约出来跟黄栋梁见面。期间，彭海博借故提前走了。彭海博一走，黄栋梁就与段爱琴谈起所谓的"生意"。段爱琴听了后，简直不敢相信自己的耳朵，"你是要我去勾引胡哥上床，然后告他强奸吗？"段爱琴瞪大眼睛问正在一旁得意洋洋地抽着雪茄的黄栋梁。

"怎么？你不想做吗？"黄栋梁阴阴地问道。

"不是我不想做，只是我不忍心这样做，胡哥可是一个好人啊。"段爱琴难为情地说。

"我知道你不忍心这样做，但是，这个……足够你吸上一年了。"黄栋梁说着把一捆泛着红光的人民币推到她面前，"一共有十万，你数一下吧。"

十万？那可是实实在在的十万元钱啊！她要坐多少个台、与多少男人上床才能赚到这十万元钱啊？想到这里，段爱琴再也不说什么了，她默默地收下了黄栋梁给她的十万元钱。对段爱琴来说，这个时候，十万元钱比任何东西都重要。

见段爱琴把钱收下后，黄栋梁脸上露出了不易察觉的奸笑。接着，他告诉段爱琴，他已经在一家宾馆开好了房，里边有她最想要的东西。段爱琴明白黄栋梁所说的她最想要的东西是什么。于是，她毫不犹豫地跟着黄栋梁到了一家宾馆。在宾馆里，黄栋梁跟段爱琴一起"溜了冰"（即吸吃冰毒）。接着，他又跟她做了爱，并且边做边教她在与胡民阳做爱时如何造成被强奸的假象。

之后，段爱琴便照着黄栋梁的指使去勾引胡民阳，于是就有了那个莫名其妙的胡民阳"强奸门"。

"胡哥，你打我吧，我不该这样害你。"说完，段爱琴又哭了起来。

我知道段爱琴此刻的自责是发自内心的，她也是一时糊涂才成了黄栋梁等人的帮凶。胡民阳应该与我有着共同的想法，他并不因此而痛恨段爱琴，反而安慰段爱琴说："这不怪你，你也是被逼的。"

从段爱琴那里我们还得知，她拿到十万块钱后，告诉了沙县小吃店的老板。这个老板便建议她跟他一起去珠海做些小本生意，然后他想办法离婚娶她。虽然她很恨这个老板，当初如果不是他强奸了她，她也断不会走到今天这一步。但是，她转念一想，反正现在她都成这个样子了，就算破罐子破摔吧，如果他真的离婚娶了她，有个男人依靠总比没有好。因此，她便听信了这个老板的话，跟着他来到了珠海。

谁知，到了珠海后，这个老板并没有想去做什么生意，而是白天睡大觉，一到晚上就拿着段爱琴给他的钱出去花天酒地，对段爱琴却不管不顾。

"真是个骗财骗色的混账。走，我们找他算账去！"胡民阳听了段爱琴的诉说后，捏紧拳头，牙齿咬得咯嘣响。

我们三人便开车赶到段爱琴与那个老板租住的出租屋。

那个老板正与老板娘一起在房间里收拾东西，整个屋里已经被收拾得只剩一些没用的东西及一堆垃圾。显然，他们正准备撤退出这个屋子。见我们进来，老板和老板娘惊呆在了那里，大气都不敢出。胡民阳此刻如被激怒的狮子，他猛地冲上前去照着老板的脸就是一拳，老板猝不及防，一下子倒在地上，鼻孔里冒出了鲜红的血液。就在这时，昨天还与胡民阳同仇敌忾、并肩作战的老板娘一下子蹿到胡民阳面前，气鼓鼓地大声斥问胡民阳："你们想干什么？谁敢再动我老公我就跟谁急。"这气势一下子把胡民阳给唬住了。他的拳头像含羞草一样慢慢地收了起来。

本来今天这事与我无关，但是，既然是来帮朋友，我得有个姿态，出点力气。我走到刚从地上爬起来的沙县小吃店老板面前，恶狠狠地对他说："以前的事就算了，但从今天开始希望你不要再骚扰小段。另外，你必须把她放在你那里的十万块钱归还给她，一个子儿都不能少。从此，桥归桥，路归路。"

听我这么一说，老板面露难色，吞吞吐吐地说："钱都被我花得七七八八了，现在只剩下万把块钱了。"

段爱琴听了后，突然冲上去狠狠地甩了老板一个响亮的耳光："你这王八蛋害得我好惨啊！"说着，哭喊冲出了出租屋。

我与胡民阳只好放下那个无良老板，快步追了出去。

之前的猜测逐渐被印证，谜团终于一层一层地被解开。真相大白时，真让人唏嘘不已。我顿感人间的险恶，人生的无常，人心的难以捉摸。

彭海博依然与我称兄道弟,但是,我对他的看法和态度逐渐有了微妙的变化,由无所顾忌地与他亲密接触到时时处处地提防着他。

古人有云:趋吉避凶为君子。

但终究是防不胜防。彭海博还是悄悄地在我背后"捅刀子"。

有一天,我与岳父一家人围在饭桌上吃晚饭。席间,岳父突然板着脸斥问我:"你是不是经常在外面找'小姐'?"

我一时无言以对,此刻岳母、卓秀娴,尤其是小舅子,都用异样的眼光看着我,让我无地自容。

虽知这是彭海博搞的鬼,但毕竟不是捉奸在床,不能就此就范,给岳父一家留下把柄。于是,我矢口否认,并装作一脸委屈,博取岳母的同情。"这是造谣,明显有人想激起我们一家人的矛盾,离间我们。"我争辩道。

但岳父还是不依不饶,他说:"之前我早听别人说过你的事,但我起初不太相信,想你一个大学生怎么可能去做这样的事呢?但有人说你有一次去河源玩时还带了一个叫段爱琴的'小姐'一起去玩后,我就信了。因为那个'小姐'我在夜总会也见过。"

岳父一不小心就说漏了嘴,这不是说他也去夜总会玩过"小姐"吗?他还有什么资格来教训我?不过,他是我的岳父,又掌管着我的经济命脉,我不好说什么。但是,岳母反应就大了,她狠狠地把碗一摔,说:"你们男人没有一个好东西!"说着,站起身来蹒跚着往里屋里走去。岳母这次发脾气应该是冲着我而来的,她男人在外面拈花惹草早就司空见惯了,但是,她无法容忍自己女儿的男人也像她男人一样花心。岳母的痛心让我非常愧疚。但让我恐惧的是我的小舅子,他恶狠狠地盯着我阴恻恻地说:"原来乞丐佬也学人家玩'小姐'啊。"一股耻辱感即刻涌上我心头,谁叫我吃人家的软饭呢?我这时也不好发作,只是默默地吃着碗里的饭。显然,卓秀娴也觉得她的弟弟说话过分了一点,便喝住他:"你这是说什么话呢?"小舅子对她姐护着我非常不满:"姐,都什么时候了你还护着他,非得他把艾滋病传染给你才满意。"

卓秀娴不再说什么,她低着头大口口地扒着碗里的饭,把饭碗敲得叮当响,她是在化悲痛为食量。这餐饭大家吃得都不是滋味。彭海博这小子也够歹毒了,不知他是什么时候悄悄在我岳父面前告了我一状,让我在岳父一家人的面前差点下不了台。

晚饭后,我与卓秀娴回到了房间,我以为卓秀娴会对我发飙,但她表情平静,像什么都没有发生一样。这个女人也挺不容易,她对我也像她妈对她爸一样总是忍气吞声。见她这样子,我也陷入深深的自责当中。不管什么说,她是个好女人,好妻子。

一阵沉默后,卓秀娴突然问:"老公,是不是你嫌我没文化啊?"

我一愣,说:"没有啊。"

卓秀娴幽怨地说:"你不说我都能感觉出来,我文化程度确实有点低。所以,我已决定报名参加社区里的英语培训班。这个培训班是社区为了迎接什么大运会而开办的,不用花多少钱。"

"什么啊?你学英语?"我本想说你连母语都说不好,还学什么英语啊。但我不能打击她的自信心,也就不说下去。

一周后,卓秀娴果真参加了英语培训班,因为她原先基础较差得从初级学起。她倒也学得非常来劲,每天在家里我都能见到她抱着英语课本大声读英语单词,"F-I-S-H,鱼;Y-E-S,是",听着她把"鱼"的英语念成"屁事",把"是"的英语念成"爷死",我就想发笑,但我得忍着,她的积极性值得肯定。

第26届世界大学生夏季运动会于2011年8月份在深州召开。现在深州全民都在迎大运,我老婆卓秀娴也不甘人后,她正在响应市政府的号召"学英语,迎大运"。我支持她,就是支持深州办大运会。

第二十五章　岳父出事了

今年春节，我决定带着卓秀娴回老家与我老爸过个年。

我与卓秀娴结婚后，老爸只在电话里听过儿媳妇的声音，两人从未见过面。老爸怪记挂的。丑媳妇终得见公婆，我妈走得早，没有福气见到他的儿媳妇，这对于我妈是一种人生缺憾，我不想我爸也有这种缺憾。

卓秀娴早就想见见我老爸了，每次给我老爸打电话，她总是用广东话"爹地"长"爹地"短地喊着我爸，向我爸嘘寒嘘暖，逗得老爷子在电话那头"呵呵"直笑，幸福得不行。他也早就盼着见这个儿媳妇了。

岳父知道我们要回老家后，要我把他的"大奔"开回去，这可是他女儿第一次见家公，他得显摆显摆他不菲的家底，当然他还拿出许多名贵烟酒及食品让我们带回去孝敬我老爸。

老爸早就把我们回家的消息向全村人发布了。所以，当我车子开进村里时，全村沸腾了起来。男女老少都围拢过来，我缓缓地从车里钻出来，不知道是谁竟带头鼓起了掌，那场面很像总书记到农村与村民们欢度春节。我下了车后情不自禁地频频向全村的父老乡亲招手，差点没说"老乡们，过年有没有饺子吃啊，现在生活过得好不好？"的话来。

我在人群中睃视着，猛然间，一张似曾相识的脸孔映入我眼帘。这张沉郁的脸孔在众多笑盈盈的脸孔中显得非常扎眼。不错，她就是我的小学及初中同学、初恋情人小玲！

小玲打小就跟我一起玩，一起上学，直到她高中一年级辍学后，我们才逐渐疏远。

小玲非常向往城里人的生活，曾一度对我说要努力学习将来留在城里。但在念高中一年级的时候，小玲家庭发生了变故。她妈因为她爸长期在外面打工，耐不住寂寞而跟村里的一个鳏夫好上，她爸知道后愤然赶回家与她妈离了婚。家庭的突然变故让小玲一时难以接受，她无法安下心来好好读书，最后，她选择了辍学。从此，她希望考上大学好留在城里的梦想破灭了，只能留在祖祖辈辈生活过的农村里务农，做一个地地道道的农民。

"如果不是辍学，这时她可能像我一样生活在城里，并且我们可能就是一对了。"想到这里，我充满怜惜地看了一眼小玲，小玲故意躲开了我的眼光，忽地转身就消失在人群里。

我知道，小铃还恨我。我到大学报到前夕的晚上，我把小玲约到村后面的山坡上，抱着她深情款款地说："我大学毕业后一定娶你，把你带到城里去生活。"那时小玲仰起幸福的小脸任由我舌头在她面上巡游。不过，当我把象征幸福的双手探向她身体的敏感区域的时候，她轻轻地推开了我，羞答答地对我说："标哥，现在还不可以。"我只好无奈地停了下来，附和道："那等我们到城里再继续吧。"

可是，小玲没能等到那一天。我上了大学后，随着眼界的开阔，我就有了鸿鹄之志，梦想着有朝一日我拥有许多金钱和地位，光宗耀祖。也就从那时开始，我就觉得小玲不再适合我了。所以，渐渐地我冷落了她，不再跟她有书信往来。后来，她也知趣地不再给我写信了。今天回家看到她，我能够读懂她眼神的含义，那是充满怨恨和无奈的眼神。

进了家门后，我忙着给乡亲们发糖发烟，家里洋溢着一派喜气洋洋的气氛。

卓秀娴在我家破旧的茅草屋里好奇地东瞧瞧西看看，然后把我拉到一边，低声问我："原来你们家这么穷啊？"她之前也知道我家穷，但不知道有这么穷。

我挺了挺腰，学着阿 Q 说："我祖上富过。"

实际上，我祖上还真没富过。我查过我家的族谱，除了我曾祖父做过乡村教师吃过皇粮外，我们家祖祖辈辈、世世代代都是以务农为生，都是贫下中农，还没有谁富过。我们家族要算富的话，应该从我这一代开始，至少我现在在深州这个改革开放的大都市里工作、生活，有楼有车，不差钱，算是一个富人了。记得小玲在最后一次给我的信中引用了奥地利著名诗人里尔克的诗歌："离开村子的人将长久漂泊，也许，还有许多人会死在中途。"看完信，我不知道小玲是在鼓励我，还是诅咒我。不过，我现在在深州过得好好的，既没有长久漂泊，也没有死在中途。当然，这些皆因为我拥有了卓秀娴，这个深州本地村长的千金。想到这里，我用饱含感激的眼光看了看卓秀娴，她今天看上去很美！卓秀娴不知道我为什么突然盯着她看，她低下头，理了理衣领。我走过去拍了拍她的肩膀，她报我以满足的微笑。

村里人都知道我从深州带回一个村长千金，他们一拨接一拨地挤到我家里来，说是来看看我们，实际是想从我们这里得到点什么，好在我们回来之前做了充分的准备，不但买了大量的糖果零食，还把卓秀娴全家淘汰下来的旧衣服带了回来，分给各个父老乡亲。当然，我也会给村里的老人和小孩塞点钱。这可给我老爸赚足了面子，大家都当着我老爸的面夸我，"你家的标子真有出息。"我老爸听了后，幸福就像玫瑰花般绽放。

看着我老爸那幸福的模样，我暗暗提醒我自己：一定要珍惜目前的幸福，争取更大的幸福。

就在我与卓秀娴在老家忙着给亲朋好友拜年的时候，年初八的那天上午，卓秀娴接到岳母打来的电话，卓秀娴刚接上电话没一会就脸色大变，身体抽搐了起来，像一个白癜风病人。随着"啪"的一声，手机从她的手里滑落在地上。我忙走上前去扶住她，轻声问道："发生什么啦？"

"我爸出事了！"说完，卓秀娴"哇"地哭出声来。

岳父确实出事了！

接到岳母打来的电话后，我与卓秀娴就心急火燎地驱车赶回深州。

回到家里后，岳母抽抽噎噎地告诉我们，年初八凌晨两点多钟，有四个人敲门进来，在出示工作证件后，就把岳父带走上了一辆警车。当时来人说话并不多，只有一个领导模样的人告诉岳母，他们是纪委的，要岳父去协助调查一些问题。至于是什么问题，纪委的人并没有说。

通过各种关系我终于打听到，岳父确实是被市纪委的人带走的，具体原因暂时不详。

这几年，关于岳父的传闻不少，主要集中在生活作风与经济方面。当然无风不起浪，岳父是一个怎样的人，我是清楚的。他当村长期间不少作恶，只不过，他是一个天不怕地不怕的人。加上当村长的这几年，他亦公亦私地巴结了不少领导。有这些领导撑腰，他根本不把别人对他的意见和传闻放在心里，依然我行我素。当惯了土皇帝，他总认为，无人敢对他怎么样。

现在正处在西丽村委换届的敏感时期，村委党支部书记，也即村长这个位子是个肥缺，许多人已觊觎很久。每到换届选举之时，总会有人闹腾出些事来。岳父这几年在当村长过程中，其霸道的工作作风，得罪不少人，树敌不少。

因此，有人告他的状是不足为奇的。

偏偏在这个时候，有人落井投石。岳父被纪委工作人员带走后，就有村民在各大网络论坛上发帖称，"西丽村村长卓金成拥有资产超十亿元"，卓金成是"十亿村官"，他儿子是"西丽一霸"。帖子还列出了岳父和小舅子的种种恶劣行径，其中包括岳父在董事会选举买票、贿赂、包养多个情妇、搞违章建筑及滥杀、贩卖国家保护动物等。小舅子即吸食白粉，是黑社会头头，参加多次打架和恐吓等等。同时，还指出卓氏父子经常邀请一群官员到公海上利用村里的财产赌博，并借此来疏通上下的关系。

末了，帖子义愤填膺地要求政府严惩"土皇帝"卓金成！

看来，岳父这次突然被纪委的人带走，定是凶多吉少了。我得帮他想想办法，如果岳父倒了，将殃及鱼池，它给我造成的损失是不可估量的，我成为"亿万富翁"的梦想也将随之破灭。

"救"岳父也即"救"我！而我在胡民阳的帮助下，也很快地找到了"救"岳父的办法。

元宵节的这一天，西丽村办公楼前人头涌涌，支持岳父的村民们拉出了一条巨大的横幅,上面写着:"卓金成是个好村长,恳请政府公平公正调查,还我们村长清白!我们西丽村全村村民感激不尽!"当天,在村委会的办公大楼里,陆陆续续有村民前来在请愿书上画押签名,其中有九十多岁的老太婆,也有二十出头的小伙子。到了下午三时左右,已经大概有四百余名村民在请愿书上盖了手印,占了全村原籍居民的三分之二以上。请愿书上主要是说卓金成是西丽村的好书记,在位二十年为西丽村村民谋福利,让西丽村成为深州最富有的村子,希望政府有关部门能够公平公正地调查,还他一个清白。

当天,有许多记者前来西丽村采访,当前来画押的村民知道记者在采访时,纷纷围住记者发表了自己的看法。七十一岁的陈阿伯还一脸凝重地问记者,"你一个月有多少钱收入?"他接着很自豪地说:"我今年七十一岁了,每个月不用干活都能有七千元的分红,这是我们村长有经济头脑,做得好,才为我们村民谋得的福利,所以我们要保护他,不是为了别人,就是为了保护自己的利益。"

其他村民也向记者围拢过来,七嘴八舌地向记者诉说着他们卓村长的好处。有的村民说到激动处竟号啕大哭起来,场面激动人心。

以上场面当然是一场秀,一场经过精心策划好的秀。村民当中有少部分为真正西丽本地村民,而有大部分是我花钱请来的农民工,也即是群众演员。事后,参加走秀的本地村民每人从我这里领走了一千元,而农民工朋友每人获得五百元的酬劳。

这出戏是胡民阳精心策划的,把他所学的新闻传播专业发挥得淋漓尽致。

当胡民阳知道我岳父被抓后,他也替我着急,那几天他像跟班一样一直陪在我左右,为我出谋划策、东奔西走。但是,我们几天来的努力没有任何效果,岳父依然被纪委关押在一家宾馆里接受调查,外面狼烟四起,谣言满天飞,对我岳父非常不利。正当我束手无策的时候,胡民阳给我出了个主意,即利用舆论力量给纪检部门施压。他是新闻科班出身,操作起来驾轻就熟。

经过我们的精心策划,便有了刚才那出"村民为村长请愿求情"的好戏。第二天,深州的几家新闻媒体都报道了西丽村民为村长请愿求情的新闻,有的媒体还做了跟踪报道。当然,记者是胡民阳请来的。事后，他们每人从胡民阳那里拿走了一个大红包。

有了媒体报道的铺垫，我又找到了我的师兄杜秋耕。我这次同样给他送上一袋"水果"，不过，这次的"水果"比上次多出了五倍。岳父一家对拿出这么多"水果"并不心疼。对他们来说，只要岳父平安无事，这些"水果"不算什么，卓家有的是"水果"。

释能居士果然神通广大，他拿走我给他的"水果"后不久，岳父就被释放了出来。释放的理由是，暂没有足够证据证实西丽村长涉嫌经济犯罪。

为了堵住一些人的嘴，岳父被释放的当天，我们又安排媒体采访了岳父。下面便是岳父与记者的对话——

记者：请问你对这个"十亿村官"的头衔有什么回应吗？

岳父：呵呵，我觉得很好笑，我把整个村子卖了都没有十个亿。我们村里的资产加起来总共也不到六亿元。我何来十个亿？

记者：你对有人举报贪污行为有什么话说吗？

岳父：我可以拍胸口告诉你，我没贪过村里一分钱。这些都是污蔑，是某些别有用心的人搞的鬼。他们想搞垮我，好让他们中的某个人来当村长。我奉劝这些人，要当村长，就要多为村民谋福利，村民才会投你的票。我这个村长是经过村民投票选出来的，靠搞阴谋诡计是当不了村长的。同时，我也得承认，我家确实比较富有。但我可以告诉大家，我家的钱是我开餐厅辛辛苦苦赚来的。

记者：能谈谈你被纪委释放的原因吗？

岳父：这个不好讲。我在接受调查期间如实交代了一些情况，我告诉他们，我没有贪村里的钱，没有做违法的事。出来之后，我说可以随时来村里找我，这几天他们都没有来找我了。

记者：那么多村民来支持你，你怎么看这个事情呢？

岳父：我非常感谢支持我的村民。我在村里工作了这么多年，为大家做了一些成绩大家都看得到，所以大家才会这么拥护我，这就是公道自在人心啊。不过，我还是希望大家冷静点，不能因为我的事儿做出什么出格的事来。我们国家需要稳定，需要和谐，这才是我和大家所希望看到的。

岳父回答得非常精彩，天衣无缝。殊不知，岳父的这番精彩答记者问,也是出自胡民阳之手。在采访前一天,胡民阳就把记者要问的问题和岳父的回答都草拟好了,然后分别交给记者和岳父。采访的双方一问一答,实际上是按照胡民阳导演设计好的台词进行的。

对于这次被纪委调查,之前并没有任何征兆,岳父显然没有任何心理准备。他出来后,咬牙切齿地表示,一定要查出背后的捣鬼者。

在岳父没有出来之前,我与岳母以及岳父的一些亲朋好友一致怀疑是他身边女人搞的鬼。我们的怀疑并非空穴来风,岳父身边有这么多女人,有女人给他搞点事也是正常的。至于是哪个女人搞他,我们也无法断定。但之前大闹卓府的"猫咪"完全可以排除在外了。那次她大闹卓府后,已经被岳父以一定数量的青春赔偿金招安。她现在也已经正儿八经地嫁给深州税务局的一位公务员,过上了相夫教子的正常女人生活。她已经没了"作案"的动机。至于别的女人就不好说了,女人心,海底针吗。岳父拥有那么多女人,他解得开女人的裤带,但绝对解不开女人的心扉。说不定是哪个女人因失宠愤而告了岳父一状,也未可知。女人狠起来什么事都敢做,比蝎子还毒呢。

我们把这些看法说给岳父听时,他连连摆手坚决予以否定:"我都给他们好多钱,她们都很乖啦,哪可能搞我啊?"岳父这样说自有他的道理。他始终相信,通过金钱他完全可以掌控他手中的女人。

在整个吃饭过程中,岳父都很少说话,不用说他是在默默地排查、推测着可能的告状者。在西丽,乃至整个深州,都没有人敢动岳父一毫一发,这次不知是谁在这个"太岁"的头上动了土。这个谜一时还无法解开。

岳父对我这次"营救"的行动给予了充分肯定,认为我智勇双全,居功至伟。作为奖励,他在饭桌上当场决定再把一栋九层高的楼房送给我和他女儿卓秀娴,"这既是给阿标的奖励,也算是给阿娴的嫁妆。"岳父说完,扫了一眼岳母和小舅子。岳母不说赞成,也不说反对。即使岳母不说话,但从她的脸部表情来观察,她对岳父的这一决定也是赞成的。俗话说,女婿是岳母半个儿。对我这个半个儿子,岳母还是比较偏袒的。小舅子自然不高兴,但即使他对此有异议,也不好吱声。一方面,他知道他父亲做出的决定,谁也改变不了。另一方面,这次在营救他父亲的过程中,我所表现出来的能耐多少让他自惭形秽，他对我这个姐夫刮目相看。小舅子虽为"西丽一霸"，但这只能在西丽方圆几公里内好使，走出西丽，他什么都不是。何况，现在都什么时代了，单靠打打杀杀是解决不了问题的，有时还得文韬武略。岳父当时算是慧眼识珠，把他女儿嫁给了我。他有了我这个在政府部门工作的大学生女婿后，多少弥补了卓家只有财却无才的缺憾。我敢肯定，如果没有我这个大学生女婿，岳父说不定还在某个武警看管森严的宾馆里或看守所里接受调查呢。对于这一点，岳父也是认同的，否则，他不会刚出来就决定把一栋楼房赠送给我。

第二天，我就与岳父到一家律师楼办理了房产赠与公证。按照相关规定，深州农民自建房，也称小产权房，这种房是办不了正规房产证的。所以，这样的房要买卖、赠予什么的，只能够到律师楼去做个见证。虽然这个办法不一定能保护到业主的合法权益，但是，目前没有更好的办法来保证这样的房产的买卖过户，也只能使用这个不是办法的办法了。

与岳父办完房产赠予公证后，我心中升起了一股幸福感。我终于从卓家的众多财产中分得了一小笔，虽九牛一毛，但据我初步估算，这栋楼现在至少也值四千万元人民币。说心里话，我虽然梦想着从卓家那里分得一亿元的家产，但是，这四千多万已经让我相当满足了。我一个农村娃，来深州这个人才济济的地方，没有经过艰苦的打拼就拥有这笔财富，实在是天降洪福，祖上烧高香了。

我打电话给胡民阳，请他出来喝酒庆贺。他在我"营救"岳父的过程中发挥了巨大的作用，我领赏的这栋四千多万的楼房有他的一份功劳，我不能忘了这个好哥们。

胡民阳接了我电话后，问我有何喜事请他喝酒。我并没有把岳父送我一栋楼房的事告诉他，我不能让任何人知道我拥有这笔财富，毕竟这笔财富来得太容易了，不能让别人有其他想法。于是，我找了一个借口对胡民阳说："也没有什么喜事。前段时间你帮了我不少忙，我请你喝酒表示感谢嘛。"

胡民阳听了后，"呵呵"直笑："冯哥，你太客气了。你不也帮了我很大的忙吗？不瞒你说，我帮你这个忙，还有别的原因。"

"还有别的原因？什么原因那么神秘啊？"胡民阳这话倒把我搞得

一头雾水。

"我们见面再说吧,是关于你岳父的。"不由我再问,胡民阳便挂了电话。

与我岳父有关?难不成这小子私下里跟我岳父有什么瓜葛?为什么之前没听他说过呢?

在乐园路的海鲜食街,我们挑了一家叫"华城"的大排档坐下。这里的海鲜品种齐全,价钱还算公道,关键是这里菜的出品不错,味道极佳。

点好菜后,我便迫不及待地问起胡民阳关于岳父的事情。

胡民阳也毫无隐瞒地跟我说起了他与我岳父接触的全部过程。

他说:"那次吴老板把关于张二江的一些内幕告诉我时,我起初不太相信他的话,认为他是想借机报复张二江。吴老板见我有疑虑,便实话告诉我,他也是听别人说的。后来,在我的要求下,吴老板把这个人找来了。你可知道这个人是谁吗?"胡民阳突然问我。

"谁呀?我认识吗?"我心中充满了好奇。

"你还记得在皮光洲与孟莉婚礼上的伴娘吗?"胡民阳微笑着问我。

"你说这个人就是她吗?"我瞪大了眼睛看着胡民阳问。

"不错。正是她!"胡民阳肯定地回答。

胡民阳所说的伴娘正是陈艳妮!皮光洲与孟莉结婚的那天,陈艳妮以伴娘的身份闪亮登场,搞得在场的男嘉宾议论纷纷,对她的艳丽赞叹不已。在这个婚礼上,看着美丽的新娘和艳丽的伴娘,我感慨万千。这对佳人都曾经与我有过私情,都曾经与我卿卿我我、翻云覆雨。而现在一个成为我好友之妻,另一个也与我渐行渐远,正在投入我无可预知的某个男人的怀抱。当然,这是我与她们之间的秘密,包括胡民阳在内的所有人都不知道我与新娘和伴娘都有过不可告人的关系。

胡民阳接着说:"当时在吴老板提供的一个会所里,我见到了戴着一副大墨镜的陈艳妮,她并不认识我。所以,她说起话来也毫无顾忌。其间,陈艳妮还把张二江与一个男人通电话的录音放给我们听,电话的基本内容是张二江要那个男人尽快把他的事摆平,花多少钱他都愿意。虽然陈艳妮不肯告诉我们那个男人是谁,但听声音有点熟悉,我也想不起是谁的声音,反正,这个声音似曾相识。张二江的声音我倒是一下子就听了出来。从他们的谈话内容可以断定,张二江那栋楼盘坍塌后,经过他们的秘密运作,张二江来了个金蝉脱壳,逍遥法外,而黄栋梁却顶替张二江去领了刑。"

"那这与我岳父有什么关系?"我心中充满了疑云。

胡民阳仰脖把一杯老"金威"干掉后,笑了笑说:"我本来不想告诉你,可事到如今也就没有必要瞒着你了。你可能想不到,陈艳妮是你岳父的情人。"

"什么?陈艳妮是我岳父的情人?"我手中的酒杯"啪"地摔到了地下,老"金威"散了一地。

这太不可思议了!岳父是什么时候勾搭上陈艳妮,或者说陈艳妮什么时候勾搭上岳父?但是,想想也是在情理之中的事。张二江经常请余满良到岳父的餐厅里吃野味和喝壮阳汤。而余满良又爱带着陈艳妮这个宠妃出入各种应酬场合。会不会是某一天张二江请余满良与陈艳妮到岳父的餐厅里来喝壮阳汤时,岳父与陈艳妮因此而勾搭上了呢?这虽然是我的猜测,但一切皆有可能。风流岳父遇上滥情情妇陈艳妮,任何事情都可能发生。

而胡民阳发现我岳父与陈艳妮的秘密也颇具戏剧性。胡民阳接下来给我讲的这个故事有点像金庸的小说,情节跌宕起伏。

那个《内幕》的报道出街后,陈艳妮就主动找到了我。她塞给我一张银行卡,说里边有十万块钱,是给我的,并把密码告诉了我。我问她,为什么给我这么多钱。她说是要我为她保守秘密,千万别把她爆料的事告诉任何人。原来她给我这一笔钱是为了封住我的口。这钱我当然不能要,也不敢要。于是,我告诉她,我可以替她保守秘密,但我不能收她的钱。陈艳妮见我态度坚决,也就不再坚持。但接着她邀请我去喝酒,我也没多想就跟着她去了。经过好长的一段路程后,陈艳妮把我带进一栋别墅里。别墅里的富丽堂皇我就不多说了,总之,奢华之极,堪比皇宫。

在客厅坐了一会后,陈艳妮从冰箱里拿出一支红酒,给我介绍说是法国有名的红酒拉菲,一支将近两万块钱。打开酒后,她点着了一根蜡烛，把房间所有的灯都关了，还放了音乐，好像是麦克杰逊唱的吧，对于音乐，我不太懂，尽是靡靡之音，听得人心里直发狂。看到这架势，我开始有点忐忑不安，不知道她唱的是哪一出。但我不得不在她的邀请下，频频与她碰杯喝酒。喝了一会儿酒后，陈艳妮提出要跟我跳舞，我此刻已是醉意朦胧，没了主见，便跟她拥抱到了一起。

在陈艳妮的步步诱导下，加上酒精在身体里发酵，我竟无可救药地跟她纠缠到了一起……

就在我们完成所有程序，准备穿衣戴帽之时，房门"咔嚓"一声被打开了，门口站着一个男人。即使烛光朦胧，我也能辨认得出来人正是你岳父。这时你岳父也认出了我，他脸上勉强挤出了一丝微笑。

显然，陈艳妮对于你岳父的出现毫无心理准备。她惊愕地问你岳父："怎么就来了呢？"

你岳父怒气冲冲地反问她："这是我的别墅，我怎么就不能来呢？"

我当然知道我这个时候应该做什么了，走为上啊。

我走的时候，你岳父还很大度地对我说："再坐一会吧，我们一起喝酒。"

我怯生生地说："我还有事得走了。"

就在我走出别墅不远的时候，我依稀听到了你岳父雷霆般的怒吼及陈艳妮的撕心裂肺的号啕。

"说到这里不用我多说，你也明白你岳父与陈艳妮究竟是什么关系了吧？"胡民阳对我说道。

我点了点头，说："你小子口风还真密实，连我都隐瞒啊。"

"我不跟你说是因为陈艳妮。"胡民阳说，"那天我走后不久，陈艳妮就给我打来电话，叮嘱我千万不要把她与你岳父的事告诉你，说这是你岳父的意思。我答应了她，所以，我就一直不把他们的事跟你说。何况，就算我说了，对你也没有什么好处。"

"可你现在不还是跟我说了吗？"我听了胡民阳所说，心情非常复杂。

"我现在说了，是因为迫不得已的。"

"迫不得已？谁逼你啊？"

"你岳父。"胡民阳慢慢地吐出了这三个字。

"又是我岳父？他为什么要逼你？"

接着，胡民阳给我吐露了实情。

原来，那天段爱琴狠狠甩给了沙县小吃店老板一个耳光，怒冲冲地逃出出租屋后，我们也追了出去，并在不远处把段爱琴拦了下来。经我们苦口婆心的劝说，段爱琴勉强同意跟我们返回深州，并暂时住到胡民阳的出租屋里去。

在胡民阳的帮助下，经过一段时间的药疗与心理辅导，段爱琴逐渐走出了吸毒的阴霾，戒掉了毒瘾。为了不让段爱琴再到夜总会里重操旧业，胡民阳决定在东门盘下一间服装店让段爱琴去经营，好歹让她有个事做，不去胡思乱想。可是，投资一间服装店需要很大的一笔资金。前些时候，为了给段爱琴戒毒，胡民阳已经花光了全部积蓄。怎么办呢？经过一番思想挣扎，胡民阳决定找我岳父借一点钱。因为陈艳妮曾经打电话告诉过他，只要他不把她与岳父的苟合之事告诉我，岳父愿意给他一笔钱。当时胡民阳答应替他们保守秘密，但并没有要我岳父的钱。而当胡民阳最需要钱用的时候，他自然而然就想到我岳父。抱着试试看的心态，胡民阳拨通了我岳父的电话，并对我岳父说想跟他借点钱用。想不到岳父非常爽快地答应了胡民阳的要求，表示愿意给他一笔钱。但同时要求胡民阳再帮他做一件事。而这件事竟是要胡民阳给纪委部门写信举报余满良！

胡民阳这个时候没有资格跟我岳父谈条件了，他想也不想的答应了我岳父的要求。

可令人始料不及的是，还未等胡民阳把写好的举报信寄出去，岳父就被纪委的人抓走了。这真是螳螂捕蝉黄雀在后啊！

"所以，后来我岳父被纪委抓走后，你一直想方设法地帮着我把我岳父捞出来，也是为你好，至少你可以从我岳父那里拿到一笔钱给段爱琴开服装店，对吧？"听了胡民阳的述说后，我五味杂陈。

"可以这么说。但又不完全是。"胡民阳说，"说心里话，当时帮你岳父除了因为他答应过可以给我一笔钱外，同时，我也想帮一帮你。毕竟在我有难的时候你帮了我不少忙，而当你遇到困难的时候，我怎么能够袖手旁观呢？"

"我岳父给你钱了吗?"我问胡民阳。

"还没有。"胡民阳答道。

"你没向他要吗?"

"不是我不要,而是我不敢再要了。"

"为什么?你不是正缺钱用吗?"我疑惑地看着胡民阳。

"你岳父突然被查,让我感到这里边的事情太复杂了,我不想趟这摊浑水。"胡民阳幽幽地说,"你想想看,就在你岳父准备通过我向纪委举报余满良的当口,他却先被纪委调查了。这应该不是巧合,肯定是有人事先走漏了风声,让余满良知道了你岳父的举报之事。余满良便倒打你岳父一耙,来个恶人先告状,先下手为强。"

我觉得胡民阳分析得有道理,尚且如此,那么,是谁在玩无间道呢?人心真是叵测啊!

胡民阳继续对我说:"所以,昨天我找到你岳父,告诉他我不想掺杂到他们的是非中去,不帮他写举报信了。你岳父听了后非常不高兴,说我忘恩负义、不知好歹。我明白他说的意思,他也知道你平时帮了我不少忙,而我却不肯替作为你岳父的他出点力,为此,他不高兴也是在情理之中的。我今天之所以把事情的前因后果全都告诉你,是担心你听你岳父一面之词,把我真当成了忘恩负义之人了。"

其实,胡民阳这样做是对的。远离是非,是每一个人明智之举。我拍拍胡民阳肩膀说:"我们都这么久兄弟了,别人一两句话怎么能改变我对你的看法呢?"

"你这么说,我就放心了。知我者莫如老兄你啊!你真是我的好大哥!咱们喝酒吧。"得到我肯定的答案后,胡民阳脸上露出了孩子般天真的笑容。

于是,我们继续喝酒聊天。其间,我突然想起了什么,问胡民阳:"你那封举报信呢?"

胡民阳拍了拍他口袋:"全都在这里。"

"能给我看看吗?"

"你看当然可以啦。"说着,胡民阳从口袋里掏出几张皱巴巴的纸递给了我。

我一看,立刻怔住了。天啊,举报信后面竟然还附着两张房产信息查询单的复印件！这正是之前陈艳妮托我从师兄赵世勇那里查询并打印过来的！由此看来，真正想举报余满良的人不是我岳父，陈艳妮才是整个事件的主谋！岳父这个老色鬼是让陈艳妮这个小妖精当枪使了。此时我才感觉到，陈艳妮这个女人确实可怕！她早就在收集余满良的相关作恶证据，现在开始出手反击了，而且采用了借刀杀人的毒招。怪不得孟莉曾经好几次提醒过我，千万别惹陈艳妮。我当时还以为这是孟莉在吃陈艳妮的醋，现在看来，陈艳妮的确是一个惹不得的女人！

第二十六章 非正常提拔

随着一些事件的真相逐渐浮出水面,我依稀感觉到,我原来已经不自觉地被卷入了一场江湖纷争。我生来性善,不与人斗,决定远离这个损人不利己的江湖。俗话说,惹不起,躲得起啊。看来,我得离开"违治中心"这个江湖,离开彭海博这个知人知面不知心的家伙。

于是,我把我想辞去"违治中心"工作的想法跟老婆卓秀娴说了。可她凡事都没有主意,半天憋不出个屁来,跟她说了等于白说。最后还是交由卓氏家庭会议讨论,实际是岳父一个人拍的板。岳父当然不同意我辞去这份可以为卓家赚面子的工作。他家族不缺钱,缺的就是面子。当初他力荐我成为他的乘龙快婿,看中的正是我的大学生身份和在政府部门做事的这份体面职业。

岳父在家庭会议上说:"你辞职肯定不行啦,在政府部门工作多好啊!你一定要坚持干下去,到时我可以帮你花钱打通关节,给你弄个一官半职。"岳父为了挽留我给我抛出了诱饵。

我相信,凭岳父的财富及广阔的人际关系,他给我弄个一官半职并不难。问题是我现在对官场不感兴趣,已经失去了信心。说实话,我小时候曾经立志当大官。那时的想法也很简单,就是当了大官后就可以光宗耀祖,让祖祖辈辈种田的冯氏家族风风光光,让劳累一辈子的父母可以坐享清福。但是,进入城建系统后,我发觉,我这个农民子弟很不适应这样的官场生态。所以,我暗下决心:远离官场,亲近美好人生!

当然,我有这样的想法最终缘于我现在的底气。我现在已经拥有了数千万的财产。有了这丰厚的身家，我不用再向任何人低头献媚，当然岳父除外。

岳父果然说到做到，他为我的谋官之事终于有了下文。有一天，潘建仁和局人事处的一位副处长屁颠颠地跑到我们马岗巡查小组，他们煞有介事地向我与彭海博宣布：经局党组讨论通过，任命冯伟标同志为'违治中心'马岗巡查小组副组长，享受副科级待遇。

末了，潘主任不忘发表重要讲话："这次局里把冯伟标同志提拔到领导岗位上来，是对冯伟标同志前段工作的肯定，也是对我们'违治中心'工作的肯定和关心，希望冯伟标同志再接再厉，戒骄戒躁，进一步做好违章建筑的巡查和整治工作，不辜负党和人民赋予的重托。"潘主任的话音刚落，彭海博便带头鼓起了掌，其他同志也跟着鼓掌，气氛非常热烈、和谐。我这个副组长忙站起来向大家鞠躬致谢。

说实在，自胡民阳被炒后，现在我们这个"违治中心"马岗巡查小组就剩下我与彭海博两人了，彭海博为组长，我为副组长，也就是说，我们这里只有领导，没有兵了。这真有点不可思议！

晚上，彭海博执意要请我吃饭，说是好久两兄弟没在一起聚聚了。尽管他说得非常煽情，但我还是婉拒了他的邀请。我不再想跟彭海博这个狡猾的家伙有任何私交，我对他不但有了戒心，也有了敌意。

回绝彭海博后，我正准备驾车回家。正在这时，吴老板刚好打来电话，他先是恭喜我一番，说我是好人有好报。我心里暗说，屁，什么好人好报啊？纯粹是有钱有好报。

"赏脸出来吃个饭吧？我叫上胡民阳，大家好久没有在一起聚了。"吴老板嘻嘻哈哈地说。

吴老板的饭倒可以随便吃，于是，我答应了他："好吧。但得说清楚，这是兄弟之间的聚会，与我今天的升职无关。"

我确实不想别人认为我多想当这个官，其实这也算不上什么官，一个屁科级干部而已。我真搞不懂，我连干部编制都没有，为什么也可以当上科级干部呢？这可是非正常提拔啊！难道钱真的是万能么？

吴老板把饭局定在一个叫"醉翁亭"的徽菜馆。

想不到胡民阳会把段爱琴也带了过来。从两人的动作表情来看，我原先觉得不可能走到一起的这一对男女正沐浴在爱河之中。段爱琴的毒瘾戒得非常彻底，脸色恢复了以往的红润，魅力尽现。想到我曾经在她的身上"耕耘"过，突觉几分尴尬和醋意。但她现在已经是我好兄弟的女朋友，我得调整好心态，摆正位置，朋友妻不可欺。

胡民阳告诉我们，经左挪右借，他们在东门步行街的服装店终于正式营业了，生意还过得去，值得庆贺。看着胡民阳与段爱琴那亲密的样子，我情不自禁地想起了李小曼，她为胡民阳付出了那么多，她这样做图的是什么呢？直到现在，她对于胡民阳来说，依然是个无名英雄。难道她要当一辈子无名英雄吗？这样，对一个女人来说，是不是残酷了一点？想到这里，我决定找个机会把李小曼出钱"捞"胡民阳的事跟他说了，否则，对我的良心也是个煎熬。

饭后，吴老板还要安排节目，但被我拒绝了。我告诉他，等一会我与胡民阳还要谈点事，你先走。

吴老板说，那我就不打扰你们了。他买完单后便知趣地一个人走了。

吴老板一走，胡民阳就问我："冯哥，有事吗？"

我点了点头，"不过……"我看一眼段爱琴，又看着胡民阳。

胡民阳非常默契地读懂了我的心思，他对段爱琴说："琴琴，你自己先回去吧，我跟冯哥谈点事。"

段爱琴非常乖巧、非常听话地点了点头，叮嘱胡民阳要少喝酒、早点回家后，便自个儿打个出租车走了。

段爱琴走后，我便带着胡民阳在附近找个咖啡厅坐下了下来。

"冯哥，今天有什么事那么神秘？"胡民阳刚一落座就急急地问我，一副迫不及待的样子。

"兄弟之间，我也就不跟与你拐弯抹角了。我想问一下你，你跟段爱琴是来真的吗？"我问胡民阳。

"当然是来真的啦，我发现我现在越来越喜欢她了。冯哥，你问这个有什么意思？"胡民阳疑惑地盯着我看。

"也没有什么意思，我只是想告诉你，不管怎样，你应该给李小曼一个交代。"

"李小曼？"胡民阳瞪大了眼睛，"你为什么还提起她呢？对我来说，自从她毫不犹豫地抛下我回厦门后，她在我心中已经死了。"

"但是，她实际上并没死啊，她还在默默地关注着你，关心着你，帮助着你。"

"你开什么玩笑？如果她对我还有情有义，就不应该回厦门去。"胡民阳悻悻地说。

"我没跟你开玩笑。她当初回厦门的确有点自私，难道你不肯跟她回厦门而坚持留在深州不是自私吗？你想过没有，如果她一直跟着你留在深州，现在你们的生活会是怎样？"说到这里，我有点激动。在喝了一口白开水后，我继续说："我敢肯定，如果她留在深州，只能跟着你蜗居在又脏又乱的'城中村'里，美其名曰'蚁族'。实际上，连蚂蚁都不如。因为蚂蚁可以自由自在地觅食，你可以吗？如果她留在深州，说不定你现在还被关在看守所里。"

因为激动，我说这番话，已经没有了逻辑关系。如果李小曼真的还留在深州的话，那么，胡民阳就不可能去狂追段爱琴，也就没有后来的"强奸门"了。

"冯哥，刚才你这番话可把我搞糊涂了，李小曼在不在深州跟我坐不坐牢有什么关系吗？"胡民阳呆呆地看着我。

"不但有关系，而且有很大的关系。"我提高声调说。

"冯哥，你就不要跟我卖关子了，你有什么话就直接跟我说好了。"胡民阳显得非常着急。

"你知道当时你被抓后是怎样出来的吗？"我问胡民阳。

"我当然知道，是冯哥你找人帮忙把我弄出来的。"胡民阳倒也直来直去。

"不错，是我找人把你弄出来的。但是，你也知道，现在找人办事，没有孔方兄开路是行不通的。"我做了一下数钱的手势。

"这个我知道，当时我就想问你为我这个事花了多少钱，但我一提钱的事都被你岔开了。冯哥，你究竟花了多少钱就直接告诉我吧，等我有了钱肯定还你。"胡民阳一脸真诚地说。

"你就别还我了，要还你就还给李小曼吧。为了你的事，她一共花了二十万元。"

"什么？李小曼为我花了二十万元？"胡民阳瞪大眼睛半信半疑地看着我。

话说到这里，我对胡民阳也没有什么好隐瞒了。于是，我便把李小曼是如何为他的事亲自跑到深州来，又是如何拿出二十万元钱为他打通关系的经过，一一跟胡民阳说了。

胡民阳得知真相后，眼泪一下子涌了出来，他哽咽着说："真想不到，她还为我的事儿操心。也太难为她了，我对不起她！"

我拍了拍他肩膀："你也不要太自责，李小曼这样做，证明她依然爱你。现在关键是，你应该给她一个交代。"

"可是，现在我……"胡民阳欲说又止。

"我明白你意思，你是说，你现在已经与段爱琴在一起了，不可能再找回李小曼了，是吧？"

胡民阳点了点头，眼光恍惚，像在梦中。

"我不是要你甩掉段爱琴去找回李小曼，我是想你至少要给李小曼打个电话，把你的情况跟她说清楚，免得她还对你还心存期待。"

"冯哥，你说得有道理，我会给她打电话的。说心里话，我对她也非常牵挂，只是我觉得，我已经没有能力去爱她了，总觉得我与她之间有距离，究竟是什么距离，我也说不清楚。这肯定不是深州与厦门的距离，也许是我们两人心与心之间的距离吧。"

我揶揄道："什么距离不距离，我看是你的自卑心理在作怪。你总觉得她是大家闺秀，而你却是穷光蛋一个，你配不上她。说到底，你是死爱面子，活受罪。当初如果你跟着她回厦门发展，就不会在深州受这些罪了。人要学会审时度势，不能一根筋。连鸟都能懂得择良木而栖，人为什么不可以择良境而宿呢？《红楼梦》里的甄士隐也说了：择膏粱，谁承望流落在烟花巷！我不也委身家境殷实的卓家而过上好日子吗？这有什么错呢？"我越说越激动，口水都飞出来了。

"你说这些道理我也明白，可是不知道为什么我与李小曼在一起老觉得有压力，她所追求的生活与我不同，她追求的是一种大富大贵的生活，而我追求的是简单平淡的生活。所以，我现在与段爱琴在一起就没有什么压力，非常开心。"

"可是你来深州拼死拼活地忙活，不就是为了过上大富大贵的好日子吗?"我对胡民阳的那番话甚不以为然,谁来深州不是为了讨个好生活?否则,还来深州遭那么多罪干吗呢?

"冯哥,说实在,我来深州不一定就是为了过上好日子。我来深州,是因为深州是个年轻的城市,是年轻人的梦工场,是可以实现梦想的地方。所以,我就来了。"胡民阳此刻很像一个有臆想症的诗人,他似乎还在做梦中。

"可是,你梦想是什么?你实现了吗?"我没好气地反驳他。

"你说的倒也是,说真实话,我也不清楚我的梦想是什么。"胡民阳说这话时,抬头望着窗外,若有所思。

"不光是你,还有许多像你这样天天把梦想挂在嘴边的人,实际上,这些人都未把自己的梦想整明白。其实,他们所谓的梦想就是赚大钱,过好日子,他们却给这个目标穿上美丽外衣,美其名曰梦想而已。"

"可不管怎样,我已无法找回当初与李小曼那样的感觉了。虽然段爱琴没有什么文化,又有过不光彩的经历,但我与她在一起好像更踏实,更安心,更放松,更开心。我现在想明白了,其实吧,老婆只有两个职责:做爱和做饭。女人具备这些就足够了,你不能对她有太多要求和期盼。我不喜欢所谓的女强人,女人一强势就会把男人的气势给压住了。这样,男人就不会有好日子过。李小曼就是太要强了,总想着出人头地,我跟她一起其实很累。"

我暗想,你小子有了段爱琴后倒是说起风凉话来了,当初李小曼跟你分手的时候,你不是要死要活的吗?我虽然这么想,但不能这么说,这小子直到现在还是一根筋,自个认定的事,别人无法把他改变。我只好说:"想出人头地有错吗?我们拼命读书考大学,然后又跑来深州打拼不就是为了出人头地吗?"

"你说得没错,但一个女人太要强,总不是什么好事的。自古都是红颜薄命,现在,要强的女人也会薄命的。"

胡民阳无意间说的一句话,后来竟在陈艳妮身上得到了应验。

真是一语成谶!

第二十七章　陈艳妮之死

陈艳妮的死讯传来令我惊愕不已。

在一个周六的早上，我还在睡梦中，突然被一阵急促的电话铃声吵醒。接通电话，吴老板在电话里上气不接下气地喊着："冯科，陈艳妮出事了！"

"什么？你再说一遍。"我一个激灵地从床上爬了起来。

"陈艳妮发生车祸了，现在在北大医院抢救。"吴老板有意放缓了语速，"刚才是皮总打电话告诉我的，他与他老婆已经赶到了医院。他叫我通知你也去医院看看。"

我看了一下时间，刚好是早上六点四十七分！

我赶忙起床，慌乱地穿好衣服便赶往北大医院。

医院里已经围了许多人，有我认识的和不认识的，每个人脸色都异常凝重。孟莉正靠在皮光洲身上，已哭成了泪人。几个警察正一脸严肃地跟一名穿白大褂的医生在交流着。陈艳妮此刻正在急救室里抢救。

从皮光洲的口中我得知，陈艳妮发生车祸的时间是在今早五点钟左右，地点就在滨海大道红树林段。她驾驶的宝马车由东向西行走，被同向行驶的一辆五十铃货车追尾，她的宝马车侧翻在绿化带上，当警察和救护人员把她从车里救出时，已奄奄一息。现场一片狼藉，货车打横停在马路中间，但司机已逃逸。

听了皮光洲的叙述后，我心中猛地升起了一个问号：陈艳妮这么早开车出去干什么呢？据我了解，她现在住在东部华侨城的一处别墅里，而她的车是从东往西走，这说明她不是回家而是去办什么事。这个钟点，一个女人究竟出门干什么呢？

正当我疑惑之际，急救室的门被缓缓地打开，一个穿绿色防菌衣帽的医生走了出来，他一手拉着一扇门，另一只手扯下口罩，低沉着声音问："谁是家属？"

正在哭哭啼啼的孟莉猛地抬起头来，带着哭腔说："我是。"

"过来签字吧。"医生表情凝重，我心中倏地升起了一种不祥之感。

"医生，病人现在怎样了？"孟莉听到要签字后也已经预感到了什么，她焦急地问医生。

医生摇了摇头，说："我们已经尽力了，但病人伤得太重，我们已回天无力。"

"医生，我求求你救救我这个好姐妹。她还年轻！哇——"孟莉一下子撕心裂肺地哭了起来。皮光洲连忙过来抱住她，并不停地劝说，但孟莉越哭越伤心，全身瘫软，令人动容。

医生见她情绪失控，也就没有立刻让她签字，他转过身去跟警察交流了起来。

我们几个在一旁心情都异常沉重。一个年轻、美丽的生命就这样香消玉殒了。这个命途多舛的女人，自小父母就离异了，就在将近大学毕业走进社会的时候，她相依为命的母亲却因一场车祸永远离开了她。而在深州，这个带着梦想、带着对生活美好追求的青春女孩，却在社会的种种压力之下，成了让人所不齿的"二奶"。最后，她又死于非命！实在令人欷歔。我想起了胡民阳前不久跟我说过的一句话，"一个女人太要强，总不是什么好事的。自古都是红颜薄命，现在，要强的女人也会薄命的。"陈艳妮既是红颜，也是要强的女人。她今天的死会不会与这两样东西有关呢？

这时，刚停止哭啼的孟莉悄然走到我身边，她四下看了一下周围的人，接着，把我拉到一边，然后她突然压低声音对我说："陈艳妮是被余满良杀死的。"

我全身一颤，忙问："你是怎么知道的？"

孟莉警惕地扫了一下周围，塞给我一个U盘，低声说："你打开它看了就知道，不要告诉任何人，尤其是皮光洲。记住，一定要保密！"

我接过孟莉递过来的U盘，全身突然变得紧张了起来。这U盘里究竟藏着什么秘密呢？与陈艳妮的死有关吗？孟莉为什么要把U盘交给我，而且连皮光洲也要瞒着？

事情紧急，由不得我多想。于是，我找了个借口，跟皮光洲、吴老板等几人告辞。我走的时候，孟莉故意提高声音对我说："陈艳妮的后事你一定要过来帮忙啊。"

我当然能够领悟到孟莉这话的弦外之音，她所说的"帮忙"不单是陈艳妮的后事，还有陈艳妮蹊跷而死背后的一些事。于是，回头给她点了点头，也大声说道："你放心，这个忙我一定会帮的。"

从医院里出来，我直接在附近找了一间网吧，忐忑不安地打开了孟莉塞给我的U盘。里边有陈艳妮写给孟莉的一封信。信里写道：

孟莉，我的好姐妹：

最近，我已经卷入一场战争，一场没有硝烟的战争！

当初，我来深州是奔着好日子而来的，为此，我在深州付出了许多许多，这当中包括我的贞操、尊严、人格和青春。但是，我现在才发现，我的这些付出是不应该的，不值得的，是为人所不齿的。可是，我又有什么办法呢？在深州，一个女人要按照正常的轨道运转是很难到达目的地的，只有剑走偏锋，靠出卖青春和人格，靠男人，才可以在深州找到生命的天堂。否则，我们将堕入万劫不复的地狱！所以，我跟了余满良。我原以为，跟了他后，我就可以到达天堂了。谁知，我原来所走的路实际就是通向地狱，只是当时还没有辨清天堂和地狱的路而已。

孟莉，我的好姐妹，我这样说你也许明白了我想说什么了。你还记得我当时叫你通过冯伟标查那两套房产的事吗？那是口口声声称只爱我一人的余满良给另外的两个女人买的房产！当我知道这一切后，我陷入了痛苦不能自拔。其实，现在想来，这些都是我自找的。这正是"春恨秋悲皆自惹，花容月貌为谁妍"。我凭什么要求余满良只对我一个人好呢？他拥有权势，就可以拥有许许多多的东西，包括女人。我只不过是他众多女人中的一个而已。但是，我要面子和要强的个性，使我对余满良的"背叛"充满怨恨。他对我不仁，我就对他不义。我非常清楚，他的那些房款都是不干净的，是受贿得来的。所以，我便不计后果地去收集他的违法证据。但是，我又低估了余满良的能量。当发觉我在收集他的违法证据的时候，他动用了一切力量来阻挠我，威吓我。这样，我不可避免地卷入了一场战争！而这场战争中，我注定是失败者。因为对手的力量太强大了，而我却势单力薄。

孟莉，你也许不知道余满良的盟友都是些什么人吧？我告诉你，他们就潜伏在我们身边！说来你可能不相信，除了张二江、黄栋梁外，彭海博也是，甚至你老公皮光洲也是。也许我不应该连皮光洲都算在内，但是，事实确实是这样。以前，我对皮光洲这人不太了解，你与他结婚后，我打心底里为你高兴。毕竟一个女人能在深州找到自己的归宿不容易，而你做到了。你比我幸运，终归有个爱你、疼你的男人。而我一直没有，不瞒你说，我对一个男人有过感觉，但是，因为这个男人与你有了关系，我就不敢多想了。这个男人就是冯伟标！在我接触过的男人当中，冯伟标算是一个不可多得的好男人，至少他不像别的男人一样有坏心思，坏肠子，与他一起不用防着什么，很放松。不过，这个男人终究是有家有室的，他不属于我，也不属于你。孟莉，我们女人有时候是不是真的犯贱，明明知道不可能得到的东西，为什么还要义无反顾地往里钻呢？

不管如何，我在这里先得对你说声"对不起"，我不应该瞒着你跟冯伟标交往。你会生我气吗？

当我给你写这封信的时候，我已经陷入了杀机四伏、四面楚歌的境地。我这几天总感觉有人在跟踪我，我知道有人想把我置于死地。而这个人正是余满良！如果有一天我死了，一定是死在这个恶人的手里。

孟莉，我的好姐妹，如果我真的走了，请看在我们曾经是好姐妹的分上帮我两个忙：第一个是，找冯伟标帮忙把余满良告到纪检部门，绝不能让这个恶人逍遥法外！我相信冯伟标肯帮这个忙的，而且他也有能力帮这个忙。他岳父前段时间被纪检部门调查实际就是余满良搞的鬼。我当时跟他岳父卓金成好上，就是为了借刀杀人，本想利用这个老色鬼去搞垮余满良。谁料,余满良事先发现了我们的举动。于是,他利用他的权力及人际关系,来个恶人先告状,把卓金成告到了纪委。好在卓金成有一个有智慧、有胆识的女婿,才让他大难不死。第二个是,把我骨灰与我妈的放在一起,我妈一个人在那边肯定很孤独,这下有我的陪伴就好了。

谢谢你,我的好姐妹!我的好多事情之前也跟你说过了,在这里我就不再啰嗦了。本来打算约你出来当面跟你说清楚,无奈最近老有人跟踪我,为了不连累你,我只好把我的话写在U盘里,通过快递公司邮寄给你了。

祝,保重!

妮子上
4日中午急笔

读着读着,不知不觉中,我惊出一身冷汗。这样看来,陈艳妮不是死于一场车祸,而是一场阴谋!而这场阴谋的主谋便是经常在公共场合大谈特谈民生的政协领导余满良!

我必须尽快把这个记录着余满良罪证的U盘交到警方手里,免得夜长梦多。于是,我收好U盘,并拨通了孟莉的电话,约她出来商量对策。

我这次与孟莉的见面比当年我们偷情还要隐秘,地点定在莲花山公园北门的一间休闲茶室里。为了不引起别人的注意,我们都没有开车,而是分别坐出租车赶到这里。我先到,要了一间小包厢,点了一壶孟莉喜欢的茉莉花茶。茶刚泡上,孟莉也赶到了。她一脸倦怠和憔悴,一身死气沉沉的样子,完全没了往日的光彩和乖张。显然,陈艳妮的死给她打击不小,毕竟她在深州就这么一个闺中密友,两人经常在一起谈心事。现在她的好姐妹突然就没了,这怎么叫她不伤心呢?

孟莉坐下后,叫服务生退出包房,并叮嘱服务生如不呼叫不要进来。孟莉向来做事谨慎,这点让我不得不佩服。

服务生出去后,孟莉把门关上,然后问我:"你都看了?"

我明白她所指的是U盘里的内容,便答道:"看了。"

"想不到这帮王八蛋这么狠毒!"孟莉眼光涣散,眼睛空洞无物,像大病了一场。

"太不可思议了!"这是我的真实想法,刚才看了U盘里陈艳妮所写的一切后,我全身发冷,胆战心惊,如临大敌。毕竟这一切发生在我的身边,都与我身边的人有关。

孟莉抿了一口茉莉花茶,说:"关于这些,其实师姐早就告诉过我。我劝她不要与余满良斗,她怎么可能斗得过权高位重的余满良?但是,师姐是个非常好强的人,她认为余满良背叛了她,欺骗了她,非得把他搞臭、搞垮不可。当初,她要你帮她查那两套房产信息的时候,我就预感到了会发生什么了。我曾经阻止过她,但她就是不听我的劝说。以前我叫你不要惹她,是有原因的。师姐这人不仅好强,而且又是余满良的女人,谁惹了她都会惹来一身骚。冯伟标,当时我确实是为你好。俗话说:一日夫妻百日恩。怎么说,我对你是有感情的。我师姐说得不错,你是一个不可多得的好男人,这点我也有同感。虽然我也喜欢你,但我知道跟你不可能有什么结果,做做露水夫妻也就算了。其实,你跟我师姐的事,我早就有所察觉,只不过我不想揭穿你们而已。"

听了孟莉的这番话,我既愧疚又感动。以前她不断提醒我不要惹陈艳妮,完全是为了我好,而我却误解了她。

我发自肺腑地对孟莉说:"孟莉,谢谢你了!"

孟莉轻笑了一下,说:"我真不习惯你跟我这么客气。"

我也很不自然地笑了起来。想想我们以前可以随便地在床上翻云覆雨,尽领人间风情,现在却客客气气的样子,确实有点滑稽。

不过,我们今天是为陈艳妮的事而来的,我便把话题转到陈艳妮身上。

我问孟莉:"你是什么时候收到陈艳妮的U盘?"

"昨天下午。"孟莉说。

"这么说,陈艳妮早就预知到她的危险了。"我深深地倒吸了一口气。

"应该是这样的。我看了她U盘的内容后,便感觉到不对劲。于是,我给她打电话,但她的电话一直关机。我当时心里就非常着急,本打算报警,但给皮光洲制止了。皮光洲是余满良的人,我是知道的。因为好几次,皮光洲与余满良他们几个一起吃饭,我与师姐都参加了。说真实话,皮光洲能坐上副总这个位置也是因为他有了余满良这层关系,公司老板才重用他的。我当时认为,皮光洲不让我报警或许有他的苦衷。所以,我听了他的话不报警。谁料,一大早就传来了师姐出车祸的消息。你知道吗?我当时接到交警的电话后,我整个人都懵了。那时,我就想到了你。因为师姐在U盘里明确提到了你,我便叫皮光洲给你打电话,叫你赶到医院来。"

"你为什么不直接给我打电话,而是叫皮光洲呢?这样不就让他知道了我们的意图了么?"我无不忧虑地问孟莉。

"你真是糊涂了。我与你之间的关系,除了师姐,就再也没有人知道了。如果我直接给你打电话,那么,皮光洲不怀疑我们才怪呢。再说,皮光洲与你本来就认识,叫他给你打电话也是合情合理的。当时,他也疑惑地问我,为什么要给你打电话。我就说,冯伟标很有能耐,胡民阳被抓和他岳父被调查时,他都有办法解决,叫他来兴许能帮上什么忙。皮光洲也就不再说什么了,所以,他叫吴老板给你打了电话。实际上,是我要你来的,我知道,师姐不管是死还是活,你都得来一趟。因为她在留言中提到了你,说明她比较了解你,信得过你。"

孟莉歇了一口气,呡了一口茉莉花茶,继续说:"冯伟标,你不觉得师姐这次的车祸有点蹊跷吗?"

"你是说陈艳妮不是死于车祸?"实际上,我看了陈艳妮U盘里的留言后,我就坚信,她绝不是死于车祸!

"即使是死于车祸,也是人为制造的车祸。"孟莉语气沉重地说。

我点了点头:"这车祸发生得确实可疑。但是,我们也仅是怀疑而已。在没有掌握确凿证据之前,一切有待司法机关侦查后再下定论。"

"可是,交警部门现在只把它当成一般交通事故来处理。"孟莉叹了一口气。

"在没有发现新疑点、新证据之前,他们也只能这样处理。他们不是找你做过笔录了吗?你有没有把你的怀疑跟他们说了?"

"我说了,但没有跟他们提 U 盘的事。"

"你为什么不提呢?U 盘非常关键,里边有许多线索,它应该对今后警方破案有帮助。"

"我知道,但当时考虑他们是交警,就没有把 U 盘的事跟他们说,免得节外生枝。"

孟莉的谨慎超出了我的想象。我对她说:"你这样做也是对的。不过,我们得想办法把这个 U 盘交到警方手里,而且越快越好。"

"我也是这么想的。不过,冯伟标,这些都得你亲自去跑,我就不方便出面了。你也知道,师姐在遗书里提到了皮光洲。他前几天老向我打听师姐的情况,我当时就察觉了他的动机,但他告诉我这是他们公司想了解客户的生活习性,好人性化地进行商品房设计。虽然我与他是夫妻,但是,知人知面不知心,直到现在,我也摸不透他究竟是个怎样的人。但不管怎样,还是先防着他为好。"

我对孟莉的谨慎投去赞许的眼光,说:"我理解你的难处。你放心,这件事我不会袖手旁观的,我绝不能让陈艳妮死得不明不白。"

"冯伟标,那就难为你了,我先替我师姐感谢你。"

"你看,你倒跟我客套起来了。"

孟莉会意地笑了一下,但笑容稍纵即逝。我知道她此刻怎么都笑不起来。因为她在深州唯一的一个知心朋友现在还躺在殡仪馆里。

就在这时,孟莉的电话响了,她赶忙向我做了一个"噤声"的手势,然后接通了电话:"喂,老公,有事吗?",稍作停顿后,她继续说:"哦,我现在在跟师姐的一个朋友商量师姐的后事呢。你是问我为什么不开车吗?我现在这个心情哪敢开车啊?好,好,我马上就回去。"

挂了电话,孟莉对我说:"皮光洲刚才在电话里的语气好像不对劲,他不会是发现了什么吧?"她自言自语道。

"不会吧?他会发现什么呢?你昨天收到快递的时候,他在吗?"我提醒她。

她想了想,眉头一皱,脸色煞白:"惨了,虽然他当时不在,但快递的信封我就丢在家里的茶具上,可能被他看到了。"

我安慰她说:"你也不要太紧张,就算他看到了信封,也不会知道是谁寄来的。"

"可是，师姐的笔迹他肯定能辨认得出来。"

"为什么？"我问。

"师姐现在住的那套房就是余满良从皮光洲公司买来的。说是买，实际上是送，余满良也就象征性交了一点钱。那时所有需要办理的手续都是师姐签的字，皮光洲就在旁边帮忙。看了师姐的签字后，皮光洲还夸师姐的字写得漂亮呢。"

听了孟莉这番话，我心头一紧：遭了！万一皮光洲知道陈艳妮昨天给孟莉寄过邮件。接下来，他肯定会向余满良汇报。这将会引起余满良这只狡猾的老狐狸的警觉，他肯定会与他的盟友商量对策，攻守同盟，消灭证据，干扰司法机关的调查，最终逃避法律的惩罚。

我把我的忧虑跟孟莉说了。孟莉听了后也显得忧心郁郁："这么说，你得马上把U盘交给警方，让他们没有回旋余地。我这边会与我老公周旋，尽量拖延时间。"

在关键时刻，孟莉显现出她的谨慎、冷静及聪慧。我表示赞成。

送走孟莉后，我便打车直接来到了许浩能的家。我把整个事件简明扼要地跟他说了。许浩能听了后，也深感事情的紧急。他确定了陈艳妮车祸发生的地点所属辖区后，便开车陪我到辖区派出所，即上沙派出所报案。在派出所里，我把那只装有陈艳妮遗言的U盘交给了值班民警。上沙派出所很快就开始立案侦查。

大约过了一个星期后，便传来一个令人振奋的消息：市政协环资委主任余满良被警方带走协助调查！

第二十八章　谁是凶手

经过警方几个回合的审讯，余满良很快就交代了自己的问题。陈艳妮的死确实与他有关。不过，他只是幕后指挥者，不是真正的行凶者。真正的凶手另有其人。这人正是黄栋梁！根据警方发布的消息显示，这起车祸策划已久。

原来，余满良知道陈艳妮一直在收集他的犯罪证据后，便萌发了除掉这个女人的念头。根据余满良在一份材料中交代，产生杀死陈艳妮的想法后，他也感到后怕，万一事情败露，不仅要身败名裂，还有杀头的风险，因此曾一度想过放弃。但陈艳妮却不依不饶地收集着他的犯罪证据，并扬言一定把他搞垮、搞臭。在陈艳妮步步紧逼下，余满良不得不采取相应措施，否则，即使免了杀头的危险，也落个身败名裂的结局。因此，余满良再次产生了除掉陈艳妮的想法。

为此，余满良决定寻找一个他认为最可靠的人来实施自己的杀人计划。经过一番权衡后，与他有着利害关系的张二江成了理想的人选。

2009年春节，张二江到余满良家拜年。余满良便把除掉陈艳妮的想法告诉了张二江。张二江平时得到了余满良的"荫庇"，让他的生意做得顺风顺水。他能有今天，全仰仗余满良的"恩宠"。现在"恩人"有难，张二江岂可袖手旁观？于是，他二话没说、很爽快地答应了余满良除掉陈艳妮的要求。即使他也知道，杀人是要偿命的，可是在"恩人"面前，他不好推辞。

经过两人一番密谋，在放弃了好几个方案后，他们最终决定采取制造交通事故的办法弄死陈艳妮，造成她死于车祸的假象。"

方案定下来后，张二江便找到彭海博和黄栋梁。当他把杀人计划告诉这两人时，两人显得非常犹豫。

黄栋梁这个曾经在道上混的人已经替张二江背过一次黑锅，虽说他也从张二江那里得到了不少实惠，但是，这次可是叫他去杀人，搞不好他也会搭上一条命的。可当张二江告诉他，事成后他可以从余满良那里拿到一笔数额巨大的酬金时，他便答应了下来。

听说要杀人，而且所要杀的人是陈艳妮，彭海博在惊讶的同时，也显得非常矛盾。即使他人品不行，也干过一些伤天害理的事，但叫他去参与杀人，他是怎么也不会答应的。因为他知道，杀人不但要偿命，而且死后要下地狱的。可对于彭海博来说，张二江与余满良两人都是他的"恩人"。张二江把他弄进了城建局，使他成为一名人人仰慕的公务员。而有了余满良这个政协官员罩着，他官运亨通，仕途平坦。现在，张二江提出帮忙除掉余满良的眼中钉、肉中刺，让他实在左右为难。

见彭海博犹豫不决，张二江忙劝慰道："你放心啦，不会有事的。我们将会做得神不知鬼不觉，绝对没有人识破的。并且不用你亲手去杀人，你只要做通皮光洲的工作，通过他老婆孟莉给我们提供陈艳妮的行踪即可。不过，你千万不要把我们的真正目的告诉皮光洲，你就随便编一个借口吧。总之，知道的人越少越好。"

彭海博经不住张二江的恩威并施，便也答应了张二江。

答应了张二江后，彭海博便找到皮光洲，要皮光洲通过他老婆孟莉把陈艳妮平时活动的情况随时告诉他。

皮光洲不解地问："为什么要了解陈艳妮的行踪？"

彭海博谎称："陈艳妮最近跟一个男人好上了，这让余大哥心里很不爽，所以，他想掌握她的行踪，不让她在外面乱搞。"

听彭海博这么一说，皮光洲便信以为真。他向来鄙视"劈腿"的女人，加上这是曾经关照过他的余满良的事，所以，他爽快地答应了下来。

就这样，皮光洲糊里糊涂地成了这起杀人案的帮凶。他每天通过孟莉打听陈艳妮的行踪，并及时向彭海博汇报。彭海博又把这些从皮光洲那里得来的信息向张二江汇报。此刻的陈艳妮一举一动都在张二江一伙人的掌控当中。

按照张二江的指使，黄栋梁每天开车跟踪、监控着陈艳妮，并伺机把她置于死地。但黄栋梁发现陈艳妮好长一段时间的活动范围都在市区内，路上车水马龙，车速提不起来，就算制造交通事故也很可能杀不死陈艳妮。

经过反复演示，他们决定改变策略，诱使陈艳妮在凌晨车少的时候经过滨海大道，然后让黄栋梁开车在滨海大道路旁守候，伺机制造交通事故。但实施这个策略，得有另一个女人来配合。这个女人正是余满良的又一个情妇小怡。

小怡的经历与陈艳妮有点相似，她也是一名大学生，毕业后跑到深州来找工作，并在张二江的公司里工作过一段时间。后来在张二江的撮合下，她也像陈艳妮一样经不起金钱与物质的诱惑，最终甘心情愿地成了余满良的"二奶"。但随着时间的推移，加上余满良的女人不断推陈出新，她渐渐在余满良面前失宠了。因此，她对余满良早就心生怨气，但敢怒不敢言。

对于小怡，陈艳妮是认识的，她们都在张二江公司工作过，一起共过事。后来，小怡也追随她成了余满良的"二奶"，陈艳妮是知道的，只不过碍于曾经同事的情面，她也不好说什么。其实她也没有资格对别人指手画脚，她只不过也是余满良众多"二奶"中的一个而已。前段时间，陈艳妮知道小怡也像她那样失宠后，就找过小怡，叫小怡大胆站出来与她一起举报余满良，但被小怡拒绝了。虽然小怡也非常憎恨余满良，但是，她知道余满良是得罪不起的。而为了在余满良面前邀功求赏，她竟然将陈艳妮劝说她一起举报余满良的事告诉了他。余满良早就察觉了陈艳妮的举报举动，但想不到她竟然联合其他"二奶"一起举报他，这更加坚定了他除掉陈艳妮的决心。

在余满良的指使下，张二江找到了小怡，并按照他们谋划好的方案教她给陈艳妮打电话。起初，小怡并不肯配合。即使张二江不说，她也能猜出他的用意。同为"二奶"，惺惺相惜，她也不想陈艳妮有什么事。可在张二江的利诱威逼下，小怡还是违心地拨通了陈艳妮的电话，并按照张二江给她编好的台词告诉陈艳妮，她手里有大量余满良的犯罪证据,约她凌晨六点整在蛇口码头见面。

一心想收集余满良犯罪证据的陈艳妮不知是计,当天凌晨四点半左右,她就从位于东部华侨城的家里出发,开车往蛇口码头赶。

此时的黄栋梁早已开着一辆经改装过、时速可达一百二十码以上的套牌五十铃货车埋伏在滨海大道上沙路段。当陈艳妮的宝马车出现在黄栋梁的埋伏圈时,他急忙开着货车跟了上去。当到达红树林路段时,黄栋梁的车正好与陈艳妮的车同向并行,黄栋梁的车在左侧,而陈艳妮的车在右侧。见时机已到,黄栋梁连忙向右侧急打方向盘,车头重重地撞向陈艳妮所驾宝马车的驾驶座。由于速度过快,陈艳妮的宝马车打了两个滚后侧翻在绿化带上。由于黄栋梁有所防备,除了车头被撞坏外,车的其他部位完好。他也只是头由于惯性磕在挡风玻璃上受了点轻伤,别的没有什么大碍。见陈艳妮的车已经侧翻,黄栋梁急忙下车,跑到马路的对面,坐上早已在那里等候的张二江的车逃离了现场。

余满良一伙人本以为这一切做得天衣无缝。但是,魔高一尺道高一丈。交警赶到现场后,很快便发现了破绽。根据现场勘测,陈艳妮当时驾驶的宝马车是以时速一百二十码行驶,而货车要从右侧撞上宝马车也得以同样的时速,甚至更高,而按照正常情况来说这是不可能做到的。因为货车无法达到这个时速。后来,交警从货车发动机上发现了端倪。经过对事故车的反复勘察,交警发现人货车的发动机被人为地更换成了高端进口车的发动机。这就引起交警的怀疑。他们通过调取路面上的监控录像一看,终于发现了问题。他们认为这不一起普通交通事故,可能涉嫌刑事犯罪。就在交警向领导汇报并准备把案情移交上沙派出所的同时,派出所也接到了我的报案。有了交警的事故现场勘察报告及 U 盘内容做佐证,上沙派出所便开始立案侦查,并很快锁定犯罪嫌疑人。

余满良被警方带走后不久,黄栋梁和张二江也先后落网。与此同时,因为余满良在接受警方审讯期间,主动交代了自己的经济问题,上沙派出所便把这一线索移交给纪检部门。不久,纪检部门便介入了这起案件的调查。

我兴奋地把这些消息告诉了孟莉。但孟莉听了后,并没有我想象中的兴奋,她在电话那头淡淡地说:"他们都是罪有应得!"说完,便匆匆挂了电话。

孟莉的这一反应让我有点感到突然,当初她极力主张报警,现在报警终于有了结果,按理说,孟莉应该高兴才对呀。后来,随着事态的进一步发展,我才明白孟莉高兴不起来的原因。原来,他的老公皮光洲也被警方带走了!

这个消息是吴老板告诉我的。这天晚饭后,我破天荒地陪老婆卓秀娴到楼下散步。刚下楼,吴老板的车就出现在我面前。他跳下车来,神色慌张地把我拉到一边,急急地对我说:"出大事了!"

"出什么大事了?"我惊讶地问。

吴老板定了定神,说:"皮光洲今天早上被警察带走了。"

我听了后,没好气地对吴老板说:"一切都是他咎由自取。"我对皮光洲与张二江等人搅在一起,心存怨气。

吴老板哭丧着脸说:"冯科,我知道你在许多公检法系统有熟人,你就想办法帮帮他吧。否则,我也躲不过这一劫了。"

"这与你有什么关系?"我不解地问。

"冯科,不瞒你说,我曾经给皮总送过钱物,虽然数量不大,但也足够扣上行贿的罪名了。"吴老板颤抖着说。

我听了后,差点笑出声来:"原来是这个把你吓得像丢了魂似的呀?皮光洲又不是国家工作人员,你给他送钱,算不了行贿。"接着,我又安慰了他几句。

"可是……可是,我通过皮总也给彭处和余主任送过钱。"吴老板结结巴巴地说着。

"什么?你也给他们送过钱?"这让我有点不好理解。吴老板搞违章建筑时间不长,数量不多,就我们马岗这一栋还在施工的违章建筑,他用得着给他们送钱吗?

见我疑惑,吴老板跟我道出了原委:"皮总介绍我认识彭处后,彭处答应我可以通过余主任在马岗拿到村股份公司名下的几块地皮来搞违章建筑。"

"这几块地皮不是早已让张二江拿走了吗?"我惊讶地问。

"虽然张二江拿走了,但他只是打了一小部分钱给村股份公司,还欠着股份公司好大的一笔钱不还。所以,彭处给我出主意,要我直接找村股份公司谈,并承诺一次性付完所有款项。起初,股份公司并不同意,说是怕得罪张二江。后来,彭海博带着我去找余主任,余主任便给村股份公司的董事长打了电话,问题就解决了。"

我听了吴老板的这一番话后,全身起鸡皮疙瘩。张二江可能怎么也没想到,他精心培养起来的盟友,竟私下里拆了他的台。我想起了一句箴言:世界上没有永远的朋友,只有永恒的利益。所谓忠诚,是因为背叛的筹码还不够!

我问吴老板:"你这样不计成本地拿这几块地皮,有钱赚吗?"

"赚不赚钱,已经不重要了。重要的是,我可以把张二江打败。这厮平时欺人太甚了!"吴老板咬牙切齿地说道。

我理解吴老板,张二江仰仗着他在城建系统的广阔人际关系及黄栋梁加盟后建构起来的黑社会势力,打压与他抢"食"的其他搞违章建筑的老板。吴老板这一年多来不少受他的气,搞得他几乎无法在马岗待下去。

但我也提醒他:"我帮不了皮光洲,也帮不了你,既然你认为你行过贿,最好去自首,争取司法部门的宽大处理。"

吴老板听我怎么一说,重重地在我前面叹了一口气后,便一声不吭、垂头丧气地走了,像面临世界末日。

谁料,这竟是我与吴老板见的最后一面!

吴老板与我分开后的第二天,我打他电话,却一直处在关机状态。我似乎预感到了什么,忙给胡民阳打电话,胡民阳低沉着声音告诉我:吴老板也被抓了!

不过,吴老很快地被放了出来。我与胡民阳约好,第二天去探望一下他,给他压压惊。毕竟我们曾经酒肉朋友一场,现在他有难,我们虽不能施以援手,但言语上的安慰总可以做到的。

可还未等到我们去探访吴老板,他就彻底不给我们这个机会了。

本来已经与他约好,我和胡民阳一起去看他。可当我们买好礼品准备去看他时,他的电话却关机了。

我忙叫胡民阳打吴老板侄子的电话,他侄子一直跟在他的左右,应该有他的消息。

电话拨通后,他侄子就告诉我们噩耗:吴老板跳楼自杀了!

我与胡民阳连忙赶往吴老板的自杀现场——他的那栋在马岗片区、正在施工的违章建筑,他正是从这栋建筑的最高层跳下来的。

我们到了现场后,只见吴老板全身血肉模糊,正静静地躺在地上,他身边被一摊淤血包围着,已经断了气。但他的一双眼睛却仍然圆睁着,像在留恋地看着周围的一切,又像是对谁怒目而视。现场哭声响彻天空,他老婆、孩子以及亲朋好友已经哭成了一团。

看着眼前这一切,我感叹不已。我身边的两个熟人接连死于非命,一个死于他杀,一个死于自杀。如果说,陈艳妮的死是与她的虚荣、好强的个性有关,那么,吴老板的死与什么有关呢?我始终认为,吴老板是一个好人,即使他也有着自私、趋利的秉性,但这些都是生活所迫。为了生存,他不得不与"狼"共舞,最终又遭"狼"咬,实在令人欷歔!

事后,我从一位警察朋友的口里得知,有人在里边把吴老板给供了出来,究竟是谁举报?这位朋友基于职业守操,并没有跟我明说。警方根据举报线索传唤了吴老板,但审讯后发现,吴老板虽然有行贿行为,但与陈艳妮之死没有必然联系。于是,便把他暂时放了出来,并要求他在这段时间内不准外出,必须做到随叫随到。

但是,吴老板出来后,可能迫于某种压力,或其他原因,却跳楼自杀了。他的死,带走了太多悬念和秘密。

在吴老板的追悼会上,我竟意外地看到了黄小婧和她的养父黄志。黄小婧一身素装,脸色苍白,身材消瘦,走路都靠他养父搀扶着,像是大病刚愈的样子。黄小婧也认出了我,在养父的搀扶下慢慢向我走来,沙哑着声音说:"吴老板是个好人,他不该死。"说着又悲愤地"呜呜"大哭起来,她养父在一旁怎么劝也劝不住,只好也跟着垂泪。此情此景,我再也抑制不止自己,眼泪也"哗哗"地掉了下来。

从黄小婧父亲黄志那里得知,黄小婧到三水监狱服刑后,在狱中积极改造,期间还举报了另一毒贩的犯罪行为,有立功表现,因而获得司法机关的减刑表彰。就在离出狱还有一年时间的时候,她又因查出患有乳腺癌而得以保外就医。表姐许月仙得知这一消息后,不顾前嫌地与黄志一起到监狱里把黄小婧接了出来,并把她安排到广州肿瘤医院接受治疗。可治病需要一笔不菲的费用,即使许月仙及黄小婧的养父养母已倾其所有,但还是应付不了每天好几千元的医疗费。

吴老板知道了黄小婧一家人的难处后,二话不说地从个人账户里拿出三十万元给黄小婧医病,这可解了黄小婧一家人的燃眉之急,让他们感动不已。说真实话,吴老板与黄小婧非亲非故,之前也仅是在"翡翠宫"里有接触过黄小婧,他这样做确实令人感动。

黄小婧有了吴老板这笔钱后,加上许月仙东借西挪,她的手术费用得以解决,并且手术进行得非常顺利。而就在黄小婧准备出院的时候,吴老板却跳楼自杀了。

听到这一消息,黄小婧及家人悲痛不已。尽管黄小婧身体还很虚弱,但她还是执意从医院里赶来参加吴老板的追悼会,送他最后一程。

此刻,我突然想到了许月仙,她应该也来参加吴老板的追悼会的。但是,我左顾右盼怎么也看不到她的身影。我非常疑虑地问黄志:"许月仙怎么没来?"

黄志这个时候突然像想起了什么,他看了一下手表:"对呀,她跟我们说好要来的,怎么现在还没到呢?"说着,他拨通了许月仙的手机,"什么?彭海博他……"只见黄志脸色煞变,呆在原地喃喃地说:"彭海博被人带走了……"

听了这话,我并没有感到突然。自余满良、黄栋梁、张二江、皮光洲陆续被抓后,我就知道,这一天迟早会到来。尽管这几天彭海博托各种关系为自己说情,企图逃脱法律的惩罚,但是,法网恢恢,疏而不漏。就算彭海博再有背景,再有后台,还是敌不过公正的法律。

想到这里,突然一股恐惧向我袭来。虽然我没有参与彭海博他们的杀人行动,但是,在彭海博的指使和授意下,我曾甘当张二江搞违章建筑的保护伞。彭海博被抓后,会不会把我也供出来呢?

回到家里,我心烦意乱,心神不定。为了稳妥起见,我便把最近发生在我身边的一些事跟老婆卓秀娴作了简单的交代,并把我的同学许浩能及师兄杜秋耕的电话都写在一张纸上交给了卓秀娴,并告诉她万一我出了什么事,务必给他们两人打电话。

卓秀娴看到我这紧张兮兮的样子，也跟着紧张起来，她怯生生地问我："老公，你不会有事吧？"之前有她父亲被调查的经历，她的担心是有理由的。

卓秀娴见我魂不守舍，便温声细语地对我说："老公，要不先跟我老豆（广东话，老爸的意思）说说，万一有什么事情也好有个照应。"

现在我已乱了分寸，没了主意，此刻老婆的话就是圣旨，不得不听。古语云：妻贤夫祸少。但愿能托她的福。

我与老婆一起找到了岳父，把我的事跟他说了。

岳父听了后，显得异常冷静，他吸着烟，悠闲自得地问我："你跟我说老实话，究竟有没有拿人家的钱？"

我在他面前发誓："没有，真的没有。只吃过他们的饭和逢年过节收过他们的烟酒等礼物。"

岳父听了后，说："这不就行了吗？你怕个啥啊？你这点东西算不了什么？"

听岳父怎么一说，我的心稍微放松了下来。

第二十九章　接受审讯

可是,我还是没躲过这一劫!

把我抓走的,不是人民警察,而是人民检察官。

那是2009年4月21日下午三时左右,我正在办公室无精打采地看着市局送来的各种通知文件。我们这个"违治中心"马岗巡查小组本来人就不多,原先总共三个人,炒了胡民阳后,因为没有适合的人选,加上近阶段违章建筑整治任务不是很重,胡民阳走后留下的空缺一直没有补上。彭海博被抓后,我们这个小组就只剩下我一个人了。前两天,潘建仁主任来电指示称,经市局研究决定,我们马岗巡查小组的"违治"工作暂停,我只需留在办公室接接电话,看看文件即可。

就在4月21日下午,在我埋头看文件的时候,突然走进来两个年轻人,他们向我出示了工作证后,说:"我们是检察院的,跟我们走一趟。"接着,他们不由分说地把我押上了停靠在办公楼下的一辆警车。

我被他们一左一右地夹坐在车里,心乱如麻,不知道将会发生什么,等待我的将会是什么。我双眼茫然地望着车窗外,原本熟悉、亲切的城市变得陌生、冷漠起来。

约摸过了半个小时后,车七拐八弯地进入一家宾馆楼下。两个年轻人把我押到一间房间里,房间门口处还有两个武警战士把守。一看这架势,我就预感到事态的严重。

"冯伟标,你要在这里好好待着,等下会有人过来审讯你。"一个检察官对我说。接着,他们跟门口的武警战士交代一番后,便走了。

正当我忐忑不安,屋里又进来了两个人。我眼前一亮,这两个人不正是我师兄杜秋耕的下属吗?我认识他们,一个叫谢起华,另一个叫陆广涛。前不久,我和同学许浩能一起请师兄杜秋耕吃饭,师兄便把这两个下属也带了过来。

见了两人熟人后,我心中稍安,暗想:他们该不会为难我吧?

但这两人进来后,他们只看了我一眼,便装作不认识我似的、脸无表情地端坐在房间里一张早已准备好的办公桌旁的椅子上。

沉默了一会儿后,谢起华便开口问道:"你就是冯伟标吧?"

我大声答道:"是!"

"冯伟标,你知道为什么到这里来吗?"谢起华继续发问。

"我不知道。"我大声回答。

这时,谢起华突然严肃起来:"是真不知道还是假不知道?"

"真不知道。"我说的可是真心话。我真不知道他们为什么要抓我,我既不参与彭海博他们的杀人行动,也没有贪污受贿。就是在彭海博的授意与指使下,为张二江的违章建筑开了绿灯。这也算犯罪吗?如果算犯罪,犯的是什么罪?

沉默了一会,谢起华继续发问:"冯伟标,你认识张二江吗?"

"认识。"我如实答道。

"你们是怎么认识的?"谢起华点了一根"中华"抽了起来。

我便把如何跟张二江认识一五一十地跟他们说了。

听了我的交代后,谢起华突然问我:"在你跟张二江交往的过程中,拿了他多少好处?"

我犹豫了一会儿,答道:"我没有拿过他什么好处。"

"冯伟标,你是聪明人,希望你不要与我们兜圈子,一定要正视你的问题。"谢起华此刻狠狠地盯着我看,我背后猛地升起一股凉气。

"我确实没拿他什么好处,不信,你们去查吧。"我这并不算狡辩,我确确实实没有拿过别人的钱财,我有这个底气。

见我不招认,谢起华厉声吼道:"冯伟标,别以为你是学法律的,就认为我们拿你没办法了。我们什么人物都见过,你一个小小职员就想跟我们抵抗,你会后悔的。"说完,他给陆广涛做了个撤退的手势,接着，两人走出了房间，并把门外的武警战士叫了进来。

大概过了一个小时，谢起华与陆广涛又进来了。刚一坐定，他们便一唱一和地交谈起来。

谢起华："那边全都招了？"

陆广涛："那个家伙态度就是好，听那组的同志说，他一下子就全招了，看来我们这边得加大力气了。"

很显然，他们的这些话是说给我听的。

两人的"戏"唱完后。接着，他们又继续审讯我。

谢起华问我："冯伟标，你认识胡民阳吗？"

我一愣，说："当然认识，他曾经跟我是同事。"

"你想知道他现在在哪里吗？"谢起华问我。

"他在哪里？"我警惕地问。

"告诉你吧，他现在就在隔壁，也正在接受我们另一组同志的审讯。"谢起华脸上掠过一丝轻蔑的笑，"胡民阳比你老实多了，他不但交代了他自己的问题，而且还把他掌握到你的一些问题也跟我们说了。而你却不老实交代你的问题，这对你没有任何好处的。"

什么？胡民阳也进来了？听了谢起华的话，我心头为之一震。胡民阳怎么会进来呢？他早就被我们"违治中心"炒了鱿鱼，已经不是我们的人了。如果他真的被抓进来了，那么，他们查的是胡民阳在"违治中心"工作期间的事。但在这期间，他根本不愿意参与彭海博的那些违规的事情，他被"违治中心"解聘，除了他在博客里写了批评城建系统的文章外，还跟他不配合彭海博的工作多多少少有关系。就是这样的一个人怎么会也被抓进来呢？是谁举报了他和我呢？我的心被一团团疑云笼罩着。

"冯伟标，是我们来审讯你呢？还是你自己主动跟我们交代你的问题？"一阵"嘭嘭"的敲桌子的声音把我从胡思乱想中惊醒过来，谢起华正用凌厉的眼光盯着我。

"我提醒你，如果是你主动交代问题，我们可视为你自首，如果是通过我们审讯你才交代问题，那么，对你就非常不利了。你看着办吧。"一旁的陆广涛在一旁帮腔。

我委屈地说："尊敬的检察官，我既不贪又不占，有什么问题好交代呢?"

"冯伟标,你有没有问题,你自己清楚。还用得着问我们吗?"谢起华厉声道。

"我确实没什么问题,如果你们认为我有问题,你们去查好了,我经得起查。"我再次强调。

"对于你的问题,我们早就在外围做了调查,我们已经掌握了充分证据,现在就看你老不老实交代了。"谢起华敲打着桌子说道。

我知道他的这番话是在唬我,我才不会这么轻易钻入他的圈套。我说:"既然你们已经掌握了证据,就直接把证据拿出来,我们可以在这里质证吗,用得着绕来绕去吗?"

谢起华一时语塞。他点上一根"中华"猛抽了一口后,然后对一旁一直默默地作着笔录的陆广涛说:"看来,这家伙是不见棺材不落泪的,我们先出去向领导汇报一下我们这边的进展情况。"

说完,两人又走出了房间。

听他们说要出去向领导汇报,我紧张的心情得到了舒缓。他们所说的领导应该是我的师兄杜秋耕、杜副检察长。我与杜副检察长有着多次私下交易,再加上我们又是校友,有着这层的关系,我想,杜副检察长肯定会为我说好话的。

谁知,事情的进展却出乎我意料!

谢起华与陆广涛两人进来后,开始了新一轮的审讯。

谢起华从事先拿进来的一大堆纸中取出一张对我说:"你说你不收张二江的钱,而张二江自己都交代了给你与胡民阳送钱的事。张二江公司给胡民阳送了好几万元钱,胡民阳也承认了。你收了多少,你心中有数。"

听了这话,我强压住心中的怒火,说:"张二江这王八蛋是信口雌黄,我根本就没有收过他的钱。"

"冯伟标,你有没有收人家的钱,你自己清楚。我们已经掌握了你的受贿证据,现在就给你一个坦白从宽的机会,希望你珍惜这个机会。"谢起华威严地说道。

"谢谢你们给我这个机会,可是我根本没拿他的钱,我怎么坦白?"说到这里,可能是因为觉得委屈,我的眼泪竟不争气地流了出来。

"冯伟标,别演戏了。老实交代你的问题吧。"见我流泪,陆广涛在旁边阴沉沉地说。

"可是,我没犯罪,没有什么好交代。"我说。

谢起华听后,不屑地说:"你自己做了什么你自己清楚,难道还用我们提醒吗?我劝你还是放老实点,别跟我们耍花招。"

但我一直否认收过张二江的钱。他们两人岂肯就此善罢甘休,并反复说我这样的态度是对法律的轻蔑,对我没有任何好处。大约到凌晨三四点钟,由于足足站立了将近二十个小时,我实在挺不住了,便开始胡乱地编讲收受张二江钱的事,由于自己确实没有收过钱,只好乱说出了一些钱数。

见我已经供招,谢起华得意地说:"你早交代了,不就不用吃这些苦了吗?害得我们也跟着你受苦。"

接着,两人收拾好台面上的东西后,便走了。

他们走后,我才得到稍许休息。

不知过了多久,正当我还在迷迷糊糊地处在半梦半醒之中时,谢起华与陆广涛又进来了。

谢起华严厉地说:"冯伟标,你还有事情没向我们交代啊。"

"该交代的我都交代了。"我迷迷糊糊地说。

"你不只收过张二江的钱,还有吴老板的和其他老板的,我们已经在外围做了调查,希望你老实交代。"

我说:"你们这是污蔑,我根本没有收谁的钱。"说到这里,我心中暗自庆幸,好在自己从来没有收过别人的一分一厘,否则,真无法说得清楚了。

见我不接他们的招,他们又改变了策略,陆广涛递给我一张纸,说:"你不说就算了,现在你就把受贿情况列在纸上,这也算个交代。"

我由于得到了稍微的休息,头脑清醒了许多,加上想到岳父这根"救命草",我的心情变得平静起来,对刚才胡乱编造自己受贿之事,深感懊悔。现在正好有一个给自己纠错的机会。于是,我在纸上郑重写道:"其实我根本没有收受任何人钱财,刚才的招认完全是处在自己不清醒的状况下而说出的。敬请检察官们明鉴!"

写完后,我坦然地把它递给了谢起华。

谢起华只扫了一眼,脸便像被人抽了一巴掌似扭曲了起来。他怒吼道:"冯伟标,你是想玩吗?那好,我们陪你玩到底!"

这时,陆广涛也看到了我写的所谓的"交代",他铁青着脸说:"冯伟标,你不要给面子不要面子,你等下就知道你这样负隅顽抗的下场了。"

接着,谢起华愤然起身走了出去。

不一会儿,谢起华又闪了进来,他的背后还跟着一个我非常熟悉的身影。

"师兄!"我像见了救星般几乎是脱口而出。

"你在叫谁?谁是你师兄?你看清楚了,他是我们的检察长。"谢起华大声斥喝道。

我知趣地答道:"对不起,我认错人了。"

"你就是冯伟标吧?"杜秋耕扫了我一眼后问道。

"是。"随即我心里暗骂道:"真会装,我平时没少给你上贡啊,这下倒不认人了。"。

"你知道为什么到这里来吗?"杜秋耕重复了谢起华问过的问题。

"知道。因为我行贿了。"说完,我意味深长地盯了一眼杜秋耕。

杜检察长已听出了我的话外之音,他脸上掠过一丝的不快。他愠怒地对我说:"冯伟标,如果你还是现在这个态度,今后发生什么,就不是你我所能够左右了。"

他话里明显带话,但我也没有吃他这一套,说:"杜检察长,我再次回答你,我并没有犯罪,你们抓错人了。该抓的不是我,而是某些受贿的人。"

我愤怒地盯着杜秋耕,他应该知道我说这话的意思。他有没有拿别人的钱财我不知道,但他从我这里拿了不少。

"冯伟标,你有没有犯罪,不是你说了算,也不是我说了算,是法律说了算。相信你这个学法律专业的高材生是明白这个道理的。我们之所以把你带到这里来,证明我们已经掌握了你的犯罪事实,否则,我们不会无缘无故把你抓到这里来的。希望你不要存在侥幸心理,把自己的问题讲清楚,争取从宽处理。"杜秋耕拉着脸说道。

"我之前不都交代了吗?"我说。

"你之前交代的,我都看了,这与彭海博和胡民阳交代的有很大出入。希望你不要避重就轻,要把关键的问题讲清楚。"杜秋耕用凌厉的眼光看着我。

"我之前说的都是真实的,我不知道你们所说的关键问题是指什么?"

一阵沉默后,杜秋耕问道:"冯伟标,你拿了人家多少好处?"

"张二江确实请我吃过几餐饭,以及逢年过节给我送点烟酒之类的礼物,仅此而已。"说到这里,我倒有点心虚。毕竟接受行政相对人的请吃及礼物都是违背职业操守的。

"也就是说,他给你送东西,你就帮他做事,是吗?"杜秋耕的这一问倒是切中了我的要害。我确实是为张二江的违章建筑做过事,但都是在彭海博的指使下做的,并不是我愿意为之。

于是,我答道:"我虽帮他做过事,但我是在执行领导的决定。"

"哪个领导?"杜秋耕问。

"彭海博,我们的组长。"我答。

杜秋耕问:"他的决定你都必须执行吗?"

我答:"是,他是我领导,我必须执行领导的决定,保证政令畅通。"

杜秋耕问:"如果领导的决定是错误的,你也执行吗?"

我一时语塞。

沉默了一会儿,我答非所问:"虽说我是在执行领导的决定,但也是我的工作职责。"

"好,既然你提到工作职责,我就问你,你的工作职责是什么?"杜秋耕的职业敏感性还是值得肯定,我一个小小的失误就被他抓住了。

我的思维再次短路,不知道该如何回答这个问题。尽管我在"违治中心"工作多年,但是,如果要把我的工作职责说清楚,我真无从说起。深州市政府设置这个机构的时候,本意是想对深州市的违章建筑进行综合整治,遏制违章建筑的增长。可是,在我们实际的操作过程中,往往是只对个别违章建筑行为进行制止,很少真正整治过。本来"整治"这个词就有点泛指,不确定。正因为如此,我们"违治中心"的工作往往流于形式,浮于表面,存在整而不治的现象。这也是深州违章建筑屡禁不止的主要原因之一。

"怎样?想好了没有?"杜秋耕在旁边敲了一下桌子。

我缓过神来,像背书般答道:"我的工作职责嘛,主要是制止违章建筑行为,防住违章建筑行为的发生。"

"你认为你尽职了吗?"杜秋耕紧盯着我看,像要把我看穿。

"我觉得我已经尽职了。"我低声答道,显得底气不足。

"你这也算尽职吗?"杜秋耕边呵斥着我,边从一个卷宗袋里掏出一摞照片和报纸,并重重地甩到我面前来。

我扫了一眼,全身马上颤抖起来。这些照片都是去年张二江那栋坍塌违章建筑的情景,其中那个被压死民工的惨状也赫然在列。而那几张报纸都是报道这一塌楼事件的媒体,有本地的,也有本省的,甚至国内的一些知名媒体也报道了这个事件。以前我只知道,本地媒体报道了,现在才知道本省乃至全国一些知名媒体都报道了。想不到这个事件的影响力有这么大!

"冯伟标,你还有什么话要跟我们说?"杜秋耕咄咄逼人。

我摇了摇头:"该说的我全部说了。我等着你们的处理。"

这时,三名检察官用眼睛交流了一下。

接着,谢起华面带笑容地对我说:"冯伟标,关于你的问题其实很简单,你所交代的与我们掌握的差不多。你现在这个态度比刚进来时好多了。这样吧,关于你的问题暂时就到此为止。现在,只要你举报他人的犯罪行为,我们将请求法院对你进行宽大处理,说不定你还可以马上出去。"

"对不起,我不知道谁有犯罪行为。"我说。

"你想一想,你身边的那些人有没有贪污受贿、违法乱纪的情况。"谢起华在诱导我。

"没有。我身边的人现在都被抓进来了。"

"难道你平时接触的就这几个人吗?"谢起华继续问我。

"对,就这几个人都抓了。"我答。

"这样吧,既然你不说,我来问你,你认识潘建仁吗?"狐狸的尾巴终于露了出来,看来你们下一个目标便是潘建仁了。

对于潘建仁这个人,我不好说。以现在的官场标准来看,他功过俱有,但总体上还算是一个好官。大家认为他做官还比较清廉,不贪不占,敢说真话,敢恨敢爱。但是,他的弱点也非常突出,就是太讲哥们义气,正是讲哥们义气,他才与张二江这个狡猾的家伙搅到一起去,最终被张二江牵着鼻子走,险些晚节不保。

"潘主任我当然认识,他是我们'违治中心'的领导。"

"那么说,你应该经常接触他吧。"这时候,一直低头看着卷宗的杜秋耕突然抬起头来问我。

"应该说,有所接触,不能算经常接触。按照分工,我的工作直接对彭海博,而彭海博才直接对潘主任。"我所说都是事实。在政府机关工作,等级分明,在工作上,每人都严格恪守着下一级只对上一级负责的原则,不得越级请示汇报。平时我的工作只对彭海博负责,很少有直接面对潘建仁的机会。

"也就是说,你还是接触过潘建仁?"杜秋耕继续发问。

"是的。"我答。

"那你就把跟潘建仁接触的情况说一说,要说关键的东西。"杜秋耕话里有话。

我回答道:"对不起,我与潘主任接触都是因为工作上的事,一次是有群众在市局上访,他正在接待,便叫我过去了解情况,还有一次是叫我写一份工作汇报材料,仅此而已。"

见我不着他们的道儿,这三个检察官非常不满意,但也没有继续审讯我。三人低声商量了一会儿后,谢起华从一个卷宗袋里抽出一张纸走到我面前,严肃地说:"冯伟标,现在你已经被刑事拘留了,在这里签字吧。"

我先是一愣,然后扫了一眼刑事拘留书,只见上面写的所涉罪名为"玩忽职守"。对于这个罪名,说心里话,我还是比较接受的,毕竟在整治违章建筑这个工作上,我们的确没有完全尽到应尽的责任。因此,我还是乖乖地在刑事拘留书上签了字。

我签完字后,两个早已守候在宾馆里的法警走了进来,给我铐上了手铐。就在我被铐上手铐的那一刻,我突然沮丧异常,真想放声大哭一场。我想遵纪守法,争做良民,不曾想到会有一天被戴上手铐的。此刻,我想到了我的岳父。他该不会对我这个女婿不管不顾吧?如果岳父出面,我相信,我会很快出去的。想到这里,我脸上掠过别人不易觉察的微笑。

我被铐上手铐后,谢起华与陆广涛便把我押出了我待了整整三天三夜的宾馆。对于我来说,这宾馆就是一间炼狱,我在这里经过了人间历练。跨出宾馆门口的那一刻,我心情竟有了莫名其妙的轻松,像是死里逃生。

就在我正要被押上警车的时候,我扭头看到胡民阳也被两个检察官押了出来。他神情沮丧,正在东张西望,像在寻找什么。这时,他也看到了我,他的嘴角动了一下,似乎想跟我说什么,但又不敢说出来。

杜秋耕站在旁边好像看出了我们的意图,他大声地警告着我们:"你们谁都不许说话。"然后,他一声命下,几名检察官把我们分别塞进两辆警车里。

接着,警车呼啸着开出了宾馆。

第三十章　看守所生活

我戴着手铐心神不定地坐在警车上,看着车窗外匆匆行走的人们,深感自由自在的美好。这让我想起了"生命诚可贵,爱情价更高,若为自由故,两者皆可抛"的诗句来。对一个人来说,自由真的非常重要。

"下车!"警车很快开到了看守所。谢起华与陆广涛一左一右地把我押下警车。

进了看守所后,我还要办一系列繁琐的登记手续,我填了几张表格后,看守所里的一名管教在一张白纸写上我的名字,并叫我双手捧在胸前,然后让我靠墙站着,说是要给我拍一张照片。这恐怕是我这一生拍的最窝囊、最丑陋、最无奈的照片了。当时,我捧着我名字的白纸牌站在墙边时就直想哭。摄影师警察"咔嚓"了一下,我那张脸永远定格在公元2009年4月24日晚上十点四十五分这个时间上!我想,我当时那张脸肯定非常难看,非常苦。从此,"犯罪嫌疑人"这个带有耻辱的名字深深地烙在我人生阅历里,我心里顿生悲凉与屈辱,眼泪不争气地流了出来。

"换衣服去!"拍完照后,一位年轻管教把我带到一间杂物房里,里边堆着许多囚衣。

"随便拿一套换上。"年轻管教命令道。

我随手拿起一套囚衣,让我想起刚来深州入住"十元店"时,跟着老板娘去取床上用品的情景来。当我把已经拎起的那套囚衣放了回去,准备再挑一套时,年轻管教把我喝住了:"挑什么挑?你以为你在逛时装店呀？在这里没什么好挑的，都是一样，快给我穿上！"

我知道，我现在就是犯罪嫌疑人，已经没了选择的自由。于是，我只好换上了囚衣。

这个时候，胡民阳也办完了登记手续，他进来换衣服的时候，我们对视了一下，大家不说话，也不能说话，我们都一脸的茫然地看着对方。我看到胡民阳眼睛红红的，像是曾经痛哭过。

办完手续后，检察官便走了。接着，管教便把我们两个"犯罪嫌疑人"分别押进两个不同的监仓里。同案犯是不能关押在同一个仓的。

我进仓的时候已经是凌晨一点多了。仓里的人都已经睡着了，只有两个戴红袖章的人一头一尾地静静站着。后来我才知道，这两个人是仓里的值日生。按照看守所规定，每个监仓的在押人员必须轮流值班，两人一组，每组值班两小时。其目的是为了防止有人互相伤害及自残、自杀，以及协助管教，接受新进仓的犯罪嫌疑人。

可能是我进来把大家吵醒了，他们大都掀开被子爬起来看热闹。他们个个都光着膀子，大多数人身上都描龙画凤地文着身。看着这一切，我胆战心惊，心里暗想："遭了，肯定要挨拳头了。"但我表面还强装镇定。

这时，牢头翻身坐了起来。他问我："你犯什么事被关进来的？"

"我也不明白他们为什么把我关进来了。"我小声答道。

"去你妈的，不老实是吧？"牢头狠狠地叱喝道，"是杀人了？还是强奸了？不好意思说了吧？"

"他们说我犯了渎职罪。"我依然小声回答。

"什么？贩毒？"牢头似乎听不懂这个罪名。

"大佬，不是贩毒，是渎职。"旁边一个小年纪犯人讨好般地对牢头说。

"什么叫渎职？"牢头看了一眼小年纪犯人。

"应该是政府工作人员做错了事吧。"小年纪犯人解释说，然后他问我："是这样吗？"

我点了点头。

"哦，你还是政府官员啊。你知道我最恨的是什么人吗？就是你们这些人。我们老百姓养着你们，你们却不给我们老百姓办事，而包'二奶'，玩女人，贪污受贿，是你们的强项。"牢头在我面前痛斥着有些政府官员的种种不当行径。

我本想向他解释，我不是什么政府官员，仅是在政府部门做事的一个打工仔而已，不是所有在政府部门做事的都叫政府官员，也不是所有的政府官员都包'二奶'和贪污受贿的。

可能是因为太晚了，牢头也无心再问我什么。他吩咐一个瘦个子值日生从监仓的角落抽里出一床被子扔给了我。

"今晚你就睡在地下，新兵第一夜都必须睡地下。"瘦个子值日生向我交代道。

此刻，我憋着一泡尿，便问这个值日生，厕所在哪里。他指了指仓内大通铺最里头的一个角落。我便迫不及待地走了过去。

所谓厕所，就是一个用砖头砌起来的简易蹲坑，正当我准备拉尿的时候，睡在厕所旁边的一个犯人喝令我蹲下，"在这里大小便都必须蹲着。"

我只好像女人一样蹲了下来。

这一夜我怎么也睡不着，眼睁睁地盯着天花板，心乱成了麻，想着我的人生自此将黑白两半，心中不禁升起一股悲凉。

在迷迷糊糊中，我突然听到"砰砰砰"的激烈响声，接着，大家好像听到号令似的翻身起床。原来这声音是牢头用脚跟使劲敲击床板发出的，每天早晨一到七点钟，牢头都要以这样的方式把大家叫醒。

我跟着大家起了床。大家爬起来后，便手忙脚乱地穿着衣服。睡在牢头旁边的一个戴着眼镜、瘦猴模样的犯人在不停地叱喝着，叫大家动作快点儿。后来我才知道，他便是仓里的第二把手，也即是副牢头。每个监仓里除牢头外，依次是副牢头，主要协助牢头监督所有仓员，还有两名是牢头助理，主要负责执行牢头与副牢头的命令。

这时，风井和睡房之间的小铁门被值班管教从外面打开了，大家便像刚打开笼子的鸭子般无声地拿上自己的塑料杯和了毛巾，急匆匆地跑到风井里去洗漱。

在风井里，两个牢头助理正在分工合作，一个在给仓员挤牙膏，一个从水池里一瓢一瓢地打着水分给大家。

大家洗漱好后,接着便是出操时间。大家就在风井里排成三列队,在副牢头的带领下,大家有节奏地踏着步,并齐齐跟着副牢头喊着:"一二一、一二一、一二三四、一、二、三、四!"喊声响彻整个风井。由于我一夜没睡觉,感觉非常乏力,所以,跟着喊口号的时候,声音细得连我自己都听不见。副牢头显然也察觉了我的不妥之处,他边领喊着口号边用眼睛狠狠地盯着我,使我向心里直发毛。我稍为大声了一点,但不久我的声音又小了下来。

"新来的,能不能大声一点?"副牢头突然停了下来向我大声吆喝道。

副牢头这一声吆喝竟把我惹毛了,几天来心中积压的耻辱与怒火一下子就冒了出来,来这里大家都是犯人,谁怕谁啊?于是,我大声反驳道:"我已经够大声了,你还想我怎样?"

这时,大家都停下了操练,眼光齐刷刷地向我投了过来,可能是因为第一次有人敢于与牢头顶牛的缘故,他们个个脸上露出了惊愕的表情。

此刻,一直待在睡房里的牢头突然冲了出来,问副牢头是谁这么冲,副牢头指了指我,凶巴巴地说:"新来的。"

牢头恶狠狠地看了我一眼,并不作声,他对那两个早已围在他身边的牢头助理,随即做了个"上"的手势,两个人马上心领神会地向我扑了过来。接着,他们像拎小鸡一样一左一右地把拖出了队列,直拖到正副两个牢头的面前才放手。他们断喝道:"赶快给老大跪下。"

我并没有跪下。就在这时,一个稍矮一点的牢头助理猛地扑向我,用力地给我小腿踢了一脚,我身体一晃,便跪了下来。紧接着,一个胖一点的牢头助理向我肚子"砰砰"地踢了两脚。我眼睛一黑,差点就昏了过去。

我强忍着疼痛,挣扎着想站起来,但感觉全身乏力,四肢根本不听使唤,我只好耷拉着脑袋跪在两位牢头面前,静静地听候他们的发落。

"你是不是以为你是政府官员就很牛啊?多牛的人到了这里来都是一样的,得听我的话。"牢头厉声说道,"把头抬起来,看着我!"

我倔强地故意把眼光移向别处,并依然低着头。

"啪！啪！啪！"三个响亮的耳光扫在我的脸上，接着，我听到矮个子牢头助理的声音："你真够牛了，连老大的话也不听了，是不？"

我捂着火辣辣的脸，缓缓地抬起头来，恨恨地扫了一眼这四尊"恶鬼"。

就在这时，墙外传来"接早餐"的叫喊声，正是这喊声给我解了围。牢头悻悻地说："先准备吃早餐，吃完早餐再慢慢收拾他也不迟。"接着，副牢头向队伍喊了一声："解散。"大家便各自忙碌了起来，有人拿着一个大脸盆去接早餐，有人忙着洗刷饭盒，有人往地上铺塑料薄膜。

早餐，也就是一大脸盆绿豆汤。大家分两排坐在风井潮湿的地上，眼巴巴地肃静地等着"领导班子"分早餐。两个牢头助理一勺一勺地往塑料饭盒里舀绿豆汤，然后分给每个仓员。

我接过一盒绿豆汤后，正准备喝，突然，坐在我旁边的一个年纪较大的干瘪老头连忙用手肘捅了捅了我，低声说："赶快放下，要等命令才能吃。"我忙把饭盒放下，用感激的眼光看了看这个老头。

"开吃！"等大家面前都摆着一盒绿豆汤后，副牢头便一声命下，大家才齐齐端起饭盒，"咕噜咕噜"地喝了起来。

"是不是咽不下去？"干瘪老头关切地问。

"实在太难咽了。"我说。

"每个刚进来的人都不习惯这里的饮食，但慢慢你会习惯的。但是，你不习惯也不能表现出来，否则，给牢头发现了，他们会惩罚你的。一旦被惩罚，你就更加难受了。"

我再次感激地看了看干瘪老头，并向他说了句"谢谢！"

"谁在讲话？还不快吃？找死是不？"副牢头看了看我，又看了看干瘪老头。

老头像做错事的小学生面对班主任的批评一样低着头，嗫嚅着说："对不起了，老大。"

见老头这么一说，牢头不再说什么。

不一会，大家就吃完了早餐，并静静坐在风井的两边。这时我明显感到牢头火辣辣的眼光正落在我身上，想想刚才吃早餐前他撂下的那句"吃完早餐再慢慢收拾他也不迟"，我竟不寒而栗。

284

此刻，风井里安静得恐怖，每个人像鬼魅般面无表情。

"大家说，现在是什么时间？"牢头开始开口说话。

"给新兵'上课'时间。"其他人齐齐喊道。接着，大家的眼光齐刷刷地射向我。我知道，所谓的"新兵"就是我。

"准备'啤酒'给他接风。"牢头命令道。

"是。老大。"两个牢头助理齐声应道。然后，他们走进睡房。正当我还在疑惑看守所里怎么还有啤酒的时候，两个喽啰手里分别提着一瓢水走了出来。后来，我才知道，这所谓的"啤酒"就是睡房里用来冲厕所的水，这样的水一般蓄在厕所旁的一个水池里，平时很少换水，所以，水里可以看到一条条的小虫在游动。

"冯伟标，出列。"副牢头喊我的名字。

干瘪老头推了我一下："赶快到他们前面去。"

我犹豫了一下，站起来，直着腰板子走到他们前面。

"重新归队！"牢头大声叱喝道。接着，他对矮个子助理说："你教他如何出列，如何归队"。

于是，矮个子助理走到我面前，说："你首先要大声回答一声'到'。"然后还叫了一个犯人做了示范。他要我演习了好几遍直到他满意才打住。其间，因为我几次出错，逗得大家哈哈大笑，风井刚才的紧张气氛才有所缓和。

接下来，便开始喝"啤酒"。

"冯伟标。"牢头喊道。

"到。"我大声应答。

"出列。"牢头发出命令。

"按照我们的规矩，新来的同学一定要喝两瓢的'啤酒'。"牢头很严肃地对我说。

"老大，能不能不喝？"我看到瓢里的"啤酒"后，向牢头乞求道。

接着，风井里又是一片死寂。我感觉到每个人的眼光都聚焦在我身上，大家像在看一出精彩韩剧一样看着我。我停顿了一下，紧闭双眼，抓起面前的一瓢"啤酒"便"咕嘟咕嘟"地喝了起来。大约刚喝了半瓢，我实在憋不住了，便"哇"的一声，整个胃翻江倒海，从口里喷薄而出，吐了一地。

此刻，我眼泪"哗哗"地流了下来。"老大，这'啤酒'我实在喝不下去了。"我眼巴巴地看着牢头说道。

"好，不喝也罢。但必须罚你一个'东方红'和两个'梅花三弄'。"可能见我这熊样，"老大"这时语气有所缓和。

我怯生生地问："你叫我唱歌吗？我唱给你们听，唱多少遍都行。"

我话刚一出口，突然风井里爆发出一阵"哈哈"的笑声，大家都笑得前俯后仰。我不知道他们笑什么，只一脸茫然地看着他们。

"鬼子，你给他解释一下什么叫'东方红'与'梅花三弄'。"牢头所说的"鬼子"正是那个胖一点的助理。

"鬼子"先是喝令大家保持安静，接着对我说："'东方红'与'梅花三弄'是我们这里的值日用语。我先跟你说一下这里的作息制度，早上七点钟起床，半个小时洗脸时间；七点半出操；八点半用早餐，早餐后半个小时自由活动时间；九点钟打坐思过，九点半吃中午饭；十点钟学习，时间为一个小时，主要是学习监规和法律知识。十一点钟开始午睡两个小时，下午一点钟起床，半个小时整理床铺，一点半钟开始打坐反思，时间一小时。两点半钟开始洗澡与洗衣服，时间也是一个小时。三点半开始吃晚饭，晚饭后将有一个多小时的自由活动时间。晚上五点半后，风井将关闭，所以仓员必须回到睡房里，并开始打坐反思一个小时。晚上七点集体收看'新闻联播'，七点半后是自由看电视时间，晚上十点半开始休息。"说到这里，"鬼子"稍作停顿，然后继续说道："晚上十点半大家休息后，将会安排人员值班，每两人一组，每组值班时间为一个半小时，直到早上七点钟起床值班才能停止。我们所说的'东方红'就是指一个人从晚上十点半起到早上七点钟止都要值班，而'梅花三弄'就是一个人一个晚上每间隔一个半小时得起来值一次班，这样算来，从晚上十点半到早上七点，刚好有三次起来值班，这就是所谓的'梅花三弄'。"

"鬼子"一口气说了这么多，让我有点昏眩，但我还是弄懂了什么叫"东方红"与"梅花三弄"，这就意味着我得有一个晚上得值通宵的班，还有两个晚上得每隔一个半小时得起来值班。虽然可能有点辛苦，但比起喝那所谓的"啤酒"应该好多了。

难熬的"东方红"与"梅花三弄"值班过后，我身心接近了崩溃的边缘。

最难熬的是在夜里，倒不是因为每天夜里都要值班一个半小时，而是每天夜里总有新的犯人被送进来，一有新犯人进来，牢头不管大家是否都睡了，他总是大声地审问新来犯人一番，稍不如意，他就命令睡在他身边的两个打手助理对新来犯人一顿毒打。这些人一被打，总是发出悲凉的声音，让我心烦意乱，久久不能入睡。

当一不能入睡的时候，我总会一次一次地反复梳理着我的人生各个阶段，反思自己走过的路。

当然，想得最多的还是我童年的欢乐时光。是的，我的童年虽然不算美好，但也还算是无忧无虑。一众玩伴下河摸鱼虾蟹蛙，上山放牛摘山楂，上树掏鸟窝，是那么的快乐，天真无邪。

我还想起我读初中时，与同村女孩小玲一起上学，一起放学回家的情景，就是这个时候，我开始有了男女之间朦胧的感觉。

我高中阶段虽没有给我留下快乐的回忆，但那时为了跳出农门而艰苦拼搏也是值得我珍惜的，也算是苦中作乐吧，痛并快乐着。

大学呢？大学又给我留下什么呢？我实在不好说。我得承认，我是背负着父母及众亲的期盼与重托踏进大学校园的。而一进大学，我却迷失了方向，不知道为什么要读书。当我四年后拿到那张沉甸甸的毕业证书时，心里竟有了些许慌乱忐忑。四年就这样浑浑噩噩地过去了，回过头来看，四年间，我究竟学到了什么呢？是各门业经考试及格的学科知识？抑或是一种谋生技能？还是人生的道理？我无法肯定我是否已经学有所成。也就是说，大学四年，起码有一半的光阴是虚度的。

而在社会里，要学的东西实在太多太多了。尤其是在深州，这个藏龙卧虎的地方，你稍为松懈，就会马上落伍，被社会淘汰。丛林法则告诉人们：我们这个社会是弱肉强食，优胜劣汰，物竟天择，适者生存。不能适应环境者，就只能被环境所淘汰。好在我还算聪明，颇识时务，随机应变能力强。因此，我很快就融入了深州这个狼视眈眈的城市，抓住了这个城市的命门。而我的好友胡民阳呢？他热爱深州，留恋深州，但是，深州又能给他什么呢？

　　一想到胡民阳，我就有点心酸，一个老实人，为什么就连遭两次牢狱之灾呢？我知道，第一次是张二江利益集团们对他的陷害，那么，这一次呢？是他罪有应得，还是另有黑手？

　　而我呢，我究竟做错了什么？虽然我在生活上不够检点，背着老婆与孟莉、陈艳妮幽会，还把好兄弟胡民阳的梦中情人给睡了，但是，这仅仅是生活作风与道德问题。我承认，在工作上，我确实有过错，主要是原则性不够强，在彭海博的指使下，帮张二江公司的违章建筑出了一点力。从这点上来说，司法部门要追究我的法律责任也是应该的。想到这里，我心里坦然了好多。不过，一想到在看守所里经历过的一切，我心里还是毛骨悚然，希望尽快逃离这魔鬼之地。

第三十一章 重获自由

岳父果然给力！

我在看守所待了一个多星期后，就等来了"福音"。

记得是一个下午，门外突然传来一个响亮的声音："冯伟标，出仓！"

听到有人喊我名字，我竟然不知所措，依然愣坐在铺上。

"把你的东西收拾好，准备出仓。"牢头语气温和地对我说。

"出仓？"我疑惑地问。

"出仓就是出去了，不用在这里待了，赶快收拾东西出去吧。"这时，已经跟我成为无话不说的牢友的干瘪老头在旁边小声提醒我。

"哦。"我抑制住心中的兴奋，小声对干瘪老头说，"谢谢！保重！"

干瘪老头姓殷，大家都叫他殷老头，四川绵阳人。他已经六十出头了，但因为家境贫寒，一直未娶。前年跟着老乡到深州来打工，在一个修地铁的工地上做小工。去年春节前，他要回家过年，但包工头一直拖欠他们的工钱，他连回家的路费都凑不齐。于是，他带领几个工友去找包工头讨工钱。谁知，包工头不但不给，还叫来社会上的人把他们狠狠地揍了一顿。殷老头想到自己辛辛苦苦地打了一年多的工，却连工钱都拿不到，现在反而被包工头给打了，他气不打一处来，冲动之下，他把包工头的老婆给打伤了。

殷老头跟我说起这件事，他还愤愤不平地说："包工头的人把我们几个人打伤了，却没事，我把他老婆打伤了，却被抓进来了。难道我们农民工的命就比他们这些有钱人的命贱吗？还有没有天理了？这世道公平么？"

我无言以对，只一味安慰殷老头看开点。我又能跟他说什么呢？

牢头催我赶快收拾东西，实际我也没有什么东西好收拾，一些在看守所里买的日常用品都是些劣质的东西，我带出去毫无用处。于是，我把这些东西统统送给了殷老头。殷老头接到我给他的这些东西的时候，他竟激动得双手发抖，语无伦次地跟我说着"谢谢"，他双眼湿湿的，让我心里非常难受。

我怀着复杂的心情走出了我待了一个多星期的监仓，背后是无数羡慕与惶惑的目光。

在管教的引导下，我来到了进来时办理手续的那间办公室，在这里我见到了谢起华与陆广涛。两人见了我后竟然脸上都挤着微笑。我看着他们，不知说什么好。大家都有点尴尬。

"冯伟标，恭喜你！你自由了。"谢起华率先打破尴尬。

"哦。"我淡淡地应了一声，连"谢谢"都懒得去说。

就在这时，胡民阳也出现了，只见他在一个管教的陪同下，面无表情地向我们走来。

我迎了上去，跟他来了个战友式的拥抱。

"这是真的吗？"胡民阳喃喃地说道。

"什么真的假的？"我被他的话给弄糊涂了。

"我是说，这回我们是真的被放出去了吗？"胡民阳惶惑地看着我问。

我拍了拍他的肩膀，说："现在我们不就是被放出来了吗？"

"告诉你们吧，你们被无罪释放了。"陆广涛边说着边从公文包里拿出两份文书分别递给我们，并要我们在上面签字。

这时，刚才还一脸愁苦的胡民阳露出了一丝不易察觉的微笑。我知道，他为什么而笑，那是虎口脱险般的欣慰之笑，是重获自由的喜悦。

在《不予逮捕通知书》上签完字后，我们又在谢起华与陆广涛的指引下，办理了一系列出监手续。然后，两位检察官又把我们带出看守所门口。

刚一跨出看守所门口，我就看到我老婆卓秀娴站在不远处向我招手，她的旁边还站着岳父、小舅子，以及段爱琴，还有卓秀娴家的几位亲戚。

"老公。"还未等我走近，卓秀娴就向我扑了过来，把我紧紧地搂住，并关切地问："里边有没有人欺负呢？"接着，她上下打量了我一下，喃喃地说着："瘦了，瘦了。"

我安慰她道："老婆，我没事的，在里边没人敢欺负我。"

"那就好，那就好。"卓秀娴脸上挂着孩子般天真的笑容。

我走近岳父，低声说道："谢谢了，老爸。"然后向人群点了点头，算是跟大家打了个招呼。

"没事了，回家吧。"岳父拍了拍我的肩膀。

接着，他转过身去，跟一直站在旁边的谢起华与陆广涛打招呼，"谢谢你们，辛苦啦！"岳父分别握了握两位检察官的手说道。

想不到两位检察官此刻非常客气地说："不用谢，这是我们的工作，你们回去好好给他们压压惊吧。"说着，转身走了。

后来，我才从老婆那里得知，为了我这事，岳父不少操心。

胡民阳因为与我同案，岳父在捞我的时候顺带着也把他捞了出来，他不用花上一分一厘，也得到了司法的赦免。所以，他一直非常感激岳父一家，经常为岳父一家鞍前马后地跑腿，岳父大人生病住院的时候，他像亲生儿子般守在岳父的病榻前好几天几夜，直到岳父归西，他也一直随着我们守孝。他的一举一动深得岳父一家的赞赏，他有什么困难岳父一家也不会坐视不管，总是给他伸出援助之手，使他在深州的生活有了起色。段爱琴在东门步行街所开的服装店生意一天比一天红火，后来胡民阳干脆就不再在外面找工作了，而是与段爱琴一起打理他们的服装店。他们有了一定的积蓄后，便在深州按揭了一套九十平方米的商品房。两人结婚后不久，就有了后继之人，段爱琴为胡民阳生下了一个又胖又白的儿子，这三口之家的小日子过得有滋有味。胡民阳终于在深州站稳了脚跟，他对深州的痴恋总算有了回报。

唯一让人遗憾的是，李小曼得知胡民阳结婚后，竟精神失常，无法正常工作。原来李小曼对胡民阳的爱从来就没有中止过。那时候她之所以与胡民阳分手回到厦门,应该是对当时在深州困顿生活的逃避。那时候,他们蜗居在深州的"城中村"里,过着卑微的"蚁族"生活。这对于曾经生活在宽裕家庭里的李小曼来说是无法接受的。她也希望胡民阳与她一起回厦门发展,那里有着她优越的家庭背景,有着她广阔的发展天地。可是,胡民阳却毫无来由地喜欢上深州,他要留在深州,把深州当成他的人生舞台,梦开始的地方。在纠结中,李小曼最终选择回厦门发展,而胡民阳却固执地留在了深州。这样一来,他们的感情自然而然地亮起了红灯,直到两人和平分手。

多年以后,我因为公事出差去了一趟厦门,见到了身体、精神有所好转的李小曼。曾经青春美丽的她已经有了岁月的刀痕,羸弱的身体,苍白无血的脸和呆滞的眼光,让人心疼。令我欣慰的是,她已经逐渐战胜自己,慢慢走出了感情的泥沼,并在家人的撮合下,与当地一家媒体的年轻编辑在谈恋爱。我衷心祝福他们!

那天,我们从看守所出来后,岳父在王子饭店安排了一席丰盛的接风宴。胡民阳与段爱琴也在岳父一家的盛情邀请下,参加了这次盛宴。席上,岳父也不多说什么,其他亲朋好友也不多说话,大家对我们这次的牢狱之灾讳莫如深,只一味地劝我与胡民阳多吃菜。因为一个多星期的缺肉少油,我的胃口特别好,如狼似虎般地对着一堆山珍海味狼吞虎咽起来。

酒足饭饱后,岳父还叫小舅子陪我与胡民阳一起到位于皇岗口岸的水立方水疗会泡了一个澡,彻彻底底地洗掉了身上的污垢和晦气。

回到家里后,岳母请来几位佛教居士在岳母卧室的佛堂里,专门为我做了法、念了经。我跪拜佛祖像前,听着缥缈虚幻的梵音,我竟痛哭流泪,灵魂得到了彻底洗涤与净化。

当法事消停,人群散去的时候,我拥着老婆卓秀娴回到属于我们两人的家里休息。刚进入卧室,卓秀娴就紧紧地抱着了我,并嘤嘤地哭了起来,嘴里喃喃地说着:"老公,这几天我可担心死你了。"

我忙安慰她:"我的小傻瓜,现在你老公不是没事了吗?"

"没事就好,没事就好,我不要我老公以后有什么事。"卓秀娴用头抵在我胸口,闭着眼睛如梦呓般边哭边说道。

我爱怜地看着眼前孩子般的卓秀娴,心中充满了愧疚,我以前对她总是爱理不理的，而且还背着她跟别的女人"搞搞震"（广东话，乱搞、胡来的意思），我亏欠她实在太多了！想到这里，我忙一把把她搂在怀里，用脸蹭去她满脸的泪水，并用双唇轻吻她湿湿的脸，轻声说道："老婆，我爱你，我要跟你好好过日子。"

　　这夜，我与卓秀娴疯狂地做了三次，我们每次都非常卖力，每次都能高潮迭起，达到顶峰。而在我们结婚三年中，很少一晚能够来三次，并且这种快感也是前所未有的。到最后我实在太累了，就四脚朝天地直躺在床上，动弹不得。卓秀娴趴在我的身上，梦呓般地说着："老公，我今天的感觉特别不同。"

　　"有什么不同？"我有气无力地问她。

　　"就是那种特别幸福的感觉。"

　　听了这话，看着一脸傻乎乎模样的卓秀娴，我心里酸酸的。结婚三年，我似乎从来就没有真正给过这个女人什么爱，也从来没有重视过她，以前即使与她做爱，也总是为了完成任务而草草了事，哪有什么快感与幸福呢？而现在，人还是那个人，为什么感觉就不一样了呢？我想，这是因为我的心情已经变化了，知道爱眼前这个女人了，知道珍惜目前的幸福生活了。而之所以发生这样的变化，正是因为我遭遇了一个"劫难"。"劫难"过后，我懂得珍惜身边的每一个人。从这点上来说，我应该感谢这次"劫难"，它让我懂得了爱，懂得了珍惜。

　　卓秀娴告诉我，我被抓进去后，岳父一家都很焦急。岳父一直找人疏通关系，但由于我的案子与余满良的案子有所关联，所以，操作起来难度比较大。好在检察部门在调查我的案子时，并没有发现我有任何经济上的问题。至于工作上的一些问题，也是在彭海博的指使下进行的。像这样的问题，往大处说就是渎职，往小处去就是工作失误。

　　据说，检察院之所以没有逮捕我与胡民阳还与另外一个人有关。这个人就是分管我们"违治中心"的主任潘建仁。检察院把我抓走的同一天，潘建仁也被市纪委带走。但第三天他就回到家里来了。据可靠消息称，虽然潘建仁与张二江等人走得比较近，但他从来没有拿张二江什么好处，张二江送给他的钱，都被他退回去了。从这点来说，潘建仁算是一个好官。既然作为负责违章建筑整治工作的领导潘建仁安然无恙,那么,作为小卒的我与胡民阳更没有担当法律责任的道理。在这样的前提下,我与胡民阳最终被无罪释放了。真是谢天谢地谢人!

潘建仁出来不久的一天夜里,他突发脑出血,虽经抢救捡回一条命,但从此落下了个半身不遂,不能行动,并且说话口齿不清,现在只能静静地躺在床上靠家里人的护理度过他的余生。

我与胡民阳出来不久,便决定一起去探望潘建仁。当他见到我们时,咿咿呀呀地想跟我们说些什么,但一直无法说清楚,但我看到他浑浊的眼睛里噙着泪水。是感动?还是有什么委屈想要跟我们说?或者两者皆有。

人真是此一时彼一时,不久前还生龙活虎,威风凛凛的潘建仁主任,现在却像一具木乃伊,气若游丝,没了生息。此情此景,令人悲从心中来。

我在家里休养了一个多星期后,单位就通知我回去上班。按照检察院的处理意见,单位把我刚提不久的副科给撤了,还给我记了一个大过。虽然我心里有点不爽,但也只能够接受这个结果。

自此后,我在工作上变得小心谨慎,不再随便结交在工作上有联系的朋友,也不再接受服务对象的宴请。别看这些人平时与你称兄道弟,他们看中的是你手中能够让他们获利的权力,一旦你没了权势,或者是落入了法网,这些人就分分钟成了埋伏在你身边的定时炸弹,随时都可能被引爆。张二江就是这样的一个人,他把余满良称为大哥,把彭海博称为小老弟。可当他被公安机关抓走后,就不再顾及什么兄弟情面了。为了立功,他在里边把他所掌握的关于余满良和彭海博的经济问题抖了出来。最后,警方把这些线索移交给了纪委。最具讽刺意味的是,在后来的庭审过程中,张二江与余满良互相指责,互相推脱责任,完全不顾之前的交情。

实际上,单位通知我回去上班的时候,我心里非常矛盾。说真实话,在经历了一系列的事情后,我已经厌倦了原来的工作。可当我把不想回去上班的想法告诉岳父时,岳父反应非常强烈,他对我暴了粗口:"丢你老母啊,我花这么多力气,就是想让你能够继续在这个单位里上班。虽然你被处分了,这是小事,我以后绝对可以再让你东山再起的。但你必须好好在那里干,别再给我惹什么事了。"在岳父看来,卓家需要一个在政府机关工作的亲属来给他撑门面,他不缺钱,在他看来,我会前途无量。

没办法,卓家是我的福地,我必须听岳父的。所以,我还是怀着复杂心情回到了单位。在回单位上班后,老婆卓秀娴也经常提醒我,千万不能拿别人的东西,"我们家现在什么都不缺。只要你平平安安,顺顺利利,开开心心,我就放心了。"现在,卓秀娴说话的水平也越来越高了,我也越来越爱听了。

对于我回去上班这件事,胡民阳也是持赞成态度的。他认为,现在工作不好找,他就一连找了好几天,都找不到理想的工作。现在,他已经听从段爱琴的建议,与段爱琴一起经营着服装店。他们的生意越做越红火,日子也越过越红火。

我打心里替他们高兴。

第三十二章 沉重的结局

半年后,"余满良等人杀人案"在市中级法院公开开庭审理。余满良、张二江、黄栋梁、彭海博和皮光洲等人同庭受审。

我与胡民阳参加了旁听。

当余满良、张二江、彭海博和皮光洲等人被法警押上法庭的时候,我心中五味杂陈。余满良白发苍苍,佝偻着腰,耷拉着脑袋,往日的威风荡然无存,他神情紧张,眼光游离。才半年的工夫,余满良原先的黑头发已经换成了白头发,额头布满了皱纹,显得格外的苍老,跟以前的肥头大耳、油光满面相比,现在的余满良判若两人。张二江倒是变化不大,只是有点虚胖。他进入法庭后,时不时回头往旁听席看了看,像在寻找什么。他与黄栋梁都不是头一次站在法庭上,所以,两人都神态自若。尤其是黄栋梁,他一进入法庭就左顾右盼,一副满不在乎的样子。彭海博与皮光洲两人变化也不大,但他们出庭时一直低着头,像犯了错误的小学生静静站在讲台上等待老师的惩罚。

这四人被押出来后,旁听席发生了短暂的骚动。我扫了一眼旁听席,看到孟莉与许月仙也坐在旁听席上。在许月仙旁边还有彭海博的父母,而在孟莉旁边有两个白发老人在低声啜泣,孟莉在旁边不断地安慰着两个老人。后来我才知道,这两个老人原来是皮光洲的父母。

庭审进行到辩护阶段时,发生了有趣的一幕。

当公诉人问余满良为何要杀死陈艳妮时,余满良辩称,他当时只是想教训一下陈艳妮,根本不想把她弄死,但张二江却会错了他的意思,把陈艳妮给弄死了。

听到余满良的辩解后,张二江便迫不及待地辩驳:"余满良说的不是事实,我只是一个执行者,他叫干什么我就干什么,当时如果没有他授意弄死陈艳妮,我与陈艳妮无冤无仇,断不会无缘无故地把她弄死的。"他还不断强调,陈艳妮是先跟他认识的,而且他跟陈艳妮有过一段感情。之所以把她介绍给余满良,完全是迫于余满良的淫威。

昔日称兄道弟的两人,为了推脱自己的罪责,竟在法庭上"互咬"起来。

张二江自我辩护说:"我曾有过放弃杀死陈艳妮的想法,但是余满良多次催促我赶快行动,我最后实在推辞不得,才实施了杀陈艳妮的方案。"

而余满良则辩称:"我没有杀死陈艳妮的故意,只是让张二江叫人教训一下她,杀死陈艳妮完全是张二江为讨好我而为之。那时马岗村股份公司正准备把张二江尚欠地价款的几块地皮收回,并转让给一个姓吴的老板。张二江知道后,就非常着急,他找到我,要我出面协调。我便向他提出教训陈艳妮的要求,但我并没有要她杀死陈艳妮。"

而这时,站在一旁的黄栋梁护主心切,一口咬定是余满良授意他们把陈艳妮置于死地。见表弟这么一说,彭海博也加了进来,历数余满良的种种恶行。

余满良可能怎么也想不到,原本被他视为心腹的几个"马仔",如今却在法庭上揭竿而起,纷纷与他"反水"。

皮光洲一直静静地站在法庭上看着这出"狗咬狗"的戏,仿佛眼前发生的一切与他无关。从某种意义上说,这的确与他无关。他是在完全不知情的情况下被人拉下水,因而被卷进这起"杀人案"。从这点上来说,他是无辜的。然而,一切都有因缘,如果当初他没有为着自己的利益而与彭海博抱团,那么,今天他就不会站到法庭上来接受法律的审判。

公诉人指控称,在余满良的指使下,张二江与黄栋梁等人开始踩点,他们多次开车沿陈艳妮经常出行的路线行走,按照陈艳妮的驾车速度,计算到达各个路口所需的时间。最终他们共同制造了这起车祸杀人案，故以故意杀人罪提起公诉。

同时，公诉人还指控：2008年8月的某一天，张二江的一栋在建违章建筑坍塌，造成人员伤亡。为推卸责任，逃避法律打击，张二江与彭海博、黄栋梁等人策划了"偷梁换柱"的计谋，临时把法人代表变更为黄栋梁，从而使张二江一直逍遥法外。而在这个过程中，作为政协官员的余满良竟利用职务上的便利，协助张二江疏通个方面的关系，使得张二江这出"偷梁换柱"之计得以顺利实施。尔后，余满良从张二江处得到一笔巨大金额的好处费。此外，经侦查机关查明，余满良还收受他人财物，且数额巨大。

听了公诉人的指控，我心里暗想：怪不得当时张二江那栋在建违章建筑坍塌后，这些人都一副神秘兮兮的样子。原来他们是在实施一出"偷梁换柱"计谋，从而使张二江得以"金蝉脱壳"，逃避法律的制裁。我不禁感叹：有钱真的能够使鬼推磨！在金钱的开路下，一些我们看似荒唐的、不可能发生的事竟真真实实地在我们身边发生了！

"余满良等人杀人案"开庭后一个多月，判决书就出来了。

余满良和黄栋梁两人被判处死刑，而张二江因在在押期间举报他人有功而获得轻判，只被判了无期徒刑，终免一死。彭海博被判处有期徒刑二十年，而皮光洲被判处有期徒刑七年。

余满良与黄栋梁对判决都表示不服，当庭提出上诉。张二江、彭海博和皮光洲对判决没有异议，决定放弃上诉权利。而作为受害者陈艳妮的家属对这一判决结果表示满意，他们认为法律是公正的、公平的，陈艳妮在在天之灵终可得到告慰。

不久，二审法院便作出了判决，法庭认为一审判决证据充分，事实清楚，量刑适当，决定维持一审判决，此为终审。

后来，据余满良与黄栋梁的辩护律师说，当余满良与黄栋梁分别接到终审判决时，都无法接受这个事实，余满良当场瘫倒在地，靠警察搀扶着才能够完成在判决书上签字。而黄栋梁情绪失控，他拒绝在判决书上签字。但不管如何，两人死期已定，再也无法挽回。这正是多行不义必自毙，法律对每个人都是公正的。

余满良被执行死刑不久，某媒体就刊登了一篇关于他犯罪轨迹的文章，从文章中，我们可以全面了解到余满良的两面人生。

今年六十五岁的市政协常委会环资委原主任余满良（正厅级）的仕途可以用"一帆风顺"来概括。从副处晋升到正厅级，他用了十七年时间。

在余满良的家乡山东省齐河县，"他的威望很高，在齐河这样的小县，能够走出一个这样的大官，实属难得。家乡人都以他为榜样，以他为骄傲。"齐河县一位官员告诉记者说。"当了官后，余满良不忘家乡的建设，他从深州引来一家很有实力的企业到家乡投资办实业，为家乡做了一些好事，当地老百姓都很感激他。"

余满良所在的余家村的村党支部书记告诉记者："余到深州工作后，虽然很少回家，但每次回家，他都会请村里人一起吃饭，并给村里的老人塞一百几百不等的红包，还与乡亲们就拉家常，嘘寒问暖，很是亲切。"

与在外的威望相反，余满良在私下里却判若两人。他不但包养多个情妇，还为了满足情妇的要求而大肆受贿。特别是与陈艳妮好上后，陈艳妮不但缠着她给她购买豪宅，而且还要求他购买豪华小轿车。这让余满良感觉到这个小情人的胃口非常大。即使如此，由于陈艳妮在他的众情妇中学历最高，最漂亮，最乖巧，余满良对陈艳总是欲罢不能。但是，随着时间的推移，陈艳妮的美丽逐渐消失，余满良不断在外面猎艳，又包养了两名比陈艳妮更加年轻的女子。这样，陈艳妮渐渐失宠。为了得到补偿，陈艳妮不断向余满良提出各种各样的要求，除了要求余满良为自己购买了房屋外，还要求他为她的多名亲属安排了工作，可陈艳妮仍不满足，又不断向余满良索要钱财等。这让余满良逐渐对其产生了厌烦，而最终导致余满良把她置于死地的原因是，陈艳妮在秘密收集他的受贿罪证，从而让余满良有了除掉这个"定时炸弹"的想法。最终在他的指使下，张二江与黄栋梁等人以制造车祸的方法将陈艳妮杀死。

看了这篇报道，我唏嘘不已。是贪欲把人变成了嗜血的魔鬼，是贪欲让人变得不可思议！虽然作恶者得到了报应，但这是一个让人异常沉重的结局。其实人生是美丽的，只要你把握好人生的方向，摒弃一切的诱惑，走正道，做好人，你就可以拥有美丽的人生，拥有一份简单的幸福！

就在我陷入沉思之时，我老婆卓秀娴给我打来电话："老公，告诉你一个好消息！"

我忙问："什么好消息？"

她在电话里兴奋地大声对我喊道："我有了！"

"真的吗？老婆，我爱你！"

此刻，我 hold 不住了……

（全文完）